U1068785

The Spy

间谍

[美]詹姆斯·库柏◎著
安然◎译

金城出版社
GOLD WALL PRESS

图书在版编目（CIP）数据

间谍 /（美）库柏（Cooper, J. F.）著；安然译 .—北京：金城出版社，2015.12（2022.11 重印）（世界间谍小说译丛）

书名原文：THE SPY
ISBN 978-7-5155-1309-6

Ⅰ. ①间… Ⅱ. ①库… ②安… Ⅲ. ①长篇小说－美国－现代 Ⅳ. ① I712.45

中国版本图书馆 CIP 数据核字（2015）第 267491 号

THE SPY by JAMES FENIMORE COOPER
Chinese Translation Copyright ©2016 GOLD WALL PRESS
All Rights Reserved.
本作品一切权利归**金城出版社**所有，未经合法授权，严禁任何方式使用。

间谍
JIANDIE

作　　者　[美]詹姆斯·库柏
译　　者　安　然
责任编辑　李凯丽
开　　本　880 毫米 ×1230 毫米　1/32
印　　张　12.5
字　　数　410 千字
版　　次　2016 年 9 月第 1 版　2022 年 11 月第 2 次印刷
印　　刷　旭辉印务（天津）有限公司
书　　号　ISBN 978-7-5155-1309-6
定　　价　32.00 元

出版发行　**金城出版社**　北京市朝阳区利泽东二路 3 号　邮编：100102
发 行 部　(010)84254364
编 辑 部　(010)64271423
投稿邮箱　gwpbooks@foxmail.com
总 编 室　(010)64228516
网　　址　http://www.jccb.com.cn
电子邮箱　jinchengchuban@163.com
法律顾问　北京市安理律师事务所　（电话）18911105819

原 序

身为本书的作者，我常常被人问及，本书中主人公是否在现实生活中有原型依据。我想，只要我把本书付梓的缘由向读者做一个简单的介绍，也就是对这个问题最明确的回答了。

多年前，我曾有幸与一位声名显赫的人士为邻。在美国独立战争那些最为艰难的日子里，这位人士曾经身居各种要职。在我与他的交谈之中，他曾经说到伟大的政治热情对一个人的人格会产生极大的影响，还说人民的爱国之情一旦被强劲地激发出来，会是无比纯净的。他的年纪、贡献与阅历，决定他很好地引导了这场谈话，并且是主要发言者。他强调在1775年的那场战争中，是国家的伟大斗争将人民的思想与行为导向了一个崭新而崇高的方向，而不再浪费于日常的琐事之中。为了证明自己的观点，他向我讲述了一件轶事。这件事的真实性毋庸置疑，因为那正是他的亲身经历。

英国与美国之间的争端，虽然严格来说并不能算是一场家族之间的内讧，但却有很大的内战成分。无论是从实际，还是从法律上来说，美国人民都不是前者的附属，两者都统属于一个国王。美国作为一个国家，拒绝服从国王的统治，而英国人则选择支持他们的君王夺回统治权，所以大部分人都觉得这是一场内部战争。定居于殖民地的大部分欧洲移民都站到了国王一边，他们影响到了许多地区，再加上那些拒绝反抗王权的美国人，使得局面明显地倾向了英国方面。当时的美国还太年轻，又十分需要得到民心与人力，即使这些人的实际数目并不是太多，也不能丢下不管。

英国又意图造成美国的内耗，从中获利，于是进行了利益诱惑与百般煽动，导致其恶行越发增长。最严重的便是发觉有人意图组建地方武装组织，与欧洲来的军队勾结，逼迫年轻的美国屈服。国会任命了一个秘密委员会来挫败这个阴谋，而委员会的主席就是为我讲述这件事的某某先生。

在履行这一职责时，某某先生雇佣了一名密探，他的任务与普通的间谍并没有什么两样。此人的处境使得他心甘情愿地担任起这游走于两军之间的角色。他十分穷困，缺乏学识，根本无缘接触到通常的教育。但是，他却天生冷静机敏，而且毫无畏惧。他的职责就是，一旦得知英军的人在哪里招募探子，就赶到那里去主动报名，假装出一副热心地为英国人工作的样子，实际上却尽可能地从中获取敌人的内部秘密报告美军。而他的上司利用这些情报，采取一切手段挫败英国人的计划，而且大体都获得了成功。

我们不难想象，这样一份工作是伴随着莫大的个人风险的。不单有可能被敌人发现，更糟糕的是，还有随时落到自己人手中的危险，而人们对同胞中背叛者的惩罚总是比被抓到的欧洲人更为严厉。事实上，某某先生的这位密探有好几次被地方当局逮捕，有一次甚至被愤怒的民众判处了绞刑。还好看守收到了一条紧急密令，这才让他逃得一命，免遭无辜冤死。这次差点就弄假成真的横祸，却帮了他的大忙，英国人越发相信他假装出的忠诚了。而对美国人来说，他就是一个小人，是个该受谴责的顽固又卑鄙的保皇党。在战争的早期，他就在这样的状况下持续秘密地为他的祖国竭尽忠诚，不畏艰险、忍辱负重。

后来，某某先生受命担任驻欧洲某国的高级使节。他在卸任委员会主席之前，向委员会报告了上述这件事的大致情况，当然，他并没有提及密探的名字。为了这个做出了如此大的贡献，冒了如此大的风险的人，他请求拨出一笔金钱。于是委员会拨出了适当的金额，并决定由秘密委员会的主席来转交这笔款子。

某某先生找了合适的借口，将他的密探召来密谈。他们于午夜时分，在一片树林中见面。某某先生嘉奖了他的忠诚与机智勇敢，也说明了他们之间的联系必须中止，最后把那笔钱交给了他。但是他的密探却向后退了几步，拒绝接受这钱。他说："国家正是到处都需要用钱的时候。至于我自己，我能工作，就总能找到其他的路子养活自己。"某某先生百般劝说，却也毫无效果，爱国热情在这崇高灵魂的心目中高于一切。最后某某先生不得不将他带去的钱全部带回，他对这位长期以来共同奋斗、甘冒生命危险却不求回报的人报以深深的崇敬。

这位密探后来同意接受一笔应得的回报，不过那已经是国家有足够的条件酬答这一切的时候了。

无须赘言，当一位亲身经历者简略但充满激情地说出这样的轶事时，听众定会留下深刻的印象。在多年之后，出于一些没有必要阐述的情况，或者可以说完全出于偶然，我写了一篇小说[1]，当时根本没有想到会成为日后为数不少的长篇系列中的第一部。也是因为相同的偶然原因，书中的舞台与主题思想都是随意决定的。前者安排在了国外，后者则是粗浅地描述外国的风俗。后来这个故事出版成书，我因此被朋友多次责备，他说作为一个土生土长、有着美国之心的人，不应该从与自己的国家如此不同的社会中取材，因为这对那些年轻而缺乏经验的同胞来说并不能给予多少帮助，只能稍稍为他们提供一些材料以供想象罢了。虽然我也很明白自己写这篇小说纯属意外，但也认为朋友的责备在一定程度上是正确的。那么唯一的赎罪方法，就是决定再写一本主题无可挑剔的书，这不仅是为了世界，也是为了自己。于是我选择以爱国主义为主题。对于已经阅读过这段序言，或者全书的读者来说，已经没有必要再赘述了，我选择了那位英雄的故事来更好地说明本书的主题。

在《间谍》的第一版问世之后，有好几个人被说成是我写作的原型。但事实上，因为某某先生根本没有提及那个人的名字，我

[1] 译注：指库柏的处女作《戒备》，这篇小说以英国社会为背景。

除了在这里记述的这番概要之外，一点也不知道其他的消息。华盛顿与克林顿爵士[1]都拥有一批不寻常的密使，像这样一场内战色彩浓厚的战争，交战双方又有着相同的血缘与语言，不彼此使用间谍几乎是不可能的。

在本次再版时，我将本书的文风做了一些修订，力图使它更配得上它所得到的读者们的青睐。虽然我不能不承认，故事的结构实在有着不少的缺点，就好像一座腐朽的大厦，干脆推翻它重建的成本可能比修东补西还要低些。二十五年的岁月，使得美国的不少东西都发生了改变，她的文学所获得的提高也不亚于其他方面。在这本书出版之前，我几乎没有想到书稿能获得出版，因此在《间谍》的第一卷印刷成书后过了几个月，才感到有足够的理由写下第二卷。虽然衡量其优点的标准需要放得很低，但这个近乎绝望的任务还是值得去尝试的。

这里还要再说一下与这本书的历史有关的另一个故事，希望读者们对 19 世纪初的一个美国作家有一点了解。在本书的第二卷在缓慢地印刷之中，墨迹未干的手稿就交到排字工人的手中时，出版商表示书稿拖得太长的话，会大大削减他能获得的利润。为了能让他安心地休息，我在还没有想到前面的章节时，就写好了最后一章给他去印刷，甚至连页码都分好了。这种情况的确是不能原谅的，但说不定有助于解释为什么书中的某些角色会匆匆退场吧。

自从本书最初出版以来，我们的国家发生了伟大的变化，已经日渐羽翼丰满，民众的心智也与国家共同成熟。二十五年前，本书的最后一章崇敬地提及的那位英勇将军[2]指挥了从委拉克鲁兹向

---

[1] 译注：亨利·克林顿爵士（Sir Henry Clinton，1730—1795），英军陆军将领，在美国独立战争中，1778 年 5 月—1782 年 2 月任北美英军总司令。

[2] 译注：指温菲尔德·斯科特（Winfield Scott，1786—1866），美国陆军中将，于 1846—1848 年美国侵略墨西哥的战斗中击败墨西哥。墨西哥被迫割让德克萨斯、新墨西哥和加利福尼亚等大片领土，美国国土大幅扩张。本书的第三十五章中提及此人。

墨西哥的进军。这是一次光荣的进军，从军事的角度来看，更是获得了辉煌的成果。我们的国家在道义上迈出了新的一大步，加速走向了真正的独立，并获得了高度的政治影响，阿兹特克山谷中炮声的轰响，在大西洋的另一侧引起了共鸣。有人产生了希望，也有人陷入了恐惧。

如今我们已经不再有值得畏惧的敌人，但敌人仍然驻留在我们内心。我们应当谨记，生为人类难免犯下错误，但却可以从经验中获得智慧，并以此来约束自身。既然上帝在我们还是婴儿的时代慷慨地援助了我们，那么在我们已经长大成人的如今，就有足够的理由希望上帝仍会同样关爱我们。

1849 年 3 月 29 日于库珀镇

目 录

第一章　暴风雨与不速之客

虽然沉浸在平静的思考中，
但那闪现的高傲却揭示了一个仿如地火的热烈灵魂。
理智的光芒将它遮挡，
就像埃特纳[1]的烈焰隐没于清晨。

——《怀俄明的格特鲁德》[2]

那是在1780年快要过去的时候，有一个孤独的旅人，正急匆匆地走在维斯特切斯特郡[3]的山路上。东风呼啸，裹挟着的寒冷湿气越发砭人肌骨，提醒人们一场风暴即将到来。寒风一起，一般都要持续上好几天。经验丰富的旅人四处搜寻，试图在夜晚的黑暗之中寻找一个合适的地方，为自已遮风挡雨，然而这是徒劳的，大雨将至，空气中弥漫着浓浓的雾气。他想要找到一个符合需求的住处，但眼前只有下层居民住的、又小又简陋的农舍而已。这里离军队很近，住在这种地方是不安全的。

---

[1]　译注：埃特纳火山，意大利西西里岛东岸的活火山。一直以来都十分活跃，经常剧烈地喷出熔岩。

[2]　译注：作者是英国诗人托马斯·坎贝尔（1777—1844），长诗《怀俄明的格特鲁德》创作于1809年，讲述了生长在宾夕法尼亚山谷中的少女格特鲁德的一生。

[3]　原注：美国的各个州都自设下属郡，州与州的郡彼此重名是很常见的现象。故事的这一幕发生在纽约，纽约的维斯特切斯特郡是离城市最近的一个郡。

自从英国获得了对纽约岛[1]的控制权，一直到革命战争终结，维斯特切斯特郡都是双方关注与争夺的中立地带。这片土地上的大部分居民不是因为遭到了束缚，就是因为自己的恐惧而装出了一副事不关己的中立立场。

这里南部的人们自然臣服于英国国王的统治，而北边的人们由于受到周围地区大陆军[2]的保护，英勇地坚持着他们的革命信条与自治权。但是，他们之中的许多人伪装了自己，即使时至今日，也没有脱下那份伪装。其中一些人更是背负着被同胞们骂作叛徒的恶名进入了坟墓，实际上，他们却是革命领袖们得力的秘密间谍。反过来说，要是你打开某些激情洋溢的爱国者的秘密金库看看，就会找到那埋在成堆的英国黄金底下的王家特许证[3]。

听到旅行者骑的骏马蹄声，他经过的每间农舍的女主人都会带着小心翼翼的神情打开房门，审视着这个陌生人。她说不定会歪一歪头，把她的观察结果示意给房间最里面的丈夫，一旦有必要，他会立刻窜进附近的树林里，找到那个老地方藏起来。这座山谷就坐落在这个狭长的郡的正中间，离双方军队都很近，这就导致了这一带的治安问题，人们经常会丢东西。失主基本不要指望能找回被偷走的东西，不过原本的物件虽然不见得能拿回来，人们却会从另一方找到替代品。在这个根本无所谓法律正义可言的地方，这种"以物易物"的方法的确能让失主得到大致等同的补偿，

---

[1] 原注：纽约城坐落在被称为曼哈顿岛的岛屿上。但是，在它与维斯特切斯特郡相距最近的地方，分隔两者的河道只有若干英尺宽而已。架设在这里的桥被称为"国王大桥"。战争期间，围绕这座桥梁发生了许多小规模战斗，这个故事中也说明了这一点。所有的曼哈顿居民都知道"曼哈顿之岛"（Manhattan Island）与"曼哈顿岛"（Island of Manhattan）之间的区别，前者指的是科拉尔角附近的一小块区域，后者则指的是整个岛屿，或者整个纽约城区与郊区。

[2] 译注：独立战争中殖民地的军事力量，1775 年 6 月 14 日根据大陆议会的决议建立，总司令是乔治·华盛顿。

[3] 译注：由英国国王颁发，准许在北美殖民地进行商业与土地买卖的许可证。

有时还远远超过了被盗物品的价值。说得简单一点，就是法律在这个特殊地带里销声匿迹，而所谓的“公正”则由那些最强大的人以个人利益和私情偏见来决定。

这个路过的陌生人看起来颇有可疑之处，而且他乘坐的还是一匹漂亮的骏马。它虽然没有装上战马的马具，但就像它的主人一样英姿勃勃、仪态端正。这就引起了那些藏在屋子里警惕地打量着他的人的种种猜测。有些过于小心的人家都已经警钟大作。

经过整整一天的跋涉，旅人筋疲力尽，他急需找到一个落脚之处来躲避越发肆虐的风暴，现在大颗的雨水已经以近乎暴力的势头砸了下来。他做出决定，只要遇到下一个能提供住处的地方，就在那里借宿一晚。没过多久，机会就出现了。他骑马穿过一道疏于照管的栅栏门后，骑在马背上用力地敲响了那间简陋房子的大门。一个中年妇女出来应了门，她长得很难看，与她住的房子一样，让人无法产生好感。这个受到了惊吓的妇人打开了门，在一蓬柴火发出的耀眼光线下，她看到一个骑在马背上的人就站在她的门槛外，吓得马上又把门半掩上，半是恐惧、半是好奇地盘问骑手到底有何贵干。

门几乎已经合上，骑手没能看清屋子里的情况。但只是匆匆一瞥，他就不能不用渴望的目光在阴暗中搜索，希望能再找到一个能够遮风挡雨的坚固屋顶。随后他带着难以掩饰的勉强表情，陈述他的请求。但是对方显然并不想答应他，还不等他说完，就不耐烦地打断了他的话：

“现在外头这么乱，我可不愿意收留个陌生人过夜。”妇人用尖锐刺耳的声调粗鲁地说，“我这么孤零零的一个女人，家里又只有老人，再没有别的人。你只要沿着这条路再往前赶上半英里地，就有舒舒服服的房子能招待你啦，而且还不要你钱。你只要多走点路，他们收留你要方便得多，我也放心——前头也跟你说了，哈维他又出去了。我真希望他能听我劝，少去四处晃荡。他如今也挣了不少钱，就该和那些跟他差不多大的人一样，早点安定下来过正经日子，别再整天跑来跑去的了。可是哈维·伯奇非得要走他自己的路，当他一辈子的流浪汉！”

骑手并不想再多听下去，他按妇人的催促继续赶路。他缓缓地把马头拨向来路，同时裹紧了他那强健躯体上的宽大斗篷，做好再次面对风雨的准备。但就在这个时候，他忽然注意到妇人刚才说的一句话。

“这么说，这里是哈维·伯奇的家？”他不由自主地问道，但很快就控制住自己，没有继续追问下去。

“这可难说，他才不把这里当家呢。”妇人立即说道，她鼻息急促，好像迫不及待要回答这个问题似的，“他从来都不着家，待也待不久。当他好不容易愿意赏光在他那可怜的老爹和我跟前露露面的时候，我都快不记得他长什么模样了。不过管他还会不会回来，我才不在乎——从你左手边第一个栅栏门那里拐过去——没错，我一点也不在乎，谁管哈维要不要再回来——我不在乎。”说完，她唐突地当着骑手的面关上了门，而骑手也很乐于再多骑半英里地，好到那个她说得那么肯定、更加舒服安全的住处去。

此刻天光熹微，足以让旅人辨认出开拓过的土地，以及刚刚到达的这个建筑附近的院落。房子是石砌的，形状狭长，并不太高，两边各有一间小小的厢房，正面还延伸出一条用木柱规整排列成的走廊，围栏和外屋也井然有序，让这座房子在普通农舍中显得鹤立鸡群。旅人拉着他的坐骑来到了墙角，这里多少可以给马儿遮蔽一些风雨，然后他挎起行囊，用力地敲了敲房子的大门。很快就来了一个上了年纪的黑人。他似乎认为在这种情况下不用向主人请示——他在手中蜡烛的照明下，仔细打量了来访者——就接受了旅人借宿的请求。旅人被带到了整洁的客厅中，这里点着熊熊的炉火，驱散了这风暴肆虐的十月夜晚的阴郁。旅人把自己的行囊交给了专门来为他服务的侍者，又礼貌地向把他接进门来的那位老人再次重复了他的要求，还向着坐在一边做着针线活的三位女士问好之后，才脱掉赶路时裹着的外衣。

解下脖颈上的围巾，又脱下蓝布斗篷后，他身穿着同样布料做成的外套，进入了这个家族品评的视线之中。他是一个身材高大、举止优雅的男人，看起来大概有五十岁。他的面容显示出沉稳与威严，鼻梁挺直得好像希腊人；他灰色的眼睛中包含着宁静与深思熟虑，还有浓浓的忧郁；他的嘴与下颚线条显得十分坚毅。为了赶路，他周身的打扮简单朴素，但却像是上流阶层穿的式样；他没有戴假发，发式让他显得颇有军人风范，而他笔直而优雅的姿态更是强调了这一点。他的整体风貌是如此让人印象深刻，充满绅士风度。在他整理好仪表之后，女士们从座位上站起来，和这栋房子的主人一起，再次表示了对他的欢迎，还有对他问候的回礼。

这里的一家之主比旅人要大上几岁，从他的做派、穿着以及感觉，都可以看出他是一个出身上流社会、阅历相当丰富的人。三位女士中的一位是四十岁左右的老姑娘，其他两位则年轻得多，看起来还不到前者岁数的一半。年纪最大的这位女士，青春已经离她而去，但是她迷人的双眸，还有漂亮的秀发都让她那么让人赏心悦目，她的一举一动充满了柔和与亲切，这为她增添了少年人所无法拥有的魅力。那两个女孩长得十分相似，显然是姐妹。这对姐妹正当青春年华，正像大多维斯特切斯特郡的女孩一样，面颊红润得好像玫瑰，衬托得水汪汪的碧蓝双眼越发明亮，显示出她们内心的纯洁与宁静，让人看了就不由得心生喜欢。三个女子都拥有窈窕的身段，也是这一带女子的特征。而且像那位绅士一样，她们的举止也证明了她们属于上流阶层。

给远路而来的客人送上了一杯马德兰白葡萄酒后，沃顿先生，这座幽静房子的主人重新在火堆边落座。他稍稍停顿了一下，似乎在考虑是不是有违礼貌，最后还是探询地望了陌生人一眼，开口问道：

“能请教一下，我将荣幸地为哪位先生的健康干杯吗？”

旅人也坐到了椅子上，当沃顿先生问他话时，他正无意识地盯着火堆出神。他缓缓转过眼去，面上微微泛红地望着主人回答：

“请叫我哈珀就好。”

“哈珀先生，”主人按当时的礼节重复了一遍，“我很荣幸地为您的健康干杯，并且希望刚才的风雨没有损害到您的健康。”

听了主人的祝词，哈珀先生安静地鞠躬致谢，随即又发起呆来，对于这一天里冒着狂风赶了那么远的路的旅人来说，这也是自然的。

两位少女也在旁边落座，重新做起了针线。她们的姨妈，珍妮特·佩顿小姐则走出了房间，去为这位不速之客准备充饥的食物。哈珀先生似乎专心地享受着这与屋外有着天壤之别的舒适环境，屋子里笼罩起短暂的沉默，直到沃顿先生再次开口询问客人介不介意自己抽烟。听到对方说不介意之后，他立刻拿起了客人进来时放在一边的烟斗。

看来主人是急不可待地想要与客人畅谈一番，但是一来出于谨慎，二来也怕打扰到这位明显在故意保持沉默的客人，他犹豫了好几次都欲言又止。直到哈珀先生终于抬起头来看向自己，他这才受到鼓舞，打开了话匣子。

“我发现这可真不容易呢。”沃顿先生很小心地绕了个弯子，避免一上来就直接提出他想说的话题，“我是说，我习惯抽烟来当做晚上的娱乐，可是要买到质量够好的烟草真的不太容易。”

“我想纽约的商店里会有全国最好的货色才对。”哈珀冷静地加入了对话之中。

“哦……这个当然。”主人结巴了一下，抬眼望向哈珀的脸，见他神色从容，很快就又垂了下去，“城里的货物当然很丰富。可现在是战争期间，虽然我们是无辜良民，但为烟草这么点小事就进城一趟，实在是太冒险了。”

刚才沃顿先生填完烟斗后，烟草盒子没有盖上，就放在哈珀先生手肘边几英寸的地方，他从里面轻轻捏起了一小撮，试着放到舌头上尝了尝。他的举止很自然，但这却让主人一下警惕了起来。不过客人并没有说出烟草的质量的确属于顶尖一级的话来，只是又陷入了缄默，这个举动打消了主人的戒心。沃顿先生不想放弃刚才获得的优势，他努力地鼓起更大的干劲继续说道：

“我发自心底地深深希望，愿这反常的争斗能早日结束，让我们再次和平友爱地与亲人好友团聚。”

“大家渴望的事情还有很多吧。”哈珀先生抬起眼睛望向主人的面庞，意味深长地说。

“我听说我们的新盟友[1]虽然到达了这里，却还没做出什么重要行动呢。”沃顿先生边说边抖掉了烟斗里的烟灰，借口从小女儿那里接过一块煤，转过身去背向着哈珀。

“我想这是普通公众还没有听说而已。”

“难道这暗示着他们要进行什么大的举动了吗？”沃顿先生仍在让女儿帮自己点烟，但暂时停止了动作，期待着对方的回答。“莫非已经有了什么苗头？”

“哦！并没什么特别的。但面对一支由罗尚博将军[2]率领的强大军队，自然会有所期待的吧？”

哈珀先生用点头表示了赞同之意，但没有再说别的什么。沃顿先生点燃烟斗之后，又把这个话题继续下去。

“他们看起来在南方表现得更为积极，盖茨[3]和康瓦利斯[4]看起

---

[1] 指法国远征军。1778 年 2 月法国与美国签订军事同盟条约，法国正式承认美国，随后对英国宣战。1780 年 7 月，由罗尚博将军率领的特别远征军在纽波特登陆。

[2] 译注：让·巴普蒂斯·杜纳坦·德·维缪尔，罗尚博伯爵（Jean Baptiste Donatien de Vimeur, comte de Rochambeau，1725—1807），军事家，法国元帅。

[3] 译注：霍雷肖·盖茨（Horatio Gates，1725—1806），美国将军，1780 年 8 月在卡姆登战役中被康瓦利斯率领的英军彻底击败，三千美军仅幸存七百人。

[4] 译注：查理·康瓦利斯侯爵（Charles Cornwallis，1738—1805），英军将领，殖民地官员及政治家。1778 年起任北美英军副总司令，卡姆登战役中获得大胜。

来要在那里给这场战争做个了结。”

哈珀先生的眉头微微皱了起来，脸上也笼罩起一层忧郁的阴影。他的眼中闪过一道火光，揭示出心中潜藏着的深深感情。但就连一直用赞赏的眼光望着他的小女儿也没有来得及察觉到，那光芒就消失了，他的脸上只留下了成为他特征的那种镇静，以及以理性控制感情的尊严。

姐姐在椅子上不安地扭动了几下，才鼓起勇气开了口，语调中带着炫耀胜利似的欢欣：

“盖茨将军要面对的是康瓦利斯爵士，这次他可不会像对伯戈因将军[1]那时那么幸运了。”

“可是盖茨将军是个英国人啊，莎拉。”妹妹立刻叫了起来。接着她就为自己的冲动而羞红了脸，她在自己的针线筐里乱翻着，试图掩饰刚才的举动，希望大家都没有注意。

随着她们两个你一句我一句地说着，客人也交替地打量了两个姑娘。他开玩笑似的向妹妹询问，嘴角肌肉极其轻微地一动，流露出他的另一种感情：

“我能冒昧地问一下，你通过这个事实得出了什么结论吗？”

见这位陌生人为自己鲁莽地说出的一句话而直接询问自己的意见，弗兰西丝的脸更红了。然而知道自己必须回答后，经过稍稍的犹豫，她结结巴巴地说：

“就是……就是……先生……我跟我姐姐对英国的军力看法有些不同。”她如此总结着，那孩子一样无邪的脸上泛起意味深长的微笑。

“那么具体又是哪里不同呢？”哈珀先生带着父亲一样柔和的微笑，望着她那充满活力的样子继续追问。

---

[1] 译注：约翰·伯戈因（John Burgoyne，1722—1792），英军将领，1777年奉命进攻纽约时被盖茨的军队击败，不得不于10月17日在萨拉托加向盖茨缴械投降。萨拉托加大捷成为独立战争的转折点，此后美军开始组织大规模的进攻与反攻。

“莎拉认为英国人永远不会被打败，但是我却相信他们并不是无法战胜。”

旅人以一种喜悦的纵容态度听着她的解释，上了年纪的人总是喜欢看到年轻人那种天真无邪的热情。不过他并没有回话，只是重新转向火堆，沉默地继续凝视其中的余烬。

沃顿先生白费了一番努力，还是没能听到他的客人对于政治的意见。虽然客人没有明显表现出拒绝，但也没有积极交流的愿望，他的态度明显有所保留。于是屋子的主人无视了这位客人性格中最重要的特征，站起了身，请客人到另一个房间去，那里摆放着晚餐的餐桌。哈珀先生向着莎拉·沃顿伸出手来，请她和自己一起走进餐厅。弗兰西丝跟在后面，她看起来很迷惑不解，不知道是不是自己扫了客人的兴致。

屋外的暴风雨越发疯狂。瓢泼大雨抽打在屋子的墙壁上，唤醒了房间中沉默的快乐，风雨声越发显出了这里的宁静、舒适与温暖。就在这个时候，门又一次被大声地敲响了，忠诚的黑仆人再次走到了门边。一分钟之后，仆人走了回来告诉他的主人，又有一位过路人要借住一晚，以躲避暴风雨。

当这个新访客不耐烦地敲门的时候，沃顿先生从他的椅子上站起了身，明显显得很不安。他迅速看看前面这位客人，又看看门口，似乎觉得这第二个陌生人的来访与第一个客人会有什么关系。但主人还没来得及压低声音吩咐黑奴请第二位客人进来，门就被粗鲁地推开，那个陌生人自顾自地走进了房间。看到哈珀先生之后他停了一停，然后用正式的礼节把刚才由佣人转述的话重复了一遍。沃顿先生和他的家人很明显不喜欢这个后来的客人，但天气这么糟糕，如果拒绝这个人借宿的要求，不知道会导致什么后果，这迫使老绅士不情愿地作出了默许。

佩顿小姐安排人手撤换了桌子上的一些碗盘之后，那个饱受风雨的闯入者被请上了桌，分享刚才剩下的饭菜。那人把自己的粗呢大衣扔到一边，大模大样坐上了指给他的那把椅子，毫不顾忌地大嚼大咽，满足起自己的食欲来。虽然塞着满嘴的食物，他却总用狐疑的视线瞥着哈珀先生，因为对方正在近处仔细观察着他，这让他感到了尴尬。吃到最后，又倒了一杯葡萄酒，这个新来的向着审视者意味深长地点了点头，然后把酒一口吞下，向对方开口：

“为我们的相识干杯。虽然你好像不是第一次看到我似的，不过我相信我是第一次遇到你。”

主人提供的酒似乎很合他的口味，把杯子放回桌子上后，他伸出舌头在嘴唇上响亮地一舔，声音在房间里回荡。然后他拿起酒瓶，对着火堆发出的光亮，默默地观察着那清澈亮丽的色彩。

“哪里，我想我们之前从没有见过面，先生。”哈珀先生向他的观察对象微微一笑。他似乎已经满意于对这个新客人的观察，又转向了坐在他旁边的莎拉·沃顿，不经意地问道：

“之前过惯了丰富的城市生活，像现在这样在乡下隐居肯定很无聊吧？”

“哦！那当然了！”莎拉急忙说。“我和爸爸一样，希望这残酷的战争快点结束，这样我们就能再回到我们的亲戚朋友那里去了。”

“那弗兰西丝小姐，你也像你的姐姐那样渴望和平到来吗？”

“某方面来说，我也一样，”妹妹鼓起勇气，羞怯地偷偷瞥了发问者一眼，发现他的表情还是那么亲切友善，她的脸上就泛起了生气勃勃的明朗笑容，继续说下去，“不过，那要在不牺牲我们同胞的权利的前提之下。”

“权利？”她姐姐不耐烦地重复了一遍，“有谁的权利能大得过国王呢？国王的统治权是天赋的，又有什么义务比服从他的统治更明确呢？”

“是是是，当然没有啦。”弗兰西丝很有幽默感地笑笑。她亲切地拉起她姐姐的手，又笑望着哈珀补充了一句，

“我想现在先生已经很明白姐姐和我的政见不同了。不过我

们还有爸爸做我们的仲裁人呢。他爱着我们的同胞，也爱着英国人——所以他不会站在任何一边。”

“没错。”沃顿先生带着些惊惧看了看他的第一个客人，又看向另一个，“两边的军队里都有我的亲密好友，恐怕任何一方的胜利都会给我造成不幸。”

“在我看来，根本没什么理由为美国佬担心嘛。”坐在桌边的客人插话道，他若无其事地又从那瓶很欣赏的好酒里倒了一杯出来。

“国王陛下的部队也许是比大陆军更有经验，”主人有点害怕地回答，“但是美国人已经获得了显著的战果啊。”

哈珀对双方的观点都予以无视，他站起了身，希望能到休息的客房里去。一个小男仆带他去卧室，于是他彬彬有礼地向所有人道了晚安后，跟着男孩走开了。而当哈珀先生出去，门一关上，那个不请自来的闯入者就丢下了刀叉。他缓缓地从座位上站起来，边聚精会神地侧耳聆听，边靠过去打开了房门——看起来他是在检查另一个客人的脚步声是否远去——在他的行动引起了恐慌与惊讶的时候，他又关上了门。就在瞬息之间，遮挡住黑发的红色假发，以及遮盖住半张脸的眼罩就被扯了下来，还有那让他看起来似乎有五十岁的佝偻脊背也一下子伸直了。

“爸爸！我亲爱的爸爸！”——一个英俊的青年叫了起来，“还有你们，我亲爱的妹妹们和姨妈！——我终于又见到你们了！”

“上帝啊，我的亨利，我的儿子！”大吃一惊的父亲狂喜地惊呼起来。他的妹妹们已经扑在了他的肩头上，激动得掉下了泪珠。

沃顿先生的儿子出人意料地显示出自己的身份，除了他的家人外，只有忠诚的老黑人看到了这一切。这个黑奴从很小的时候就在他主人的家里长大，就像是要嘲笑他低微的身份一样，他被取名为恺撒[1]。恺撒捧起他的小主人伸过来的手，在手背上落下炽热的一吻，就退了出去。为哈珀先生引路的那个小男仆也没有再回

[1] 译注：与古罗马的恺撒大帝（Julius Caesar）同名。

过房间。过了一会儿，当老黑奴一个人走进来时，年轻的英国军官正在高声地问：

“那个哈珀先生是谁？他会不会去告发我？”

“不不不，哈利主人[1]，”黑人叫着，自信地摇着他灰白的脑袋，“我看见啦，哈珀先生跪在地上，向上帝祷告呢。会向上帝祷告的绅士都不会告发来看老父亲的好儿子。那是剥皮党[2]才干的，基督徒才不那么干呢！”

这段关于剥皮党的见解，不只是恺撒·汤姆森先生——这个老黑人是如此称呼自己的，他认识的那个小小圈子里的人则叫他恺撒·沃顿——一个人的结论。实际上出于便利性，说不定还有必要性的考虑，纽约附近的美国军队领袖们的确雇佣了些有恶行的人来当下属密探，以执行小规模骚扰敌人这一计划。在这个时代，无法严格要求对所有违法的行为都做出审核，在军事权力不受约束、人民权利受到抑制的情况下，压迫与不公正现象自然会出现。在这种情况下，社会上出现了一个独特的人群，他们唯一的目的就是打着爱国主义与热爱自由的旗号，去剥夺自己同胞任何一点点被视为超过限度的幸福。

有时，军事当局会对这种瓜分他人财产的事睁一只眼闭一只眼。州民兵委员会的某个小头目就承认过这种无节制的抢劫，乃至发生流血事件都是合法的。

对英国而言，既然有这么一块富足的土地，足以作为实利来刺激对国王的忠诚心。他们连海盗都进行了收编，而且还更加组织化、系统化。长时间的经验，让他们的领导人知道集中力量做事是多么重要。尽管传统上没有给他们的成果做出正确评价，但他们的成绩还是很大程度归功于这种先见之明的。这个军团有个古

---

[1] 译注：当时黑奴使用的口语从语法到发音都与标准英语大相径庭，恺撒会把亨利叫成哈利，莎拉叫成莎莉。

[2] 译注：如下文所说，是对借爱国为名，实际大肆掠夺、中饱私囊的匪徒的称呼。

怪的称呼——“牛仔队”我们猜想，这多半出自他们对那种动物[1]的众所周知的热爱吧。

恺撒未免对乔治三世[2]委派的那些人太过忠诚了，他也经常目睹那些不人道的士兵们干出的暴行。而且他们是如此贪婪，就连贫穷又失去自由的他都无法免遭他们的迫害。当他说除了“剥皮党”之外，不会有基督徒举报一个冒着风险回家来探望父亲的孝顺儿子时，根本没有对“牛仔队”做出应有的指责。

[1] 译注：指牛。

[2] 译注：乔治三世（George III，1738—1820），当时的英国国王。

第二章 沃顿一家人

他度过许多宁静时日，仿佛不会有尽头，
但是发生了一场可怕的不幸——
她离世而去，命运撕碎了他的心。
格特鲁德爬上了她鳏居父亲的膝头。

——《怀俄明的格特鲁德》

沃顿先生的祖父是一位英国议会议员，所以他有充足的财力将小儿子送到纽约的殖民地来。就像当时成百上千处于相同境遇的年轻人所做的那样，沃顿先生的父亲成了这里的定居者。他结了婚，把独生儿子早早地送回了英国，接受英国学校的优秀教育。在拿到了祖国某所大学的学位之后，沃顿又被送到欧洲社会的上流阶层中耳濡目染地学习人生知识。两年之后，父亲的死讯传来，沃顿被叫回了殖民地，继承了这个高贵的姓氏与相当丰厚的财产。

在那个时候，经常有家庭把家中的子弟安排进英国陆军与海军，以作为正常升迁的阶石，这种做法几乎成为了一种风尚。殖民地的许多高级官员都是前职业军人，好像经验丰富的老战士刚放下剑，就坐上最高法院的法官席，这样的事一点也不罕见。

老沃顿先生本想按照这样的习惯做法让儿子去当兵，但他的儿子实在是缺少这方面的天分，于是他的心愿只能以遗憾告终。

在父亲死后，这个年轻人花了整整一年的时间去权衡各个部队的利弊。他本就生活优渥，又身为殖民地最大的不动产主之一，受到了众星捧月般的待遇，这些极大地阻碍了他雄心勃勃的计划。最后爱情决定了一切，沃顿先生结了婚，就彻底打消了成为军人的想法。他与家人过了很多年幸福的日子，作为一位德高望重的绅士，受到乡亲们充分的尊敬，可是他突然遭到重重一击，丧失了全部的欢乐。因为他的独生儿子，也就是上一章中介绍过的那个年轻人亨利，参加了军队，而且就在战争爆发前不久，因为高层出于谨慎起见，将他作为增援部队派回到其生长的土地——那片日益离心的北美殖民地上。沃顿先生的两个女儿也即将成年，她们需要城市里的高端教育。而他的妻子近几年来身体越来越差，她才刚刚拥抱了自己的儿子，为家族的再次团聚而欢喜，革命战争就爆发了，战火从乔治亚州一直燃烧到马萨诸塞州。眼睁睁地望着自己的儿子被召去前线，与自己南方的娘家人生死相搏，虚弱的母亲实在无法承受如此沉重的打击，她与世长辞了。

在大陆上，没有哪里比大都会纽约一带更为推崇英国的那套规矩，包括贵族在血统、联姻等方面的观念。虽然其中也吸收了早期荷兰移民的一部分风俗，但那毕竟不是主流。殖民地军官们频繁与邻近地区有财有势的家族联姻，就更加强了对英国的从属感。在战争爆发的时候，他们这股联合势力几乎把整个殖民地都拱手让给了国王。但仍有一些有号召力的家族站在人民一边，为他们反抗内阁做出了充足的支持，最终建立起一个独立的共和国政府，并在十三州联盟的军事支持下将它维持了下去。

只有纽约城与邻近区域游离在新联邦的条约之外，而英国国王的统治也延伸不到没有能维护其尊严的军队的地方去。在这种情况下，那些有势力的保皇派就根据他们自己的性子与所处的状况各自采取了措施。有的拿起武器来拥护国王，用他们的勇敢和努力致力于维护他们认定的国君的权利，也保护自己的财产免遭没收法的剥夺。另一些人离开了这个地方，寻找他们勉强称为家的庇护所。他们天真地希望自己能够逃避战争的混乱与危险，觉得只用忍耐一阵子而已。剩下的第三种人则更为谨慎，他们死死地留在自己的故乡，只想要保住自己丰厚的家产，其中或许也有舍不得自己从小生长的地方的缘故。

沃顿先生就是最后的那一种。他对不可预见的未来做出了各种必要的准备。在秘密把所有金钱转移为英国的基金后，这位绅士决定留下来面对战火的威胁，严守中立立场，保证无论哪一方获胜，自己的庞大家产都能被保全。他明显把全部热心都投注在对女儿们的教育中，直到有一位担任新政府要职的熟人对他暗示，他现在居住在英国军队驻扎的地方，在他的同胞看来，就跟住在英国首都没什么两样。沃顿先生立刻认识到，自己犯了一个在这种现状下不可原谅的错误，随即就决定为克服这个困境而隐居乡下。他在维斯特切斯特郡有处宅子，多年以来，他习惯到了夏天就去那里避暑。那所宅子如今家具齐备，随时可以入住。他的大女儿已经到了可以被女性社交界所接纳的年龄，但小女儿弗兰西丝，还需要一两年的正常教育才能完全释放出自己的光芒。至少珍妮特·佩顿小姐是如此认定的。这位女士是沃顿先生死去妻子的妹妹，出于女性特有的献身精神与深深的亲情，她离开了位于弗吉尼亚殖民地的老家，来到这里照顾起了这两个失去母亲的外甥女。沃顿先生很尊重她的意见。在她的坚持下，他的父爱也不得不为女儿的幸福让步。

沃顿先生只得满心痛苦地离开自己的女儿，一个人来到了洋槐庄园，毕竟他那与生俱来的审慎让他不能丢下自己的世俗财产。与此同时，他的女儿则和她们的姨妈留在他纽约市的气派大宅中。他的儿子，沃顿上尉隶属的军团也是纽约城的固定卫戍部队之一。想到儿子也在那里，为远离女儿们而痛苦的父亲就得到了莫大的安慰。可是沃顿上尉毕竟太年轻，又是个军人，他看人的眼光并不是那么准。他还片面认定，只要身披红外套[1]，就不可能藏着一颗无耻的心。

---

[1] 译注：指英军红色的军服。

就像皇家军官们认为值得关注的其他家庭那样，沃顿先生在纽约的宅子成了深受他们欢迎的休息处。而这样的集会只对少数几个访客是有益的，却对更多的人造成了危害，因为这勾起了他们对不可能实现的目标的期望，更糟糕的是还给少数人带来了毁灭性的影响。由于父亲众所周知的富有，另外也可能因为有那位高尚的哥哥陪同，两位年轻的小姐得以免遭日益临近的危险侵害。但是莎拉·沃顿不可能无视那些人对自己窈窕体态与美丽容貌送上的潮水般的赞美。她那因为水土而早早成熟的娇躯，还有在严格的教养下养成的优雅，让她成为整个纽约城中独占头筹的名花，有望与她一争高下的，也许只有她的小妹妹一个人。但弗兰西丝还差几个月才满十六岁，这两个女孩子彼此深爱对方，她们根本就不会想到要与对方竞争。实际上，除了和威尔梅上校交谈之外，莎拉最大的快乐就是注视着这个含苞欲放的小小赫柏[1]。她带着青春的天真、火热的性情和天生的幽默感，在姐姐身边快乐地嬉闹。不知这是不是因为弗兰西丝并不像她姐姐那样，受到了那些经常出入宅子的风流军官们过多奉承的缘故。那些人总是反反复复提起他们的战功，这对姐妹俩造成了截然相反的影响。那时英国军官们流行轻蔑地谈论自己的敌人，而莎拉把这帮追求者们的夸夸其谈都当了真。弗兰西丝最初听到的政见都夹带着对自己同胞的嘲笑。一开始她相信了，直到偶然有一位将军为了自己的公正评价，不得不为他的敌人说了公平话。弗兰西丝从此对那些渲染同胞们无能的言论产生了几分怀疑。威尔梅上校就是兴高采烈地把智慧浪费在揶揄倒霉蛋美国佬的那帮人里的一个，于是弗兰西丝对他的口若悬河也充满疑心，有时甚至会感到愤恨。

在一个闷热的日子里，三个人聚在沃顿先生家的客厅中，上校和莎拉坐在沙发上，一边忙着用眼睛谈情说爱，一边一如往常地聊个不停。弗兰西丝坐在他们对面角落里的绣架前刺绣，当时威

[1] 译注：希腊神话中的青春女神。

尔梅上校突然大声说：

“当伯戈因将军率领的军队到达时，这座纽约城会多么快乐啊，沃顿小姐！”

“哦！那当然是十分愉快的了。”有欠思考的莎拉回答，“我听说有许多迷人的女子随军前来呢。正如你所说，这一定会给我们带来生机与快乐的。”

弗兰西丝将她丰茂的金色秀发甩到身后，抬起她闪烁着爱国热情的双眼，以她潜藏的幽默感笑着问：

“你们就如此肯定伯戈因将军会被允许进城来吗？”

“允许！”上校应声道，“谁又能拦得住他呢，我可爱的法妮[1]小姐？”

以弗兰西丝这个年纪，正是年轻人最重视自己的社会地位的时候。她还不是一个成熟女性，但也已不是年幼的孩子了。那句“可爱的法妮小姐”未免太过狎昵，让她觉得不舒服。她把视线落回到她的绣架上，双颊染上了绯红。

“斯塔克将军可是把德国人全都抓住了的[2]，”她抿着嘴唇说，“也许盖茨将军会认为放任英国人随意走动太危险了呢？”

“哦！可正像你说的，那些家伙是德国人啊。”上校叫了起来，很明显对于需要对她一一解释感到了恼怒，“他们不过是用钱雇来的佣兵而已。等真正的英国军队一来，你就能看到完全相反的结果了。”

“这当然毫无疑问。”莎拉也大声说，她一点也没有试图开解上校对她妹妹的怒气的意思，心里已经在为英国人的胜利欢呼雀跃。

“那么请问，威尔梅上校，”弗兰西丝再一次抬起她活泼的眼睛

---

[1] 译注：弗兰西丝的爱称。

[2] 译注：1777 年 8 月 16 日，伯戈因派遣德国上校鲍姆率领的精锐部队前去本宁顿掠取军需，但被约翰·斯塔克将军（John Stark）率领的佛蒙特绿山少年义勇军彻底击溃，生俘英军七百人。

注视着男士的面孔，用她丰富的幽默感问道，“莱克里顿[1]的珀西伯爵是不是《切维·蔡斯》里哪一位的亲戚啊[2]？”

“怎么，法妮小姐，你看起来要变成叛徒了啊。”上校努力把他的怒火付之一笑，“你开心地嘲讽为莱克星顿的失败，但那不过是一种明智的……战……战略撤退……”

“逃跑的战略吗？”风趣的女孩打断了他，特别强调了前面一个词。

“我明确地说，年轻的女士……”威尔梅上校正要争辩，却被一个没有注意到的人的发笑打断了。

三个人所在的客厅旁边有个小小的配房，风把两个房间之间的门给吹开了。他们看到一个英俊的年轻男子坐在门口旁边，他带着笑容，表示他对这番对话听得很愉快。他迅速站起身来，手抓着帽子穿过了门。他是个高大优雅的青年，肤色黝黑，乌黑的眸子闪闪发光，带着尚未消失的笑意，他向两位小姐鞠了个躬。

“佩顿·邓乌迪先生！”莎拉惊讶地叫了起来，“我都不知道你来了这里。请到客厅这边来坐吧，这里凉快得多。”

“谢谢你。”年轻人回答，“但是我现在必须去找你哥哥，是他把我安排在这里的，用他的话说就是埋伏哟。他说好一个小时之后会回来的。”他没有多做解释，又对着两个女孩礼貌地鞠躬，接着冷淡又傲慢地对上校示意，走出了房间。弗兰西丝跟着他走到了走廊上，脸红红地用急迫的声音问：

“可是为什么……为什么你要走呢？邓乌迪先生？亨利肯定很

---

[1] 译注：1775 年 4 月，时任马萨诸塞总督的盖奇将军派遣英军前往列克星敦、康科德地区搜检爱国者的军火，两地的民兵闻讯奋起抗击英军，将英军彻底击溃。此战为美国独立战争揭开了序幕。

[2] 译注：莱克星顿战役中负责接应溃兵的珀西伯爵（Lord Percy）被打得大败，自己也险些战死。《切维·蔡斯》（*Chevy Chase*）是英国十七世纪的一首歌谣，主人公珀西爵士在与苏格兰的战斗中受伤死去。弗兰西丝借着两人同名来嘲笑英军的失败。

快就会回来啊。”

绅士捧起她的一只小手，脸上严肃的表情已经被赞赏的神情替代，他说：

“我亲爱的小表妹，你把他管理得很好。你可绝对不要——绝对不要忘记了这个你出生的国家。你要记住，你不仅仅是英国人的孙女，也是佩顿家的外孙女。”

“哦！”女孩欢笑起来，“我怎么可能忘记呢，我们亲爱的珍妮特姨妈可是常常用家谱来训诫我们的。不过你为什么要走呢？”

“我得去一趟弗吉尼亚，有很多事情要办。”他紧紧握住她的手对她说。然后他回头看了看，一边关上门，一边大声道：“忠于你的国家——做个美国人。”当他出门时，热情的姑娘吻了自己的手，向他送去飞吻，然后立刻用漂亮的小手捂住了快烧起来的脸颊，飞跑进自己的房间以掩饰她的慌乱。

在弗兰西丝公开的讽刺与年轻人不加掩饰的蔑视之下，威尔梅上校觉得自己处境尴尬，但他又不好意思当着自己心仪姑娘的面为这么点小事发火，于是在邓乌迪走出房间后，他高傲地发泄出了自己的愤懑：

“以他这种地位来说，他实在太冒失了。我想他不过是个店里跑腿的小子吧？”

莎拉实在没有想到，会有人把举止文雅的佩顿·邓乌迪当成店里跑腿的伙计，所以当上校继续说着时，她还在惊讶地四下张望。

“那个什么邓……邓……”

“你说邓乌迪！啊，不不，他是我姨妈的亲戚。”年轻的小姐高声说，“而且他也是我哥哥的好朋友。他们是学校里的同学，直到去英国之后才分开，我哥哥进了军队，而他进了法国的军事学院。”

“那他花的学费看起来是打水漂了。”上校没能掩盖住他的怒火。

“我们该希望最好如此呢，”莎拉带着微笑补充道，“因为据说他还要加入叛军。他是坐一条法国船来到这里的，之前刚刚调任。你很可能很快就要在战场上碰到他了。”

“哼，随他去——我只希望华盛顿手底下有足够多这种英雄。”随后他转换到更愉快的话题，聊起他们自己的事来。

几个星期后，伯戈因率领军队投降了。沃顿先生也开始觉得这场战争胜负难卜，开始打算重新赢得同胞们的信任，同时也为了满足自己的天伦之乐，他想把女儿们都叫到庄园里。佩顿小姐也答应了一起来。从那时起，直到我们这个故事开始的时候，他们都团聚在一起。

只要主力部队一有行动，沃顿上尉自然也要随队前往。在洋槐庄园附近行动的强大部队的保护下，他也曾经偷偷地和亲人有过一两次短暂的相聚。可是自从上次一别后，他们已经整整十二个月没有再见。于是，耐不住性子的亨利就采取了伪装的办法，不巧，他回家的这天晚上，家里来了一个可疑的陌生客人。本来这个庄园里除了家人，很少会有客人来的。

“你们觉得他是不是在怀疑我？”听了恺撒对剥皮党的看法之后，上尉焦急地问。

“他怎么会起疑呢？”莎拉说，“你的亲妹妹和爸爸都没有认出你来啊。”

“可他的举止有些可疑。他太爱打听，一个真正毫不关心的外人不会这么做的。”沃顿上尉深思熟虑地说，“而且我觉得他看起来有些面熟。最近安德烈的事情[1]给双方都造成了刺激。亨利·克林顿爵士威胁说要对他的死展开报复，华盛顿则一副不动如山的态度，就好像他已经掌握了半壁江山似的。如果我不幸落入了叛

[1] 译注：美军前期领袖人物本尼迪克特·阿诺德（Benedict Arnold）被金钱拉拢，意图叛逃英国。亨利·克林顿派出安德烈少校与阿诺德接触。后安德烈被美军于塔利镇抓获，因为当时未穿军服，他被以间谍罪起诉，于1780年10月2日被绞死。对于安德烈的死刑，当时争议很大，但华盛顿还是坚决地处死了他。

军手里，他们一定会把我当成实现他们计划的最好目标。”

“可是，我的儿子！”父亲惊恐地叫起来，“你并不是间谍啊！你又没有到叛军……呃，美国人的阵地上去，这里又有什么值得刺探的呢！”

“这可很难说。”年轻人陷入了深思，“当我伪装潜入的时候，他们正南下前往怀特平原。我的确是并没有任何不良用意，但他们看起来又如何呢？我对你们的探望会被认为是个幌子，其实另有所图。爸爸你还记得吗？就在不到一年前，你为了在冬天给我送点水果，遭到了怎样的对待。”

“那都是我那些善良的邻居们在扭曲事实，”沃顿先生说，“他们意图让我的财产遭到没收，然后好用低廉的价钱买到我上好的农田。可佩顿·邓乌迪很快就帮助我获得了释放，我们只被拘留了一个月而已。”

“我们！”儿子大吃一惊地重复道，“他们也抓走了我的妹妹？法妮，你根本没写信告诉我啊！”

弗兰西丝脸红得厉害：“我在信上的确是提到我们受到了你的老朋友邓乌迪少校很好的招待。是他促成了爸爸重获自由。”

“这个没错，可你是不是也跟爸爸一起被抓到了叛军那里？”

“是的。”父亲温和地说，“法妮不想让我一个人受苦。珍妮特和莎拉要照管洋槐庄园，于是法妮就陪着我一起被关了起来。”

“结果等法妮回来，却变得比以前更像叛徒了呢！”莎拉愤愤不平地叫道，“本来以为看着爸爸吃了这么大的苦，她就该丢掉她的蠢念头的！”

“你对这个控告有什么要说的吗，我亲爱的妹妹？”上尉快活地说，“难道佩顿不只自己仇恨我们的国王，还努力教唆你也这么干了吗？”

“佩顿·邓乌迪才不恨任何人呢。”弗兰西丝立刻辩解。说完，她立刻又因为自己的热情而红了脸，赶快补上一句：“他爱你，亨利，我知道的。他总是一遍又一遍地跟我这么说。”

沃顿上尉带着微笑，轻轻拍了拍妹妹的脸颊，当他询问她的时候，特意假装对她耳语："他是不是还告诉你，他也爱着我的小妹妹法妮啦？"

"胡说！"弗兰西丝叫道。然后，晚餐餐桌上剩下的东西马上就在她的指挥下收拾得一干二净。

第三章　货郎哈维·伯奇

当秋天的仓房收尽了田野，
呼啸的风扯下凋零的树叶，
短命的日光藏进罗蒙山后，
缓缓地消失，引领来黑夜。
瘦弱货郎孤独地踏上旅途，
与喧闹的城市哀伤地作别。

——威尔逊[1]

在哈德逊河一带的高地，如果一场风暴是由东风造成的，那么至少要刮个两天以上。当清晨到来，洋槐庄园里的居民们聚起来吃早饭时，看到倾盆大雨几乎是水平地抽打着窗户，在这样的天气下，绝对不会有谁想让人或牲畜出去淋雨。哈珀是最后一个出现的，在观察了天气状况之后，他就为自己还要多打搅好心收留的沃顿先生一阵而向主人道歉。在表面上看来，沃顿先生也答复得和道歉的人一样礼貌。哈珀仍然是一副无所谓的态度，可做父亲的却是心神不宁。亨利·沃顿不情不愿地听了他父亲的劝说，重新又戴上了他厌恶的那副伪装。在哈珀像对其他家人那样，向他问了早安后，两个人之间就没有任何的交流了。弗兰西丝切实地感觉到，当这个旅人走进房间，和她哥哥见面的那一刻，他的

[1]　译注：约翰·威尔逊（John Wilson，1785—1854），苏格兰散文作家与诗人。

脸上闪过了一丝笑意，但是那被限定在了眼睛之中，开始似乎要争夺对面部肌肉的控制权，但立刻就让位于他一贯保持的稳重而亲切的表情。深爱哥哥的妹妹双眼忧虑地转动着，一会儿看看自己的哥哥，一会儿瞥瞥他们陌生的客人。在一次用餐的时候，哈珀先生在餐桌上小心地帮她拿过餐具，他们的视线相触了。姑娘的心脏一下狂跳起来，现在才好不容易恢复到一个年轻、健康又活泼的人该有的频率。当人们还没有用完餐时，恺撒走了进来，轻手轻脚地把一个小小的包裹放在他主人的身边，然后谨慎地退到椅子后，一手扶着椅背，以半是亲切、半是恭敬的样子等候吩咐。

“这是什么，恺撒？”沃顿先生很疑惑地盯着那个小包裹，检查着它的包装。

“是烟草啊，老爷。哈维·伯奇回来了，还从纽约给您带了点好烟草。”

“哈维·伯奇！”主人很谨慎地偷偷打量了客人一眼。“我不记得曾经托他买烟叶啊。不过他都帮我买来了，必须得付钱感谢麻烦他跑了这一趟才行。”

在黑奴说话的时候，哈珀才暂停了默默不语的用餐。他的眼睛缓缓地从仆人移到主人身上，然后又转为让人费解的淡漠。

但这个消息让莎拉·沃顿喜出望外，她立刻从椅子上站了起来，命令黑奴把伯奇带到房间里来。话刚说完，她忽然想到自己这样很失礼，连忙歉意地望着客人补充道：“当然，如果哈珀先生不介意让一个货郎进来的话。”

陌生人露出宽容与和蔼的表情，默默点了点头，用比一切华丽的言语都更有说服力地表达了善意。这个举动打消了姑娘所有的窘迫，她再次做出了吩咐。

这座别墅的窗子边缘设计有深深的凹陷，里面放置着靠背椅子，悬挂着豪华的锦缎窗帘，那原本是装饰在纽约皇后大街[1]那

[1] 译注：当时纽约最主要的街道。

所房子的客厅中的，现在移到了洋槐庄园里，为这里平添了难以言喻的舒适感，令人愉快地宣布着居家的冬天即将到来。但此刻，沃顿上尉迅速躲进了一扇窗边，用窗帘把自己遮挡了起来。他的小妹妹也失去了一贯天真率直的态度，以一种不自然的局促，默默走到了另一幅窗帘后面。

哈维·伯奇从年轻时起就做了货郎，至少，他自己是经常这么说的，而且他展现出来的本事也能证明他说的是实话。他出生于东部殖民地。由于他的父亲表现出的过人才识，人们都觉得他们在老家应该过着更加富足的生活。但哈维的举止跟乡下的人没什么两样，就算他很能干，而且行动神神秘秘的，他也仍然是平民阶层。十年前，他们两人来到了这个山谷，买下了哈珀要借宿、结果没成功的那座房子，然后就一直过着安静的日子，很少被人注意到，也很少有人知道他们。老伯奇一直在他买下的一小块地上辛勤耕作，直到年老体衰，儿子则热心地跑他的小买卖。他们这种规律又平静的生活，使得邻居们都很关心他们，于是介绍了一位三十五岁的老姑娘给他们，而她舍弃了性别上的拘束，答应帮他们管理家务。凯蒂·海因斯的青春已经消逝，她看着自己身边的男女熟人都一个接一个地结了婚，她虽然想要加入他们的圈子，但却觉得自己基本上不会有希望嫁出去，在这种念头下，她进了伯奇家。父子两人也的确需要更好的陪伴。需求战胜了一切，他们决定接受她来帮忙管家。凯蒂也的确具有一定的品质，能够成为一个不错的管家。一方面，她灵巧、勤勉、诚实，而且会理财。但另一方面，她又饶舌、自私、迷信，最爱四下打听。由于她完美发挥了最后一种特质，因此，她在那个家里住了不到五年，就可以耀武扬威地宣布，她听到的，或者说钻进她耳朵里的东西，已经足够让她了解主人们之前的经历。只要凯蒂能预言他们的未来，她就能打听出他们全部的过去。根据她听到的父子之间的私人对话，两个人曾经遭到了一场火灾，这使他们从富足沦落为贫穷，更可怕的是，这个家里只剩下了他们两个。只是稍稍提及那次灾难，父亲的声调就颤抖了起来，连凯蒂听了都觉得难过。不过世俗的好奇心这种东西是没什么障碍能够阻挡的，她就继续这么干下去，直到儿子直接对她提出了警告，威胁要以比她年轻的女士取代她的位置，这才好好给了她一个教训，让她知道自己不该越过某些界限。从那之后，这位女管家的好奇心受到了抑制，虽然她还是不会放过任何一个偷听的机会，但难以再把新的消息补充到库存里。不过，她还是得到了一个最感兴趣的情报。自从知道了那件事，她就在爱情与贪财的双重刺激下，把全副精力都集中起来，只为了实现一个目标。

哈维·伯奇有个习惯，他经常会在深夜神神秘秘地跑到厨房和客厅共用的壁炉那里去。凯蒂注意到了这一点，于是趁着他不在家，他父亲去干农活的时候，她跑到了壁炉边，在翻开一块石头后，她发现了一个铁罐，里面的金属闪闪发光，足以把最坚硬的心变成绕指柔。凯蒂成功地把石头放回原处，没有让人发现，之后再也不敢去看了。但从那时候起，这位老处女的心就再也不冷酷如铁了。哈维·伯奇只差一步就能得到他的幸福，只要他发觉到了，就会水到渠成。

战争并没有妨碍货郎的生意，看起来，他反而抓住了战争阻断正常交易这个黄金商机，全心全意扑在挣钱这个远大目标上。他就这么不间断干了一两年，获得了相应的收益，但是不久之后，黑暗又危险的流言蜚语就开始绵绵不绝地给他投下了怀疑的阴影。民政机关认为他们的职责就是对他的行动进行仔细检查。于是他时不时就遭到监禁，不过时间都不长，跟他在军方的压迫下吃的苦头相比，逃过法律这关还算容易得多了。伯奇还是幸存了下来，继续做着他的生意，但是他不能不对自己的举动报以十二分的小心，特别是在靠近北方防线，或者说美国的边界线的时候。所以他也难得能去洋槐庄园，连自己的家都很少回来，丢下凯蒂一个人满心失望。所以在她拒绝哈珀借宿的时候，才说出了那些我们听到的抱怨。但看起来没有什么能够阻挡这位不知疲倦的商人的脚步，为了卖掉那些只有在这一带最有钱的家庭里才能卖出去的货物，他不惜顶着猛烈的风暴勇敢地走了半英里路，从他的家里来到了沃顿先生的庄园。

得到了年轻女主人的吩咐，恺撒几分钟后走了回来，带着货郎来到了房间里。这个货郎比一般人要高，身体瘦削，但是全是肌肉。乍看上去，他似乎都背不起那些货物，但他拿起放下背囊却是毫不吃力，好像里面装的不过是羽毛似的。他的眼睛是灰色的，眼眶凹陷，眼神不安地四下转动，当那双眼睛扫射到交谈的对象脸上时，就好像看穿了对方的灵魂。这双眼睛中包含着两种截然不同的感情，反映出他的性格。他忙着谈生意的时候，表情显得充满生机、积极又灵活，偶尔会变得很尖锐。而话题转到日常对话的时候，他就会显得心不在焉，焦躁不安。但在偶然的情况下，人们谈起革命和国家时，他整个人似乎都警觉了起来，全副精力都在一瞬间集中。他会长时间默默不语地倾听，而后以轻松风趣的促狭来打破沉默，这与他之前的表现差别太大，显得有些矫揉造作。但是他自己很少会说起这场战争，还有他父亲的事，都只会在必要的时候才提起。

表面看来，贪财是他主要的嗜好，可是从他的实际情况来参考，凯蒂·海因斯构思的那个计划其实并不适合在他的身上实现。进了房间之后，货郎就把装着货物的背囊放了下来。那个货囊放在地板上，几乎和他的肩膀一样高，然后他向全家人很恭敬地行了礼。对于哈珀，他默默地弓了弓身，眼睛一直没有从地毯上抬起来。不过因为有窗帘遮挡，他没有发现沃顿上尉。莎拉兴奋得只和他寒暄了两句，就开始翻看起包裹里的东西。几分钟里，两个人热心地把各种货物一件件从里面拿出来，很快，桌子、椅子甚至地板上就铺满了丝绸、绉纱、手套、棉布，还有行商的所有货物。恺撒也帮忙拉着袋子口，让主人掏空里面的东西，偶尔还会帮着年轻的小姐赞美几句某种华丽的衣料，因为这种料子颜色对比更鲜明，他觉得会更受她喜欢。莎拉花了好长一段时间选好了几种布料，又商量好了满意的价钱，用愉悦的声音向哈维问道：

“不过，哈维，你都没告诉我们新闻呢。康瓦利斯伯爵是不是又打败叛军了？”

货郎没听到她的问题，因为他正把半个身子都探进背囊里去，找出一些十分精致的花边，举在手中给大家看，希望博得年轻的小姐欢心。看到那花边，佩顿小姐都不由得失手掉下了正在专心清洗的杯子，弗兰西丝也忍不住探出了整张可爱的面孔，之前她都只把一只讨人喜欢的眼睛露在外头而已，面上的红晕把遮住她娇躯的锦缎都比得失色了。

姨妈停下了手中的活儿。伯奇很快就卖掉了大部分贵重的货物。女士们的赞扬声引得小妹妹把整个身体都探出来了。当弗兰西丝慢慢从窗边站起来的时候，莎拉正用愉快的口气重复了她的问题，虽然她的快乐更多源于购物欲的满足，而不是政治热情。小妹妹还是又坐了回去，装出在观察天上云彩形状的样子。这时候货郎想到了对方想要的答案，就说：

“我听到有人说，塔尔顿在泰格河边打败了萨姆特将军[1]。”

沃顿上尉这时不经意地把头从窗帘间伸了出来，弗兰西丝屏住了呼吸侧耳倾听，却发现哈珀也将宁静的眼睛从他在看的书上抬起，望向了货郎，面上的表情说明他对这个话题非常感兴趣。

“真的吗？”莎拉狂喜地叫了起来，“萨姆特……萨姆特……那是谁啊？要是你不把新闻完整地告诉我，我可连根针也不会买哟。”她补充说，笑着把刚才察看的棉布向旁边一扔。

货郎犹豫了一下，他看了哈珀一眼，对方还在意味深长地注视着他，而后伯奇的态度就突然一变。他走到火边，也不管佩顿小姐擦得亮闪闪的铁制柴架，吐出一大口连汁带渣的弗吉尼亚烟草，走回到货物旁边。

“他住在南边什么地方，跟那些黑鬼混在一块儿。”货郎唐突地说。

---

[1] 译注：伯纳斯特·塔尔顿爵士（Sir Banastre Tarleton，1754—1833），英军将领。1780年8月18日在南卡罗来纳发生的钓鱼溪战役中击溃由托马斯·萨姆特（Thomas Sumte，1734—1832）率领的民兵部队。

“才不是黑鬼，他们跟你一样，伯奇先生。”恺撒辛辣地打断了他，很不快地把袋口扔了下去。

“嘘，恺撒——嘘，不要在意。”莎拉·沃顿急于听到后续，她安慰老黑奴说。

“黑人和白人一样好，莎莉小姐。”生气的老黑奴继续抗议，“只要人守规矩。”

“通常还要好得多呢，”他的女主人应和道，“不过，哈维，这个萨姆特先生是谁啊？”

货郎的脸上闪过一丝轻微的诙谐，不过马上就消失了。他继续说了下去，好像对话从没被精神敏感的佣人打断过。

“跟我刚才说的一样，他住在南边，跟那些有色人种一起。”——恺撒重新干起活来——“他刚刚和那个塔尔顿陆军上校展开了一场混战……”

“塔尔顿上校打败了他吧！当然是这样对不对？”莎拉很有自信地大声说。

“莫里桑尼亚的军队这么说。”

“但你说呢？”沃顿先生冒险问了一句，不过他说话的声音还是很小。

“我只是重复我听到的东西而已。”伯奇说，把一块布料递给莎拉挑选，但她默默拒绝了，显然不多听到一些新闻，她就不买别的东西。

“他们说，在平原那里，”伯奇先扫视了一眼房间，视线在哈珀身上停留了一下，继续道，“萨姆特和其他一两个人受了伤，可另一支英国军队却被击溃了，因为民兵埋伏在了一座圆木的谷仓里[1]。”

“这不太可能吧，”莎拉轻蔑地说，“虽然我对那些叛军藏在圆

[1] 译注：1780 年 10 月 7 日，美军在国王山战役中彻底击败帕特里克·弗格森（Patrick Ferguson）率领的英军。弗格森战死，残部投降。这场战役成为南卡罗莱纳州战斗的转折点。

木后面毫不怀疑。”

“我觉得，”货郎冷冰冰地说，再一次把那块丝绸递给了莎拉，“在圆木后头挡枪，总比在圆木前头中枪要明智多了。”

哈珀视线落回到手中的那页书上去了，这时弗兰西丝站起了身，面上泛起微笑向前走来。她询问时用的口气那么亲切，货郎之前从没见她这样过。

“请问你还有别的花边吗？伯奇先生？”

她想要的东西立刻就拿到了她面前，于是弗兰西丝也变成买家了。在她的吩咐下，仆从给伯奇送来了一杯烈酒，伯奇拿起杯子，道了声谢，又向屋子的主人和小姐们致敬，一口喝干了。

“就是说，塔尔顿上校已经打败萨姆特将军了？”沃顿先生说，装作要修补他的小姨子失手打破的杯子。

“我相信他们认为莫里桑尼亚是这样。”伯奇干巴巴地说。

“你还有没有别的消息呢，我的朋友？”沃顿上尉冒着风险从窗帘后面露出头来问。

“你听说安德烈被绞死了吗？”

沃顿上尉最先和货郎交换了一个意味深长的对视，之后他假装漠不关心地说：“那肯定是几星期前的事了。”

“他的死刑引起了很大的反响吧？”父亲问，努力要把摔破了的瓷杯子拼起来。

“你也知道，人们总是喜欢议论的，先生。”

“我的朋友，那军队有没有南下移动呢？这样再走动的话会很危险的吧？”哈珀笔直注视着对方问道，期待着他的回答。

几束缎带从伯奇的手里落了下来，他的脸色变了，刚才那种热心的专注感瞬间消失，他慢悠悠地回答：“英国正规骑兵已经出来一段时间，我路过德兰西[1]那些人的住处的时候，也看到他们在清

---

[1] 译注：詹姆斯·德兰西。保皇党，纽约大地主。在维斯特切斯特当地自行召集了武装骑兵队，也就是书中前文提到的“牛仔队”。

洁武器。要是他们很快就嗅到味道追过来，我也不奇怪，毕竟弗吉尼亚骑兵就在这个郡的南边。”

“他们人很多吗？”沃顿先生焦虑地停下了手里的活计。

“我没数过。”

弗兰西丝是唯一一个注意到伯奇态度转变的人，她又看向哈珀，他正在不言不语专心看书。弗兰西丝拿了一些缎带——又随手放下——打量着这些货物，丰密的卷发遮住了她的面庞，她连脖子都飞起了红云。

“我想南方的骑兵已经到了特拉华。”

“应该吧，”伯奇说，“我路过的时候离军营有段距离。”

恺撒刚刚挑了一块印花棉布，白地上印着艳俗的红黄色大花，但是欣赏了几分钟之后，他又叹了口气，把那块布料放下，大声说：

“非常好看的棉布！”

莎拉说：“是啊，这布料一定很适合给你妻子做条长裙吧，恺撒。”

“是啊，莎莉小姐。”黑人高兴地说，“会让老黛娜的心兴奋地跳出来！这么高级！”

“没错，”货郎也风趣地补充，“它能把黛娜打扮得好像一条彩虹！”

恺撒渴望地望着他的年轻女主人，直到她向哈维询问了印花布的价钱。

“哦，这个要看人了。”货郎说。

“多少钱？”莎拉惊讶地问。

“取决于我找买主的运气。要是卖给我的朋友黛娜，只要四先令就行。”

“太贵了吧。”莎拉说，转头去看自己的那堆东西。

“糙花布可不值这么高的价，伯奇先生。”恺撒抱怨道，又把袋子给丢了下去。

“那就三先令好了，”货郎改口说，“如果你喜欢的话。”

“那当然喜欢啦，”恺撒说着，开心地笑了，重新又把袋子给撑了起来。“莎莉小姐掏钱的时候喜欢三先令，收钱的时候喜欢四先令。”

这笔生意立刻成交了，不过量尺寸的时候，伯奇发现这块布料比黛娜的尺码短了一点点。但伯奇凭借着一点蛮力，硬是把那条布拉扯成了需要的尺寸，然后又很有良心地加了一条和布料一样耀眼的缎带。恺撒迫不及待跑了出去，向他的老伴报告喜讯去了。

在这场生意做完的时候，沃顿上尉大胆地把窗帘拉了起来，把整个人暴露在人们的视线中。他直接向正在整理散乱货物的货郎提问，问他是什么时候离开纽约城的。

“太阳开始下山的时候。”伯奇回答。

“这么晚吗？”上尉惊讶地说。但他马上改变了态度，以一种更谨慎的姿态继续问：“你能在这么晚的时候通过哨卡？”

“我能啊。”伯奇简明扼要地答。

“哈维，那些英国军官肯定很熟悉你。”莎拉狡黠地对他笑笑。

“我和其中几位是挺熟的，”伯奇回答，他的眼睛在房间里扫视了一下，经过沃顿上尉，又在哈珀脸上停了一停。

所有人说话的时候，沃顿先生都听得很专心，他早就把装出来的漠不关心的样子丢到了脑后，甚至把费了老大的劲想粘起来的杯子碎片都捏得更碎了。看到货郎正给他的袋子打上最后一个绳结，他唐突地开了口：

“我们是不是又要被敌人侵扰了？”

“‘敌人’是指谁啊？”货郎站起身来，看了他一眼，沃顿先生的眼神立刻慌乱了起来。

“打扰我们太平日子的人都是敌人。”佩顿小姐见姐夫无法回答，就替他说道，“但皇家军队是不是要从南边上来了？”

“看起来他们很可能就要到了。”伯奇说。他从地上扛起货物，准备离开房间。

“那大陆军呢？”佩顿小姐继续温和地问，“他们是不是也在这附近？”

伯奇正要回答什么的时候，门突然开了，恺撒走了进来，后面跟着他兴高采烈的妻子。

对于黑色人种来说，像恺撒这样幸运的例子并不多见。这个老家仆生长在主人家里，已经把自己的祸福和他侍奉的那些人视为一体。在过去的三十年里，他这样的人已渐渐成为流浪阶层。这些人在整个国家游荡，无拘无束，也没有任何人身依附。长年的奴隶制所导致的恶果之一，就是让牺牲者们无法适应做自由民。恺撒上了年纪，一头卷曲的短发已经成了灰白色，这让他的外表显得越发严肃。长年来坚持不懈的梳理，把他前额一带的头发变得笔直，它们直挺挺地站着，好像一把坚硬的刷子，让他凭空增高了两英寸。他年轻时闪亮的黝黑肤色失去了光泽，变成了昏暗的褐色。他的眼睛很小，彼此分得很开，里面总带着和善的神情，当然偶尔也会流露出小情绪，不过现在正因为心里高兴而欢欣雀跃。他的鼻子显然是具备闻嗅所需的一切功能的，但谦虚地不把自己突显出来。他鼻孔很大，但并不会妨碍到其他的邻居。他的嘴巴却是大到了离谱的地步，只是因为里面隐藏着两排珍珠似的牙齿，才能让人忍受。恺撒身材低矮，或者我们该说，他是四方形的，虽然身上的每个棱角和曲线都在跟数学上的对称对抗。他的胳膊很长，而且肌肉发达，顶端是一双骨节隆起的手，手背是黑灰色，手心是淡粉红色。而对于他的腿，只能说大自然在创造它时开了个任性的玩笑，随意地把丰富的材料四下乱放了。他的小腿肚既不在前，也不在后，正确说来，该形容为长在胫骨的旁边，偏向前面，还太过靠近膝盖，人们会怀疑那个关节怎么可能会自由运动。对于他的脚，考虑到那是支撑身体的基础的话，恺撒是没什么可抱怨的，但腿骨未免太靠近脚掌的中心，有时让人忍不住会疑惑，他是不是倒退着走路的。不过，就算雕塑家会从他的身上找出这些毛病，恺撒·汤姆森的心仍然正在它该在的地方，我们毋庸置疑，它的尺寸也是正好的。

在老伴的伴随下，恺撒走上前来，郑重表示了感谢之意。莎拉十分满足接受了下来，对丈夫的品位恭维了几句，还夸奖了他把妻子也带来的做法。弗兰西丝脸上的快乐也不输给那对黑人，她还主动提出，自己会亲手把这块漂亮的花布裁剪成衣服。这个提议立刻被两人恭敬又感谢地接受了下来。

恺撒带着他的妻子和货郎都离开了这个房间，关房门的时候，他忍不住感激得大声自言自语了起来：

“法妮是多好的小姐啊！她那么照顾爸爸，甚至还愿意给老黛娜缝条裙子呢。”他之后还说了些什么来表达谢意，但随着他越走越远，具体的词语听不清了。

哈珀放下了手里的书，带着赞赏的神情目睹了这一幕。弗兰西丝得到了双重的满足，因为她从他脸上看到了赞许的微笑。虽然这张面孔被深思熟虑与全神贯注的谨慎掩藏着，但流露出的亲切表情却代表了人心中最美好的那些情感。

第四章　危险的团聚

“那外形，那眼神，那举止，
属于一位陌生的爵士。
他身材健硕，英勇强壮，
就像城堡的坚固高墙。
造物主赋予他出众的容颜，
令他强大的力量也显得如此安闲。
风雨的侵蚀，战争的硝烟，
造就了他的威严。
但最为高贵的是他的双眼！
一旦有人哀呼求援，
身陷悲伤、不正与危险，
他将报以同情、矫正与救援——
但面对罪人，他冷峻的目光
将比宣判死亡还更令人恐慌。”
“形容得好！”公主高声叫，
“他就是苏格兰的希望、欢乐与自豪！”

——沃尔特·司各特[1]

[1]　译注：沃尔特·司各特（Walter Scott，1771—1832）。英国历史小说家，诗人。代表作有长诗《湖上夫人》，小说《威弗利》等。本书作者库珀也受到了司各特的很大影响。

伯奇走后，一房间的人默默坐了好一阵子。沃顿先生把让他更加不安的话听了个够，他越发为儿子的举动而担忧。上尉沉不住气地希望哈珀能够有所触动，不要再坚持这种表面上的平静。佩顿小姐收拾好了早餐的餐具，她天性就容易获得满足，加上又买到了不少货郎拿来的花边，就更加心满意足。莎拉忙着整理她的收获，弗兰西丝好心地去帮她的忙，连自己买的那几件廉价货色也丢下了。就在这个时候，陌生人突然打破了宁静：

“如果是因为担心我，才使得沃顿上尉不能摘下他的伪装的话，那么我希望他能明白，就算我有意图出卖他，在现在这种状况下，也不可能那么做的。”

听到这句话，小妹妹惊得坐回椅子，脸色惨白。佩顿小姐刚从桌上拿起茶具托盘，一下子失手掉在地上。莎拉坐在那里，东西丢了一膝盖，吃惊得连话都说不出来。沃顿先生整个人呆若木鸡。只有上尉因为惊讶而犹豫了一下，接着就大步走到房间中央，伸手扯下了身上的伪装，大声说道：

“我发自内心地相信您，也不会再做这种令人讨厌的欺瞒。虽然我还是不明白您到底是怎么认出我来的。”

“您本来的模样真是好看多了，沃顿上尉。”哈珀带着一丝笑意说，“我想要给您一点忠告，以后不要再伪装了。就算不从别的地方去侦察，光是那个也足够揭发您了。”他说着，指了指挂在壁炉架上的一幅肖像画，上面画着身穿英军军服的年轻军官。

“看来是我太自负了，”年轻的沃顿上尉笑了起来，“我本来还觉得画上的我比伪装的样子要气派些的。您一定有着了不起的观察力，先生。”

“只是需要使然而已。”哈珀说，他从椅子上站起了身。

弗兰西丝见他要走，连忙迎了上去，用双手握住他的一只手，双颊飞着厚厚的红云，诚挚地对他说：“我相信您不会……您一定不会出卖我哥哥的。”

在这个瞬间，哈珀向这位可爱的求情者致以默默的赞美，他迟疑了一下，拉过她的手放在自己胸前，庄严地回答："我不会的，绝对不会那么做。"然后他放开了她的手，将一只手轻轻放在她头上，继续道，"如果一个陌生人的祝福可以对你有益的话，就请收下它吧。"他转过身，深深鞠了一个躬，在其他人对他的做派赞赏有加的时候，走出门回自己的房间去了。

旅人坦诚又庄重的态度深深打动了沃顿一家人，除了父亲之外，他的发言让其他人立刻感到了放松。上尉的一些旧衣服被从城里运来的包裹里找了出来，年轻的沃顿彻底摆脱了那不适的伪装，总算开始享受相聚的快乐。沃顿先生回到自己房间里处理惯例的事务，女士们和小伙子一起谈起快乐的话题，再也没有人打扰他们。连佩顿小姐都被年轻的外甥的精力所感染，他们坐在一起，欢快聊了一个小时，无拘无束，谁也没有想到即将降临在他们身上的危险。很快他们就谈起了城市和他们的熟人，佩顿小姐从没有忘记过在那所宅子里度过的快乐时光，她很快就向外甥问起了他们共同的熟人——威尔梅上校。

"哦！"上尉高兴地叫，"他还在那里，和以前一样英俊健壮。"

就算一个姑娘并没有完全坠入爱河，在听到一个她可能爱上的男性的名字时，也是很少不会脸红的，何况对方还是绯闻里经常和自己扯在一起的人。莎拉现在就是这样，所以她带着微笑低头盯着地板，双颊上笼上了两朵红云，这丝毫不会减少她天生的美丽。

沃顿上尉没有留意到妹妹的反应，继续说着："不过他时不时会陷入忧郁——我们说他一定是爱上什么人了呢。"莎拉抬起头来看着她哥哥的脸，却发现另一个家人在看着她，她转过脸去，见到她妹妹笑意盈盈、兴致高昂地开起了玩笑：

"可怜的人啊！他是不是绝望了？"

"为什么？不——他不可能的啊。他是有钱人家的长子，又长得那么英俊，又是个上校。"

"他有充分的理由获得胜利，"莎拉努力地让自己笑出来。"特别是最后那条。”

“我跟你们说，”上尉严肃道，“禁卫队的上校这个军衔可是很漂亮的。”

“而且威尔梅上校也是个很漂亮的人呢。”弗兰西丝跟上一句。

“不，弗兰西丝，”她姐姐说，“你不一直都不中意威尔梅上校吗？他太忠于他的国王了，不讨你的喜欢。”

弗兰西丝立刻回答：“难道亨利不忠于国王吗？”

“好了好了，”佩顿小姐打圆场，“我们对这位上校的意见并没有什么分歧，他很讨我的喜欢呢。”

“法妮更喜欢的是少校嘛！”哥哥叫着，把弗兰西丝拉到了自己膝盖上。

“胡说！”红了脸的女孩叫，努力从她哈哈大笑的哥哥怀抱里挣脱出来。

“这可真让我吃惊呢，”上尉继续打趣，“佩顿救了我们的爸爸的时候，居然没有把我的小妹妹扣留在叛军的军营里。”

“那会威胁到他自己的自由的，”微笑的女孩说着，回到了自己的座位上，“你也知道，邓乌迪少校是为自由而奋斗的。”

“自由！”莎拉高声叫道，“把一个主子换成几十个，多美的自由！”

“有更换主人的权力就是一种自由啊。”

“你们小姐们有时候乐于体验这种自由吧。”上尉说。

“我觉得，我们更喜欢首先享有挑选对象的自由。”弗兰西丝笑眯眯地说，“是不是，珍妮特姨妈？”

“我吗？”佩顿小姐吃惊地说，“我对这些又懂什么啊。孩子，如果你真的想知道这些事，你还是去问别人吧。”

“啊！又要让我们觉得你从没有年轻过吗！不过听了那么多美丽的珍妮特·佩顿小姐的传说，我又怎么可能相信呢？”

“胡说，我亲爱的，那是胡说。”姨妈用力地忍住不笑出来，“你可不能听到什么就信什么。”

“怎么是胡说呢？”上尉开心地说。“直到现在，蒙特罗斯将军还在为佩顿小姐干杯呢。就在不到一星期前，我刚在亨利爵士的餐桌上听到的。”

“哎呀，亨利，你怎么也和妹妹一样莽撞。为了让你不再说傻话，我必须得带你去看看我新做出来的成品才行，我还大胆地想用它和伯奇那里的华丽流行货比一比呢。”

年轻人都跟着他们的姨妈站了起来，彼此的心情都很愉快。大家上楼去看佩顿小姐的针线成果时，佩顿小姐趁机询问她的外甥，蒙特罗斯将军的痛风是不是还像她认识他时那么厉害。

我们在生活里时常会痛苦地发现，就连那些我们最爱的人也是难免有弱点的。当我们的心还是纯洁的，当我们对未来的观点还没有被过去的经验污染的时候，我们的感情是最圣洁的：我们喜欢把自己渴望的那些品质、被教导要尊敬的那些美德都归结在我们的亲人好友身上。毕竟彼此信任、彼此尊重是我们天性的一部分。但是当我们活到下半生的时候，这份纯洁就难以再保持完整了。这一天剩下的时间里，久别重逢的沃顿先生一家人都过得快快乐乐的。年轻人沉浸在彼此知心的喜爱，与没有任何利害关系的亲情之中。

哈珀只在晚餐餐桌上露了面，他没有穿外套，之后又找了个借口回自己的房间去了。虽然他的做派足以建立起信任，但是这家人还是对他的缺席松了一口气。因为沃顿上尉的探访必须要在短短几天里结束，因为他能请的假不长，也怕被人发现。

但是所有的担心都融化在了重逢的快乐中。这一天里，沃顿先生对这个陌生访客表示了一两次的怀疑，并示意他有可能在刺探自己儿子的情报。但这个观点遭到了孩子们的一致反对。连莎拉都和她的哥哥、妹妹一样，热心地劝解父亲，说从客人所表现出的来看，他是真诚的。

“那只是外表啊，我的孩子们。”父亲沮丧地说，“不过是用来骗人的。连安德烈少校这样的人都在欺骗人，可见从品质来判断一个人都是傻事，更不用说从外表了。”

“欺骗！”他的儿子立刻叫了起来，“爸爸，你忘记安德烈少校是在为国王效忠了吗？他的做法在战争时期是惯例，是合乎情理的。”

“那么处死他也是战争时期的惯例，是合乎情理的了，亨利？”弗兰西丝低声地反问。她不想要放弃对自己国家的信念，也不能在他的面前压抑自己的感情。

“怎么可能！”年轻人从椅子上跳了起来叫道，在房间里焦躁地走来走去，“弗兰西丝，你真是让我吃惊。如果换了是我，是我身陷叛军手中的话，你是不是也认为我被判死刑是理所当然了？——说不定还会为华盛顿的残酷欢呼雀跃吧！”

“亨利！”弗兰西丝严肃地说，因为过于激动，她颤抖了起来，脸色像死人一样惨白，“你一点也不懂我的心。”

“原谅我，我的妹妹——我的小法妮！”后悔的年轻人叫着，把她抱进了自己的怀里，吻掉了她因为自己的刁难爆发出的泪水。

“我知道，你说出来的气话不能当真，”弗兰西丝从他的臂弯里挣出来，抬起还泪汪汪的眼睛望着他，露出一个微笑，“可是我们所爱的人的责难才是最伤人的，亨利。特别是……当我们……我们认为……我们相信……”她苍白的脸色渐渐被玫瑰色取代，双眼笔直凝望着地毯，低声说完了这句话，“自己不该受到如此责备的时候。”

佩顿小姐从她的座位上起身，移到了她的外甥女身边，慈爱地拉起她的手，对她说：“都是你哥哥不好，他不该这样冲动地对待你。你也知道，男孩子们总是难以管教的啊。”

“是我不该那么说话，一定害你很难受。”上尉坐到了他妹妹旁边说道，“可是对于安德烈的死，我们都异常难过。你不知道他是个怎样的人。他是那么勇敢……那么有修养，又是那么值得尊敬的人。”

弗兰西丝微微地笑了，摇了摇头，并没有回答。亨利从她的脸上看到了怀疑的神色，就继续说：“你不相信吗？你还是认为他应该被处死吗？”

“我丝毫不怀疑他的人品。”小姐柔和地回答，“也不是认为他该如此不幸。但是我不能怀疑华盛顿的做法的正确性。尽管我不知道什么战争的惯例，也不希望懂得这些。但是如果美国人屈服于那些既定的惯例，他们还有什么希望战胜英国人呢？”

“那说到底，又为什么要打仗啊？”莎拉没有耐心地大声叫了起来，“而且既然做了叛军，那他们干什么都是非法的。”

“女人不过是一面镜子，照出来的是她们身前的人影。”上尉好脾气地说，“在弗兰西丝身上，我看到的是邓乌迪少校，而在莎拉身上……”

“是威尔梅上校啦。”小妹妹插嘴道，脸红红地笑着，“我的确得承认，我要为得出这个结论感谢少校……是不是，珍妮特姨妈？”

“的确是很像他的逻辑，我的孩子。”

“好吧，我服输了。还有你，莎拉，你也没有忘记从威尔梅上校那里学到的那些观点吧？”

“我相信我绝对不会忘记什么才是正确的。”莎拉说，脸也和妹妹一样是绯红的。她借口说炉火烤人，站起了身。

这一天剩下的时间里再没有别的插曲发生，不过到了晚上，恺撒来报告，说他听到哈珀的房间里传出了声音，是压低了声音的对话声。沃顿家为哈珀准备的是宅子尽头的一间厢房，在家人日常聚会的客厅对面。看起来，为了小主人的安全起见，恺撒已经建立起了一套规范的情报系统。这个消息让家庭成员们感到了紧张。但是哈珀一个人走了进来，周身和蔼与诚挚的氛围迅速地打消了他人的怀疑——除了沃顿先生之外。他的孩子们与小姨子觉得恺撒一定是听错了，这天的夜晚也在平安无事中度过了。

翌日下午，当一家人团聚在佩顿小姐的茶桌边喝下午茶时，天气发生了变化。漂浮在山顶近处的薄薄云团开始从西向东迅速飞去，雨水还在愤怒地鞭打着东边的窗户，那个方向的天空黑暗又阴沉。弗兰西丝带着年轻人逃离沉闷限制的渴望，凝望着这一幕。就好像被施了魔法一样，一切戛然而止。狂风停了，暴雨收了，弗兰西丝向着窗边奔去，脸上满是喜悦的表情，她看到明媚的阳光点亮了对面的山林。十月的树叶色彩斑斓，闪闪生光，湿润的枝条反射出美洲秋天最美丽的光辉。大家很快就聚集在了向南的走廊上。柔和的空气中充满芳香的气息，令人身心清爽。东边的天空中，云彩就好像是战败军队的一群溃兵似的，纷纷拥挤在地平线上，让那里越发黑暗可怖。就在这座庄园顶上，薄薄的云雾仍旧以惊人的速度争先恐后地向着东方奔跑，而西方空中，太阳已经劈开了云层，洒下熠熠金辉，照耀着清静的空气与丰茂的草木。像这样的时刻，只有在美洲的气候下才会出现，风暴交加与云收雨住的反差越突然，其中的乐趣就更加丰富，只有刚从自然的狂暴中逃脱，进入和平宁静的傍晚时，或者身在六月最和煦的清晨之中，才能享受到如此的幸福。

“多么壮丽的一幕啊！”哈珀先生低低地说，“如此宏伟！如此庄严！——希望我的祖国早日在战争后得到如此的安宁，经历逆境后迎来辉煌的夜晚！”

弗兰西丝正站在他的身边，只有她一个人听到了他的声音。她惊讶地望向说话的人，看到他没有戴帽子、笔直地站在那里，眼睛注视着天空。他的脸上不再是之前的平静，而是闪耀着热情的火焰，连面颊都微微发红了。

弗兰西丝心想，一个有这样表现的人是不可能会造成威胁的。如此的感情，只可能属于道德高尚的人。

一家人的沉思被货郎的突然登场打断了。他在开始西沉的太阳刚刚露面时，就赶了过来。哈维·伯奇不在乎路上的积水泥泞，双臂迅速摆动，头探在前面，这是四下走动的游商特有的步子，又快又大，他就以这种独特的步法来到了走廊前。

“晚上好。”货郎向这家人问好，连眼睛都没有抬起来，“对于这个季节来说，现在真暖和舒服啊。”

沃顿先生点点头，又很和善地问候了他父亲的健康。伯奇听完他的话，却以忧郁的沉默站在那里，直到沃顿先生又重复了一遍，他才以带点颤抖的声音说：

“因为上了年纪，加上困苦的生活，他的身体衰弱得很快。”伯奇说着，转开头避开其他人的视线。但是弗兰西丝注意到他的眼睛带着泪光，嘴唇也在颤抖。这使得他又得到了她的尊重。

沃顿先生的宅子坐落的这条山谷，是从西北伸向东南的，房子就在山谷西北边尽头的一座小山下。宅邸与对面的小山间有一片开阔地，使得人们能够从这里越过山头边缘的树林，望到对面海湾[1]的潮水涨落。刚才海浪还在凶猛地拍打着海岸，但现在已经成为一条条规则波动的长长花边，从西南吹来的轻柔风儿温和地抚慰着它们，尽她的微力来让水面恢复平静。视野中浮现出了星星点点的小黑点，又时常隐没在绵长的波浪之后。除了哈维之外，没有一个人注意到了那些黑点。货郎在走廊上离哈珀稍微远的地方坐了下来，好像忘记了自己上门的目的。但他转动的双眼很快就又捕捉到了那些新目标，他敏捷地跳了起来，笔直地凝望着海面。然后他走到了别处，以很明显的不安视线看了看哈珀，十分严肃地说道：

“正规军[2]肯定要从南边过来了。”

“你为什么会这么想？”沃顿上尉急迫地问，“上帝保佑这是真的，我正需要他们的护卫呢。”

“那些十人捕鲸小艇不可能划得那么快，除非上面的桨手不是一般人。”

“可是……”沃顿先生惊慌地叫了起来，“他们——他们也许是

---

[1] 原注：在纽约与康涅狄格州之间有一个长度在四十里格以上的岛屿，将其与大陆分割开来的细长海水被称为海峡，这条海峡是这个郡最为美丽的景色，水域的宽度在五到三十英里之间变动。

[2] 译注：殖民地百姓一般把英军称为“正规军”。

从岛上回来的大陆军啊。”

“他们看着像正规军。”货郎意味深长地说。

“像吗？”上尉重复了一遍，“看起来不过只是小黑点而已啊。”

伯奇无视了他的发言，好像自言自语似的低声说：“他们应该是在风暴之前出来的，这两天来都在岛上待着，而他们的骑兵在陆地上，看来我们这附近马上就要发生战斗了。”在他说着这些的时候，他明显很不安地向着哈珀瞥了好几眼，但那位绅士根本不为所动，似乎对此一点也不感兴趣。他沉默不语望着海面，看起来似乎还在享受天气的变化。等伯奇总结完毕，哈珀转向宅子的主人，提出他还有事，不能再耽搁下去，他必须趁着今晚天色好转，向前赶上几英里的路才行。沃顿先生对这样一位嘉宾的离去表示了极度的遗憾，但是考虑到客人有急事，他反而不得不催促客人及早动身，还迅速吩咐仆人帮助他上路。

不知道因为什么原因，货郎看起来越发不安了。他的眼睛一直凝视着山谷下面的尽头，好像预计到那里要出现什么干扰。恺撒终于出现了，牵来了那匹供旅人骑坐的高头大马。货郎很殷勤地去帮忙扣紧了马匹的肚带，又把旅人的蓝色斗篷和行囊在马鞍两边捆好。

一切准备都做好了，哈珀向大家告别。他向着莎拉和她的姨妈送上了轻松又友好的祝词，但是当他走到弗兰西丝身前时，他却停了一停，面上的表情比之前更加柔和。他用眼神重复了刚才从唇中说出的祝福之语，当他道别时，女孩感到面颊火热，心也急速地跳动。主人和他的客人彼此又道了些客气话，但当哈珀友善地把手伸向沃顿上尉的时候，他却正色道：

“你之前做出的举动非常危险，这说不定会导致你遭遇不愉快的后果。如果真的发生了这种不幸的话，我一定会尽我所能来感谢你们全家如此善待我。”

“是吗，先生！”父亲连礼仪都忘记了，出于对儿子的担心，他大叫了起来，“您真的会对在我家里看到的一切保密的吗？”

哈珀迅速转向了沃顿先生，他脸上的严肃神情消失了，口气柔和地回答道："我在您的家里并没有多看到什么，先生，一切都和我来这里之前一样。不过，我知道您的儿子回家探望的事，可是这比不知道要更安全的啊。"

他向所有人鞠躬道别，对货郎则只是简单谢过了他的帮助而已，没有别的表示，而后他跨上马背，平稳又优雅地穿过小小的门，很快就消失在了山谷北面的那座丘陵后面。

货郎一直注视着骑手远去的背影，直到他消失在视野中，才如释重负似的，又长又深地叹了口气。沃顿一家人还都在静静思考着这位陌生的客人和他的品格，只有父亲走到了伯奇面前。

"我得付钱给你呢，哈维。真感谢你热心地帮我从城里带来了烟草。"

"如果您尝过了，觉得不是一等货的话，"货郎回答着，向着哈珀离开的方向留恋不舍看了最后一眼，"那就是因为缺货的缘故。"

"我很喜欢，"沃顿先生说，"但是你忘记告诉我价钱了。"

商人的表情立刻改变了，刚才的深深忧虑被天生的精明所取代，他回答道：

"这很难说出个固定价钱。我想还是请您自己开恩吧。"

沃顿先生从他的口袋里摸出满满一把铸着卡洛斯三世头像的钱币[1]，然后用拇指和食指拈出了三枚递给了伯奇。伯奇的眼睛顿时因为期待的报酬而闪闪发光，他的话匣子也瞬间打开，滔滔不绝地念叨起来。他很镇定地伸出一只手来，银币掉在他手中发出令人愉快的清脆声音，不过他似乎还不满意，又把所有的钱一个个地在走廊的石阶上碰过之后，收进了一个大大的鹿皮钱袋里，接着巧妙地瞒过了观众们的眼睛，藏起了钱袋，没有一个人能说出他到底把钱袋藏在了哪里。

[1] 译注：卡洛斯三世（Carlos III，1716—1788），西班牙国王。当时殖民地发行的大陆票不断贬值，西班牙银币是最受欢迎的保值通行货币。

货郎非常满意地完成了这笔交易，从座位上站起来，向沃顿上尉站着的地方走去，他的两个妹妹正一边一个挽着他的手臂，兴高采烈地听他说着什么。

刚才发生的插曲让伯奇花费了那么多精力，他需要再嚼些烟草来继续做下一笔生意。嚼完之后，他唐突地问道：

“沃顿上尉，您今晚要走吗？”

“不！”上尉简短地回答，喜爱地望了他两个可爱的妹妹一眼，“伯奇先生，你要我这么快就离开我的家人吗？说不定我再也无法和他们团聚了！”

“哥哥！”弗兰西丝责怪，“怎么可以拿这种事情开玩笑呢！”

“我只是觉得，”货郎冷静地说，“风暴已经结束了，剥皮党说不定马上又要出来，您最好还是快结束这次探望。沃顿上尉。”

“哦！”英国军官叫道，“如果我碰到那些匪徒，几个几尼[1]就够买通他们了。不不，伯奇先生，我要留到明天早上。”

“可钱并没有买来安德烈少校的命啊[2]。”货郎干巴巴地说。

两姐妹一起惊恐地转向上尉，姐姐先开了口：“你还是听从哈维的忠告为好。不用说，他在这种事上的看法可不应该忽视。”

“是啊，”妹妹也跟着劝说，“如果我没有猜错，是伯奇先生帮助你到这里来的吧，亲爱的亨利，为了你的安全，我们的幸福，我请你听他的话。”

“我是一个人来的，也能一个人回去。”上尉明确地拒绝，“我们之间的交易只是他帮我找来了化装的东西，又告诉我什么时候能过路。在后一点上，伯奇先生，你犯了错误。”

“我的确是错了。”货郎很热心地说。“但是您应该在今天晚上回去，这还有一个更重要的理由，因为我帮您搞到的通行证只能用一次。”

---

[1] 译注：旧英国金币。

[2] 译注：安德烈被民兵逮捕时试图用金钱贿赂，遭到了对方的大义拒绝。

“你不能再伪造一张吗？”

伯奇苍白的脸颊上出现了不寻常的颜色，但他仍然沉默着，双眼凝望着地面，直到年轻人用极其肯定的语气说：“我就要在家里再住一晚，不管发生什么。”

“沃顿上尉。”货郎极其审慎地说，他特别强调道，“您要小心一个很高大的弗吉尼亚人，那人有一大把络腮胡子。我知道，他就在你们南边那一带。就连魔鬼也逃不出他的手去，我也一次都没能逃脱。”

“遇到我，他就要小心了！”沃顿上尉骄傲地说，“不过伯奇先生，接下来的事不需要你承担任何责任。”

“您能给我一份书面证明吗？”伯奇小心翼翼地问。

“哦，我很乐意！”上尉笑着大声说，“恺撒！拿笔和墨水，还有纸来。我要写下这个证明，免除我可靠的随从，货郎哈维·伯奇的责任云云。”

笔墨纸张拿来了，上尉很开心地按货郎说的写下了一张证明，货郎把它拿起来，像对待基督画像似的，很谨慎地收藏了起来。他向沃顿全家人深深鞠了一躬，然后和来的时候一样离开了。他很快就走远，最后钻进了他那间寒酸的屋子。

沃顿先生和姐妹俩都为上尉能多留一晚而高兴不已。他们没有再谈起，也没有再去想可能会发生的灾祸。但当大家坐在晚餐桌边时，上尉冷静下来，经过了一番考虑，还是改变了主意。为了防止一出他父亲的领地就遇到危险，年轻人决定让恺撒去把伯奇再请回来。黑人迅速回来了，带来了一个不好的消息，为时已晚。凯蒂说伯奇已经出门去了北方，多半已经走了几英里远。“才刚点蜡烛的时候，他就背着货囊出去了。”现在上尉没有别的办法，只好耐心等着，到了明天早上，也许会有机会让他选择一条安全的路回去。

“这个哈维·伯奇，做出那么一副意味深长的样子，还发出了不祥的警告，这让我更加不安。”沃顿上尉说。他刚从沉思中惊醒过来，才意识到自己处境有多么的危险。

“他又是怎么能在这么紧张的时候走东串西的呢？没有人会拦阻他吗？”佩顿小姐问。

“我也不知道为什么叛军会这么容易放过他。”上尉回答，“但是亨利爵士都没有伤害他一根毫毛。”

“真的吗！”弗兰西丝很感兴趣地说，“亨利·克林顿爵士也认识他？”

“大概是这样吧。”

“我的儿子，以你看来，”沃顿先生问，“他有没有可能会背叛你？”

“嗯……不，我把自己托给他之前也想过的，”上尉深思道，“以做生意来说，他看起来很有诚信。如果他真的背叛了我，那么在他回城的时候也会有危险的，他不会这样做的。”

“我也觉得，”弗兰西丝以和她哥哥一样的口气说，“哈维·伯奇并不是坏人。至少，他时时会表现出有情有义的一面来。”

“哦！”莎拉很高兴地叫道，“他很忠诚，在我看来，这就是最主要的美德！”

“可我担心的是，”哥哥笑着说，“他对金钱的热情超过了对国王的敬爱。”

父亲说：“如果这样的话，你把事情拜托给他可能就不安全了。对贪财的人来说，没有什么能战胜金钱的诱惑。”

“但是啊，爸爸，”年轻人说着说着，忧郁也不翼而飞了，“世上可是有一种感情，绝对战无不胜呢——是不是，法妮？”

“这是你的蜡烛，你就放过爸爸吧，他早该上床休息了。”

第五章　弗吉尼亚骑兵队

穿过索尔维沙地，走过塔洛斯沼泽，
就算蒙上眼睛，他也知道如何越过。
转过狡猾的弯道，翻过绝望的峭壁，
就连珀西最好的猎犬都会遭到迷惑。
在爱斯科、利德尔，激流无处可涉，
但他却将湍急的河流一一征服渡过，
对他来说，任何岁月时刻都是一样，
无论十二月的飘雪或是六月的骄阳。
对他来说，任何岁月时刻都是一样，
无论没有月亮的深夜或昏暗的晨光。

——沃尔特·司各特

那天晚上，沃顿家的所有成员虽然躺上了床，却都因为某种不祥预感而失眠了。不安的心情让姐妹俩无法入睡，几乎整夜都没有闭眼，当清晨到来，她们起身时，都显得精神不振。

姐妹俩心情急迫地从自己的窗子向山谷望去，但是她们什么也没有看到，只有一如既往的宁静。正值落叶时节，又是一个可爱温暖的日子，光芒闪闪的清晨。美国的秋天拥有很多这样的日子，足以与其他国家最美丽的季节相比。我们没有春天，植物好像都是一天之内就变得郁郁葱葱，不会像英国同纬度的地方那样缓缓地萌芽生长。何况它们的凋谢又是那么优雅！九月，十月甚至一年的最后两个月，室外也是充满了乐趣的。虽然会有风暴，但都是短暂的，而且等风暴过去之后，又会有清新的空气与无云的天空。

看起来不会有什么东西来破坏如此快乐又和谐的日子，姐妹俩下楼来到客厅，又重新相信哥哥不会出事，他们是幸福的。

一家人聚集在早餐桌边。佩顿小姐有一点对时间的强迫症，这贯彻在她的独身生活之中，她态度温和地坚持道，外甥的缺席不能打乱她所建立起来的作息规律，所以当上尉出现在客厅中的时候，家人都已经就座，但是他们一口都没有喝面前的咖啡，这充分说明了没有一个人会无视他。

“我觉得我真是选对了，”他大声地说着，坐到了他的妹妹们中间的位子上，接受她们的问候，“在舒服的床上好好睡了一觉，又有丰盛的早餐吃，还好我没有相信那大名鼎鼎的牛仔队会热情好客啊。”

“如果你能睡好。”莎拉说，“那你真的比弗兰西丝和我幸运多了。昨天晚上，连风的声音都会让我以为是叛军来了。”

上尉笑了：“嗯，我也得承认，我确实也有点紧张……不过你又怎么样呢？”他转向更加偏爱的小妹妹，轻轻地拍了拍她的脸颊，“你有没有在云彩上看到旗子？或者把佩顿姨妈的风弦琴声[1]当成叛军的军乐了？”

“没有，亨利。”少女深情地望着他，“我深深爱着自己的祖国，但是如果她的军队现在到来的话，会给我造成巨大的痛苦。”

哥哥没有回答，但作为她眼中那满溢的兄妹之情的回报，他温柔而沉默地握了握她的手。恺撒分担了这家人的大部分焦虑，他凌晨时分就起来了，而后一直在警惕地观察四周的情形，这个时候，他正站在一扇窗子边向外观望，忽然脸色惨白得像个白人似

[1] 译注：十八世纪欧洲流行的一种乐器，琴弦安装在木质共鸣箱上，风吹琴弦就会自动发出乐声。

的大叫了起来：

“快跑！哈利主人！快跑啊！如果你还爱老恺撒，那就跑！叛军的骑兵来！”

“跑吗？”英国军官重复了一遍，以军人的自尊挺起了胸膛，“不，恺撒先生，逃跑并不是我这一行的人该做的事。”他一边说，一边迈着从容的步伐走到了窗边，一家人已经惊慌失措地聚在那里。

就在一英里外的地方，大概五十个骑兵正从山谷侧面的一个入口蜿蜒而下。打头的是个军官，身边跟着一个乡下人打扮的家伙，正在向着村庄的方向指指点点。一小队人脱离了大队，迅速向着他们的目标前进。

一下到山谷底部的那条大路后，他们就掉转马头，向北方奔去。

沃顿一家仍然在屏息静气地望着他们的行动，这一小队人抵达了伯奇的家，迅速对他的院子形成了包围，围着屋子布下了十来个哨兵。

两三个骑兵跳下马来，消失了。过了几分钟之后，他们回到了院子里，身后跟着凯蒂，她那幅度剧烈的手势，证明这不会是小事。在跟那个吵闹的管家短短地交流了几句之后，大部队就赶到了，于是之前打头的小分队又重新上马，整队驾马向着洋槐庄园迅速飞奔过来。

直到这时，还是没有一个人能足够镇定地帮沃顿上尉想出一个保全的法子。但是危险已经近在眼前，容不得半点拖延，于是大家匆忙地提出了各种各样把他藏起来的方法，但年轻人却骄傲地认为这都不符合他的身份，一一拒绝了。现在为时已晚，已经不可能让他藏到庄园后头的树林里去，否则他肯定会被骑兵发现，遭到追踪，最后被他们抓走。

最后，他的妹妹们颤抖着双手把他按原本的伪装重新打扮了起来，那些东西之前都被恺撒小心地保管着，以备不时之需。

一切安排都太仓促了。这时骑兵们已经进了洋槐庄园的草坪和果树园，快得像是一阵风。他们一个回转，沃顿一家人就被包围起来。现在已是无法可想，只能尽可能装出若无其事的样子前去应付盘问了。骑兵队长下了马，带着两个人走到了房子的大门前。恺撒极其缓慢又不情愿地打开了门。队长跟着恺撒从门口走向客厅，他沉重的脚步声越来越近，几乎震得家里的女性们耳鸣，并且把她们吓得面无人色，就像面临毁灭似的浑身发寒。

一个身材高大、孔武有力的男人走进了房间，他摘下帽子，向这家人问了好，但他面上的和善表情看来却并不属于他的本性。他有一头异常坚硬又厚实的深黑色头发，被一路上的尘土弄得脏乎乎的，他的脸被一大把络腮胡子笼罩着，看起来凶神恶煞。不过他虽然眼光尖锐，但并不显得坏，嗓音也低沉有力，并不会让人闻之生厌。弗兰西丝在他进来的时候大着胆子偷偷瞅了他一眼，立刻就判断出他是哈维 · 伯奇之前警告过要当心的那个人。

“女士们，你们不用这么紧张。”军官说。他稍停了一下，注视着身边那些苍白的面孔。“我来这里只是想问你们几个问题，只要你们如实回答，我们就立刻离开你们这里。”

“请问是什么问题，先生？”沃顿先生从椅子上站了起来，结结巴巴说道，焦急等待着回答。

“起风暴的时候，有没有一个陌生男人在你们这里滞留过？”

骑兵的问题里带着几分兴味，从某种程度上来说，他也是在缓解父亲的焦虑。

“这位绅士……嗯……在风暴期间和我们相处得很好，他现在还没有离开呢。”

“这位绅士？”军官重复了一遍，转向沃顿上尉，注视了一会儿他的面孔，接着他脸上的焦虑神色变成了暗暗的笑意。他故意以夸张的郑重做派向着年轻人走去，深深地鞠了个躬，接着说：

“对于你的头受凉这件事，我感到十分同情，先生。”

“受凉？”上尉惊讶地大声说，“我不觉得我的头受凉了啊！”

“我是猜的，因为看见你用如此丑陋的旧假发盖住了原本漂亮的黑发。看来是我搞错了，请你原谅。”

沃顿先生发出了一声呻吟。但女士们还不知道这个访客到底发现了什么，还在那里颤抖，并保持着沉默。上尉不由得抬手去摸自己的头，这才发现由于他的姐妹们惊慌失措，不小心把他的一绺头发露在假发外头了。骑兵带着笑意注视了他一会儿，接着好像忽然想起什么，转向父亲问道：

“还有，我想问一下，这个星期里有没有一位叫哈珀的先生来过？”

“哈珀先生？”沃顿先生随口附和，心口似乎一下子卸下了一块大石。“是的，你看我都忘了。不过他已经走了。如果这位先生的人品有什么不对，我们可是都不认识他的。对我来说，他是个彻头彻尾的陌生人。”

“你完全不用担心他的人品。”骑兵干巴巴地说，“不过他走了吗？他是怎么走的？什么时候走的？去了哪里？”

“就跟他来的时候一样。”骑兵的态度让沃顿先生又恢复了镇定，“他骑马走的，是昨天晚上，走的是北边的路。”

军官很感兴趣似的听他说着，表情渐渐明朗起来，很开心地微笑。等沃顿先生简洁地说完，他就掉转身，离开了房间。沃顿一家人见他的举动，都觉得他是要去追查哈珀了。他们看到军官走到了草坪上，和他的两个手下很认真、显然也很高兴地说了一阵子。然后他向小队中的一部分人下了命令，这些骑兵就全速离开了山谷，分别走了好几条路。

一家人高度关注了这一幕，他们的担忧也很快有了结果——骑兵的沉重脚步再次响起，宣告了他的去而复返。当他走进房间的时候，他又一次礼貌地向全家人鞠躬，然后向沃顿上尉走来，带着那种夸张的严肃说道：

“先生，我的主要任务现在已经完成。我能请求检查一下那顶假发的质量吗？”

亨利也以同样的态度摘掉了自己的假发，递给了对方说："我希望你会感到满意，先生。"

"我怎么可能昧着良心说满意呢，"骑兵回答，"比起它来，你那乌木似的头发更让我喜欢，看起来你扑了粉又做了精心梳理。但是戴那么大的一个黑眼罩实在是太损伤你的容貌。"

"你观察得真仔细，我很赞成你的看法，先生。"亨利边说，边摘掉了丝质的眼罩，露出了他毫无瑕疵的面颊。

"以我看来，这还真是很神速的变装啊。"骑兵军官神色不变地说，"如果我能说服你，把身上那件旧外套换成那件漂亮的蓝大衣，我想自从我从中尉升成上尉以来，再没什么变化比这更好看了。"

沃顿上尉很镇定地按他说的做了，现在站在那里的，是个非常英俊、衣着考究的年轻人。骑兵带着他独特的诙谐打量了年轻人一阵，继续道：

"从这个场面看来，现在我们见到了一个新来的人。你也知道，按照惯例，陌生人之间是要彼此介绍的。我是弗吉尼亚骑兵队的洛登上尉。"

"先生，我是皇家第六十步兵团的沃顿上尉。"亨利僵硬地鞠了个躬，恢复了一贯的态度。

洛登上尉的面色顿时变了，他那假装出来的诙谐消失得无影无踪。他打量着沃顿上尉，骄傲地站在那里，周身似乎都充满了一种不用再隐藏的自豪，而后极度正经地大声说道：

"沃顿上尉，我发自内心地同情你！"

"哦！"父亲痛苦不堪地叫了起来，"亲爱的先生，如果您真的同情他，为什么要捉弄他呢？他并不是一个间谍啊。他只是太渴望和家人团聚，所以冒险化装从军队里回到家里。请让他和我们留在一起吧。无论是什么样的报酬，多少钱，我都会高兴地付给您的！"

"先生，鉴于你是为自己的家人担忧，我就原谅你刚才的话了。"洛登傲慢地说。"但是请不要忘了，我是个弗吉尼亚人，也是个绅士。"他转向年轻人继续说，"你难道不知道吗，沃顿上尉，我们的哨卡已经在你们的南边警戒了好几天？"

"我碰到他们才知道这一点，但是我当时已经不能退回去。"沃顿不快地说。"正像我父亲说的，我出来只是想要见家人。我只知道你们的人在皮克斯基尔和高地一带，不然的话我不会冒这个险。"

"这一切也许都是真的。但是发生了安德烈那件事之后，大家都提高了警惕。毕竟将军级别的军官犯下了叛国罪，沃顿上尉，自由的战士必须要保持警惕。"

亨利在长长的沉默中不能不表示同意，但是莎拉冒险为哥哥向军官求情。骑兵很礼貌地听了她的话，甚至还显得很有同情心的样子，但是他却避开了那无用的、让人为难的请求，很温和地回答：

"我并不是部队的指挥官，小姐。对您的哥哥的处置是由邓乌迪少校来决定的。无论如何，他都会得到仁慈的对待的。"

"邓乌迪！"弗兰西丝叫了起来，因为恐惧，惨白的脸色顿时恢复了红润。"感谢上帝！那么亨利就会没事了！"

洛登以包含着同情与欣赏的眼光注视着她，然后置疑地摇了摇头，继续道：

"我希望如此，但如果你们允许的话，我们还是把这件事交给他来做决定。"

弗兰西丝的脸色已经不再是恐怖的惨白，而是因为希望而发亮了。她对哥哥的担心切实得到了减轻。但她的身体还在颤抖着，呼吸急促而不规则，整个人看起来都显得异常不安。她从地板上抬起眼，看着骑兵，然后又垂下眼睛看着地毯——她显然是想要说些什么，却又没有勇气开口。佩顿小姐离弗兰西丝最近，于是观察到了她外甥女的举动，她柔和又庄重地向军官问道：

"先生，那么我们很快就能有幸见到邓乌迪少校的队伍了？"

"女士，很快。"骑兵回答，把他赞赏的视线转向弗兰西丝。"传讯的人已经上路通知他我们的情况，得到情报之后，他会很快到这个山谷来的。除非有什么私人原因会让他此行不愉快。"

"我们随时都欢迎邓乌迪少校。"

"哦！那当然，他是个很惹人喜欢的人。请问能不能让我的人下马休息一下？他们也是邓乌迪少校的一部分手下。"

骑兵军官的立场使得沃顿先生不可能会拒绝，况且沃顿先生还尽力想要得到对方的好感，而且就算拒绝了，对方也可能会采取非常手段强迫他这么做。因此沃顿先生吩咐家人好好招待洛登上尉一行人。

军官们被邀请和沃顿一家人共进早餐，他们很直接地接受了邀请。在这种状态下，这些谨慎的游击队员自然不会忘记保持警惕。他们在远处的小山上设置了哨兵，在吃早饭的同伴身边形成了一个保护圈。生活在危险之中，只有提高警惕，严明纪律，并且摒弃享受，才能得到安全上的保证。

沃顿先生的餐桌上只加入了三个新客人，他们都因为严酷的军队生涯而有着一副粗鲁的外貌，但是仍然显露出绅士风范。虽然一家人的团聚受到了打扰，但规矩还是严格地保持了。女士们离席，把座位让给了客人们，而客人们也没有太多的客套就开始进餐，他们对沃顿先生的热情表示了极大的敬意。

吃了一阵，洛登上尉停下了对糕饼的暴力攻击，向这所房子的主人问起是不是有一个叫伯奇的货郎住在这个山谷里。

"他只是有时住这里，先生。"沃顿先生小心翼翼地回答，"他很少在这里，我可以说我都没见过他。"

"那可就奇怪了，"骑兵军官说，专注地盯着不安的主人，"他就住在你们不远的地方，我还以为他早就是你家的常客了。而且对女士们来说，如果不是这样，她们可不方便多了吧？如果不是在他那里买的，那我毫不怀疑放在那边窗台上的细棉布得付双倍价钱。"

沃顿先生恐慌地转过头，看到房间里四处散放着家里人刚买的东西。

另外两位中尉在拼命地掩饰笑意，但上尉却若无其事地大嚼大咽起他的早饭，看他的样子，估计他肯定想再来一份儿。黛娜需要赶快再端上来，但不巧的是还得再等一下，洛登就开了口：

“我本来想要去叨扰一下这位怕生的伯奇先生，今天一早就上了他的门。”他说，“如果他在家，我就会把他安排到让他能好好享受一下社会交流的地方去。”

“先生，那是什么地方呢？”沃顿先生觉得自己必须得说点什么。

“禁闭室。”骑兵军官干巴巴地说。

“那个穷伯奇犯了什么事啊？”佩顿小姐一边问，一边把第四杯咖啡递给了骑兵。

“穷？”上尉叫了起来。“如果他还能叫穷，乔治国王这个雇主就太不尽责了。”

“一点没错。”一个中尉说，“陛下欠他一个公爵爵位呢。”

“大陆会议欠他一条绞索。”上尉继续道，然后对付起新送上来的糕饼。

“真的很抱歉。”沃顿先生说。“我的一个邻居竟然招致了统治者的不快。”

“要是我抓住他的话。”骑兵一边把黄油涂在糕饼上，一边说，“他会被吊死在跟他姓氏一样的树枝上[1]。”

“其实把他吊在他家门口那些槐树上也是不错的装饰嘛。”中尉补充说。

“不用担心。”上尉又说，“我升少校之前肯定抓住他。”

军官们的话听起来根本不像是开玩笑，又口无遮拦得好像下层粗人在发牢骚，沃顿一家人觉得还是不要再继续这个话题。而哈

[1] 译注：伯奇（Birch）。birch 一词在英语中是桦树、桦树枝条之意。

维·伯奇受到美国军队怀疑，被重点盯上的消息则并不是个新闻。美国军队关他多少次，他就逃出来多少次，在这一带早就众所周知，而且总是神神秘秘的，更让人难以忘记。事实上，洛登上尉之所以会这么记恨这个货郎，主要还是某次他把人交给手下两个最忠实的骑兵看守，却不知道怎么又让伯奇给溜了。

大概不到一年前，因为伯奇经常被看到在军队司令部附近转悠，而那个时候正是军队频繁调动的重要时期。这个消息立刻被报告给了负责保卫美军军营重要通道的军官，他派出洛登上尉去逮捕伯奇。

洛登上尉熟悉这些山上的每一条道路，他不懈地执行了自己的任务。在经历了许许多多的艰难与辛苦之后，他终于成功抓到了他的目标。在逮捕伯奇之后，部队在一家农舍里住下来休整，伯奇被独自关在单间里，还有之前说过的那两个人看守着。之后大家只知道，有个女人很忙碌地在卫兵旁边干家务，等上尉坐到餐桌边后，她就招待得越发勤快。

后来，那女人和伯奇都不见了。只有伯奇的货囊还在那里，开着口，基本上掏空了。从关伯奇的那个屋子通向旁边房间的小门半开着。

洛登上尉一辈子也不能原谅这种欺骗。他本来就不是一般地憎恨敌人，何况这是对他洞察力的侮辱。他以一种不祥的沉默坐在那里，一边思考着他的囚犯逃脱的事，一边动作僵硬地把放在面前的饭菜送进嘴里，直到吃完了这一顿丰盛的早饭后，一声号响突然刺进了沃顿家人的耳朵里。军号沿着山谷回荡，奏出令人吃惊的旋律。骑兵军官立刻从桌边跳起来叫道："伙计们，快上马！邓乌迪来了！"然后他就带着他的同僚迅速离开了房间。

除了留下来看守沃顿上尉的卫兵，骑兵们都跨上马背整队去迎接他们的同伴。

战争中有很多必须要注意的事情，而在战斗双方的语言、外貌和习惯都十分相近的状态下，就更加需要双倍的审慎，小心的上尉一点都没有忽略。但当十分接近那支人数是自己两倍的骑兵队，能够辨认出对方的面孔的时候，洛登用马刺踢了马肚子，一瞬间就冲到了他的上司前面。

庄园前面的草地上又一次被骑兵挤满，新来的军队也和之前一样布下了岗哨，随后就为与同伴会合而爆发出了欢呼声。

第六章　恋人的重逢

任其他征服者夸耀名望，
他的品德是如此的高尚。
年轻炽热的灵魂，足以抗拒美色的吸引，
他赞赏她的美丽，却不会接受她的奴役，
这才是最好、最勇敢的征服者。

——托马斯·穆尔 [1]

沃顿家的女士们都聚集在窗边，目不转睛地望着窗外的景象。

莎拉带着一丝轻蔑的冷笑，望着她的同胞们抵达这里。她甚至看不起那些人的样子，因为她认为他们都是靠着罪恶的叛乱才体面起来的。佩顿小姐则欣喜万分地凝视着这壮观的一幕，这些战士都是她的故乡选出来的精兵强将，让她感到十分自豪。而弗兰西丝看得聚精会神，其他的一切都视而不见。

两队人马还没有完全会合，弗兰西丝就迅速从队伍中认出了一个骑兵。在她的眼里，这位年轻战士的坐骑似乎都明白它背上坐的不是普通人。它的蹄子只是轻轻点地，那轻盈的步伐正是血统优良的战马受到良好训练的证据。

骑兵端坐在马鞍上，姿态稳健而放松，显示出他对自己和战马

---

[1]　译注：托马斯·穆尔（Thomas Moore，1779—1852），爱尔兰诗人、作曲家。代表作有诗歌《少年吟游诗人》，歌曲《夏日最后一朵玫瑰》等。

的完美掌控——他体格高大健壮，肌肉隆起，是力量与敏捷的结合。洛登上尉向他的上司报告了事态，两人并肩骑马走到了宅子前面的草地上。

当那个人停了下来，向宅子张望的时候，弗兰西丝的心突然剧烈跳动起来，她简直快要窒息了。尽管隔着那样的距离，但她看到他那双漆黑的眼睛闪着光芒。接着，到年轻人从马鞍上一跃而下，她的脸色都变了，浑身颤抖，不得不坐到了椅子上。

军官向副官下了几个紧急命令，迅速走过草地，来到宅子前面。弗兰西丝从椅子上站起来，从房间里消失了。当骑士走上走廊台阶的时候，还没有碰到大门，门就自动打开了。

弗兰西丝离开纽约的时候还没有成年，这使得她保存了天然的美丽，没有成为时尚祭坛上的牺牲品。她的一头金色秀发没有梳理，好像幼年时那样带着小卷，自然地垂在双肩上，遮掩着那张集健康、青春与天真烂漫于一体的鲜艳面庞。她的明眸中有着万语千言，口中却沉默不语。她的双手在身前交握着，窈窕的身段因为期待而向前俯去，让她显得越发可爱迷人，让她的心上人都不由得驻足看呆了。

弗兰西丝默默把军官带进了一间空房间，这个房间就在全家人所在的那间对面，然后她转向他，真诚地将自己的手放在他的大手中对他说：

“啊，邓乌迪！见到你我真是太高兴了！我把你带到这里，是想让你见见对面房间里一个意想不到的朋友。”

“无论是出于什么原因，”年轻人将她的双手按在了自己的嘴唇上，“能和你单独见面，我也高兴极了。弗兰西丝，你所给我的考验实在太残酷了，战争和距离说不定会让我们永久分别啊。”

“我们只能服从于上天给我们的宿命，但是我现在想听到的并不是你的甜言蜜语，我有更重要的事要告诉你。”

“还有什么比用红线把我们永远系在一起更重要的呢！弗兰西丝，你对我……对我太冷淡了，要知道无论是在执勤的白天，还是在警戒的夜晚，我都没有一时一刻会忘记你的。”

“亲爱的邓乌迪，”弗兰西丝感动得快要掉下眼泪了，她把另一只手也伸向了他，面上又笼罩上了红晕，“你明明知道我的心——等战争一结束，你就会永远握住我的手——可是只要你和我唯一的亲哥哥彼此敌对，我就不能和你定下终身。而现在，我的哥哥正在等待你的宣判，他不是重获自由，就是要面对一死。”

“你哥哥！”邓乌迪叫了起来，脸色都惊得发白，“你哥哥吗？快点告诉我……这可怕的话是什么意思？”

“洛登上尉没有告诉你他在一大早逮捕了亨利吗？”弗兰西丝用含有深意的眼光凝望着邓乌迪，声音小到快听不见了。

“他只说他抓住了一个化了装的六十军团上尉，没告诉我他是在哪里抓的，抓的是谁。”少校也以同样的音调回答，他低下头，用双手捂住了脸，试图让他的爱人看不到自己的表情。

“邓乌迪！邓乌迪！”弗兰西丝叫了起来，巨大的恐惧让她彻底丧失了原有的信心，“你为什么会这么激动？”在少校缓缓抬起那张满是焦虑的脸来后，她继续道，“你……你一定不会背叛你的朋友，我的哥哥，他也是你的兄弟，你不会让他可耻地死去吧？”

“弗兰西丝！”年轻人痛苦地喊道，“我又能做什么呢？”

“能做什么！”她愤怒地盯着他重复道，“那么邓乌迪少校是打算把他的朋友交给他的敌人，即使他是未婚妻的哥哥？”

“哦，请你不要这样冷酷地对我，我亲爱的沃顿小姐，我的弗兰西丝。我真恨不得现在就为你——为亨利而死，可是我不能忘记我自己的职责，丢弃我的荣誉。如果我这么做了，你会第一个鄙视我的。”

“佩顿·邓乌迪！”弗兰西丝脸色苍白，严肃地说，“你曾对我说过……你发过誓，你爱我……”

“我是真的爱你！”士兵热情地打断了她，但是她却无言地打了个手势阻止他继续说下去，她的声音因为恐惧而颤抖着，

“你真的觉得，我会投入双手沾满我哥哥鲜血的男人的怀抱

里吗？”

“弗兰西丝，你要把我的心都撕碎了！”邓乌迪停顿了一下，与自己复杂的感情搏斗着，好不容易做出一个微笑，“但说不定我们根本不必要用这样的恐惧折磨自己。等我了解了情况，也许亨利只算个战俘。这样的话，我就可以让他获得假释。”

再没有哪种感情比希望更能迷惑人了。它仿佛是属于年轻人的一种幸福的特权，让他们沉溺于它带来的一切快乐。我们越是充满信心，就越不容易去怀疑他人；我们越是觉得事情如此，就越是认定它必然如此。

年轻军官所带来的这并不靠谱的期望，鼓舞了意志消沉的妹妹。眼神胜于言语，血色又回到了她的面颊上，她叫了起来：

“哦，一定是这样，绝对是的！我知道……我知道……邓乌迪，你绝对不会在我们最需要你的时候抛弃我们的！”激动的姑娘这才放松下来，忍不住泪流满面。

安慰我们所爱的人，这是爱情一种最宝贵的特权。实际上，邓乌迪少校对他刚才说出的假设并不抱多少希望，但他无法不去宽慰倚靠在他肩头的可爱姑娘，他颤抖着为她擦去了因为感情爆发留下的泪痕，让她再次相信哥哥是安全的，她得到了爱人的保护。

弗兰西丝克制住感情之后，连忙把他带向对面的房间，迫不及待要向她的家人报告她认为很确定的好消息。

邓乌迪不情不愿地跟在她身后，他已经预见到了事情的结果。但是当他见到了他的好友后，他就下定决心，坚定地面对这场审判。

两个年轻人的彼此致意是热忱而直率的。亨利·沃顿泰然自若，仿佛什么事情都没有发生过。

但邓乌迪少校却是焦急不安的，因为无论怎样他都不愿意让自己的朋友遭到逮捕，因为沃顿上尉面临生命危险，也因为弗兰西丝的哀求是那般让人心碎，他已经没有办法隐藏自己的感情。他受到了沃顿一家人亲切又热忱的接待，不只是因为他们的老交情，也是因为从他身边面带红晕的女孩那充满感情的眼神看出事态还有希望，他们重新振作了起来。邓乌迪少校问候过沃顿家的所有人后，就向谨慎的洛登上尉留下看守的哨兵示意，让他们离开房间。他转向沃顿上尉，很温和地说道：

"亨利，洛登上尉报告说你被发现的时候乔装改扮，请你告诉我这是怎么回事，但是请记得……记得……沃顿上尉……你的回答是完全出于自愿的。"

"我的确做了变装，邓乌迪少校。"英国军官很勇敢地承认，"那是为了能让我回家团聚，避免成为战俘的危险。"

"可是你是在洛登的骑兵队来的时候才变装的吧？"

"哦，当然！"因为对哥哥的担心，弗兰西丝忘记了一切顾忌地连声辩解，"看到骑兵队出现，莎拉和我才给他套上了伪装。就因为我们太着急出了纰漏，才让他被发现了。"

邓乌迪脸上的表情缓和了，他将宠爱的眼光转向说话的人，倾听着她的解释。

"也许这是你自己的几件衣服吧，"他继续道，"因为正巧在手边，就被匆忙抓过来套上了。"

"不。"沃顿上尉尊严地宣告，"这些衣服是我从纽约穿过来的。我弄来它们就是要做这个用场，而且我本打算今天再穿着回去。"

刚才的激情让弗兰西丝站到了她哥哥和爱人之间，但现在她明白了事情的整个真相，顿时被吓坏了，她向后退去，跌撞着坐到了椅子上，拼命瞪着眼前的两个年轻人。

"可是那岗哨呢？平原的队伍呢？"邓乌迪脸色惨白地追问。

"我乔装改扮通过了岗哨。我用了这张花钱买来的通行证，上面还有华盛顿的签名呢，我觉得是伪造出来的。"

邓乌迪连忙从他的手中抓过那张文件，沉默不语站在那里，打量那签名好一阵子。身为军人的责任感渐渐压倒了一切，他转向沃顿，带着探询的眼光问：

“沃顿上尉，你是从哪里弄到这证件的？”

“我想邓乌迪少校你没有权力问这个问题吧。”

“请原谅我。也许是我的感情让我做出了不适当的事。”

沃顿先生一直在旁边深为关切地听着，现在他无法克制自己的感情：“说实话，邓乌迪少校，这证件并不重要，战争里天天都在使用这样的手段。”

“这签名不是伪造的，”骑兵军官在仔细研究了笔迹之后说，而后他又轻轻说道，“这说明我们之中还有叛徒没被发现吗？华盛顿的信任遭到了滥用，因为这通行证上的假姓名是另一个人的笔迹。沃顿上尉，我的职责不允许我给你假释，你必须随我去高地走一趟。”

“我本来就没有抱多余的妄想，邓乌迪少校。”

邓乌迪慢慢转向沃顿姐妹，凝视着弗兰西丝的身影。她已经从椅子上站了起来，面对邓乌迪，双手紧握，表示着自己的恳求。邓乌迪感到自己快要忍耐不住，胡乱找个借口退出了客厅。弗兰西丝紧跟着他，望着他走进刚才他们见面的那个房间。

“邓乌迪少校，”弗兰西丝用小到快听不见的声音叫着，请他坐下。她刚才惨白的双颊重新飞上了红晕，又迅速地将整张脸染成了绯红色。她欲言又止了好一阵子，这才继续道：“我已经对你表达过我的心意了。就算是在现在，你如此让我伤心，但我仍然无法隐瞒我的爱意。请你相信我，亨利是无辜的，他只是太鲁莽了。我们的国家不能容忍这样的冤枉。”说到这里，她又停了一停，气都要喘不过来了，脸色也迅速由红转白，接着血又冲上了她的面颊，为她的面庞涂抹上鲜艳的红色。她急速地小声说：“我已经向你许诺过，邓乌迪，我们的国家一恢复和平，我就会嫁给你。但只要你能释放我哥哥，我愿意今天就和你走上圣坛，跟着你到军营里去，成为军人的新娘，并且学习像战士一样吃苦耐劳。”

满面通红的姑娘在热情中向着邓乌迪少校伸出了手，少校紧紧地抓住了，将它按在自己的胸口。然后他从椅子上站起，激动地在房间里踱步。

“弗兰西丝，不要再说了，我求求你，你的请求快要把我的心都撕碎了。”

“那么你是要拒绝和我的婚事了？”她庄严地站了起来，但她苍白的面颊和颤抖的嘴唇表现出了她内心矛盾的感情。

“怎么会拒绝呢！难道我不是一直在恳求你，甚至流下了眼泪吗？难道这不是我一辈子的愿望的终点吗？但是如果我在这样的情况下达到了目的，对你对我都是不光彩的。我们应该乐观一些。亨利一定会宣告无罪，甚至不用上法庭。我绝对不会不为他说情，这你也很明白才对。请你相信我，弗兰西丝，华盛顿不是不看重我的。”

“可你刚才说，那张证件滥用了他的信任，这会让他对我哥哥的案子冷酷无情的。如果威胁或恳求能够动摇他的严格与公正，安德烈还会被处死吗？”弗兰西丝一说完这些话，就绝望地冲出了房门。

邓乌迪呆若木鸡地站了一段时间，然后追了出去，想要对她解释清楚，缓解她的忧心。但是他来到两个客厅中间的走道上时，遇到了一个破衣烂衫的小男孩，那孩子打量了他的穿着一眼，就把一张纸条塞进了他的手里，迅速跑出屋子的大门不见了。邓乌迪的思绪还是一团混乱，事情又发生得这么突然，他只能看清这个信使是个乡下男孩，穷苦打扮，手里抱着一个从城里买的玩具，看起来他完成了被交给的任务，挣来了这个玩具，所以他高兴得要命。邓乌迪低头去看纸条上写了什么。它是写在一张又皱又脏的纸片上的，字迹也很难辨认，费了一番力气辨别后，他看出了这样的文字：

“正规军马上就到，有骑兵和步兵。”[1]

邓乌迪大吃一惊，他瞬间忘记了一切，心里只有军人的职责，

[1] 原注：就在几年前，在维斯特切斯特郡的贝德福德（Bedford），有个叫以利沙的自耕农死了。这个人曾经是华盛顿的手下，是他极为忠诚的间谍之一。由于工作十分危险，以利沙在签订协议的时候约定，永远不得与第三方接触。他被允许进入亨利·克林顿爵士的军队，因为他深深热爱着祖国与自由，深受华盛顿的信赖。他经常会得到一些小规模军事行动的情报，用以报告给英国将军，提高他的身价。他用这个方法工作了很长时间，后来他偶然找到一个机会，得以进入纽约城（当时由英军控制），那时正好有一支英军小分队要出城去攻击他的故乡、贝德福德的一个小据点，那里有一座美军的给养仓库。以利沙查清了这支队伍的军力与攻击目标，但是他却对如何将情报告知贝德福德的指挥官，同时又不向第三方暴露自己的真实身份感到相当为难。因为时间紧迫，他无法将情报交给华盛顿，于是在这样的情况下，他决定冒险，给美军的指挥官发去信息通知即将降临的危险，还有估算出来的英军可能发动攻击的时间。在这封信中，他甚至冒险附上了自己姓名的开头字母大写E. H。虽然他已经改变了笔迹，但也知道他受到了同胞的怀疑，他相信这样反而更能引起他们的注意，让他们更加重视警告。他的家就在贝德福德，这封信很顺利地发了出去，并及时寄到了那里，以利沙自己仍留在纽约。美军指挥官做出了每一个明智军官在这样的情况下都会做出的决定，他派出快马把信件交给了华盛顿，同时以自己手中不多的兵力做出了最好的防御准备。那时美军的司令部设在高地上。幸运的是，当时华盛顿正在出外巡查，信使恰巧在山口就遇到了他。华盛顿接到信件后在马上拆阅，并立刻用铅笔批示道：“相信E. H通知你的一切。乔治·华盛顿”然后把信交还给信使，命令他拼死急速赶回。信使到达时，英军已经开始了进攻。指挥官收到批示后，放进了自己的口袋。最后美军战败，指挥官也战死了。从这个人的身上发现了以利沙的这封带有华盛顿批示的信件。第二天，以利沙被亨利·克林顿爵士召见。在先随意问了几个问题后，他突然把那封信交给了这个间谍，询问他认不认识信上的笔迹，以及E. H是谁。“是以利亚·海登，您昨天在波尔斯湾下令绞死的那个间谍。”他的回答从容不迫，再加上前一天的确有一个缩写也是E. H的间谍被绞死，结果以利沙的冷静救了自己的命。亨利·克林顿爵士让他退下了，从此之后，就再也没有见过他。

他迅速离开了宅子。他向部队赶去时，发现远处小山上的一个骑马哨兵飞速策马奔来。几把手枪急速地接连开火，接着他听到部队的军号雄壮吹响了“武装备战”的调子。赶到部队驻扎的地方，少校看到每一个人都展开了积极的行动。洛登上尉已经上了马背，以炽热的期待眼光望着前面山谷的尽头，接着以不亚于号声的嗓音向军号手们吼叫：

“用劲吹，小伙子们！让那些英国佬知道，有弗吉尼亚骑兵在，他们就没有活头！”

许多骑哨和巡哨奔来了，他们一个接一个匆忙向指挥官报告着战况，邓乌迪沉着而迅速地做出指挥，令人不由得衷心服从。只在他掉转马头，要向前线奔去的时候，才向着山庄的方向深情地一望。当他看到刚才自己与弗兰西丝相会的那个房间的窗前，悄然立着一位紧握双手的女性的倩影，他的心急速跳动起来。他们之间隔的距离太远，他无法辨别她的模样，但军官毫不怀疑那就是他的爱人。他的脸色苍白，眼神也有一瞬间失去了焦点。当他又向着战场跑去时，激动的红晕开始重新浮现在他的脸颊上。他的骑兵队通过他们领袖的脸色来判断自己的命运，当他们看到与平时一样熠熠生辉的眼睛，还有他高昂的态度，这是每次战斗前都会在他身上看到的。

由于巡逻队和之前派出的小股队伍都已经聚集起来，骑兵队的总数接近两百人。其中也包括一小部分民兵，他们平时的任务是当向导，一旦遇到紧急情况，他们就会执行步兵的职责。在邓乌迪少校的指挥下，这些人开始清理障碍，将可能会阻碍骑兵行动的篱笆拆除。由于战火导致田地抛荒，这项工作进行得很容易。现在长而厚重，经久耐用的围墙已经纵横在这个地区的每个角落，但是在四十年前，它们是不存在的。那些又轻又薄、摇摇欲坠的石头围墙只是用来暂时划分开垦的土地，需要农夫们时时修补才能经得起风暴和冬天的霜冻。靠近沃顿先生山庄那边的围墙还建造得比较用心，但南边山谷里的那些都快变成一片废墟了，弗吉尼亚骑兵们将像疾风一样从这里驰过。虽然偶尔还残留着一两堵短墙，但邓乌迪他们要经过的地方并没有石壁，只要推倒一些不结实的围栏就可以。民兵们虽然做得很仓促，但很有效率完成了他们的任务，接下来他们回到之前指定的地点，准备迎接战斗。

邓乌迪少校从他的侦察兵那里得到对手的一切情报，这才使得他能够进行战略部署。山谷的底部是一片平原，两侧小山的山脚画出平缓的斜线向下延伸，平坦的天然牧场中间是一条蜿蜒的小溪，常常会涨水泛滥，让牧场的土地变得肥沃。这条溪流随处都能轻易涉过，只有一个地方会妨碍骑兵的行动，那就是河流改道从山谷的西边流向东边的地方，那里的河岸更为陡峭，马匹难以跳跃过去。这里的大路通过了一座粗糙的木桥，就像洋槐庄园北边半英里的地方的那座桥一样。

山谷东侧的山峰很陡峭，许多地方的岩石向着山谷突出，使得谷底比别的地方要窄一半。邓乌迪命令洛登上尉率领两支骑兵中队隐藏在山谷最窄处的岩壁后面，上尉不情愿地遵命了，不过当他想到自己突然现身、迎击敌人造成的效果时，他的不悦得到了些许缓解。邓乌迪非常理解自己的这个手下，他挑选洛登上尉执行这个任务，既是因为担心他在战场上鲁莽行事，也是因为明白当有需要时，援军绝对会及时出现。只有在敌人面前的时候洛登上尉才会急躁，其他情况下他都完美保持着洞察力和自我控制，但当他急迫求战时，就把这些忘在脑后了。邓乌迪计划的战场左边是一片密密的树林，沿着山谷伸展，长度有一英里左右。他命令向导队退进这片林子里，在树林边缘埋伏，这样就可以用分散但有效的火力打击敌人的先头部队。

别墅中的人是不可能看不到这些战备行动的，他们看到这样的场面，每个人的心里都泛起了各种复杂的感情。只有沃顿先生觉得这场战斗对他来说不会有任何希望。如果是英军赢了，他的儿子就能重获自由，但是他自己的命运又会怎样呢？在难堪的情形中，他不得不一直保持中立立场。他有个儿子在保皇党，或者叫正规军里的事实差一点就让他所有的家产遭到拍卖。要不是一个在新政府中拥有很高政治地位的亲属做出了强有力的援助，还有他自己的警觉审慎，他就真的完了。从他的真心来说，他是个忠诚的保皇派。

去年春天，当他们从美军军营里被放回来之后，弗兰西丝红着脸对父亲说出了她的恋人的愿望，当时他答允她与一个叛乱分子订下终身。这既是出于对女儿幸福的考虑，更是因为他越来越需要业已建立的共和国的支持。如果现在他的儿子得救了，大众就会认为他阴谋反对共和国获得自由。如果是美军赢了，他的儿子就仍然是个囚徒，会被送上法庭，事态可能会变得更可怕。沃顿先生很爱他的财富，但他更爱他的孩子们。所以他此时凝视着外面的情况，无精打采，充分显示出他的懦弱无能。

但他儿子的想法却与他大不相同。沃顿上尉已经被交给两名骑兵看管，其中一个来回在走廊上巡回，另一个被命令留在关押囚徒的房间里。沃顿上尉已经看到了邓乌迪少校的所有行动，他心生钦佩，但同时又为战友们深深担忧。他最担心的就是洛登上尉率领的那支埋伏起来的分遣队，从宅子的窗子里能清楚看到洛登上尉正在部队前面的空地上来回踱步，以平复他的急躁心情。亨利·沃顿匆匆向周围打探了几眼，寻找逃脱的可能，但总是发现看守好像百眼巨人[1]一样警惕地死死盯着他。出于年轻的热情，这个战士渴望能够参加这荣耀的战斗，可是却只能在这场欢欣鼓舞要出场的戏剧中当一个无奈的看客。佩顿小姐和莎拉一直心情复杂地凝视着外面的一切，担心着沃顿上尉的命运，直到流血的时刻将要到来，她们才因为性别造成的胆怯而躲进了里面的房间。但弗兰西丝并没有躲藏，她回到刚才丢下邓乌迪的那个房间里，从一个窗子专注地望着他的一切行动。部队调动，飞速的准备行动，

[1] 译注：希腊神话中有一百只眼睛的巨人，就算在睡着的时候，也有两只眼睛睁着。

她都没有注意，她的眼睛里只有她的爱人。她又是敬佩，又是恐惧，几乎颤抖了起来。当看到她爱着的年轻战士在他的队伍中穿行，为他的战士们打气的时候，她的血液涌向了心脏。但随即她就想到，她所珍重的他的勇气可能导致他们永别。弗兰西丝望着望着，终于再也忍耐不下去了。

在宅子的左边，离部队后方不远的地方，有一小队人，这些人的情况看起来和旁边的人不太一样。他们一共是三个人，两个成年男人，还有一个黑白混血的男孩。这支小队的队长是个很瘦的人，瘦削让他显得更高。他戴着眼镜，手中没有武器，下了马，看起来全副精力都集中在一支雪茄，一本书，还有面前的空地上。弗兰西丝决定请他送个信给邓乌迪。她用铅笔匆匆地写下了："到我这里来，佩顿，只要一下就好。"恺撒从地下的厨房里冒了出来，充满警惕地溜到房子后面，避开了走廊上哨兵的眼睛，那个人很傲慢地命令他们全家人都不准离开屋子。老黑人将纸条交给那位先生，请求他转交给邓乌迪少校。恺撒求的这位高而瘦的先生是骑兵队的外科医生，当恺撒看到地上摆放着的几件准备好的手术器具时，牙齿都在打战。医生似乎对这个布置十分满意，他慢慢从他正在看的书上抬起眼，然后命令男孩把纸条送给指挥官。恺撒缓缓退下时，那从打扮来看是军医助手的第三个人冷冷地问："他要截掉一条腿吗？"看来这句话提醒了老黑人四肢的存在，他立刻把它们全力开动了起来，和策马半速赶来的邓乌迪少校同时赶到了走廊边。在长官经过的时候，肌肉结实的哨兵立刻立正，以军人的精准将军刀平举及胸致意。但当门一关上，他就立刻转向老黑奴，狠狠地说：

"听着，老黑鬼，要是你再敢瞒着我离开这房子，我就要变成理发师，用这把剃刀刮掉你的黑耳朵！"

受到哨兵的威胁后，恺撒慌忙又藏回他的厨房去了，嘴里喃喃着什么，大致是"剥皮党""流氓叛徒"之类的话。

"邓乌迪少校，"一见她的爱人进来，弗兰西丝就说，"也许我对待你的态度太不公正了，如果你觉得我太冷酷的话……”

女孩子实在太激动了，她忍不住泪如泉涌。

“弗兰西丝，”军官热情地叫了起来，“你对我从不会冷酷，也从不会不公正，除了你怀疑我的爱！”

“啊！邓乌迪！”啜泣的女孩继续说，“我知道你将要冒险去战斗，请你一定要记得，你的平安关系着一个人所有的幸福。我知道你有多么勇敢，但你要保重……”

“为了你吗？”满面喜色的年轻人问。

“为了我。”弗兰西丝用细若蚊鸣的声音回答，扑进了他的怀中。

邓乌迪紧紧地把她拥在自己的心口，但当他要说话的时候，山谷的南端传来了军号声。战士在她那毫无反抗的唇上印下长长的一吻，就挣脱了他爱人的手臂，迅速赶回了战场。

弗兰西丝扑倒在沙发上，把头埋在靠垫里，拉过披巾遮住了自己的面庞，尽量让自己不去听外面的声音。她就这么一直倒在那里，直到战士的呼喊、火器的轰鸣和雷鸣一般的马蹄声彻底停下来。

第七章　激战

狩猎开始啦。

一鼓作气，往前直冲吧。

——莎士比亚《亨利五世》

由于殖民地的这片土地嶙峋不平，又未曾开垦，到处都是可以藏身的地方，而且与本国距离遥远，也因为他们毋庸置疑掌握了制海权，拥有通过海路将部队迅速运送到各个地点的能力，英国军队在镇压举起反旗的殖民地的初期阶段，就打消了大规模使用骑兵部队的想法。

他们在整个战争期间，只从本国调来了一支正规骑兵部队。不过各个地方或按英军司令的意图，或因为当时的急迫要求而组建了许多的军团与独立大队。这些部队主要由出生在殖民地的人组成，也有从前线上撤回来的军人，这些士兵要放下滑膛枪与刺刀，学会挥舞军刀和使用卡宾枪。在这种情况下，这些人将构成附属部队的主体，好比一支赫斯佣兵部队[1]被改编成了一支后备重骑兵团。

与他们对抗的是那些最勇敢的美国人。大陆军的大部分骑兵部队都是由来自南方的军官率领的。他们将高尚的品质与可贵的勇

[1]　译注：18世纪的德国籍佣兵组织。美国独立战争期间，英国国王雇佣了三万赫斯佣兵。

气教导给了士兵们，这些士兵是精心挑选出来，足以胜任他们的任务。

英军一次次空手而回，只掌握了几个大一点的城镇，闯过了几个已经坚壁清野、没有补给的郡县。而敌人的轻骑兵却掌握了整个内部地区。

在前线的美国军队吃了太多的苦，但是军官们掌握着权力，他们又坚信自己投身于正义的事业中，尽全力为部队解决需要，马匹得到了良好的照料与喂养，因此具有强大的战斗力。也许世界上其他地方都不会有其他轻骑兵队比我们提到的更勇敢、更有魄力、更所向披靡的了。

邓乌迪的人马不只一次与敌人英勇战斗过，他们现在正坐在地上休整，养足精神等待着再一次去打败敌人。他们的愿望很快就实现了——当他们的指挥官刚刚坐回马背，遮住南边视野的那座小山脚下就有大批敌军蜂拥而来。邓乌迪少校只用了几分钟就判断出了他们的大致情况。其中一队人穿着绿色外衣，是牛仔队，另一队人则戴着皮盔，骑在木质马鞍上，是德国佣兵。两队人加起来差不多与邓乌迪直接指挥的人数相当。

敌军一到达哈维·伯奇房子边的开阔地带，就停住脚步，列成了一横行，很明显在准备冲锋。这时，一队步兵又出现在了山谷中，向着溪岸逼近。

在这种情况下，勇敢无畏的邓乌迪少校从不会丧失冷静与判断力。他一眼就看出了己方的先机，决定善加利用。他率领的队伍开始缓慢向后退去，对方的那个年轻的德国骑兵指挥官生怕失去一次轻而易举的胜利，下令冲锋。一小部分士兵表现得比牛仔队还要凶猛，他们相信敌人要逃走，而且背后又有军队掩护，所以急不可待地向前冲过来。德国佣兵们跟在这些人背后，他们速度稍慢，但秩序要好些。此时传来了弗吉尼亚骑兵队响亮而长的军号声，隐藏起来的伏兵也吹号作答，动摇了敌人的军心。邓乌迪少校的军队保持着整齐的阵容杀了上来，迅速散开。一声令下，洛登上尉的人马也从埋伏的地方杀出，洛登上尉一马当先，高举军刀，吼声甚至压过了军号声。

那些流氓军快要吓破胆了，他们向四面八方逃窜，拼命驱使座下的维斯特切斯特良驹，想尽快逃离这里。其中一小部分人受了伤，只要落到那些意图复仇的同胞手里，他们就别想活下去，更别说告诉别人自己是被谁痛打了。德国暴君的可怜臣子们遭受了最主要的打击。由于受到最严格的训练，这些可怜的家伙只能勇敢地向前冲，但面对精神饱满的骑兵和精良的武器，他们就好像谷壳被狂风吹走似的一片片倒下去。他们中的许多是被马匹踩死的，邓乌迪很快就看到战场上已经没有敢于反抗的人。只是由于英国人的步兵团接近，他没有进一步追击，结果一些德国佣兵才得以保住一条小命。

那些更狡猾的牛仔队分散成了许多小队，各投去路回他们的老家哈莱姆[1]去了。许多不巧在他们逃跑路线上的人遭了罪，牲口、家具甚至亲人都被他们抢走了。牛仔队的溃散简直就像是恶魔横行。

在离家这么近的地方发生了这样一幕，宅子里的人都不可能不关心战斗的结局。事实上，不管是在厨房里还是客厅里，每个人的心里都是那么激动与不安。女士们虽然吓得不敢看，但她们和男人们一样关心。弗兰西丝仍然以之前的姿势躺着，虔诚而语无伦次地重复着乞求同胞安全的话语。不过她已经在心里把佩顿·邓乌迪的形象当成了她的国家的象征。而她的姨妈和姐姐的祈祷却没她那么热心。莎拉第一次明白了战争给她带来了怎样的恐惧，就连原本期盼英军胜利的结局也不能让她开心。

恺撒和他的老伴，还有他们的孙女，一个墨玉一样的二十岁少女，以及之前曾经提及的那个男孩四个人藏在沃顿家的厨房里。

---

[1] 译注：Harlem，又译哈林，曼哈顿的一个殖民聚集地，后来并入纽约，现今的黑人区。

这些黑人是沃顿先生从自己的母系祖先，一个荷兰早期殖民者后人那里继承下来的一部分剩余财产。时间、堕落与死亡，让他们只剩下了三个人。那个男孩是白人，是佩顿小姐带来跑腿干杂活的佣人。恺撒起先把自己藏在一个墙壁拐角后面，挡住可能飞过来的流弹，然后就兴致勃勃地观起战来。走廊上的哨兵离他只有几步远，好像寻血猎犬一样警觉。他发现了老黑人的到来，看到他选择的明智躲藏地点，哨兵蔑视地笑了起来，端正姿态，向可能带来危险的敌人方向，挺起了他毫无保护的胸膛。

骑兵用一种难以形容的轻蔑表情打量了恺撒，极其冷淡地说：

“你看起来还真爱惜你那漂亮的身体啊，黑皮先生。”

“子弹可不认颜色，不只会打死白人呢。”老黑人粗鲁地咕哝道，又很满意地看了看自己的掩体。

“那就让我来试试好了。”哨兵回答说。他话音刚落，就故意从腰带上拔下手枪，作势瞄准了老黑人。

面对着哨兵，恺撒的牙齿都在咯咯响了。虽然他也相信，哨兵只是在说笑。就在这个时候，邓乌迪的部队开始撤退，英军骑兵开始冲锋了。

“唉哟，骑兵先生，”恺撒焦急地说，因为他以为美国军队真的在撤退了，“你们叛军怎么不打？你看，你看乔治三世的人把邓乌迪少校打跑了！他是个好绅士，可他看着就不想跟正规军打嘛！”

“见你正规军的鬼！”哨兵怒冲冲地吼叫起来，“你给我等着，老黑鬼！马上你就看到杰克·洛登上尉从那边的小山后头冲出来，把那群牛仔队打得像没头苍蝇似的乱飞乱窜！”

恺撒把自己藏在了墙后头，他还以为洛登上尉跟他一样也是为了躲开战场呢。但是没多久，骑兵的话就应验了，老黑人惊讶地见证了皇家骑兵的彻底溃败。

哨兵为战友的胜利发出了狂喜的欢呼，这欢呼声引得他的另一个同伴离开了看守亨利·沃顿的岗位，来到了窗户跟前。

“快看，汤姆！快看！”兴高采烈的哨兵叫道，“你看到洛登上尉把那佣兵的皮帽子都砍飞了吗！少校宰了敌人军官的马！嘿！他干吗不宰了那德国佬，把马留下来？”

几支手枪向着飞奔的牛仔队开了火，一颗流弹打碎了离恺撒只有几步远的窗玻璃。老黑人以魔鬼似的姿态连滚带爬地冲进了屋子，立刻把自己藏进了客厅里。

洋槐庄园前面的那块草地是被茂密的灌木丛遮挡住的，从大路上看不到。两个骑兵的马匹就拴在那里，在荫凉下等候着主人。

就在这个时候，两个溃退的牛仔队士兵因为被切断了退路，疯狂地纵马闯进了庄园的大门，企图躲到宅子后面的树林里去。获胜的美国人紧追着败退的德国人，一直把他们赶到了步兵的火力掩护范围内。那两个士兵一到了隐蔽的草坪上，就觉得自己暂时安全了，那支部队众所周知的掠夺本色又显露了出来，打起了马匹的主意。他们以惯偷才会有的厚颜无耻，不约而同地向着战马扑了过去，当他们忙着解开马缰的时候，走廊上的哨兵立刻开了一枪，接着手拿着军刀冲了过去，意图解救他们的马匹。

恺撒跑进客厅，这引起了小心谨慎的看守的警觉，但突然出现的异常事态让他冲到了窗边。他从窗子里探出身体，用最大的声音咒骂，意图威胁匪徒放开他们的战马。这个机会实在太难得了，哨兵的三百个战友都在离这个宅子一英里的距离内，随处是失去主人的战马四下乱跑。亨利·沃顿展开了行动，他猛扑上去抓住了哨兵的双腿，把他头朝下掀出窗口，摔到了草坪上。恺撒立刻溜出房间，插上了大门的门闩。

被推下去的哨兵摔得并不厉害，他重新站起来，将怒火全部朝向了自己的俘虏。但是翻窗户回去是不可能的，跑到一半，他发现大门也被拴上了。

就在这个时候，忽然传来了他的战友的呼救声，败北的骑兵急忙向着那个方向跑去。只见一匹马的缰绳已经被解开，另一匹的被系在一个败兵的马鞍上。四个人刀剑相交，边打边退到了房子后面。这时候恺撒打开了大门，指着那匹唯一留在草坪上静静吃着枯草的战马，对亨利叫道：

“快跑赶快！哈利主人！快跑啊！”

“没错！”年轻人边喊边迅速跃上马背，“现在必须逃跑了。”他匆忙向父亲挥了挥手，站在窗边的父亲默默无语，只是将双手向着儿子尽量伸过去，为他祝福。“上帝保佑你，恺撒，替我吻别我的妹妹们吧。”说完之后，年轻人就策马像闪电一样冲出了大门。

非洲人忧心忡忡地望着他上了大道，又望着他向右转去，沿着峭壁边突起的山岩狂奔而去，最后消失在了一块大石后面。

恺撒欣喜万分地关上了大门，门闩上了一道不够，又加了一道，再用钥匙锁上，一直转到再也转不动的地方。整个过程中，他一直在自言自语念叨着小主人能够逃走，他有多么高兴：

“他的马骑得多棒啊！教他骑得这么好的可是我呢！他要我吻别年轻的小姐们……但法妮小姐不可能会让一个老黑人亲她红红的脸蛋的啊。”

到了这一天彻底尘埃落定，埋葬死者的时候，洋槐庄园的后面留下了两具牛仔队和一个弗吉尼亚骑兵的尸体。

亨利·沃顿相当幸运，当他逃走的时候，抓住他的人正用望远镜观察着河岸那边阵地上的步兵，那些败退的德国佣兵渴望着他们的支援。沃顿上尉骑着弗吉尼亚良种马在山谷中疾奔。当年轻人为庆幸自己的逃脱而高兴得心脏狂跳的时候，一声熟悉的喊叫传进了他的耳朵：

“你干得真好，上尉！别停下脚，到了小溪边上就向左转！”

沃顿吃惊地转过头，看到他之前的向导，哈维·伯奇正坐在能够俯瞰山谷的一块突出的岩石上。他的大背包基本已经空了，摊在他的脚边。当沃顿上尉策马奔过的时候，他很高兴地向年轻人挥着他的帽子。英军上尉听从了这个神秘家伙的建议，找到了一条通向大路的捷径，很快就找到他的朋友们。接下来他过了桥，在他的老熟人威尔梅上校面前停了下来。

“沃顿上尉！”吃惊的英军骑兵指挥官叫了起来，“你穿着马海毛的衣服，骑着一匹叛军骑兵的马！你是从哪块云彩上掉下来的吗？”

“感谢上帝！”年轻人喘着气叫，“我总算是平安从敌人手里逃出来了。五分钟之前，我还是个俘虏，被人威胁要吊死在绞架上呢！”

“绞架？沃顿上尉！这些背叛了国王的家伙，不会再敢冷血地犯下第二次谋杀了。他们杀死了安德烈还不够吗？为什么还要再来威胁你呢？”

“因为他们找了同样的借口。”上尉说。他向聚拢过来听他说话的人概括解释了之前的情况，他被捕、被关押和逃脱的经过。他刚刚说完时，溃退的德国佣兵就已经聚集在了步兵团的身后，威尔梅上校大声说道：

“我发自内心地祝贺你，我勇敢的朋友！那帮叛徒是不会具有宽容这种美德的。你平安无事地逃出了他们的魔掌，实在是太幸运了。你赶快准备好来帮我一把，我马上让你去报这一箭之仇。”

“威尔梅上校，邓乌迪少校的手下并没有做出任何私人的暴行。”沃顿上尉回答，面色微红。“他的人格不会做出这样的事。我认为越过小溪，进入开阔地与弗吉尼亚骑兵作战是不明智的，他们刚胜了一场，士气正旺呢。”

“他不过是打败了那些非正规军，还有迟钝的德国佣兵罢了，你觉得这值得夸口吗？”威尔梅上校轻蔑地一笑。“沃顿上尉，你说得好像那个邓乌迪先生——他算哪门子的少校！——打败了你的国王陛下的禁卫队一样。”

“抱歉，威尔梅上校，但我要说，如果国王的禁卫队在这个战场上的话，他们也会觉得对面的敌手是不能轻视的。长官，我的朋友邓乌迪是个值得夸耀的人，作为一个骑兵军官，他是华盛顿军队的骄傲。”

“邓乌迪，邓乌迪？”上校慢慢重复了一遍，“我之前一定是曾经遇到过这个人才对。”

“我听人说，您曾经在城中我妹妹的宅子里和他见过一面。”沃顿暗带着笑意回答。

“啊！我想起那个年轻人来了。那些造反殖民地凑合出来的国会，居然把他们的士兵交给这么一个战士来率领啊！”

“您去问问那些德国骑兵的头儿好了，看他觉不觉得邓乌迪少校称职。”

威尔梅上校也有在敌人面前逞强的自尊。他在美国执勤了很长时间，但只见过刚刚入伍的新兵和乡下的民兵。这些人有的时候是可以一战，甚至很勇敢的，但是更多的时候还是不发一枪就匆忙逃跑。上校也习惯于只用外表来判断一切，他认定自己手下这些长靴锃亮、步伐整齐、转弯精确的士兵不可能会被打败。更重要的是，他们可是英国人，所以他们一定会胜利。威尔梅上校其实并没有太多的实战经验，他从家乡带来的经验也因为驻防城市里爱吹牛的风气越发升级，不然早就彻底破灭了。他面带着蔑视地听了沃顿上尉的热情答复，然后问道：

“先生，你是想要我们在这群自吹自擂的骑士面前撤退吗？我们什么也不干，免得剥夺你所吹嘘的他们的光荣？”

“我只是想要忠告您，威尔梅上校，您即将遇到危险。”

“危险这个词不适合战士。”英国军官冷笑着说。

“六十步兵团的战士也不会比穿皇家制服的胆小。”亨利·沃顿愤愤地叫，“那您下令冲锋好了，让事实说话。”

“我现在才算认出我的年轻朋友了！”威尔梅上校安慰似的说，“不过如果你能在我们开战之前，介绍一下任何有利于我们进攻的情报，那我们很愿意听。你知道这些叛军的兵力布置吧，他们是不是埋伏了大部分兵力？”

“是的。”年轻人还是对上校的轻蔑带着怒火，“我们右手边的树林边缘就有一小队步兵，他们的步兵都在前面的阵地上了。”

“那么他们不可能待多久了。”威尔梅上校转向他身边的几个军官吼道，“先生们，我们先以纵队渡过小溪，然后在前面的空地上展开，不然我们不能把那些勇敢的美国佬引到我们的火力范围里来。沃顿上尉，我要求你作为我的战时副官辅助我。”

沃顿上尉不赞成地摇了摇头，他良好的直觉告诉他这是冒失的行为，但他仍然迅速做好了准备，以在即将来临的考验中完成自己的责任。

他们说话的地方就在英军前线不远的地方，美国军队也能看清楚。在他们谈话的时候，邓乌迪聚集了分散的队伍，看管起俘虏，回到战争开始时的阵地上。他对业已取得的成功感到满意，相信英国人已经变得小心翼翼，今天不会再出动了。于是他决定撤出向导队，留下一支精兵监视正规军的行动，带领其他队伍后退几英里，到合适的营地休整过夜。洛登上尉一边心不在焉地听着指挥官的解释，一边举起他心爱的望远镜，看看是不是还有机会再来一次有利的攻击，但他立刻就叫了起来：

“怎么回事！红皮鬼里混了一个蓝外套？我敢拿弗吉尼亚人的名誉来说，那是我伪装了的六十军团老熟人，英俊的沃顿上尉，他从我那两个最好的手下那里跑出来了！”

他还没把话说完，两个英雄中的幸存者就归队了，带着他自己和那两个牛仔队的马匹。他报告了战友牺牲、俘虏逃脱的情况。由于直接看管沃顿上尉的哨兵已经遇害，另一个人是为夺回马匹而无暇顾及，所以他并没有受到责备，接受报告的上尉虽然不快，但并没有发火。

这个消息让邓乌迪上校改变了原定计划。他立刻就明白，俘虏的逃脱将会有损他自己的名誉。他撤销了从林中撤退步兵的指令，也和焦躁的洛登上尉一起观察敌情，寻找再次发起打击的有利时机。

两个小时之前，邓乌迪还觉得不得不逮捕沃顿上尉是他遭受过最沉重的打击。但现在他却不惜冒生命危险，渴望有个机会把他的朋友再次绳之以法。心灵受到的伤害让他顾不得其他一切了，要不是这个时候威尔梅率领着部队穿过溪谷，进入开阔的平原地带，他说不定就要做出比洛登上尉更大胆的事。

“就在那里！”兴奋的上尉边叫边指着正在移动的部队，“约翰牛瞪圆了眼睛冲进捕鼠笼里来了！”

“没错！”邓乌迪急切地说，“他不会让他的纵队在平地上展开的。沃顿肯定已经告诉他我们的埋伏了。但他如果……”

“我们不会给他留下一打囫囵人的！”洛登上尉打断了他的话，飞身上马。

真相很快大白。英国人纵队进入平地后没多久就展开队形，部署精确，如果他们是在海德公园[1]里做出这些的，那他们肯定会赢得荣誉。

“准备上马——上马！”邓乌迪高呼，洛登上尉同时发出了后面的命令，声音大到连站在宅子里打开的窗子后边的恺撒都听到了。老黑人吓得连连倒退，看过上尉高举军刀冲出埋伏点的那一刻，他再也不会觉得洛登上尉是个胆小鬼。

当英军有秩序地缓慢前进的时候，向导队忽然发动了猛烈的打击。靠得近的英军开始慌乱。威尔梅听了一位上了年纪的中校的忠告，调动两个连队向埋伏的美国步兵发起进攻，把他们赶出埋伏地。这个调动导致了轻度的混乱，邓乌迪抓住这个时机展开了冲锋。这里的地形正适合骑兵行动，弗吉尼亚骑兵势如破竹。他们进攻的目标主要是树林对面的溪岸，这样可以避开己方伏兵的火力网。他们大获成功。就连在前线左翼指挥战斗的威尔梅都因为对手的猛烈打击而摔下了马背。幸亏邓乌迪及时赶到，才把他从一个部下的军刀下救了出来，还把上校从地上拉起来，将他安置在马背上，交给自己的传令兵看守。那位提出攻击伏兵建议的军官也负责这个行动，这支部队的攻击给美军造成了威胁。但向

[1]　译注：海德公园，伦敦的皇家公园，每年国王生日时在会这里举办阅兵仪式。

导队的任务已经完成，于是他们沿着树林边缘撤退到山谷北边尽头留人防守的地方。

美军绕到了英军阵线左翼的后面展开了攻击，导致左翼迅速崩溃。但威尔梅上校的副手察觉到了战况，迅速掉转了头，他们向着横穿树林的骑兵猛烈开火。亨利·沃顿就在这支队伍里，他是自愿去击退向导队的。但是一颗子弹击中了他拉缰绳的左臂，他不得不换了右手。美国骑兵从他的身边呼啸而过，军号声与吼声震耳欲聋，沃顿的战马开始不听使唤，一会儿扬起后蹄，一会儿人立起来，手臂受伤的骑手再也没办法控制坐骑。不到一分钟之后，亨利·沃顿竟然发现他在和洛登上尉并驾齐驱。美军骑兵只打量了一眼，就明白他的新同伴的尴尬处境，但他要赶时间，所以在冲进英军阵地之前，他只来得及吼了这么一句：

"马可比骑手更明白什么是正义啊！沃顿上尉，欢迎你加入自由阵营！"

洛登上尉的俘虏失而复得。冲锋一结束，他就又抓住了沃顿上尉，发现上尉受了伤，就直接把他送到了后方。

弗吉尼亚骑兵对那些英军步兵毫不留情，敌人彻底丧失了抵抗。邓乌迪观察到德国佣兵的残兵意图再进入空地，就立刻率领军队追击，他轻易追上了他们没有喂饱的瘦马，歼灭了这股残兵。

就在这个时候，一大批英军企图趁着战场上烟雾弥漫，混战一团的时候逃到友军部队的背后，这支由老中校率领的部队仍然阵形整齐地排列在树林前面。但他们唯恐误伤友军，停止了射击。逃到后面的英军被命令在林中组成第二道战线，用树木作为掩护。但他们还来不及完成阵形，洛登上尉就叫来了一个年轻人，命令他率领着留守在后的骑兵分队，立刻去摧毁敌人还没有被击破的阵线。命令迅速得到了执行，骑兵做好了准备。但指挥官在此时急躁用事，没有做好万无一失的准备，结果骑兵队刚刚出发就遭到了对方毁灭性的火力攻击，部队陷入了混乱。洛登上尉和他执行命令的年轻军官乔治·辛格顿都中弹摔下了马。幸运的是，在弗吉尼亚人面临生死关头的时候，邓乌迪少校远远疾驰而来，及时赶到。他看到他的军队一团混乱，满身是血的辛格顿就倒在他的脚边，邓乌迪非常器重这个才能出众的年轻人。又见到洛登也摔下了马，直直地躺在地上，他的眼中顿时冒出了怒火。少校驾马率先冲向了敌人，高呼口号让士兵们想起自己的职责，他的呐喊深深震动了战士们的心。他的到来与呼喊就好像有魔力一样，乱糟糟的叫声平息了，战士们迅速积极重新组织起了阵线。号声响起，弗吉尼亚骑兵在指挥官的率领下犹如雷霆一般横扫了平原，战场的敌人被迅速肃清了，没有被消灭的都逃进了树林里。邓乌迪面对着隐藏在树林中的英军的火力，慢慢将人马撤退下来，然后执行沉痛的职责，搜寻死者与伤员。

负责把亨利·沃顿押送到后方急救站的军士一心想要早早完成任务，回到战场上去。还没有走到开阔地的中心，沃顿上尉就发现有个人无论是打扮还是职业都非常显眼。这个人的头差不多秃了，裤子口袋里露出了半顶洒满了粉的假发。他脱掉了外衣，袖子挽到手肘上面。他的衣服、手上甚至脸上都沾着血迹，充分表现了他的职业特点。他叼着一支雪茄，右手拿着奇奇怪怪的各种工具，左手抓着一只苹果，时不时拿下雪茄，咬一口苹果，站在那里看着一个躺在面前、已经没了气的德国佣兵发呆。不远处有三四个向导兵，他们倚靠在步枪上，笔直地望着战场的方向。军医身边还站着一个人，从他的衣着与手上的工具来看，他是医生的助手。

“这一位就是大夫，先生。”押送亨利的士兵很冷淡地说，“他一眨眼的工夫就能把你的手包扎好。”说完之后，他招呼那些向导兵过来，对他们耳语交代了几句，随即飞快地奔去与战友们会合。

沃顿走到那个打扮奇怪的人面前，见他没有注意自己，正要请求他的帮助，对方唐突地打破了沉默，自言自语起来：

“很好，我知道这个人肯定是被洛登上尉杀死的，我早看惯了他的手笔。我劝他多少次，能让敌人丧失战斗能力，就不要夺走他们的性命！毫无必要地杀死一个人太残酷了，医药根本救不了这样的砍杀！这是对科学的不敬！”

“对不起，先生，如果您有空的话，”亨利·沃顿说，“我想请您处理一下我的一点轻伤。”

“啊！”医生吃惊地叫道，把他从头打量到脚，“你是从前线撤下来的？那边事情多不多？”

“很多。”亨利回答，在军医的帮助下脱掉了外套，“忙得快翻天了。”

“忙得快翻天？”军医重复了一遍，麻利地把敷料包扎在他的伤口上。“你这话让我很快乐，先生。只要人还在忙碌，他们就还活着。只要活着，就会有希望。可是在这里我的技术毫无用处。我给一个伤员做了脑部手术，但我宁愿他死在我看到他之前。先生，这事真的很古怪。我想带你去看看——只要绕到那围栏的后面，你就能看到那么多的尸体躺在那里。哦！子弹只是擦过了骨头，没有伤着它。你能落到我这个老手这里还真是走运，不然你多半就要丢掉这只胳膊啦。”

“真的吗！”亨利有点不安地问，“我没想到会伤得这么重啊。”

“哦，你的伤势并不严重，不过你刚好有这么只漂亮胳膊能做手术，对新手来说这可是个很大的诱惑呢。”

“见鬼！”上尉叫道。“残害同类会有什么乐趣可言啊？”

“先生，”军医很严肃地说，“科学的截肢是非常美丽的手术，足够吸引一个忙碌的年轻人无视实际情况，贸然动手。”

一队骑兵的出现打断了他们的对话。那些人慢慢向这边移动过来。新来的人里有一些轻伤的伤员，他们请求医生迅速帮他们处理一下。

向导兵们接手看管沃顿上尉。年轻人带着沉重的心情，重新向着父亲的庄园走去。

英军在几次冲锋后损失了三分之一的步兵，幸存者都藏在树林里。邓乌迪少校判断这些人很难击破，于是留下洛登上尉的精兵监视敌军动向，并且在他们逃上溪岸之前抓住一切机会对他们展开骚扰。

少校接到情报，另一支敌军沿哈德逊河展开了行动，他的职责就是做好一切准备，击败敌人的企图。洛登上尉也收到严命，除极其有利的战机外不得出击。

洛登上校伤在头部，子弹擦过他的额头，把他击晕了。少校在分开的时候开玩笑似的对他宣告，要是他再这么鲁莽行事，他们就要认定他是伤得太重以至影响了脑袋。两人各自上了路。

英军是轻装上阵，并没有携带辎重。他们是来摧毁几家给美军搜集军需的商店的。现在他们穿过树林，前往高地，沿着难以受到骑兵攻击的山路，向着他们的船只退去。

第八章　军医和三个伤员

火和剑蹂躏着这里的一切，
举目四望到处一片荒凉。
有多少母亲和新生的婴儿，
在那次战火中悲惨地死亡：
但你们知道，在每次著名的
战役中，都会有这样的景象。

——骚塞[1]

山庄中焦虑的人们已经听不到战场上的厮杀声了，代替的是令人狐疑的沉寂。弗兰西丝仍然孤零零地躺在那里，努力隔绝一切外界的喧嚣，徒然地试图鼓起勇气接受那可怕的结局。向步兵发起冲锋的那片开阔地离洋槐庄园不到一英里，在枪支开火的空隙中，沃顿一家人甚至能听到士兵的呐喊声。在看着自己的儿子逃脱之后，沃顿先生就来到了他的小姨子和大女儿躲藏的房间，三个人惴惴不安地等待着战场上的消息。弗兰西丝也没法再忍耐这种猜测的痛苦，很快也加入了这不安的人群中。他们让恺撒去打探外面的情况，到底是哪一支军队获胜了。沃顿先生在这个时候简略地告诉女儿们，她们的哥哥已经逃了，但当她们还在吃惊的时候，门就开了，沃顿上尉与两个向导兵看守出现在他们面前，

[1]　译注：罗伯特·骚塞（Robert Southey，1774—1843），英国桂冠诗人。这段诗句引自他的代表作之一《书斋咏怀》。

后面跟着老黑人。

“亨利……我的儿子，我的儿子！”激动的父亲叫道，他还没从座位上站起来就伸出了双手，“这到底是怎么回事？你又被逮捕了？又要面临生命危险了？”

“叛军们的运气实在太好了。”年轻人尽量做出一个快乐的笑容，伸出手来握住两个妹妹的手，“我勇敢地重获自由，但那荒谬的反叛精神甚至传染了他们的马匹。我得承认，我骑的那匹马完全不听我的指挥，把我驮到了邓乌迪手下们的正中间。”

“那你又被逮捕了吗？”父亲恐惧地向着进入房间的两个武装人员打量着。

“没错，那个洛登先生远远地就看到了我，然后迅速再次把我抓了。”

“为什么你不抓住他啊，亨利主人？”恺撒很懊恼地叫道。

沃顿上尉微笑着说：“因为说来容易做来难啊，恺撒先生，特别是这些先生们，”他望了望向导兵，“已经让我没法用我的右手了。”

“你受伤了！”姐妹俩同时惊叫起来。

“只是擦伤而已，但是让我在最紧要的关头无法行动了。”哥哥柔和地说着，还屈伸了一下受伤的手臂表示自己说的是真的。恺撒带着极大的敌意瞪了那两个他认为的杂牌军，好像他们造成了这一切，然后他离开了房间。沃顿上尉用几句话解释了他这一天的全部情况。他认为战斗还没结束，因为当他离开战场的时候，弗吉尼亚人正在撤退。

“那就像是狩猎松鼠，”一个看守说，“我们从不会忘记留下一只好猎犬，等着松鼠下树。”

“没错。”他的战友冷冰冰地接着说，“我想那帮家伙逃上他们的捕鲸艇之前，洛登上尉会数数还剩下几个人头。”

弗兰西丝在他们说话的时候，一直靠着椅子的靠背来支撑自己，她提心吊胆地听着他们的每一个音节，脸色也迅速地一会儿红，一会儿白。她的四肢都在颤抖，最后她终于下定了决心问：

“双方的……军官……有什么人负伤吗？”

“当然有。”那个人有些傲慢地回答，“那些南方小伙子打起仗来勇敢极了，每次战斗很少只有一两个伤亡的。有个前线上的人告诉我辛格顿上尉战死了，还有邓乌迪少校……”

弗兰西丝还没听完这句话，就昏迷不醒地倒在了身后的椅子上。家人们慌忙照料她，这才让她迅速地恢复了知觉，就在这个时候，沃顿上尉转向那个人，关心地问：

“邓乌迪少校他平安无事吧？”

“不用为他担心，”向导兵也不管这一家人的慌乱，继续说道，“俗话说得好，一个人命里注定要被吊死，就不会淹死在水里。要是子弹能杀死少校，他早就死了很久了。我刚才是要说，少校为战死的上尉十分难过。不过要是我事先知道这位小姐对少校是如此关心的话，说话就会再小心些了。”

弗兰西丝迅速地从她的椅子上跳了起来，她已经羞得满脸红云，她倚靠着她的姨妈，想要退出房间去。但就在这时候，邓乌迪出现了。最初的瞬间，情绪激动的姑娘感到了深深的幸福，但接下来就被他面上异常的表情吓退缩了。邓乌迪的眉心还带着杀伐之气，他的眼神直盯盯的，显得十分严峻。他与爱人见面时的那种照亮黝黑面孔的温柔微笑现在彻底消失，他的全部灵魂都集中在了一种感情上，单刀直入地提出了来意。

“沃顿先生，”他诚恳地开口道，“我想这种时候不需要再绕什么圈子了。我的一名军官恐怕受了致命伤，因为您的热情好客，我已经把他抬到您这里来了。”

“我很荣幸，先生，”沃顿先生立刻想到了与这些美国军队搞好关系的重要性，“你们有需要的时候我都是欢迎的，对于邓乌迪少校的战友，那更是加倍欢迎。”

“先生，我代表我自己，还有无法亲自向你道谢的人向您表示深深的感谢。”邓乌迪少校连忙答道，“如果您允许的话，我们马上把人抬进来，好让军医给他检查伤势。”

沃顿先生自然没有任何异议。但弗兰西丝却感到不寒而栗。因为她的情人在离开的时候竟然没看她一眼。

女性的爱情是献身性的，它不允许有任何竞争。所有发自心底的温柔，所有想象的威力，都是在表达着这专制的感情。而且既然奉献了一切，就会希望更多的回报。弗兰西丝在期盼着邓乌迪的感情中，经历了几个小时的痛苦与折磨，可现在他见到了她，却没有一丝笑容，离开时也没有向她道别。虽然她激动的感情有增无减，但她的希望却淡薄了。在担架手抬着邓乌迪那个几乎没有生气的战友经过弗兰西丝身边，送去准备好的房间的时候，她看了这个假想敌一眼。

那个人的面孔苍白得可怕，他眼窝凹陷，呼吸困难，让她看到了濒死者最可怖的形象。邓乌迪陪在伤员身边，握住他的一只手，严厉吩咐抬担架的人一定要小心。总之，他表现出了最温柔的友情才有的关切。弗兰西丝轻轻把面孔转向一边，赶到前面打开了房门，让他们把伤员放在床上。只在邓乌迪少校走进房间时，身体擦到了她的衣服，她才抬起那双柔情似水的碧眼望向他的脸。可邓乌迪没有看着她。弗兰西丝不由自主地叹了口气，她跑回了自己的卧室，一个人躲在房间里。

沃顿上尉主动对看守他的人承诺，自己不会再逃跑，随后开始帮助父亲履行作为主人的职责。他来到走廊上，碰到了曾经帮他包扎手臂的军医，对方正要赶到受伤军官的房间去。

“啊！”这位医神的弟子叫了起来，“我看你情况很好！不过请等一下，你有没有别针？不，不用找了，我这里有一个。你必须得包好伤口，别让它吹冷风，不然，那些小伙子们又会想要在你这条胳膊上动手脚了。”

“上帝保佑，可别这样。”上尉喃喃着，小心翼翼地整理好了绷带。这个时候邓乌迪出现在门口，焦急地大声叫：

“快点！西格瑞威斯，快点！不然乔治·辛格顿就要失血过多而死了！”

“什么？辛格顿！上帝啊！请保佑他……怎么是乔治……可怜的小乔治？”外科医生叫了起来，加快脚步奔到伤员床前。“他还活着，只要活着就还有希望！这是今天我见到的第一个没有死的重伤员。洛登上尉总是鲁莽地让他的小伙子们去冲锋……可怜的乔治……上帝，是颗滑膛枪子弹。”

年轻的伤员注视着这位科学使者，带着一丝虚弱的微笑，他试图伸出一只手，他的样子与行动深深地打动了军医。军医摘下了眼镜，擦了擦难得一见的泪水，然后小心地履行起自己的职责来。但当他进行准备的时候，他还是忍不住发泄起了自己的感情：

“只中了一颗子弹的话，我总是抱着希望的。这种伤势有可能并不致命。可是洛登上尉的人总是乱砍一气，一般不是砍断了颈静脉就是颈动脉，再不就是砍出脑子，这都太难救活了啊……大部分伤员都死在了急救之前。脑部复位的手术我只成功过一例，今天做的三个全失败了。战斗的时候很容易辨别出哪支是洛登上尉的部队，他们全都在乱砍一气。”

围在辛格顿上尉床边的人们都很清楚军医的脾气，没人介意，也没有一个人搭茬，只是默默地等着军医开始检查。军医动手之后，邓乌迪一直站在一边，凝望着他的面孔，好像要通过他的表情看穿他的灵魂似的。伤员在探针刺进来的时颤抖了一下，军医的脸上露出了一丝笑意，他又自言自语起来：

“这个部分的前面并没有东西。”他随即热心地开动起来，摘掉了眼镜，把假发扔到了一边。邓乌迪则保持着紧张的沉默，双手握住伤员的一只手，望着西格瑞威斯医生的脸。最后辛格顿发出了轻声的呻吟，军医迅速地站起身来，大声地说：

“啊！搜寻这么一颗子弹还真是有意思，它可以说是在人身体里拐了几个弯，却没有伤害到任何致命的部位。但洛登上尉的手下……”

“快说，”邓乌迪打断了他，“有希望吗？你能找到子弹吗？”

“这颗穿过他手臂的子弹不难找到，邓乌迪少校。”军医边准备包扎，边冷静地说，“这颗子弹要是用洛登上尉的文艺腔来形容，就是拐弯抹角，他的人用军刀永远弄不出那样的伤来。尽管我已经绞尽脑汁地把更科学的劈砍方法教给了他。可就在今天，我就看到一匹马几乎被砍得身首分家。”

“那个，”邓乌迪红了脸，他漆黑的眼睛里闪耀出希望的光芒，“那是我干的，是我砍死了那匹马。”

“你！”军医惊讶得失手把绷带掉在了地上。“是你吗！可你知道那是一匹马吧！”

“我得承认，我曾经怀疑过这一点。”少校笑着说，把水送到战友的嘴边。

“这一刀要是砍在人身上，那就死定了。”医生继续边处理着伤口边说，“连科学的成果也不会有一点用处。可是打仗不需要这些，只要让敌人丧失战斗力就好了。邓乌迪少校，洛登上尉一上阵，我就没有用处了，不管我再怎么期盼，也不会有一个值得提起的病例——因为不是一点擦伤，就是致命伤口。啊，军刀拿在没有技巧的人手里，是一件多么可悲的武器啊！邓乌迪少校，我实在花太多时间让洛登上尉明白这个真理了。”

已经不耐烦的少校沉默地指了指受伤的战友，军医加快了动作。

“啊！可怜的乔治，这次真的很危险，但是……”医生的话被一个来请指挥官立刻回战场的信使打断了。邓乌迪握了握他的战友的手，并作个手势请医生跟他出去一下。

“你觉得怎么样？”他到了走廊上，才压低声音对医生说，“他能活下来吗？”

“能。”

“感谢上帝！”年轻人叫了一声，匆匆下了楼梯。

过了一会儿，邓乌迪就回到了沃顿家人聚集的客厅里。他的脸上已经重现笑容了，他的问候虽然短促了一点，但却是诚恳的，他似乎已经忘记亨利·沃顿逃脱又重新被俘的事了，仿佛自己离开之后，沃顿上尉从没有离开过，他们也没有在战场上碰面。英国军官傲慢地沉默着站到窗边，让邓乌迪一个人在那里说个不停。

对年轻的姐妹来说，这动荡的一天让她们的感情深受折磨，现在两个人筋疲力尽，都不想说话，邓乌迪也只和佩顿小姐交谈。

“我的侄子，你的朋友有希望救活吗？”佩顿小姐带着仁慈的微笑，走到亲戚面前问道。

“没有问题，我亲爱的堂姨，没有问题！”战士很快乐地回答，“西格瑞威斯说他会把人救活，他从不对我说谎！”

“听到这个消息，我和你一样高兴。邓乌迪少校如此看重的人，他的亲人自然不会不关心。”

“因为他理所当然地值得人爱啊，堂姨。”少校热情地说，“他是部队里最善良的人，所有人都爱他。他那么温和，那么公平，那么正义，又那么宽宏大量，既像羊羔一样温顺，又像鸽子一样可爱——只有在上战场的时候，辛格顿才会变成一头雄狮。”

“你说得就好像他是你的情人一样呢，邓乌迪少校。”佩顿小姐微笑着说，眼睛望向她的外甥女，那孩子坐在房间的角落里，听得脸色发白。

“我的确很爱他！”激动的年轻人叫道，“但他现在需要的是照料和看护，一切都要靠精心的护理。”

“相信我吧，他会在这个家里得到无微不至的照顾。”

“我亲爱的女士，你真是太仁慈了。但辛格顿需要的照料恐怕是男人难以提供的。在这样的时候，受了这样的伤，士兵们最需要的是女性的亲切与温和。”他一边说，一边以表现出心中激情的眼神望向他的爱人。弗兰西丝通红着脸从椅子上站起来，说道：

“我们会把所有能给予陌生客人的关心，都给予你的朋友。”

“不！”少校叫起来，摇了摇头，“这种冷冰冰的客套很可能会杀死他！他需要的是珍爱、重视与抚慰。”

“那是姐妹或者妻子的责任。”

“姐妹！”邓乌迪重复了一遍，血乱哄哄地冲上了他的头脑，“姐妹！他的确有一个姐姐，也许她明天早上之前能够赶到这里。”说到这里，他暂时停了下来，沉默了一会儿，眼睛不安地望了望弗兰西丝，随即压低声音喃喃道，“辛格顿需要她，这事必须马上去做。”

女士们惊讶地看着他的表情瞬息万变，佩顿小姐忍不住开口了：

“如果辛格顿上尉的姐姐住得不远，那么我和外甥女们会很高兴请她过来。”

“必须这么做，堂姨。没有更好的方法了。”邓乌迪犹豫了一下，但做出的回答比之前更进了一步，“应该今天晚上就赶快把她接来。”接着他好像要改变一下话题，走到了沃顿上尉面前，温和地对他说：

“亨利·沃顿，对我来说，名誉重于生命。我也信任你，认为能够把它交托在你手里。我们不会再看守你，请在我们离开这个地区之前留在这里，我们没几天就会走的。”

英国军官的疏远态度不见了，他握住邓乌迪的手，热忱地回答：“我绝不会辜负你慷慨的信任，佩顿，就算你们的华盛顿像对待安德烈那样把我送上绞架。”

“亨利，亨利·沃顿，”邓乌迪责备地说，“你一点也不了解我们的指挥官，不然，也不会这么指责他了。我也不愿意离开这里，但我的职责让我不能不走，你留在这里肯定也会很快乐的。”

当邓乌迪走过弗兰西丝身边时，她又感觉到了他投来微笑的目光，这目光中充满了深情，是弗兰西丝的最爱。因此，她连他刚从战场上下来的不快印象都打消了。

辛格顿上校是一位为响应时代的需要，放弃了晚年的安静生活，奋起保卫祖国的老战士。他是土生土长的乔治亚州人，年轻时就成为了一名职业军人。当独立战争一开始，他就积极地表示要为国效力，人们出于对他的敬仰而接受了他的请求。但出于他年岁与健康的问题，他无法亲自上战场，于是人们将不同方面的指挥权交给了他，在那样的岗位上他既可以发挥他的警惕与忠诚，也不会影响他的身体。在过去的一年中，他被委派守卫通向高地的关口，现在他带着女儿在那里驻防，离邓乌迪与敌人战斗的山谷不到一天的路程。他的独生儿子就是我们之前提到的那位受伤的军官。少校想要派人把上尉受伤的不幸消息通知他们，并转达几位女士的邀请，尽快地把辛格顿上尉的姐姐带到他的病床前。

邓乌迪并不情愿地完成了他的职责，心中的焦虑不安越发地升级了。他向着部队阵地前线赶去。通过树梢，能够看到残余的英国军队正在沿着登山小路、以紧密队形小心翼翼地向着他们的船只撤退。洛登上尉指挥的骑兵部队很接近他们的侧翼，他们渴望着有利的时机发起进攻。就这样，双方军队很快地消失在了视野之外。

在洋槐庄园不远的地方，有个小村庄，那里是几条道路的交汇处，很方便来往于这一带。这里也成了骑兵队理想的宿营地，美军轻骑兵南下巡逻的时候经常利用这里。邓乌迪是第一个发现这里的人，当他必须要在这里执守的时候，自然不会忘记这一点。他首先命令部队把伤员送往那个小村子，其中一部分人承担了埋葬死者的悲伤的任务。做好了这些安排之后，我们年轻的战士又想起一件为难的事来。在穿过战场的时候，他曾经看到威尔梅上校一个人坐在那里，郁闷地反思自己的不幸，除了经过的美军军官的致意外，没有任何人能打断他的思绪。邓乌迪就满心都在为辛格顿担心，把威尔梅被俘的事都忘在了脑后，现在他来到威尔梅上校的面前，为自己的疏忽而向他道歉。英国人对他的礼貌态度冷淡，并且抱怨说他的马被绊倒时他受伤了。邓乌迪亲眼看到是自己的一个手下纵马毫不留情地把他撞下来的。邓乌迪微微一笑，提出请上校去处理一下伤口，只要到洋槐庄园的宅子里去就行。两个人一起动身了。

“威尔梅上校！”沃顿上尉一见他们进来，惊讶地叫了出来，

“命运对您也如此残酷吗？虽然我更想要在舒心的情况下将您介绍给我的家人，但我们这个家欢迎您的到来。”

沃顿先生带着他特有的戒备接受了这个新客人，邓乌迪离开房间去探望他的战友，见情况一切顺利，便告诉军医，楼下还有另一个伤员等待着他的治疗。这句话足够军医展开行动，他拿起医疗器械去找他的新病人。在客厅门口，他遇到了刚从里面出来的几位女士。佩顿小姐挽留了他一会儿，询问辛格顿上尉的伤势。弗兰西丝看着秃头医生的滑稽样，纯真可爱地吃吃发笑。只有莎拉因为太过忧虑，还有对英国上校突然出现在这里的冲击而无视了他。我们之前也曾说过，威尔梅上校是这家人的老朋友，但由于莎拉离开城市太久，导致上校几乎已经忘记了她，但她却记忆犹新。每一个女人一生都会有倾心于爱的时期，在这个快乐的时期里，童年被奔放的成熟代替了，纯洁的心为不可能会实现的前景而剧烈跳动，曾经无邪的视野也被幻想出的完美形象所取代。莎拉在这样的幸福时期里，带着她对未来模糊的憧憬离开了城市。因为乡下生活的孤寂，这种憧憬变得越来越坚固，威尔梅上校在其中占据了最主要的位置。这次惊喜的重逢更让她成为了爱情的俘虏，在上校与全家打了招呼后，她收到了善于察言观色的姨妈的暗示，起身离开了房间。

“那么说，先生，”佩顿小姐听了医生对年轻伤员的伤情说明后，对他说，“我们可以期待他的伤早日愈合了？”

“当然，女士，”医生回答，出于对几位女士的尊敬，他迅速地戴上了假发。“只要有良好的看护，就肯定不会有问题。”

“这点您不用担心。”老姑娘和蔼地说，“只要我们有的，都会提供给他。而且邓乌迪少校已经派人去请他的姐姐了。”

“他姐姐吗？”军医露出意味深长的表情，重复道，“少校既然去请他了，她就一定会来。”

“她的弟弟面临危险，她自然是会来啊。”

“这个自然，女士。”医生简短地说，深深地欠身，腾出地方让女士们过去。弗兰西丝一直在注意着军医说的话与一举一动，只要有人提到邓乌迪的名字，她就不可能不注意。

“先生，”西格瑞威斯医生走进客厅的时候，向唯一穿红色军服的人打了个招呼，“有人告诉我你需要我的帮助。感谢上帝，还好你没有碰到洛登上尉，不然我就无计可施了。”

“我想这一定是搞错了吧，先生，”威尔梅傲慢地说，“邓乌迪少校说要给我找个军医，没说要送个老太婆过来。”

“这位是西格瑞威斯医生，”亨利·沃顿立刻介绍道，好容易才忍住没笑出来，“今天他看了太多的病人，才顾不上整理衣着。”

“那么对不起，先生。”威尔梅说着，很粗鲁地脱下他的外套，露出他所谓受伤的手臂。

“先生，”军医冷冰冰地说，“如果说取得爱丁堡大学[1]的学位，在你们伦敦的医院里工作过，截掉过上百条肢体，依据科学成果为人体做过各种手术，而且具备医德，获得大陆委员会准许的人可以叫做军医的话，那么我就是其中一个。”

“请您原谅，”上校生硬地又重复了一遍，“沃顿上尉已经指正我了。”

“为此我要感谢沃顿上尉。”军医说着，开始面寒似水地把截肢用的器具摆放在面前，他那煞有介事的样子吓得上校全身发凉。“请问你哪里受伤了？先生？什么！只有肩膀上这么一点点擦伤吗？你究竟是怎么弄出这个伤口来的？”

“被叛军骑兵的军刀砍的。”上校用力强调道。

“不可能。就算是最温柔的乔治·辛格顿也不可能这么心慈手软。”军医从口袋里掏出一块胶布，一把贴在伤口上。“好了，先生。你的目的已经达到，而且我相信不需要我再做什么了。”

“你说我的目的是什么？”

“让人报告说你负伤了啊。”医生很从容地回答，“而且你还可

[1] 译注：位于苏格兰爱丁堡，于1583年建立，英国历史悠久的名校之一。

以说，是一个老太婆给你包扎了伤口——这活计对她们来说根本很轻松！”

“这说法真可笑。”英国人嘟囔道。

这个时候，沃顿上尉给他们打了圆场。他向医生解释说上校之所以这样失礼，是思绪混乱，身体疼痛的缘故。沃顿上尉总算是安抚了受到侮辱的医生，让他同意再给上校察看身上其他的伤处。基本都是摔下来造成的淤青，西格瑞威斯匆匆地处理了一下，就走了。

骑兵们消除了疲劳，准备撤退到预定扎营的地方，邓乌迪少校也要安置俘虏，他决定让西格瑞威斯军医继续留在沃顿先生家里照顾辛格顿上尉。亨利来找他，请他让威尔梅上校发下誓言不去找撤向山上的英军，然后也留在这里，少校很高兴地同意了。剩下的俘虏都是普通士兵，邓乌迪把他们迅速地集合起来，以一支强悍的部队为守卫，把他们押到后方。骑兵队很快就出发了，向导队分成小队，与巡逻骑兵一起分散开来，形成一条从桑德河到哈德逊河之间[1]的警戒线。

邓乌迪在和所有人道别之后，仍然徘徊在山庄前面，不愿离去。他很担心他受伤的战友。他的心仍然没有变得冷酷无情，所以很快就厌恶以浪费人类的性命换得的荣耀了。佩顿·邓乌迪在一人独处之后，那种支持他战斗一整天的狂热就已经消退。他开始感觉到，除了关于荣誉的严格纪律外，还有很多纽带维系着一个军人。他在执行任务时绝不会动摇，但他也感到受到的诱惑是多么强烈。他的血液已经从战斗带来的悸动中平静下来。原本严厉的眼神也变得柔和了，现在他想到胜利，带给他的也不再只是满足了，他知道那是牺牲带来的补偿。他转过头来，向着洋槐庄园望了最后一眼，他只记得那里有他最重要的东西。他年轻时代

[1] 原注：故事中的这一幕发生在这两条河水之间的地带，它们有几英里的间距。

的好友成了俘虏，处在生命和荣誉都遭到威胁的环境之中。他那同甘共苦的文雅战友，在士兵们粗鲁的玩笑中也仍然保持着自己的优雅宁静的人，现在血淋淋地成为他胜利的受害者。还有那位少女的身影。虽然在这一天里她没有占据他的胸怀，但如今又浮现在他的脑海中，她是那么的美好，立时击败了作为对手的荣耀之心。

直到最后一个骑兵都消失在北面的小山背后了，少校才不情不愿地拨转马头向同一个方向驶去。这个时候，弗兰西丝在心中的不安驱动下，悄悄地来到了庄园的走廊上。如今天气晴朗，太阳照耀着无云的天空。之前还扰攘纷乱的山谷现在已经陷入一片死寂，展现在她面前的这幅美景，就仿佛从未被人类的激情所干扰过一样。硝烟凝聚成的一朵孤零零的云彩高挂在战场之上，正在静静地消散。战斗没有留下任何残迹，只有战死者们孤寂的坟墓而已。这多事的一天中所有冲突的感情，所有令人激动不安的情景，此刻好像都变成了可疑的幻象。弗兰西丝转过头去，看到了一个远去的身影，在这一幕景象中显得无比地醒目。然后幻影消失了，她认出那是她的爱人，由此引发出的回忆让她奔回了家里。她如此悲伤，正如邓乌迪孤零零地离开山谷时一样。

第九章　追捕

他扫视了下面的溪谷，
闻嗅了腐臭的阵风，
听到了人们的叫喊，
那是追兵接近的信号。
当最先的敌人出现，
他勇敢地跃进树林，
为了自由他全力奔跑，
直到望见尤姆瓦谷的野石南。

——《湖上夫人》

洛登上尉率领的部队去追踪向船只撤退的敌人，但没有找到发起攻击的机会。威尔梅上接的接任者很有经验，他太了解敌方的力量，因此在抵达海岸线之前都没有离开崎岖不平的高地。在开始这次的危险行动之前，他将人马编成密集的方阵，最外面的士兵上了刺刀。在这样的情况下，就连没耐心的上尉也很明白，面对这种勇敢的士兵，骑兵没有胜算。他也只能不情不愿地尾随在后，在没有任何机会拦截敌人的情况下，就这么一直看着他们缓慢但平稳地到了海岸。把英国人从纽约护送过来的一小队纵帆船停在不远的地方，武器对准了登陆点。面对这样一支既有武力，又有纪律的队伍，连洛登上尉也不能不十分审慎，明白发起进攻是愚蠢行为。最后英国人毫无阻碍地登上了船只。美国骑兵队在海岸上停留到最后一刻，才开始撤退，和大部队会合。

当洛登的队伍回到山谷南侧的入口时，夜雾越来越浓，山谷中已经是一片黑暗。部队放慢了行军速度，拉成了一列纵队。走在队伍最前面的是洛登上尉，他的副手与他并肩而行，两个人明显是在私下谈论着什么。压阵的是一位年轻的少尉，他哼着一首歌儿，心里只想着辛苦了一天之后的稻草床铺该有多么的甜蜜。

“这么说，她也把你给迷倒了？”上尉说，“我一眼看到她，就记住了她的脸。那可真不容易让人忘掉呢。我敢发誓，汤姆，这姑娘肯定已经住进少校心坎里了。”

“我们整支部队都会被她迷倒。”中尉有些激动地回答，“她那一双碧蓝的眼睛，就能轻而易举地让我们这样的人换个文雅点的职业。说句实话，能有这样一个美丽姑娘，换我也会扔掉军刀和马鞍子，换成毛线针与女式鞍的。”

“你这家伙，这是犯上作乱啊，犯上作乱！”洛登上尉大声说着，笑了起来，“就凭你这个汤姆·梅森，竟然敢跟性格开朗、受人尊敬，又家财万贯的邓乌迪少校抢他的心上人？你啊，不过是个小小的骑兵中尉，只有匹马而已，其他要啥没啥！再看看你的上尉，结实得好像原木，命多得像只猫！”

“可是，”中尉笑着回敬，“要是你老是像今天早晨那样冲得那么疯狂的话，原木也会被劈开，老猫也会丢了性命。今天要是背上挨了几大锤，你觉得会怎么样？”

“啊！别提那个了，我的好汤姆。一想起来我的头就疼了。”上尉边说边耸耸肩，“我称之为提前到来的黑夜。”

“死亡的黑夜吗？”

“不不，是白天过后的那个黑夜。我只看到无数的小星星飞来飞去，大太阳底下它们不都该藏起来的吗？我当时能想到的，就只有这顶厚厚的帽子救了我的命，这样你也可以多开心段时间了。我真的跟猫一样长命。”

“我觉得这顶帽子的确值得感谢。”梅森干巴巴地说，“要不就是你的头骨厚度超群。”

“嗨，汤姆，你还真是会说笑话，所以我也不冲你发火了。”上尉很幽默地说，“不过我想今天辛格顿的副手比你要幸运得多。”

“我相信我们都不用为接到战友的死讯而悲痛了，”梅森的表情变得很友善，“西格瑞威斯说了，他能救活。”

“我衷心希望会是这样！”洛登叫道，“虽然他还是个黄毛小子，却有一颗最勇敢的心。不过有一点我觉得很奇怪，我们可是同时落马的，但我的弟兄们还是干得很漂亮啊。”

“我本来得多谢你的表扬。”中尉笑着说。“但是我不能不谦虚地谢绝你。因为当时我尽了全力去阻止他们，但却一点用都没有。”

“阻止他们？”上尉咆哮起来。“你要他们冲到一半就停下来？”

“我觉得他们走错了方向。”副官回答。

“啊！难道说，我们一落马，他们就往回跑了？”

“也许是因为你掉下来，也许是因为他们自己害怕了吧。当时队伍一团混乱，直到少校把我们重新集合起来为止。”

“邓乌迪！少校他不是在撵着那些德国人吗？”

“嗯，不过当时他已经结束追击了。他带着两支骑兵队半路插进了我们和敌人中间，一看到事态紧急，就在一眨眼的工夫里把我们的阵形重新整顿好了。接下来，”中尉生气勃勃地形容着，“我们把约翰牛一直赶进了树丛里去！哦，那是场多么棒的冲锋啊——把他们打得屁滚尿流！”

“见鬼！我错过了这么场好戏！”

“你都蒙头大睡过去了。”

“可不是吗，”上尉叹了口气，“我跟可怜的辛格顿真是亏大了。不过，汤姆，等乔治的姐姐真的来了，她会对那白房子里的金发姑娘说些什么呢？”

“也许会用吊袜带上吊吧。”中尉说。“我对我的上司充满了敬意。但是他竟然一个人独占两位美丽的天使，这未免也太不公平了。他又不是一夫多妻的土耳其人或者印度教徒。”

“没错没错。”上尉马上接口，“少校总是对年轻人说教要遵守美德，可他自己都要变成花花公子了。你注意到他有多中意这山谷里那个四角村了吗？要是我带着部队在同一个地方扎上两次营，你们肯定要传我在那里有相好了吧。”

“那是因为部队里的人都太了解你。”

“好啦，汤姆，你这爱造谣的毛病真是无可救药了。不过……”话说到一半，上尉忽然把身体向着他看的方向探出去，试图辨别出黑暗里的东西。“咱们右边的地里是什么东西在动？”

“是个人。”梅森专注地盯着那个可疑的目标。

“好大的驼背，像头骆驼！”上尉瞪着那边补充道，他突然一抖缰绳冲出了大路，大声叫喊，“哈维·伯奇！抓住他！不管死活！”

只有梅森和走在前头的几个骑兵理解了这突如其来的叫喊，但这一声整个队伍都听到了。打头的十二个人跟着激动的洛登飞驰而去，他们的行动是如此迅速，没多久就结束了这场追捕。

伯奇小心翼翼坐在那块岩石上，就是亨利·沃顿路过的时候看到他坐的那个地方，直到黑暗笼罩了一切。他就在这个高度看到了这一天来发生的所有的事。当邓乌迪率领的部队经过时，他提心吊胆，耐着性子等到夜幕降临，能够隐蔽行动避免危险。但他才走了四分之一，灵敏的耳朵就听到了接近的马蹄声。他相信天会越来越黑，于是决定继续赶路。他缩着身体，在路上走得飞快，希望不被发现。洛登上尉聊得专注，没有像平时那样警惕地打量周围。货郎从他的说话声判断自己最害怕的敌人已经过去了，于是放松了戒心，忍不住站直了身体，好走得更快一点。但就在他直起腰的那一瞬间，他投射在地上的影子被发现了，才发生了上面的那一幕。有一瞬间，伯奇觉得自己没希望了，他被迫近的危险吓得身体都快僵硬了，腿也不听使唤。但这并没有持续多久，他一回过神来，就丢下货囊，本能地紧了紧腰带，接着就飞奔起来。他知道逃进树林里就能让身后的追兵找不到他了。他竭尽全力地向着林子奔跑，但是几个骑兵已经追到他左边不远的地方，截断了他逃向避难所的路。当他们接近时，货郎立刻就地卧倒，骑兵们骑了过去，没有发现他。但是待在这里不动也太危险了，他又小心翼翼地站了起来，沿着树林的边缘，把自己藏在影子里移动，他听到骑兵们呼喊着让彼此多留神。他用难以置信的速度在与骑兵平行的路线上狂奔，方向正相反。

所有人都听到了追捕造成的骚动，但是除了那些跟去的人外，其他人都没听懂洛登上尉的命令。剩下的人不知道自己该干什么，之前提到的少尉正急切地问身边的人到底是怎么了，他身后的一个骑兵突然纵马跳过了道路。就在这个时候，洛登上尉的吼叫声震动了整个山谷：

“哈维·伯奇！抓住他！不管死活！”

五十把手枪一起开了火，从各个方向飞来的子弹在货郎的脑袋旁边呼啸而过。绝望占据了他的心，面对这苦难，他大叫了起来：

“我就像林子里的野兽待人宰割啊！”

他感到自己的人生与随之而来的一切都成了负担，真想向敌人屈服算了。但是最后获胜的还是本能。他知道一旦被抓住，自己连审判的待遇都别想得到，很可能第二天早上就可耻地被处死了。因为他早就被判处死刑，用了计策才逃出来。想到这些，还有追踪者不断接近的脚步声，刺激他振作起来，再一次努力逃命。这时候一堵断墙出现在了他面前，这堵墙没有像木质的围栏那样毁于战火，残留了下来。他费尽了全力，才在二十个敌人追到之前驱策着筋疲力尽的四肢爬过了那堵墙。黑暗之中，骑兵们的马拒绝冒险跳跃障碍，情况变得一团混乱，骑手们的咒骂声响成一团。这个机会让伯奇看到了小山的山脚，那座山的山顶会是个安全的藏身之地。他的心为有希望而激烈地跳动，却又听到了洛登上尉喊叫着让手下让出地方来。这个命令马上得到了执行，无畏的骑手驾着他的骏马全速冲刺，在冲到墙壁跟前的时候又加上一刺，顺利地跳过了障碍。人们爆发出胜利的欢呼，然后是雷声一样的马蹄声，都在向货郎宣告着危险到来。他差不多已经精疲力尽了，命运似乎也已注定。

“给我站住！不然就宰了你！”这声呼喝在他的头顶震响，听起来很是恐怖。

伯奇偷偷回头瞥了一眼，看到那个他最害怕的人就在一步之遥的地方。星光映出他高举着的强壮手臂，与手中寒光闪闪的军刀。恐惧、疲惫和绝望占据了他的心，这个马上要成为牺牲者的人跌倒在了骑兵的脚边。洛登上尉的马反倒被倒下的货郎绊住了，连人带马一起狠狠摔倒在地上。

一念之间，伯奇再次跃起，从摔得狼狈不堪的骑兵手里抢过了剑。复仇就像是人之常情，大部分人都会乐于对加害自己的人以眼还眼。但是，也有人更乐意以德报怨。

货郎的脑海里闪过曾经遭受的所有无理对待。有一瞬间，恶魔占了上风，伯奇挥舞着那把充满威胁性的武器，但是很快他就放下了刀，没有加害那个虽然清醒了过来，却仍然无法行动的骑兵。他跳上身边一块平缓的岩石，消失了。

“快去救洛登上尉！就在那里！”梅森大喊，他带着十二个手下赶到了这里，“来几个人下马！跟着我去搜那些石头！那恶棍一定躲在后头！”

“不准动！”狼狈的上尉怒吼道，费了很大的力气才站了起来，“哪个敢下马，他就死定了！汤姆，我的老伙计，你得把我带到我的战马罗诺克身边去。”

吃惊的中尉沉默了下来，骑兵们虽然疑惑万分，但也都直直地坐在马鞍上，就好像成了马的一部分似的。

“你怕是伤得比我想的还厉害。”当他们重新上路的时候，梅森关切地慰问道。他咬掉了一支雪茄的尾巴，想要质量更好点的烟草。

“我也这么觉得。”上尉喘着粗气，很费劲地才说出这句话来。

“我真希望我们的接骨师就在身边，赶快检查一下我的肋骨。”

“西格瑞威斯留下照顾辛格顿上尉了，他在沃顿先生家里。”

“那今晚我就在那里过夜吧，汤姆。这个时候，也不讲什么礼仪了。而且你也记得那位老先生对部队有多好吧。路过这么一位好朋友的家，总不能不进去看看他吧？”

“那我把部队带到四角村那里去了。要是我们都去沃顿先生家，那里就要闹饥荒了。”

“我可不想落到那个地步。想到那位优雅的老小姐烘的蛋糕，我就觉得二十四小时住院也挺不错。”

“嘿！既然你还能想到吃，那就绝不会死！”梅森笑着说。

“我不想着吃才会死呢。”上尉严肃答道。

“洛登上尉。”部队里的传令兵奔到指挥官面前，“我们现在正经过那个装成货郎的间谍门口，您愿不愿意烧了它？”

“不！”上尉咆哮道，把失望的军士吓了一大跳，“你要纵火吗？你就这么冷血地烧掉人家的房子？你敢点起一颗火星试试看，下辈子都别想再看见那只手！”

“哟！”殿后的少尉喃喃自语，他已经在马背上困得直点头了，“都摔下马了，上尉却还活着！”

洛登和梅森默默不语地赶路，当他们到达沃顿先生门前时，梅森还在回忆他的上司摔下马来后的古怪变化。部队继续向前，上尉和他的副手下马，慢步向大门走去。

威尔梅上校已经回房间去了。沃顿先生和他的儿子两个人在房间里谈话。女士们为骑兵队的军医准备了茶水，他刚刚巡视过卧床的那个重伤员，另一个轻伤员则睡得正香。佩顿小姐问了几个家常问题，就打开了医生的心，他说他认识她在弗吉尼亚州的众多亲戚，说不定还直接见过她本人。和蔼可亲的老姑娘微笑起来，心想她要是真的见过这个人的话，是不会忘记这副特别的样子的。但不管怎么说，这番谈话消除了两人的隔阂。两个外甥女只是在旁边听着，连姨妈都说得不多。

“就如我刚才说的，佩顿小姐，你哥哥农场的低洼地带冒出毒气，让那里不适合住人，但是家畜的话……”

“上帝保佑！那是什么？”这时候佩顿小姐听到了向伯奇开火的枪声，吓得脸色都白了。

“听起来像是火器开火震动空气形成的声音。”军医不慌不忙地喝了一口茶。“要不是我知道洛登上尉从不用手枪，只喜欢拿着军刀乱砍的话，我就要猜是他的军队回来了。”

“仁慈的主啊！”焦虑的女士叫了起来。“他不会真的伤过人吧？”

“伤人？”军医很快地重复说，“不，是直接砍死啊，女士。要多粗鲁有多粗鲁。我把能说的话都跟他说了，可是一点用也没有。”

“洛登上尉不是我们早上见过的那位军官吗？他是你的朋友啊。”弗兰西丝发现她的姨妈已经吓坏了，连忙打断他说。

“我对他的友情毋庸置疑。但是他要是能学会砍得规矩一点就更好了。小姐，所有的行业都有存在的价值，可是当医生还没来得及见伤员，他们就全死了，那医生还有什么存在价值啊！”

医生继续谈论部队撤回的可能性，直到门被用力地敲响，让三位女士又一次受到了惊吓。医生本能地把手放在一把小锯子上，那是他今天整天都带在身边，以备截肢手术之用的。他沉着地安慰女士们，说自己会保护她们免遭危险，然后走上前去开门。

“洛登上尉！”军医看到上尉靠他的副手搀扶，才困难地走进门来，不由得叫了起来。

“啊！我亲爱的接骨师，是你吗？你可真是走运，能检查我的骨头架子了。不过你还是把那可恶的锯子放下吧！”

梅森简短解释了上尉受伤的经过，佩顿小姐勤快地招待了他们。当安排给军官们的房间正在收拾，医生正在下达命令的时候，上尉先被请到客厅休息。桌子上摆着一个大盘子，里面放着比平时下午茶要丰富得多的茶点，立刻就引起了骑兵军官的注意。佩顿小姐想到他们今天大概只吃了一顿饭，还是早上在她这里吃的，就好心地邀请他们再吃一餐。这个邀请自然不会被拒绝，几分钟之后，两个人就已经舒舒服服地坐下来，埋头大吃大嚼了。上尉甚至只在疼得皱起眉头、挪动身体的时候才会停顿一下。但这丝毫不会对他忙碌的手造成影响。在军医回到客厅，宣布楼上一切都已经准备好的时候，上尉已经幸福地完成了这份重要的任务。

“你在吃饭！”震惊的医生叫了起来，“洛登上尉！你是想找死吗？”

“我一点也不想死。”军官站起身来，向着女士们鞠躬道了晚安，“所以我才帮我的性命搜集足够的燃料嘛。”

军医的嘴嘟嘟哝哝地发出抱怨，他跟着梅森和上尉走出了客厅。

在那个时候，美国所有的人家都会有间特别精心装饰的客房。在莎拉的无形影响下，沃顿家的这间房被分给了威尔梅上校使用。英国军官的床上铺着床单，在这清爽又寒冷的夜里，能让摔伤的身体得到最好的放松。房间里还有一只大银质杯子，上面有沃顿家家徽的浮雕，里面盛满了让他夜间饮用的美酒。而给两位美国上尉的则是精致的瓷杯。莎拉一点也没发觉，她根本是在下意识地优待威尔梅上校，但洛登上尉要不是受了伤，除了酒之外，他根本就不在乎什么床啊酒杯啊之类的差别。他有一半的夜晚都是和衣而眠的，甚至干脆就在马背上凑合一夜。他好不容易躺进这个不是很大、但很舒适的房间里，西格瑞威斯医生就来检查他的伤势了。医生刚把手放在伤员的身体上，洛登上尉就不耐烦地吼了起来：

“西格瑞威斯！你能不能行行好，把你那可怕的锯子放下去！不然我就要抓起军刀来自卫了！一看到那东西我就起鸡皮疙瘩。”

“洛登上尉，你这么一个经常出生入死的人，怎么会害怕一把很有用的手术器械。”

“上帝保佑它不会有用在我身上。”军官耸耸肩说。

“你不会因为也许需要用到这把锯子，就无视科学的成果，拒绝外科的救助吧？”

“我拒绝。”

“你拒绝？”

“没错。只要我还有命保护我自己，你就别想把我当成牛肉来切！”军官坚定地喊叫，“不过我现在困了。我的肋骨断没断？”

“没有。”

“别的骨头呢？”

“也没有。”

“汤姆，拜托把水罐给我。”洛登上尉一口气喝光里头的水，就小心翼翼地转过身去背对着他的战友，心情很好地大声说：“晚安，梅森！晚安，盖伦[1]！”

洛登上尉对他这位同志在外科方面的造诣深为敬仰，却大大地怀疑他对于人体内伤的治疗方法。他常常宣称，一个人只要填饱肚子、心志坚定、道德无亏，就能经得住世间的一切变迁。上天赐予了他第二项条件，而且他的信条就是像个男子汉那样遵守其他两条。他最喜欢说的座右铭是“死神最后攻击的是眼睛，其次是嘴巴”。他也认为这清楚地表现了大自然的意图，所有的人都该自己决定把什么放进嘴里。因此，当客人觉得饭菜味道难吃时，他不该责备别人，只能怪他自己。军医很明白他的病人的这些观念，所以当对方很没礼貌地用脊背冲着他和梅森时，他也只是轻蔑地瞥了上尉一眼，小心地把那些已经摆出来的药瓶都放回药箱，然后凯旋似的转着那把锯子走出了房间，都没费心和上尉打个招呼。通过上尉的呼吸声，梅森知道自己的寒暄也可以省了，他上马，匆匆和女士们道别，就全速去追赶部队了。

[1] 译注：公元2世纪的古罗马名医，解剖学家。

第十章　劫掠与临终

离去的灵魂依靠温柔的胸膛，
闭合的双眼需要虔诚的泪光。
即使进入坟墓，天性的声音仍在歌唱，
即使化为灰烬，既往的火焰仍然辉煌。

——格雷[1]

沃顿先生拥有的土地分布在宅子的四周，大部分都无人耕种。还有几处房屋零星散布，也没有人租住，它们正迅速地颓败下去。这一带是双方军队反复争夺的地区，战火导致人们几乎无法务农。农夫们即使花费了时间与心血来耕种，也是徒劳的，就算把谷仓装得满溢出来，第一支来劫掠的军队就能让它变得空空如也。几乎所有的人都只图糊口，只有住在离双方部队很近的地方，可以保证不受另一方骑兵队侵扰的人才能安心耕作。对这些人来说，战争简直就是金色的收获，那些有意巴结英军的人更是获益良多。沃顿先生不需要靠耕种土地来维持生计，他更想要谨慎地活下去，所以种的都是能被庄园中的人们迅速吃掉的东西，或者方便藏匿起来、能够瞒过强征队眼睛的作物。因此这一带战场上没有其他住人的房屋，只有哈维·伯奇父亲的家而已。那栋房子就在双方骑

[1]　译注：托马斯·格雷（Thomas Gray，1716—1771），英国诗人。这段诗摘自他最著名的作品《墓园挽歌》。

兵遭遇、威尔梅上校被袭击的地带。

在凯蒂 · 海因斯看来，这一天是个多灾多难的日子。这位谨慎的管家一直在政治观点上严守中立，她的朋友们都支持国家独立，但这位小姐却从来都认为还有更重要的时刻，作为女子那更重要的希望，她并不介意为了家庭幸福而牺牲对祖国的爱。尽管这位好女士是如此有远见，但有时她还是会深深苦恼，不知道该说出什么样的话，才能表示对货郎心爱事业的支持。他的行动举止那么模棱两可，难以判断。当只有两个人在家的时候，她原本想要对华盛顿那一帮人发表激烈的抨击，但谨慎判断之后，又把话咽回了肚子里，她的心里总是充满狐疑。总之，以她对这个神秘人物细致入微的观察，就算是见识阅历更广的人都会感到迷惑，何况她这个女管家呢。

经过怀特平原一战[1]，谨慎的华盛顿认识到了敌人在组织、武装与纪律方面的优势。要克服这些困难，就必须进一步提高警惕，更加关注。他将军队撤退到维斯特切斯特郡南方的高地，打退了英军的进攻，威廉 · 豪[2]只得撤军去品尝他那微薄的胜利成果——几近荒芜的纽约。之后双方军队就没有在维斯特切斯特郡内展开过正面战斗，但是游击队几乎每天都会来侵扰。太阳一升起来，居民们就不得不去面对昨夜他们所做的种种好事。哈维 · 伯奇的大部分行动都是在人们就寝之后进行的，常常太阳落下的时候他在一个郡的这头，等到了早上，他就跑到了那头。他的背囊是他忠诚的伴侣。有人在他做生意的时候仔细观察，认定他唯一的目标就是赚钱。人们经常见他出现在高地一带，当时他弓着身体背着大大的背囊，之后又会在哈莱姆河附近看到他脚步轻快地向着太阳落下的方向走去。但这些都只是短短的一瞥而已，至于中间的

---

[1] 译注：1776 年 10 月 28 日，华盛顿率领的美军与英军在怀特平原（White Plant）遭遇，英军采取迂回战术，使得美军失利，被迫撤退。

[2] 译注：威廉 · 豪（William Howe，1729—1814），英国将军。独立战争前期任北美殖民地英军总司令，1778 年卸任。）

那些时间他到哪里去了，谁都没有见过。有的时候他好几个月都不见人影，却没人知道他的行踪。

哈莱姆高地一带驻扎着强大的军力，曼哈顿岛的北端也有英军哨兵林立的刺刀，但这个小贩游走其中，毫发无伤，没人注意到他。他也频繁地到美国军队的阵线那边去，但却总是小心谨慎，让他们无法追踪。在山区放哨的很多哨兵都说，傍晚时分曾经看到神秘的人影从他们身边溜过。这些话传到了军官的耳中，正如我们之前提到的，他曾经两次落入美国人手中。第一次被捕后，他很快就从洛登上尉那里逃走了。之后这次他被宣判了死刑，但当早晨到来，人们为了执行死刑打开牢房的时候，却发现他像鸟儿一样飞走了。这一次他是由华盛顿的心腹官员来看管，卫兵也都是总司令身边的人，面对这样的人，贿赂或者串通不可能会奏效，而他仍然能逃脱，实在非同寻常。所以普通士兵里四下流传着这样的消息，就是那货郎跟魔鬼做了交易。凯蒂始终对这种说法予以愤怒的驳斥。女管家在自己的心里反复推敲，得出的结论是魔鬼不可能会付给他金币。而且这位谨慎的老姑娘还认为，华盛顿和他领导的美国军队也不过只能给仆从纸票和承诺罢了。虽然与法国结盟后，这个国家的银子也充裕了，但凯蒂从不放过任何审查伯奇鹿皮钱包的机会，却从没在那些熟悉的乔治三世脸孔里见过混迹其中的路易[1]。总之，哈维·伯奇的秘密囤积充分显示它们都来自于英国人的馈赠。

伯奇家的房屋被美军监视过很多次，他们想要逮捕他，但都没有成功。这个被怀疑为间谍的货郎似乎有着秘密的情报来源，总是挫败他们的计划。有一次，大陆军的精兵在四角村那里驻扎了整个夏天，华盛顿亲自下发命令，对哈维·伯奇日夜盯梢。命令被严格地遵守了，但是在这漫长的时间里，这货郎却销声匿迹。等

[1] 译注：指路易十六（Louis XVI，1754—1793），当时的法国国王。美国法国结为盟军后，法国向美国作出大笔贷款援助，美国因此获得大量法国银币。

部队刚一撤退，第二天夜里伯奇就回家去了。他的父亲也由于这个可疑的儿子而被严重骚扰，但即使一刻不离地监视他的行为，仍然没有找出不利于他的证据。他拥有的财产又是那么寒酸，就连那些最热心的“爱国者”也提不起兴趣，没收拍卖都不足以补偿为此花费的劳力。如今，老伯奇已经油尽灯枯，年龄与忧伤已经快要让他彻底远离俗世的纷扰了。最近一次分别的时候，父亲与儿子都无比痛苦，但他们还是忍耐了，认为那是自己应该背负的责任。老人一直把自己快要辞世的事实瞒着邻居，只希望临终时儿子陪伴在侧。但这一天的战乱，加上老人越来越害怕儿子赶不上自己的最终时刻，反而加速了情况的恶化。在这天夜里，他的病情已经严重到吓坏了女管家，她抓住一个逃避战乱的孩子，求他去洋槐庄园找个人来陪伴孤独无助的自己。能过来的只有恺撒一个人，他带上了善良的佩顿小姐准备的食物与饮料来到了伯奇家。对于垂死的人，药品已经没有作用了，他只想要与自己的儿子见一面。屋里的人都听到了追捕的喧嚣声，但他们并不知道外面发生了什么事。老黑人与凯蒂都只知道一队美国人马向南去了，他们以为那是这支队伍撤回的声音。他们听到骑兵队慢慢地从屋子旁边经过，在审慎的老黑人劝导下，女管家控制住了好奇心，没有去张望。老人已经闭上了双眼，两个人还以为他睡着了。这房子有两间大房间和两间小房间，一间大房间作为厨房与客厅使用，另一间属于伯奇父亲。小房间有一间是老姑娘的“圣殿”，另一间存放着粮食。房屋的正中，一座砖砌的大壁炉成为两个大房间的分割点，其他的房间中也有相应尺寸的壁炉。在我们说到这个的时候，房间的壁炉中正火焰通明，恺撒和凯蒂坐在近处，黑人正在劝诫女管家要小心谨慎，警告她沉迷于无聊的好奇中非常危险。

“你最好别惹撒旦。”恺撒翻着白眼说，火光把他的眼白照得反出光来，“像我才有了那么一点好奇，就差点丢掉一只耳朵啦。要是没人好奇想看看非洲，黑人就能留在自己的家里过日子了。不过我真希望哈维快回来。”

“都这种时候了，他居然不在家！”凯蒂激动地谴责，“要是他的父亲想把最后的话写成遗嘱，叫谁来写这么郑重的东西呢？哈维他实在太过分，太没人情了！”

“也许他早就给哈维写好了呢？”

“如果真是，我也不会觉得奇怪。”女管家说，“他整天都在看《圣经》呢。”

“那他真是看了一本很好的书，”黑人很庄严地说，“法妮小姐也总是给黛娜念这书呢。”

“你说得对，恺撒，《圣经》是最好的书。每一个像哈维的父亲这样读这书的人，肯定是有最好的道理的。每个人都该这么做的。”

她从座位上站了起来，轻手轻脚地走到病人房间，从橱柜里拿出了一本很大的《圣经》。这本书沉甸甸的，装有坚固的黄铜搭钩。她回到老黑人那里，两个人急切地打开书研究起来。凯蒂没有什么学问，恺撒则根本是个文盲，女管家花了好一段时间，才找到“马太福音”，很得意地指给专心致志的恺撒看。

“太好啦，现在往下念吧。”老黑人从女管家的肩膀上看过去，用手中举着的细长黄色牛脂蜡烛的微弱光线给凯蒂照明。

“好，不过我得从头开始念。”凯蒂回答，她又小心地把书翻了回去，直到她一下翻了两页，一下找到一张写满了字的书页[1]。“我找到啦。”女管家因为热切的期望而打着哆嗦，“这就是他写的东西，要是能知道他把那银子做的大鞋扣留给谁了，我愿意用整个世界来换！”

“念吧。”恺撒直截了当地说。

“还有那个黑胡桃木的橱柜。哈维只要还当个单身汉，就不该用那么好的家具！”

---

[1] 译注：当时的基督教徒经常把家庭的重要信息记录在《圣经》的空白处。

“那可是他爸的，他为什么不要啊？”

“还有六把银汤匙，他总是用铁的！”

“也许这里没写那么多东西吧。”恺撒弯着一根黑黑的手指，指着打开的书页短短地说。

在他的多次忠告，还有凯蒂的好奇心推动下，她总算是开始读了。她渴望找到自己最感兴趣的地方，一下就进入了中心问题。

“切斯特·伯奇，生于1755年9月1日……”老姑娘小心翼翼地一个字一个字地读着，显示出她真的没什么学问。

“嗯，他到底给了他什么啊？”

“艾比盖尔·伯奇，生于1757年7月12日……”女管家用同样的声调继续念道。

“我觉得他肯定把汤匙给她啦。”

“1760年6月1日。在这可怕的一天，由于冒犯了上帝，审判突然降临我们家……”这时隔壁房间忽然传出一声沉重的呻吟，吓得老姑娘本能地合上了书，恺撒打了好一会儿哆嗦。两个人都不敢去看看那个濒死的病人，他仍然在发出粗重的呼吸声。凯蒂没有胆量再打开《圣经》了，她小心地合上书的搭钩，默默地把书放在桌上。恺撒坐回了椅子上，他恐惧地打量了房间后，开口说：

“我看他的大限到了！”

“不，”凯蒂郑重地说，“他会活到大海退潮，或者公鸡打鸣的时候。”

“可怜的人！”老黑人接着说道，又把身体向着壁炉缩了缩，“愿他死后能静静长眠。”

“我觉得他恐怕不行，听说人活着的时候不安宁，入土了也躺不踏实。”

“约翰尼·伯奇可是个非常好的人啊！又不是所有人都能当牧师，要是那样，谁来当教徒啊？”

“嘿，恺撒，只有做好事，才能当好人。那你告诉我，既然是老实挣来的金子，为什么要埋到地里面去？”

“怎么会呢！我想那是不让剥皮党找到吧。要是他知道钱在哪里，为什么不挖出来用啊？”

“这里面肯定有什么道理，只是你不知道罢了。”凯蒂说着，挪了挪自己的椅子，好让裙角遮住那块藏着伯奇秘密宝藏的石头。她并不想透露这个秘密，但还是忍不住了：“有些事就是外表难看，内里光鲜嘛。”

恺撒正盯着屋子来回打量，没听出她话里隐藏的意思。他四下游走的眼神忽然定住了，牙齿也格格作响了起来。凯蒂立刻察觉了老黑人表情的变化，她回过头去，就见哈维·伯奇站在门口。

“他还活着吗？”伯奇颤抖着发问，似乎不敢接受那个答案。

“当然了。”凯蒂急忙站起来，殷勤地把自己的椅子让给他。“他肯定会活到天亮，或者退潮的时候。”

但伯奇并没有理会，一听到父亲还活着，他轻轻走进了将死父亲的房间。这对父子之间的纽带不寻常，在这个广阔的世界里，只有他们两个人相依为命。如果凯蒂能把那写下的字再念几行的话，她就会知道他们伤感的往事、所经历的不幸了。一场变故夺走了他们所有的亲人与财富，从那一天至今，迫害与痛苦就如影随形。伯奇走到床边，俯下身体，悲痛让他快要窒息，他悄悄地在父亲的耳边说道：

“爸爸，你还能认出我吗？”

父亲慢慢地睁开了眼睛，苍白的脸上泛起满意的微笑，这让之后浮现的死亡阴影显得越发可怕。伯奇将带来的药物放进了病人干裂的嘴唇中，几分钟后，新的活力似乎注入了他的身体。他开了口，语速缓慢，吐字艰难，凯蒂在好奇心的驱使下沉默着，恺撒也因为敬畏而同样不说话。伯奇屏住了呼吸，倾听着灵魂渐渐离开身体的父亲的话语。

“我的儿子啊。”父亲以空洞的声音说着，“上帝是仁慈而公正的。当我年轻的时候，我把他的救恩之杯从嘴边推开，但在我到了这个年纪时，他却仍然慷慨地赐予了我。他惩罚了我，让我净化，又要带我去与我们失去的亲人重逢。我的儿子，很快你就要孤独一人了。我非常了解你，我知道你一辈子都会做个奔走四方的漫游者。被压折的芦苇还能活下去，但它却永远不能再站直了。你要好好记住，哈维，这会把你带向正确的方向。你要坚持下去，不要忽视人生的职责，还有……”

隔壁房间传来的噪音打断了濒死老人的话，焦躁的货郎急忙去看到底是什么原因，凯蒂和老黑人也跟了过去。一看到门口的人，他就知道这个人是为了什么而来，以及自己将要遭到怎样的命运。入侵者是个年轻男人，但他的面相却显示出，他长期沉溺于邪恶的欲望之中。这个人的衣服材质低劣，破破烂烂，很不合身，像是故意打扮成穷人的样子。他的头发过早地白了，眼窝凹陷，阴沉的眼神躲闪着对方勇敢地逼视过来的视线。他举止烦乱，态度不安，这都是因为他那邪恶的性情，不但害己，而且害人。这男人是剥皮党里一个有名的头目，这伙掠夺成性的匪徒打着爱国主义的旗号，在这一带从小偷小摸到谋财害命，简直无恶不作。他身后还站着几个类似打扮的家伙，每个人的脸上都是冷漠残酷的麻木表情。他们都持有步枪和刺刀，还有步兵的通常装备。哈维·伯奇知道抵抗是徒劳的，便静静地随他们处置。转眼之间，他和恺撒的体面衣服就被剥了下来，被逼着换上了对方肮脏的破布。然后他们被赶到房间的两个角落，被滑膛枪的枪口顶着，要求老实地回答质问。

“你的货囊在哪里？”这是货郎被问到的第一个问题。

“请听我说，”伯奇激动得直发抖，“我的父亲就在隔壁房间里，他就快要死了。请你们放我去送他最后一程，为他祝福，为他闭上眼睛，我就会把所有的一切都给你——是的，所有的一切。”

“给我老实回答！不然我就一枪送你跟那老家伙做伴！你的货囊到底在哪里？”

“你让我去见我父亲，我才会告诉你。”货郎坚决地说。

逼迫他的人露出一个恶意的嘲笑，举起武器来，打算执行他的威胁。但是他的一个同伴阻止了他。

“你想做什么？”他说，“你别想讨价还价。告诉我们你的货在哪里，就让你去见你父亲。”

伯奇立刻答应了，他们派人去寻找战利品。那个人很快回来，把货囊扔在地上，叫骂着说它轻得好像羽毛一样。

“好啊！”头目叫了起来，“你手里肯定有金币吧！把你的金币给我们，伯奇。我们知道你有那玩意儿。你从不收大陆券，从不。”

“你不遵守诺言。”伯奇谴责道。

“把你的金子交出来！”对方恼羞成怒地吼叫，端起步枪，用刺刀向货郎猛刺，他顿时血流如注。

就在这个时候，隔壁房间传来了轻微的声音。伯奇叫了起来：

“请让我……让我去见我父亲吧！我把钱都给你！”

“你拿出来，我就让你去。”剥皮党头子说。

“拿去吧！拿走这废物好了！”伯奇叫着，把钱袋扔了出去。虽然他的衣服都被换走，但他还是巧妙地藏起了他的钱袋。

匪徒从地上捡起钱袋，凶恶地笑了。

“很好，不过你得在天堂里见你父亲了。”

“魔鬼！你们就没有一点感情，一点信仰，一点诚实吗？”

“你还能说出这种话来，是不是连自己脖子上套着一条绳子都忘了啊。”对方笑着说。“你不用再着急啦，伯奇。只要那老头比你早几个小时上路，你明天中午之前一定能赶上他。”

这无情的话并没有对伯奇造成影响，他屏住呼吸，仔细倾听父亲房间里的每一个声音，直到他听到一个死气沉沉的声音呼唤着他的名字。伯奇终于忍耐不住，尖叫了起来：

“爸爸！别做声……爸爸！我来了……我来了！”他向着看守他的家伙扑去，随即被另一个匪徒的刺刀钉在了墙上。幸运的是，敏捷的动作让他逃过了一劫，被戳穿的只有衣服而已。

“不不，伯奇先生。”匪徒说着。“我们太明白你有多么狡猾，不能就这么放了你。把你的金币交出来！金币！”

“我已经给你们了！”货郎疼得扭动着身体。

“是的，你把钱袋给我们了。但是你还有更多的钱袋不是吗。乔治国王付钱可痛快了，而你把他服侍得很好。你把钱藏在哪里？不交出来，就别想见你父亲！”

“把那女人脚下的石头翻开。”货郎急切地叫道，“翻开石头！”

“他在胡说！胡说！”凯蒂叫着，本能地从一直站着的地方跳到了另一块石头上。很快那石头就被掀开了，但下面只有泥土而已。

“他说胡话了！你们把他弄疯了！”老姑娘浑身颤抖继续叫着，“像他这么机灵的人，怎么会把金子藏在炉床里呢？”

“闭嘴，你这长舌傻瓜！”伯奇高叫，“把角落里那块石头翻开，你们就会找到想要的东西，你们发了财，而我就变成乞丐了。”

“那样你就会被人鄙视了。”女管家痛苦地说。“一个没了货又没了钱的小贩，肯定不会有人看得起啊！”

“他只要有钱买根上吊绳就够了！”剥皮党叫道，他马上就从伯奇说的地方挖出了一大堆金闪闪的英国几尼。尽管老姑娘再三声明她的工钱还没有付，那里面有十个几尼是属于她的财产，但金币还是统统进了匪徒们的口袋。

这一大笔收获远远超过了他们的期望，匪帮里所有的家伙都兴高采烈。这帮家伙准备离开时还要抓走伯奇，打算把他交给美军来换取那些悬赏。一切都准备好了，伯奇却坚决地一步也不动，他们打算强行拖走他。就在这个时候，一个人突然出现在他们面前，连胆子最大的家伙都被吓坏了。原来是父亲听到了儿子的叫喊，硬是从床上挣扎起来，步履蹒跚地寻找他的儿子。他的身上裹着一条床单，眼神直勾勾的，面色灰败，仿佛来自另一个世界。就连凯蒂和恺撒都认定这是老伯奇闹鬼了，他们立刻从房子里逃了出去，吓得魂飞魄散的剥皮党紧跟着冲出了门。

让垂死老人振奋起来的力量很快消失了，伯奇急忙把他抱在怀里，重新扶上了床。但是这场回光返照加速了死亡的进程。

老人玻璃球一样呆滞无光的眼睛定定地望着儿子，他的嘴唇动了，但却听不到他在说什么。伯奇俯下身去，望着他咽下最后一口气，接受了父亲的最后祝福。在此之后，他未来的大部分时间也都在穷困潦倒中度过，但不管遭到怎样的痛苦与不幸，遭到怎样的贫穷与屈辱，父亲的最终祝福也永远与他相伴，它照亮了他的过去，在他悲伤失望的时候发出神圣的光辉。这发自虔诚精神的祈祷令他对未来充满希望，它带来的甜蜜确保他忠实地完成身为人子的神圣职责。

恺撒和凯蒂跑得太急了，甚至来不及好好想想。不过出于本能，他们很快地跟剥皮党们分开了。跑了没多久，他们就停了下来，老姑娘很严肃地说：

“哦，恺撒！一个人就要进坟墓了，竟然还站起来四处走，这多可怕啊！一定是钱的事干扰了他的安宁，人们都说海盗船长基德[1]的鬼魂还在上次战争他埋金币的地方游荡呢。”

“我觉得约翰尼·伯奇不是那种贪财的人！”老黑人说，他的牙齿还在咯咯打战。

“我可认定了，只要是个活人，看到丢了那么多钱都会心疼坏了的！这下哈维真的一文不名，彻底变成被人看不起的穷光蛋了。我真想知道他觉得还有谁会来当他的管家！”

“那个鬼说不定把哈维也带走了啊。”恺撒边说边向着身边的老姑娘缩了过去。

但老姑娘产生了一个新的想法，她认为刚才强盗们撤退得如此

---

[1] 译注：威廉·基德（William Kidd），17世纪的苏格兰人，著名海盗，积累了大量财宝，后因海盗罪被处死。时至现代，仍有许多人寻找相传被基德船长藏匿在世界各处的宝藏。

慌忙，他们说不定在混乱中丢下了自己的战利品。和恺撒思索了一番之后，他们决定冒险来确定这个重要的事实。如果可能的话，再弄清伯奇到底怎样了。他们花了不少时间才小心地回到了那可怕的屋子。一路上老姑娘都在剥皮党们撤退的路线上仔细寻找，连每块石头都翻起来看，想要找到丢掉的金币。但是，虽然死者意外的出现和恺撒的尖叫导致强盗们仓促逃走，他们还是紧紧地抓住自己抢来的东西，丝毫没有松手。看到屋子里已经恢复了平静，凯蒂在纠结半天后，终于下定决心走了进去。她看到货郎心情沉重地为死者尽最后的职责。几句话后，凯蒂就已经明白她搞错了，但恺撒却直到死前都云山雾罩地谈论着幽灵理论，用约翰尼·伯奇还魂这么恐怖的故事吓得那帮厨房里闲坐的黑人弟兄们毛骨悚然。

危险迫使伯奇放弃了美国的葬礼习俗，他无法让父亲在亲人们中间停灵，在老黑人与凯蒂的帮助下，匆匆地完成了这痛苦的后事。恺撒自告奋勇地到几英里外的木匠那里去买棺木。死者换上了平时的服装，盖着一条床单，等候恺撒的归来。

剥皮党们一口气逃进了离伯奇家不远的树林里，有了林子的保护，他们这才敢停下来，集合起惊慌失措的队伍。

“你们这帮胆小鬼！脑子里到底是进什么了？”头目不满地破口大骂，他的气还喘得跟牛一样。

“这话还是问你自己吧。”一个匪徒愤愤地答。

“看你们吓的那个德性，我还以为德兰西的人撵着我们的屁股追！你们逃跑起来还是真够勇敢的！”

“我们只是跟着队长而已。”

“那就跟我回去，把我们放走的那个恶棍抓起来去领赏。”

“是。等我们到了那房子，那黑色的无赖说不定就引着那发疯的弗吉尼亚人来追我们了。说老实话，我宁愿碰上五十个牛仔队，也不愿意碰上一个他。”

“笨蛋！”头目气冲冲地吼，“你不知道邓乌迪的人马在四角村，离这里有两英里远？”

“我才不在乎那帮骑兵在哪儿，不过我敢发誓，我亲眼看着洛登上尉进了老沃顿的房子了。当时我正想找机会把英国上校的马从马厩里偷出来。”

“就算他来了又怎么样？一颗枪子能干掉英国佬，就不能让一个南边来的骑兵闭嘴啊？”

“没错，但我才不会去捅这个马蜂窝。只要擦破了这支队伍里什么人的一点皮，咱们就别想平平安安地打夜食了。”

“好吧。”头目嘟囔了一声，他们开始向森林深处撤退了。“那愚蠢的小贩得看着那老妖怪入土呢。虽然葬礼上我们不能动他（那会惹得全美国的所有老太婆跟牧师都来对付我们），但他还要处理家里的零碎，我们等明天晚上再结果了他。”

丢下这句威胁后，他们向着一个经常驻扎的地方撤退了，等到黑夜再次到来，好让他们不冒风险地继续打家劫舍。

第十一章　苦日子

好苦啊！好苦的、好苦的、好苦的日子啊！
我这一生一世里顶伤心的日子，顶凄凉的日子！
哎哟，这个日子！这个可恨的日子！
从来不曾见过这样倒霉的日子！
好苦的、好苦的日子啊！

——莎士比亚《罗密欧与朱丽叶》

洋槐庄园中的一家人有的睡了，有的在守夜，但是他们都无从得知伯奇家遭到袭击的事实。剥皮党总是这样秘密地发起攻击，遭到洗劫的人家不仅得不到救援，他们的邻居也害怕厄运落到自己身上，不敢对他们表示同情。因为家务增加了，沃顿家的女士们都早起了一个小时，洛登上尉尽管仍被伤痛困扰，还是按自己的习惯起床。他从来只睡六小时，绝不拖延。这是他几点养生规则中的一条，这一点医生也很赞同。军医一直陪伴在辛格顿上尉床边，整夜都不曾合眼。他偶尔还要去探望受伤的英国人，这一位精神上受到的伤害比肉体严重，他非常勉强容忍医生的探视。有一次，医生冒险地偷偷走到那顽固的同志床边，正想要摸一下他的脉搏，却听到洛登上尉在梦中发出可怕的咒骂，小心的军医倒想起了兵团里流传的一句老话："洛登上尉睡觉的时候总是睁着一只眼睛的。"当太阳爬上了东边的丘陵，驱散笼罩在低地上的浓雾时，已经有几个人聚在客厅里了。

佩顿小姐正站在一扇窗子前面，向着伯奇家的方向张望，她很担心那位卧病在床的老人。这时一个人影出现在了被欢快的阳光驱散的浓雾之中，女管家匆匆地向着洋槐庄园走来。她的脸色非同寻常，十分痛苦，善良的女主人连忙打开了门，想要安慰悲伤的凯蒂。当对方走近，看清她六神无主的样子时，佩顿小姐更相信自己没有想错。她非常震惊，只要是心地温柔的人，即使得知交情不深的人永别时都会这样感觉的。她连忙问道：

“凯蒂，是他走了吗？”

“不，小姐。”惊慌的老姑娘极度痛苦地回答，“他还没有走，但他现在随时都可能走掉。发生了最糟糕的事。佩顿小姐，我跟你说，我相信他们甚至没钱买套衣服给死者蔽体了，身上的那件都是破的！”

“怎么会？”对方震惊得叫了起来，“谁能忍心下得了这样的狠手，抢劫那么贫苦的人？”

“什么忍心！”凯蒂屏住了呼吸，“他们那样的人哪有什么良心！根本是落井下石，把能抢的都抢了个空！小姐，那铁罐里光我看到的就有五十四个金币呢，下面还有多少我都没有去数，我也不想去摸它，因为人们都说摸别人的黄金会粘住手……反正就我估算至少有两百个，还没算那鹿皮钱袋里的。哈维现在就跟乞丐一样了。珍妮特小姐，乞丐可是世上最让人瞧不起的行当啊。”

“穷人是值得同情的，而不是瞧不起。”佩顿小姐说着，她仍然没有了解她的邻居在昨天晚上遭遇了怎样的灾难，“老人的情况怎么样了？这次抢劫影响到他的身体了吧？”

凯蒂的表情变了，从自然的伤心变成了深深的忧郁，她回答道：

“他现在已经不在这世上，也不用再挂念什么了。可是钱被抢走的时候，他都从床上下来了，这可怜的人怎么受得了这么大的打击。我们估计他死在鸡叫前两小时十分钟左右……”

医生打断了她的话，他走到她的身边，很关心地问出了什么事。凯蒂向着这个生人打量了一番，本能地整了整自己的衣服说：

“日子过得那么艰难，又丢了那么多钱，他是被活活地逼死的。他一天比一天虚弱，我对他的关心和照顾也全都白费了。哈维现在就跟乞丐差不多，谁来付我的工钱啊？”

“上帝会为你所做的事报答你的。”佩顿小姐温柔地说。

“是啊，”老姑娘连忙回答，还做出一副虔诚的样子，但随即就换成了世俗的表情，“可是我把我三年的工钱都存在哈维那里，现在我该怎么拿到呢？我的兄弟跟我说了一次又一次，把我的钱要回来，但我以为亲人之间总是好算账。”

“那么你是伯奇家的亲人了？”佩顿小姐见对方停了下来，就问道。

“嗯……”女管家犹豫了一下，“我是觉得我们就跟亲人差不多。我也不知道我是不是有权要他们的房子和花园。尽管别人都说，别看这些东西现在还在，将来一准会被没收。”

她边说边转向洛登上尉，对方一直默不作声，保持着同一个姿势，浓眉下投射出了锐利的眼光。

“也许这位先生会知道吧——他看起来对我说的事有兴趣。”

“女士，”骑兵深深地鞠了个躬。“你和你的故事的确都非常有趣。”——凯蒂不由得笑了起来——“但是鄙人知识有限，仅限于带领我的中队在战场上打仗而已。请允许我向您推荐阿奇伯德·西格瑞威斯医生，这位先生不但有广博的知识，而且还是无比慷慨的慈善家，他深深同情世人，与不分青红皂白的劈砍简直不共戴天。”

军医站起来，轻轻地吹了声口哨，察看桌子上的药瓶。女管家把头转向他，继续说道：

“我想，先生，如果没有正式结婚的话，一个女人是没权利继承丈夫财产的吧？”

西格瑞威斯医生的格言之一，就是“任何种类的知识都不应被轻视”，因此他拥有超过自己职业范畴的丰富知识。他一开始愤慨地对同志的讥讽保持沉默，但听到这句问话，他改变了初衷，向着发问者露出了和蔼的笑容：

“我认为是不行的。如果他的死亡发生在你们的婚礼之前，那我恐怕你无法违抗严肃的法令。”

这话听在凯蒂耳朵里很动听，虽然她能听懂的只有“死亡”和“婚礼”两个词而已，于是她就直接就这两个词来答话：

“我想他本来是想等老人一死就结婚的，”女管家盯着地毯说，“可他现在根本一无所有，只会被人瞧不起。或者说，成了个没有房子、没有货囊、也没有钱的货郎了。落到这个地步的男人，根本没法娶到老婆了吧？——你是不是也这么觉得啊？佩顿小姐？”

“我很少会去想这样的事。”佩顿小姐郑重地说。

在她们对话的时候，洛登上尉一直用很可笑的严肃表情打量着女管家的脸和举止。他怕对话停下来，就装出很感兴趣的样子问：

“你认为老人是死于年老衰弱吗？”

“还有这兵荒马乱的日子。病人最怕打扰。但我想他的大限已经到了，到了这种时候，请医生吃药也没用了。”

“对于这个问题，请让我更正一下你的看法。”军医插口道，“我们大家肯定都会死的，这的确不错。但是我们应该用科学成果来避免人类遭受的危险，直到……”

“直到我们可以‘secundem artem’[1] 地死去。”骑兵大声说。

医生本来不屑搭理上尉，但为了维护职业的尊严，他认为对话应该继续，于是他补充道：

“在这种情况下，正确的治疗也许可能延长病人的生命。是谁给他治病的？”

“没有人。”女管家迅速地说，“我想他已经把这作为遗言写在遗嘱里了。”

军医不顾女士们的笑意，继续追问：

---

[1] 译注：拉丁语，按常法之意。

“事先做好准备，这自然很明智，但在他卧病的时候，谁来照顾病人呢？”

“是我。”凯蒂有点自傲地说，“可我怕我这番辛苦全都白费啦，因为哈维现在穷得连一个子儿也付不出来了。”

虽然双方在沟通上出现了些问题，但对话还是继续了，因为两个人都按自己的理解想当然了，西格瑞威斯问道：

“请问你是怎么看护他的？”

“我对他很好，不用你担心。”凯蒂口气辛辣地说。

“医生想问的是医学上的治疗啊，女士。”洛登上尉说，脸上的表情就好像在死者的葬礼上一样。

“我主要给他吃草药。”女管家好像意识到了自己的错误，微笑着说。

“这样。”军医回答，“在没受过教育的人手里，草药要比更强力的药剂安全些。但你为什么没有找正规的护理人员呢？”

“我相信哈维已经受够了那帮正规军了。”女管家说，“他现在已经失去了所有，成了个彻头彻尾的流浪汉了。我真后悔我当初走进他家门！”

“西格瑞威斯医生说的‘正规’不是正规军的意思，而是正规的医生，女士。”洛登上尉说。

“哦！”老姑娘叫了一声，再次纠正了自己的话，“最大的原因就是：我们找不到医生啊，所以我只能自己照顾他。要是附近有个医生的话，我肯定很高兴地请他过来。我对治病还挺在行的，虽然哈维总说我会用草药把自己毒死，但我相信，不管我是死是活，都一点不会影响他。”

“你说的有道理，”军医说着走到了女管家面前，她正坐在壁炉前面，把手伸向炉火取暖，尽量在心烦意乱中保持着身体的舒适。“你看起来很聪明啊，我谦逊的女士。就算是那些有机会获得更多正确知识的人，也要嫉妒你对知识和科学成果的尊重。”

虽然女管家并没有完全理解军医的话，但也知道这是夸奖的话，这让她非常高兴。她兴致高昂地继续叫着："人家都说，我就差真的去当医生呢。我住到哈维的父亲家里去之前，他们都叫我穿裙子的医生。"

"我敢说这是实话。"军医说，这女人对医疗的尊敬冲昏了他的头，让他都忘记她是个女人了。"在没有更有知识的辅导者的情况下，谨慎主妇的经验往往能够控制病情的发展。在这种情况下，你还要与无知与固执做斗争，这真是辛苦啊！"

"实在糟透了，我可是明白的！"凯蒂洋洋得意地说，"哈维那人在这事上顽固得像头犟牛。我想我照顾他卧床不起的父亲，能让他不再轻视护理的效果。不过总有一天，他会知道家里必须得有一个能干的女人，虽然现在我确定他已经穷得讨不起老婆了。"

"我非常理解你！跟这么一个任性的人打交道，你一定觉得很委屈吧！"军医一边说，一边责备地盯着他的同志看。"但你不能理睬那些废话，并且要怜悯造成这种意见的无知。"

女管家犹豫了一下，她完全不明白医生在说什么。但她觉得那些话都是好意的称赞，就稍稍克制住了那喋喋不休的嘴巴，回答说：

"我跟哈维说了多少次了，他做的那些事都是该受罚的！昨晚他总算知道我的话是对的了。可是他这种不信神的家伙的看法是不重要的。有时候他干出来的勾当真让人害怕，好比说，他把针给扔了……"

"什么？"军医打断了她的话，"难道他看不起注射针头吗？我也每天都碰到这种人，他们总是那么不讲道理，一点都不尊重知识和科学的成果。"

医生一边说一边看着洛登上尉，但上尉垂着头，医生看不到他脸上那严肃的表情。凯蒂带着敬佩的心情静静地听着，等医生说完，她又补充说：

"哈维都不相信潮水呢。"

"不相信潮水吗！"军医惊讶地重复了一遍，"他连自己的眼睛都不相信啦？不过，也许他是怀疑那不是受月亮的影响？”

“他就是那样的！”这么一个有学问的人会支持自己的观点，凯蒂高兴得叫了起来，“你要是听了他说话，就会觉得他都不相信天上有个月亮。”

“他们的不幸就在于满足于自己的无知和怀疑，女士。一旦拒绝了有用的知识，人就会不知不觉地偏向迷信，对自然的现象做出错误的结论，偏离真实的原因，也远离人类知识的原理。”

老姑娘对这番话满心敬畏，不敢冒险随便回答。军医以一种哲学家的蔑视态度稍停了一下，然后继续高谈阔论道：

“一个感觉正常的人，竟然会怀疑涨潮这样的现象，这实在超过了我的想象。不过固执就是一个危险的避难所，有可能导致人们犯下任何错误。”

“你觉得那会影响到潮水吗？”女管家好奇地问。

佩顿小姐站起身来，示意两个外甥女到隔壁的餐具室去帮忙，就在这个时候，细心听着的洛登上尉阴沉的面上忽然一亮，很快又暗淡下去了，就跟闪现时一样迅速又突然。

军医仔细地想了想自己是不是正确地理解了她这句话的意思，考虑到她在缺乏教育的情况下仍然如此好学，他回答说：

“你是说月亮吗？对于月亮对潮汐产生多大的影响这一点，许多学者还存有疑问，但我认为，如果一个人不相信月亮会引起潮水涨落的话，那就是故意拒绝科学的成果了。”

凯蒂听不懂“潮水涨落”这个词，她觉得还是小心保持沉默为好，但是在好奇心的作用下，她还是很想知道医生经常说的那让人吃惊的“光”是什么东西，就试着问道：

“你说的那些个光，是不是我们叫的北极光的东西啊？”[1]

军医很同情她的无知，本想要详细解释的，却被洛登上尉的大

[1] 译注：医生说的是科学“成果”（ray），这个词也有“光”的意思，凯蒂理解错了。

笑声打断了。洛登之前一直默不作声地听着，但现在实在忍不住了，狂笑震动了落马时伤到的骨头，结果弄得眼泪大颗大颗地掉了下来。他的大笑惹恼了医生，趁他暂停的时候，医生说：

“洛登上尉，一个从没受过教育的妇女，在一个科学家们都还在长期争论的课题上犯了个错误，这也许让你觉得好笑。但你要知道，这位值得尊敬的女看护并没有拒绝科学——她在治疗受伤的身体时，并未拒绝使用适当的仪器。你可能记得，她之前提到过使用了注射针头。”

“没错！”洛登兴高采烈地叫，“她用针来给那小贩补裤子！”

凯蒂露出了明显的不满，她迅速地跳了起来，试图证明自己拥有更多的学识。她说：

“我才不是用那针来做普通活计呢……它的用场可大了。”

“你自己来解释一下吧，女士。”医生不耐烦地说，“让这位先生看看他根本没理由洋洋得意。”

凯蒂稍稍停了停，为她的故事搜寻足够的装饰。这个故事的大意是，有一个孩子被济贫会的人寄养在伯奇家。某天没人在的时候，一根很大的针刺进了这孩子的脚，让他受了严重的伤。凯蒂把这根伤人的针拔了出来，仔细地抹上油，用羊毛料子裹起来，然后藏进壁炉的某个念过咒语的角落里。而孩子脚上的伤口则就那么放着，以避免削弱咒语的力量。结果哈维·伯奇一回到家，就彻底毁掉了这优秀的治疗。凯蒂最后结束了她的故事：

“难怪那孩子因为破伤风死掉了！”

西格瑞威斯医生转眼去看着窗外，装出欣赏那灿烂晨光的样子，好避开他战友那仿佛鸡蛇怪[1]一样刺人的眼神。但他还是经不住自己的感情，去看洛登上尉的脸。洛登脸上的每一块肌肉都在表达对那可怜孩子的同情，但他的眼睛里却流露出得意的神色，这让科学代言人十分惊讶。他低声地嘟囔了些什么，大致是他要

[1] 译注：传说中的鸡头蛇身怪物，它的眼睛能把看到的人变成石头。

去看看病人们，就匆匆离开了。

佩顿小姐关切地询问了伯奇家遭袭的事，她耐心地听着凯蒂详细叙述那天晚上发生的事。凯蒂没有忘记再强调一次损失了那么多钱，而且还痛骂伯奇把本来能保住的秘密这么轻易地说了出去。

“佩顿小姐，”女管家停下来吸了口气，然后继续道，“换了是我，就是要了我的命，我也不会告诉他们呢。他们顶多只会杀了他，那样只杀了他的身体，现在他们把他的身体和灵魂都杀掉了。或者说，其实也差不多，他们把他变成了个让人看不起的叫花子。我可不知道他觉得还有谁会嫁给他，谁给他来管家。我可要珍惜自己的名声，不会跟个光棍住在一起。虽然他也根本不会待在家里。我决定今天就跟他说，葬礼一结束，我这么一个单身女人一小时也不会留在那里了。他要结婚我也不会答应，除非他变得更顾家一点，老实待在家里。”

洋槐庄园温柔的女主人让女管家把她热切的感情发泄了个够，然后才提了一两个明智的问题，表明她很能理解一个被丘比特射中的人的复杂心情，虽然这对于一个未婚者来说有点难以置信。她从凯蒂的回答中发现，哈维·伯奇是不可能向凯瑟琳·海因斯许下终身大事的，也不可能把他几乎被抢掠一尽的财产交给她。于是佩顿小姐就提出，她现在很需要人来帮忙家务，并表示如果伯奇不会再继续雇用她的话，凯蒂可以到洋槐庄园来。精明的女管家在提出了一些初步条件之后，事情迅速地决定了。然后凯蒂又为自己的损失和伯奇的愚蠢唱哀歌似的啰嗦了半天，其中还包括了一些对伯奇未来命运的好奇，这才起身告辞，去为今天要举行的葬礼做准备了。

在两位女性交谈的时候，洛登上尉出于礼貌退出了房间。因为担心辛格顿上尉的伤势，他走到那个房间。之前我们已经说过了，这位良好性格的年轻人受到了每个军官的喜爱。辛格顿上尉虽然举止温文，长得好像女性，但他不止一次地证明，这些并不会成为令他蒙羞的原因，就算在那些游击队员中，他也同样深受信赖。

邓乌迪少校和他好得像是兄弟。他也非常听医生的话，让西格瑞威斯医生很是喜欢。骑兵队发起勇猛进攻时，行动常常鲁莽，导致几乎每个军官都受过伤，也基本都享受过军医的临时看护。在这位医学大师看来，最为配合服从的就是辛格顿上尉，而洛登上尉是无可争议的倒数第一。医生经常带着克制不住的天真，非常认真地说，他最高兴看到的就是前者受伤来治疗，最不想见的就是后者。听了这一番赞美和抱怨，辛格顿会安静地微笑一下，洛登则深深鞠躬表示感谢。如今，难堪的军医和满心得意的骑兵军官在辛格顿上尉的病房里碰面了，他们采取了同样的行动。两人异口同声宽慰了受伤的上尉，然后医生走进了为自己准备的房间，他没想到的是，几分钟后洛登上尉也跟着走了进来。洛登上尉大获全胜，觉得自己完全可以大度些，就先自觉地脱下外套，然后大声道：

“西格瑞威斯，如果可以的话，能请你用科学成果治疗一下我吗？”

军医一开始觉得这句话是挑衅，简直无法忍受，但当他打量了一眼他的战友之后，却吃惊地看到对方已经做好了准备。洛登上尉作出如此有诚意的要求，这实在太不寻常了。于是医生本要爆发的不满也转变成了认真的询问：

“洛登上尉，你需要我做什么？”

“看着办就好了，我亲爱的医生！”上尉口气很温和地说，“我的肩膀看起来都快成了一条彩虹呢。”

“的确如此。”医生一边说，一边以最轻柔的手势与精湛的技术检查他的伤处，“不过你很走运，一根骨头都没有断，还真是福大命大啊！”

“我从小就爱玩杂耍了，从马上摔下来几次根本不算什么。不过，西格瑞威斯。”他充满感情地指着自己身上的一条伤疤说，“你还记得这个活计吗？”

“记得太清楚了，约翰。当时你中了弹，还坚持英勇作战，后来我利索地把它取出来了。不过，你不觉得你的肩膀该涂些药油吗？”

“的确需要。”洛登上尉出乎意料地配合。

“好了，我亲爱的孩子。”医生忙碌地处理他的伤处，心情愉悦地大声说着，“你不觉得，要是你昨天就能让我这么做的话，情况就会更好了吗？”

“的确很有可能。”

“就是啊，约翰。要是我一看到你，你就能让我给你做放血处理，那效果可就大多啦。”

“我才不要放血！”洛登上尉斩钉截铁地说。

“现在要做也晚了。而且这剂药油也能很好地化掉淤血。”

上尉对这句话没有回答。但他紧闭牙关，用沉默来表示自己的抵抗。于是经验丰富的医生就改变了话题：

“真是可惜啊，约翰。你冒了危险，又吃了那么多苦，却没能抓住那个无赖。”

骑兵上尉没有回答，军医一边用绷带包扎他受伤的肩膀，一边继续说：

“如果说我有一丁点杀人的欲望的话，那就是很高兴看到那个叛徒被吊上绞架。”

“我以为你的职业是救人，而不是杀人吧。”洛登冷淡地说。

“哟！可是他泄露的情报给我们造成了很大的损失，对于这么一个间谍，我有时真的会克制不住自己的。”

“你不该对任何一个人煽动这种仇恨情绪。”洛登回答。

听了这句话。正在固定绷带的医生失手弄掉了一个别针。他仔细地打量了伤员的脸孔，这才打消了对他身份的怀疑。没错，这是他的老战友约翰·洛登上尉，正是他说出了那句话。医生好容易才从震惊中恢复过来，他说：

“我同意你这句话，一般来说的确是这样……约翰，我的老伙计，这绷带紧不紧？”

“正好。”

“虽然我大致同意，但事态不断地变化。所以事情也总是会有意外。洛登，你感觉怎么样？”

“很好。”

“本来用更轻的惩罚就能达到目的，却把人杀了，这不仅对被杀者来说太残酷，也对其他人不公平。好，约翰，如果你能动一下你的胳膊的话……我想你现在舒服一点了吧？我亲爱的朋友？”

“舒服多了。”

“我亲爱的约翰，你能不能教导你的人砍得再谨慎一点呢？这样对你来说一样可以达到目的……而我就会感到非常高兴了。”

医生好不容易才说出了心里深思良久的这句话，重重地出了一口气。听了之后，洛登上尉平静地穿上他的外套，用施施然的语气说：

“没有哪个人会比我的手下更谨慎了，他们都是从头顶直劈到下巴的。”

失望的医生收拾起他的医疗器具，心情沉重地走向了威尔梅上校的房间。

第十二章　伊莎贝拉小姐

这窈窕优美的娇躯之中，
藏着一个巨人般强大的灵魂。
那双纤细的玉臂，
仿佛山杨在夏日晚风中轻震，
将魂灵高高地举向天空，
迎来天堂的光辉，
照亮脸上心灵的窗楹。

——二重唱歌词

因为突然来了这么多形形色色的客人，珍妮特·佩顿的工作量大大增加了。天亮之后，客人们或多或少都觉得身体舒服了些。只有邓乌迪深深关心的那位年轻上尉例外。他受的伤很严重，但医生坚持说不会有生命危险了。上一章我们已经说过，他的战友已经起身了。亨利·沃顿也已经醒了过来，他睡得很熟，但昨晚做了一个噩梦，梦见自己受伤的那只手被一个新手外科医生截肢了，还好醒过来就知道这不过是个梦而已。年轻人发现睡眠让自己好转了许多，而且西格瑞威斯医生充满信心地宣布，再过一个星期他就能完全恢复了。

威尔梅上校一直没有露面，连早餐都是在自己房间里吃的。虽然医生露出了意味深长的微笑，上校仍然坚称自己的伤势严重，无法起床。医生也乐得让他在房间里掩饰自己的沮丧，自行去辛格顿上尉的床边守着，这是他更该完成的任务。当医生进入房间的时候，发现病人的面颊上带着微微的红晕，他便快步走过去搭上年轻人的脉搏，喃喃自语着让病人不要说话：

“要是脉搏变快了，就是发热的症状——不不，我亲爱的乔治，你必须要安静卧床才行。你的眼睛看起来很亮，皮肤也有点湿润。”

“不，亲爱的西格瑞威斯，”年轻人抓住了他的手，“我并没有发烧。你看，我的舌头上有没有洛登说的白苔？”

“的确没有。”医生说，把一支汤匙放进他的口中，让辛格顿的嘴巴张得更大，好像要方便他钻进去似的。他察看了辛格顿的嗓子。“舌头很干净，脉搏也放慢了。你看，放血对你生效了。放血疗法对南方人来说总是非常有效的，可是那个血统纯粹的洛登昨晚从他的马上摔了下来，却坚决拒绝让我放血。怎么回事，乔治，你的情况有点奇怪啊。”医生一边说着，一边下意识地把假发摘了，“你的脉搏均匀舒缓，你的皮肤也很润泽，但你的眼睛发亮，脸颊红得像火一样！哦，我必须要再好好检查一下这些症状才行。”

“轻点，我的好朋友，轻一点。”年轻人躺回枕头上，那让医生担心的红晕也消退了一些，“我相信你帮我取出子弹的手术非常成功，我向你保证，我已经不觉得疼了，只是有点虚弱而已。”

“辛格顿上尉，”医生生气地说，“你怎么能这么自以为是呢？竟然想要让你的医生相信你不疼了！要是我们连这个都判断不出来的话，科学的成果还有什么用！这可真丢人，乔治，太丢人了！就算是约翰·洛登那家伙，都没有你更固执！”

伤员笑了，他轻轻地拒绝了医生为他解开绷带的举动，脸颊又飞起了红晕。他问道：

“我的阿切伯德先生，”这是对医生的昵称，一听到这个称呼，医生很少有不心软的，“请你告诉我，当我躺在这里睡着的时候，究竟是哪位精灵悄悄地从天上降临到了我的房间？”

“要是有人敢打扰我的病人，”医生叫道，“管他是不是什么精灵，我都要好好地教训他们，让他们明白别插手别人的事！”

“哦，我亲爱的朋友，谁也没有插手你的事，也不会插手的。你看。”他把绷带展示给医生看，“一切不都和你离开时一样吗？——只是，那位精灵飘进了我的房间，有如仙女一样优雅，天使一样温柔。”

医生确认了一切的确没有任何变化，这才满意地回到了自己的座位，把假发戴回头上。他提出了一个问题，简洁得连梅森中尉都会赞扬：

“那精灵穿裙子吗？乔治？”

“我只看到了一双可爱的眼睛……红润的脸颊……优雅的步伐……还有高贵的举止。”年轻人回答。医生认为他的热情太过头了，这会让他虚弱的身体无法承受。于是医生伸出手来捂住他的嘴巴，自言自语似的说：

“那一定是珍妮特·佩顿小姐了。她是一位很有教养的女士，她的步伐……和你说的一样优雅……眼睛也非常温柔。至于你说的红润，我敢说，当她在行善事的时候，她的面上完全有可能出现和她年轻的外甥女一样的红晕。”

“外甥女？你说她的外甥女？我看到的天使可能是一个女儿，一个妹妹，或者一个外甥女……但不可能是一位姨妈啊！”

“嘘，乔治。你一说话，脉搏就又快起来了。再嘱咐你一遍，你得静养才行。还有你要做好准备迎接你的姐姐了，再过一个小时，她就会来了。”

“什么？伊莎贝拉。谁叫她来的？”

“少校啊。”

“邓乌迪可真体贴！”筋疲力尽的青年低声说，再次躺回了自己的枕头上。医生吩咐他要保持沉默。

当洛登上尉走进了客厅的时候，主人一家人都向他打了招呼，亲切地询问他的身体状况。而英国上尉不用说，自然有个人悄悄地让他过得舒舒服服。莎拉有意不走进他的房间，但她却知道每一个杯子摆放的位置，连桌子上放着的所有饮品都是她亲手为他倒的。

在这个故事发生的时候，我们作为一个民族已经独立了出来。莎拉虽然至今仍视英国为祖先的土地，认为有义务遵守英国的各项法规，但她之所以如此偏爱这位英国人，还有一个更有信服力、却不能说出口的理由。他的形象第一次填补了她青春期幻想的空白，他拥有许多长处，让他紧紧抓住女性的心。虽然他不像邓乌迪少校那样品德卓越，却也并非无耻之徒。那个早晨，莎拉在整个屋子里到处转悠，频繁向威尔梅房间的大门张望，渴望了解他的伤势，却又羞于启齿。过度的关心反而让她无法开口了，后来还是她坦率纯真的妹妹向西格瑞威斯医生问出了这个她最想问的问题。

“威尔梅上校吗？”医生很严肃地说，“他处于我所说的‘意志自由’状态，有病没病都由他自己来决定。我年轻的小姐，他的病超出了我的治疗范畴。我想在这方面，他可以好好向亨利·克林顿爵士请教一下。虽然邓乌迪少校恐怕不会允许他真的这么干的。”

弗兰西丝转过头去笑出声来了，而莎拉仿佛被触怒的朱诺[1]一样昂首离开了客厅。她回到了自己的房间，心里还是很担心，就又走出了门，穿过连接各个房间的长长的走廊，这个时候她发现辛格顿上尉的房门开着。受伤的年轻人似乎睡着了，房里没有别人，她大着胆子悄悄地走了进去，整理起桌子上病人的食物与药品来，就这么忙碌了几分钟。莎拉几乎没有意识到自己在做什么，可能是梦想着为另一个人表示一些女性的关怀吧。她本来就红润的面颊因为医生的挖苦更加绯红，眼睛也和平时一样光彩四溢。

[1] 译注：罗马神话中的天后，朱庇特之妻，女性、婚姻与母性之神，以威严著称。

直到西格瑞威斯医生的脚步接近了，她才慌忙退出房间，从内楼梯下了楼，来到她的妹妹身边。一对姐妹去屋外的走廊上透气，她们挽着彼此的手臂，边走边交谈着。

“我可真有点讨厌邓乌迪的这个军医呢。”莎拉说，“我希望他早点离开。”

弗兰西丝面带笑意地望着她姐姐，但宽容地没有说话，莎拉立刻理解了她的意思，急忙补充道：

“真是的，我都忘记他是你最尊敬的弗吉尼亚骑兵队的人了。看来我说他的时候得恭敬一些呢。”

“我亲爱的姐姐，你愿意这样，那就这么做吧。话说得过火总是不好的。”

“你当然不觉得什么了。”姐姐有点激动地抱怨，“可我觉得邓乌迪先生把家里都变成医院了，就算我们是亲戚，也有点过分了吧。”

“我们应该庆幸才对，因为这些伤员里并没有我们的家人啊。”

“哥哥不就是其中之一吗。”

“是啊。”弗兰西丝打断了她的话，脸红了起来，“但他能走出自己的房间，还觉得他的伤口跟能和咱们团聚比起来根本不算什么。如果说，”她颤抖着嘴唇补充道，“如果这能抹消他回家探望而遭到的可怕嫌疑，那这点伤反倒是值了。”

“你现在知道叛乱给我们造成什么样的苦果了吧。哥哥受了伤，成了俘虏，甚至还可能被处死。爸爸在痛苦中过日子，他的私人财产还可能因为对国王的忠诚被人夺走。”

弗兰西丝沉默地继续走着。她的眼睛望向山谷北面，那进入山谷的道路被小山遮挡的地方。每次往回走时，她都因为要凝望那里而迟迟不肯转身，直到她不耐烦的姐姐拉了她，她才加快脚步。后来她终于看到一辆马车小心翼翼地绕过散落在大道路上的石块，向庄园驶来。随着马车逐渐接近，弗兰西丝的脸色也变了。当她看到一个身穿制服的黑人身边有一位女子的身影时，她的四肢都颤抖起来，不得不偎依在莎拉身上。几分钟后，马车来到了门口，跟在车后的一个骑兵打开了车门，他就是邓乌迪少校派去辛格顿上尉父亲那里送信的人。佩顿小姐迎上前去，两姐妹也对她们的客人表示了亲切的欢迎。弗兰西丝的眼睛向客人周身打量，怎么也无法从她的面孔上转开。这位女士十分年轻，体态轻盈娇弱，比例完美。她有一双乌黑的大眼睛，目光明亮，有时甚至带点野性。她的头发浓密而美丽，没有按当时的流行扑上白粉，像鸦翅一般漆黑。几绺卷发落在她的脸颊上，令她冷白的肤色显得越发苍白。西格瑞威斯把她从马车上搀扶下来，当她走上走廊的时候，急迫地望向医生。

“你弟弟已经没有危险了。他很想见到你，辛格顿小姐。”医生说道。

伊莎贝拉顿时流下了眼泪。弗兰西丝本来带着一丝惴惴的向往站在那里，凝望着伊莎贝拉的一举一动，见她哭了出来，连忙跑到她的身边，好像对自己的姐妹一样，热情亲切地挽起她的手臂，引她去空着的房间。弗兰西丝的举动是如此纯真，如此体贴，连佩顿小姐都不愿去打扰她们，只是满意地微笑着目送她们离去。其他的人也都有同样的感觉，他们随即散开，去做自己的事情了。

伊莎贝拉顺从地让温柔的弗兰西丝把自己带进了房间，然后就扑在了这位好心的女孩肩膀上默默哭泣。弗兰西丝觉得她哭得这么伤心，有些超越了常情。辛格顿小姐无法克制地哭了好一会儿，这才在弗兰西丝的耐心宽慰下，收住了眼泪。她抬起头来望着弗兰西丝，美丽的面颊上浮现了迷人的微笑。她对自己的冲动表示了歉意，并请弗兰西丝带她到弟弟的房间去。

这对姐弟的会面十分温馨，姐姐在努力克制之下，已经平静了许多，不像刚才那么激动了。伊莎贝拉看到自己的弟弟情况好转，并没有之前自己担忧的那么危险，自然也振作起来。失望转变为欢乐，她美丽的眼睛再度闪烁起明亮的光芒，她的脸浮出迷人的微笑。这奇妙而充满魅力的变化，让应她真诚的恳求，陪她一起走进病房的弗兰西丝都不由得看得出神。

刚刚放开拥抱姐姐的双臂，辛格顿上尉就认真地望向了弗兰西丝。也许他还是第一次看到这位可爱姑娘的脸庞吧，但他却很快又带着失望转开了目光。他似乎有些困惑，像刚从梦里醒来一样揉着自己的前额，陷入了沉思。

“邓乌迪在哪里，伊莎贝拉？”他开口问道，“他实在是太好了，从来都那么乐于助人。昨天他忙了一整天，却还连夜为我找来了护士，多亏有他，我才能起身的。”

这些话让伊莎贝拉的脸色又变了。她的眼睛带着狂野的意味扫视了房间，这让一直在津津有味地望着她的弗兰西丝大吃一惊。

“邓乌迪！难道他不在这里吗？我以为他会陪伴在你身边。”

“他还有任务，要到别的地方去。据说英国人已经从哈德逊河那里出发了，来的是轻骑兵队伍，活动频繁。不然他肯定不会放下负伤的战友这么久的。不过，伊莎贝拉，是见到我让你太激动了吧，看你全身都在哆嗦呢。”

伊莎贝拉没有回答。她向桌子伸出手，那上面放着为上尉准备的食品。留心她每个举动的弗兰西丝马上明白了她的意思，连忙倒了一杯水给她，这才让她恢复了一些平静。

“毫无疑问，这是他的职责。”她说，“我也听说，英国军队在沿河移动。但是我刚刚经过我们的部队，他们离这里大概只有两英里。”

她最后一句话的声音低得几乎听不见，仿佛不是要说给其他人听，而是在自言自语。

“他们在行军吗？伊莎贝拉？”弟弟急切地询问道。

“不，我看到他们下了马，似乎是在休息。”

辛格顿上尉凝视着姐姐的脸，想弄清楚情况。但她低垂着眼睛望着地面，心不在焉。为了得到解释，他看向了弗兰西丝，那认真的表情吓了弗兰西丝一跳，急忙起身问是否能帮上他什么忙。

“请您原谅我的无礼。”伤员竭力微微抬了抬身，“能请洛登上尉到这里来一下吗？”

弗兰西丝马上转达了他的要求，由于克制不住自己的好奇心，她又回到了辛格顿的房间里。

“洛登，”等上尉一进来，年轻人就迫不及待地问道，“你有少校的消息吗？”

姐姐抬起眼睛来望着洛登上尉，对方以军人的直率毫无顾忌地向她打了招呼。

“他派人来过两次，”洛登说，“询问了我们住院的情况。”

“他自己为什么不来呢？”

“这个问题只有他本人能回答吧。你也知道的，现在英国佬在行动，邓乌迪又是这个地区的指挥官，他必须要盯着那些英国佬。”

“的确如此。”辛格顿缓缓地说，好像认同了这个理由。“可是你怎么这么闲呢？不是有很多工作要做吗？”

“我的右臂状况不佳，今天早上罗诺克又瘸了腿。而且除此之外，我还有另一个理由，但我想说出来的话，沃顿小姐就不会饶了我啦。”

“请说吧，我才不会不高兴的。”弗兰西丝说，回了洛登上尉一个调皮的笑容。

“那就是厨房里飘出来的喷香气味啊。”洛登坦白道，“我可真不想离开这里，除非我亲自证明了这片土地的物产是多么丰富。”

姑娘欢笑了：“哦！我的珍妮特姨妈可是大大提高了父亲好客的名声呢。可我却躲在这里不干活，要是我再不去帮忙，姨妈就要不喜欢我了。”

弗兰西丝去找她的姨妈了。她在心中深深思考着这位偶然来到庄园的新朋友特异的性格，与她极端敏感的感性。

受伤的辛格顿上尉目送着天真可爱的弗兰西丝走出房间，直到她从视线中消失，才说：

“这样的姨妈和外甥女实在是难得遇到啊，约翰。外甥女好像仙女，而姨妈是一位天使。”

“我看你恢复得不错嘛，都已经热情赞扬起女人来了。”

“要是我不赞扬可敬可爱的佩顿小姐，那我就太忘恩负义、麻木不仁了。”

“她的确是一位充满母性精神的好女人，不过说到可爱，那就是口味的问题了。如果她再年轻几岁的话，那么我就不只会尊敬她的审慎与干练，更会对她动心。”

“她肯定没有二十岁吧。”辛格顿连忙说。

“这取决于你的计算方法了。如果你从生命的终点往回计算，那么你是说对了。但是按通常的做法从出生算起的话，我觉得她快四十了吧。”

“我想你是把姐姐错当成姨妈了。”伊莎贝拉说着，用她白皙的小手按住了弟弟的嘴。“你不要再说话了！你的情感会影响到身体。”

这时西格瑞威斯医生走进来。发现伤员有些发烧，他不由得警觉起来，于是也和伊莎贝拉一样禁止伤员说话了。洛登上尉离开房间去看望他的战马罗诺克。它在昨晚摔倒时和主人一样受了伤。但值得庆幸的是，传令兵来报告说现在马儿也和主人一起康复了。洛登发现，几个小时持续不懈的按摩治好了受伤的马腿，按他的话来说，现在马儿又能“规律地运动”了。他命令备好马，在吃完即将登场的那顿丰盛美食之后，就立刻率队回到四角村。

与此同时，亨利·沃顿走进了威尔梅上校的房间。在他的同情和安慰下，上校心情有所好转。他决定起床了，并且准备去和他一贯蔑视的敌人见面。事实已经证明了他根本没有理由轻视对手。亨利·沃顿知道，他们的不幸——两个人都把吃败仗称为不幸——原因就在于上校的轻敌。但他没有说出来，只是说不幸的意外导致部队丧失了指挥官，部队群龙无首乱成一团，这才败北。

“总之，沃顿。”上校把一条腿从床上放下来，“这可以说是几件无法控制的突发事件撞在了一起。你那匹马也不听指挥，才没能把我的重要命令传达给中校，让他攻击叛军的侧翼。”

“没错。”上尉答道，把一只拖鞋踢到床边。“如果我们成功在他们的侧面开火，那么我们就把那些大胆的弗吉尼亚人打跑了。”

“就是这样！而且会跑得比兔子还快呢！”上校把另一条腿也放了下来，“当时我们必须要把他们的向导兵击溃，可你也知道，我们的行动给了他们一个大好的机会。”

“没错。”上尉继续回答，又把另一只也踢了过去。“邓乌迪少校从不会放过任何一个机会的。”

“我认为，只要我们投入下一场战斗，”上校站起了身，“就能大大地改变这个状况。虽然现在叛军可以夸耀说抓到了我，但他们并没能把我们赶出树林，自己就先被击退了。”

“他们要是发起进攻的话，肯定也失败。”上尉把其他的衣服也都扔给了上校。

“嗯，这是一样的。”威尔梅上校边说边穿起了衣服。“战争的主要艺术就是找到能够威吓敌人的战术。”

“毫无疑问。你该记得他们有次冲锋被彻底击溃了吧。”

“太对了！”上校夸张地叫了起来，“要是当时我在那里，我们就能利用这个优势，把美国佬打得落花流水！”

上校说着，加快了穿衣的速度。他很快就整理好了形象，也完全恢复了原本的傲慢，他彻底相信自己被俘只是个意外，是人力所无法控制的。

知道威尔梅上校也要作为宾客参加宴会后，一家人就更加努力准备了。莎拉接受了上校的问候后，关切询问了他的伤势，接着就亲自进了厨房准备宴会了。那个时候，这样的宴会在乡村生活中十分常见，即使到了今天，它也没有完全从我们的日常生活里消失。

第十三章　盛宴

好，我要吃，

即使这是我的最后一餐。

——莎士比亚《暴风雨》

洛登上尉敏锐地察觉到，庄园里开始弥漫起了诱人的香气。从恺撒掌管的地下室冒出香味，让上尉高兴地相信自己的鼻子就跟平时的眼睛一样敏锐，十分忠于自己的职责。为了更好地享受那股香味，他走到了一个窗子前面，好让那来自东方香料的气息在飞向云端之前，先钻进自己的鼻子里。但洛登并没有在这个地方享受多久，他得先去为赴宴而更衣打扮，虽然也只限于在自己带的几件衣物中选择。骑兵队的制服一般足以应付最丰盛的宴席，但洛登上尉的制服长年被战火洗礼，他也不留心保养，弄得破旧褪色了许多。现在已经被洗熨一新，可以让他体面入席。上尉天生一头鸦羽般的黑发，此时梳理得像新雪一样闪亮。他那双筋骨隆起的大手和军刀本是绝配，现在却从带褶边的袖口中向外窥探着，好像个羞涩的少女。他的皮靴擦得比过节时还要锃亮，熟铁制成的马刺反射着太阳的光芒。除了这些，上尉再没有什么其他的装饰了。

恺撒忙着在各个房间跑进跑出，脸上的表情比今天早上守灵时还要郑重。老黑人受哈维的请托去订了棺材，然后他早早地回来，按女主人的吩咐四下忙碌。他的活计很不轻，好不容易才找到个空子，把昨天晚上的可怕经历告诉了跟着辛格顿小姐一起来到洋槐庄园的黑人兄弟。尽管时间只够他开了个头，已经足够让客人的眼睛睁得老大。黑人们天生就爱听这些奇闻怪事。后来佩顿小姐不能不出面打断恺撒，让他把接下来的故事等到合适的时候再讲完。

“啊，珍妮特小姐！”恺撒看着听故事的那帮人，摇着头说，“看到快死的约翰尼·伯奇走过来，真是吓死人了呢！”

这段对话就这么暂告一段落了。但老黑人深信日后自己一定会得到满足，会有很多的机会让他把这个故事说个痛快。

鬼魂的事被愉快地搁置后，佩顿小姐的安排就顺利地进行了。下午两点，太阳微微从天顶偏斜开来时，一支队伍从厨房向客厅进发了，为首的正是恺撒，他枯瘦的手中稳稳地托着一只火鸡。

跟在他身后的是洛登上尉的传令兵，他动作僵硬，步子迈得老大，好像在给战马开路似的。他手里拿的是弗吉尼亚风味的火腿，那是佩顿小姐在阿科梅克的兄弟们给她捎来的。他死死地盯着这盘香气扑鼻的菜，等把菜送到餐桌上的时候，嘴巴里的口水简直比得上阿科梅克火腿的丰富汤汁了。

队伍里的第三个是威尔梅上校的勤务兵，他一手端着鸡肉馅饼，一手拿着牡蛎小馅饼。

再后面是西格瑞威斯医生的助手。他本能地挑了一只大汤盆来端，多半是因为这个最像他熟悉的器具，才走到一半，热汤冒出的水汽就把他的眼镜蒙上了一层白雾。他在进客厅之前不得不先把汤盆放到地上，摘下眼镜。这样他才能看清该怎么从那些放满备用瓷器和暖盘器的餐桌中间走过去。

跟在他身后的是辛格顿上尉身边的士兵。他的好胃口足以分给虚弱的上司。他端着一对烤鸭。鸭子散发出引人垂涎的肉香，让他后悔不该在吃完了自己的早餐后，又把上司姐姐的那一份也吞掉。

沃顿家的白人小男仆走在队伍的最后，哼哼唧唧地抱着一大盆蔬菜。那是厨师为宴会最后的高潮准备的，无意地让他扛过来的。

但这还远不是所有菜肴。恺撒把那只上个星期还在达契斯山地飞翔、一点也没想到这么快就变成了餐桌主菜的火鸡放到桌上，随即转过身去，率领自己的队伍回到了厨房。在老黑人的带领下，所有的人都按原本的顺序再次走回客厅。这种合理的安排让许多的鸽子、鹌鹑、比目鱼、鲈鱼，还有各种各样的山珍海味有条不紊地排列在了餐桌上。

第三次上菜带来了足量的土豆、洋葱、甜菜、凉卷心菜泥、米饭，还有一桌出色的宴席所需要的一切。

现在桌子上已经摆满了美式宴席的各种菜肴。恺撒又把桌子上每一只他没亲手布置的盘子调整了一番，就去向女主人报告，他已经光荣地完成了任务。

在这些精致美味摆放好的前半个小时，所有的女士们都好像冬天来临前的燕子一样消失了。但现在春天到来，她们又飞回了这里。所有人都聚集在一个房间里。这个房间没有靠墙的桌子，家具也只有一张套着印花布套的长沙发，称为休息室。

善良的佩顿小姐认为是完全值得的，不但可以显示出厨房超群的手艺，也是陪同嘉宾们装扮自己的时机。

佩顿小姐头戴一顶高级细布制成的帽子，前面的帽檐装饰着一条宽花边，上面的花纹就好像为她美丽的前额装饰上了一道花环。

她头发的本色被一层厚厚的香粉掩盖，只有卷曲的发梢在一定程度上摆脱了这刻板的感觉，为她增添了女性的柔和。

她身着紫罗兰色的长裙，是用厚实的高档绸缎制成。胸口开得很低，同样材质的紧腰衣箍住她苗条的身材，衬托出从肩膀到腰肢的美丽线条。腰以下的裙摆又宽又大，明确显示出那个年代制衣是毫不吝惜衣料的。一道小小的裙箍显示出了高级面料的美观，也令她显得越发楚楚动人。

这位女士的身材本就高挑，今天又穿了与裙子同样用紫色绸面制成的高跟鞋，令她的身高又增加了一英寸还多。

长裙的袖子很短，窄窄地箍住她的臂膀，手肘部分洒下大大的宽袖，沿着她的手臂垂坠下来。这装饰着德雷斯顿花边的双褶、三褶宽袖显得她白皙匀称的双手更加娇嫩。一串由大颗珍珠穿成的三层项链环绕在她的脖颈上。佩顿小姐没有忘记自己已经四十岁了，她还谨慎地围了一条蕾丝围巾，遮挡住了部分裸露出来的肌肤。佩顿小姐身着这样的服饰，带着那个时代特有的高贵神态，端庄地站在那里，即使放进时新的美人图中也毫不逊色。

莎拉的装扮与她的姨妈难分上下。她的长裙在用料与款式上都与佩顿小姐的不同，是淡淡的蓝色，但同样显示出她美妙的身段。但二十岁的妙龄无需像四十岁那样小心遮掩，她只以纱巾的边缘微微盖住胸口的裸露处。整个胸部的上半，还有精致的双肩线条都袒露出来，闪耀着天赋之美的光芒。她的脖子上也和姨妈一样戴着三层的珍珠项链，作为搭配，耳垂上也嵌着一对同样成色的珍珠耳环。她没有戴帽子，头发向上梳成发髻，露出了她可爱的前额，光滑得好像大理石，洁白得好像冰雪。几绺松松的卷发优美地落在颈项上，头上戴着假花的花冠，就像皇后的冠冕。

辛格顿小姐已经把负伤的弟弟交托给了西格瑞威斯医生，医生先安抚了那位和姐姐见面后极度兴奋的伤员，设法让他睡熟了。在好客女主人的再三劝说下，辛格顿小姐也参加了宴会。她坐在莎拉身边，两位女郎各具特点，同样美丽，只是她不愿意在浓密的黑发上扑上白粉。她高高的前额，亮闪闪的双眼，令人觉得她陷入了深思，她双颊上的苍白颜色更加重了这样的感觉。

最后的一位，也是最小的一位，自然是沃顿先生的小女儿弗兰西丝。但论起展现女性的魅力，她可并不会逊色。我们之前也提到过，她离开城市的时候，还没有到追求时髦的年龄。在当时，已经有一些思想超前的挑战者开始摒弃那些有违女性舒适的习惯，这年轻的女孩就是其中的一个，她敢于信任自然赋予的天生美貌。这自然来说不过是一件小事，但却真是一件幸事。这个上午，弗兰西丝好几次想要比平时多花点时间在装扮上，但是每次她决定的时候，都忍不住渴望地向着北方眺望，随即就改变了主意。

到了宴会开始时，我们的女主角出现在了客厅里，身穿一件淡蓝色丝绸长裙，款式与姐姐的很像。蓬松的卷发没有修饰，只用一把浅色玳瑁长梳固定在头顶。发梳的颜色与她金发的色调几乎融合在了一起。她的长裙没有繁复的打褶，也没有复杂的起皱，很好地贴合着她的身形，让人推测这个顽皮的女孩这样才更为美丽。一条精美的德雷斯顿勾花纱巾令她的身段更加柔美。她的头上没戴任何首饰，只在颈上挂着一条带昂贵的玉髓挂坠的金项链。

在他们向宴席走来时，洛登上校看到了从弗兰西丝的长裙裙摆下露出的一只脚。虽然只有那么一眼而已，但那只小巧的脚穿着一双蓝色丝绸面的便鞋，用一颗闪闪发光的鞋扣扣住。上尉不由得发出了叹息，这样一双纤细的小脚儿，虽然不适合踩马镫，但跳起小步舞会多么美妙啊。

老黑人出现在了休息室门口，深深地鞠了一个躬，几个世纪以来，这都表示着“宴席已经准备就绪”。沃顿先生身穿一件装饰有大纽扣的褐色礼服，按照礼节首先走到辛格顿小姐面前，俯下他扑了香粉的头，伸出一只手来表示邀请，辛格顿小姐挽住了他。

西格瑞威斯医生向佩顿小姐表示了同样的敬意，也得到了同样的回答。佩顿小姐一开始犹豫了一下，随即戴上了手套。

威尔梅上校走向莎拉，得到了她的微笑回应。弗兰西丝则带着少女的羞涩，小心翼翼地将纤细的指尖放在了洛登上尉手里。

宴会正式开始之前，花费了不少的时间和精力。到大家终于按照礼仪在桌边顺次落座时，恺撒高兴极了。因为他很清楚饭菜冷了就不好吃了。但尽管他明白这一点，这个社会的一切仍要靠社交秩序来维持，产生的潜在后果远远超过了他的衡量能力。

一开始的十分钟里，赴宴的人们——除了洛登上尉以外——都心情愉悦。要是主人和珍妮特·佩顿小姐不过于遵守礼节，能让他去尝自己想吃的菜、拒绝那些自己不爱吃的东西的话，洛登上尉也会非常开心的。但宴会真正开始之后，大家都全心全意地品尝那些菜肴了，这可比一千句赞美之词都更能夸奖黛娜的厨艺。

接下来是为女士们干杯。由于葡萄酒品质极好，杯子又够大，洛登上尉很乐意暂停吃菜来干杯。或者说，他生怕冒犯了什么人，或者忘记了什么礼仪细节，干脆从坐在他身边的女士开始，顺次敬酒下去，直到没有任何一位女士能抱怨他有所偏私。

洛登上尉如此嗜酒，也许是情有可原的。他已经很久没有喝酒了，而且眼前的诱惑又是如此强烈。沃顿先生曾经在纽约政治家中有一席之地。独立战争之前，他们的主要功绩就是聚在一起，边用美酒助兴，边对时局发表种种感叹。酿造这美酒的葡萄产在马德兰群岛南端，酿出的酒首先运到西印度群岛，并在气候适宜的那里经过一定时间的贮藏，才辗转进入美洲殖民地。沃顿先生把自己在纽约酒窖里的窖藏带了很多过来，其中一瓶就放在上尉面前。它在阳光的照耀下折射出美丽的光芒，仿佛一块晶莹的琥珀。

虽然肉食与素菜上桌的时候那么有条不紊，但退场的时候却好像溃败的民兵。残羹剩菜就好像被一群传说中的鸟身女妖光顾了，连装带扔，又收又倒，很快就从餐桌上彻底消失。接着新的上菜队伍出现了，一瞬间，桌子上又摆满了精美的甜点，还有陪衬的各种食品。

沃顿先生为坐在自己右边的女士倒了一杯酒，将瓶子推给另一位客人，然后鞠了一个躬，说道：

"我们荣幸地请辛格顿小姐赏光祝酒。"

虽然这是个很寻常的邀请，但辛格顿小姐颤抖了一下，她的脸变红，接着又变回苍白，似乎在努力集中精神思考。她激动的样子让大家都觉得很有趣。伊莎贝拉经过努力，仍然想不到别人，只好轻声地说：

"为邓乌迪少校的健康干杯！"

大家都愉快地干了杯，只有威尔梅上校只是用酒碰了碰嘴唇，然后蘸着溅出来的酒水，在桌子上随手涂抹起来。

他终于还是打破了沉默，向着洛登上尉大声地说道：

“先生，我想这位邓乌迪少校还会利用我的不幸获得好处，在叛军那里得到晋升吧？”

骑兵上尉已经吃得心满意足，现在除了华盛顿和他的顶头上司之外，其他人的话对他都像耳边风。他先从自己最喜欢的酒瓶里倒出一杯酒，然后以难得的冷静态度回答：

“威尔梅上校，请原谅。邓乌迪少校效忠的是北美联邦，而且他忠心耿耿。这样的人绝不是什么叛军。至于晋升，我衷心希望他能得到晋升。首先因为他应该受到这样的待遇，其次也因为我是他的直属下级。而且我也不明白你说的‘不幸’是什么，除非你把与弗吉尼亚骑兵交手当成不幸。”

“我们在用词方面应该不会有不同，先生。”上校傲慢地说，“我是以尽到对国王的义务而言。难道部队失去了指挥官不算不幸吗？”

“是啊，的确如此。”上尉加重口气说。

“佩顿小姐，能请你为我们祝酒吗？”庄园的主人大声说，他急切地想要打断这段对话。

佩顿小姐庄严地点点头，她说的是：“为蒙特罗斯将军的健康干杯。”久违的一抹红晕在她脸上轻轻绽放。

“没有比‘不幸’这个词更含糊的了。”主人的高明圆场却被军医无视了，他插嘴说道，“有些人认为是不幸的事，别人却未必这么认为。不幸会招致不幸；生是一种不幸，因为它可能让我们承受不幸；死也是一种不幸，因为它剥夺了生的快乐。”

“我们没有这样的美酒，这才是不幸呢。”上尉打断了医生的话。

“我们该为您的高见而干杯，先生。看来这酒合您的口味啊。”沃顿先生说。

洛登上尉倒满了他的杯子，高声道：“为和平早日到来，或者为激动人心的战争而干杯！”

“我接受你的祝酒，洛登上尉。虽然我非常信任你的指挥能力，”医生说道，“但以我愚钝的判断力而言，骑兵应该配置在部队的后方以扩大战果，而不是派到前沿去争夺胜利。这可以说是骑兵的天职，如果天职这个词可以用在这个以人为主体的部队上的话。历史证明，骑兵作为后备力量最为合适。”

这段充满说教意味的话给了佩顿小姐一个暗示，她抓住这个时机，宣布离席。尔后她走出了客厅，两个年轻的外甥女也跟了出去。

几乎与此同时，沃顿先生和他的儿子也向大家表示了歉意。因为最亲近的一个邻居去世了，他们要前去探望，就告辞退出了房间。

随着女士们的离席，医生可以抽烟了。他按习惯把一根雪茄叼在嘴角上，这样不会干扰他说话。

“如果说有什么能宽慰遭到囚禁和负伤的痛苦，那就是与刚才离开的女士们相处的幸福了。”威尔梅上校关上了客厅的门，回到自己的座位上说道。

“同情和善意会对人产生影响。”医生熟练地用小手指尖弹去了雪茄的烟灰，“精神和肉体的感觉是紧密连接的；但是为了彻底治愈，也就是让因为疾病或伤害而丧失健康的肌体恢复，只有同情是远远不够的。在这样的情况下，科学成果……”说到这里，医生偶然看了上尉，他尴尬地停了一下，抽了两三口烟，换了个说法，“在这样的情况下，医学知识……”

“请继续吧，先生。”威尔梅上校说着，喝了一口酒。

“我的意思是，”西格瑞威斯背转头去不看洛登，这才继续说，“面包接不起折断的胳膊。”

“哪里！”上尉叫，“除了吃的，没有什么更适合增加营养了。”

“威尔梅上校，”医生说，“作为一名受到良好教育的人，我想要郑重地询问您一件事。”上校鞠了个躬。“您一定已经看到了，正是这位先生领导的部队给您的队伍造成了严重的破坏。”上校的表情顿时阴郁起来：“那又如何？”“一旦军刀砍到您的士兵身体上，生命之火就熄灭了。连科学都无法救治，那巨大的伤口就连最有经验的医生也回天乏力。先生，我现在郑重请求您回答一个问题。如果有人丧失了右手臂，而不是丢掉了自己的头，是不是也该视为有效的击败呢？”

“您这个询问可有点鲁莽，先生。”威尔梅上校说。

“战场上的这种不明智的残酷行为，难道能推动自由大业的进展吗？”医生再次重申他一生中最钟爱的原则。

“我居然不知道，绅士加入叛军竟然是为了什么自由大业。”陆军上校说。

“不是自由大业吗！仁慈的上帝，不然的话，我们又为什么战斗？”

“是奴役，先生。就是奴役。你们让暴徒推行暴政，却反对善良宽容的国王，这哪里又是你们所鼓吹的自由？”

“怎么不是！”听到自己一向视为神圣的事业遭到这样的抨击，医生不由得生起气来。

“不，先生，的确不是。你们那个贤人会议已经发布了一份宣言，其中阐述了在政治权利上人人平等。”[1]

“的确，这是最出色的一条。”

“这我没有异议。但如果是真的，为什么你们不解放奴隶呢？”

这个论点是大多数上校的同胞们认定的最为雄辩的事实，说出口来也分量十足。

每一个美国人在为国家的法律辩护，坚持其并没有明显的不一致和不公正时，都会有些畏缩。这和一个高尚的人遭到可耻的指控，被迫为自己申辩的感觉很相似，虽然他也知道那些指控都是不实之词。实际上，西格瑞威斯有很充足的理由。但此时面对这个问题，他还是非常认真地展开了争论：

“领导我们的议会已经认定，自由是我们最主要的主张。我们

---

[1] 译注：指1776年6月4日大陆会议通过的《独立宣言》。

认为，由一个生活在三千英里之外的国王来统治，会给人民造成许多困难。他们与我们之间没有，也不可能有任何共同的政治利益。我们所受到的压迫是无法形容的。孩子成年后，就应该与其他人一样得到成年人的权利。在这种情况下，我们只能在法庭上呼吁一个国家应有的权利——那就是动用武力。我们现在正提起了这个上诉。”

“这套大道理也许符合你们现在的目的，”威尔梅上校冷笑道，“但是我认为它与文明国家的观念与惯例完全抵触。”

“不，这符合所有国家的惯例。”医生说，对洛登上尉的点头和微笑报以同样的回答。上尉对他的同志的这段见解十分欢喜，虽然他不喜欢医生之前那段所谓的“科学成果谈”。“当一个人可以统治自己时，又怎么会让别人统治他？唯一合理的条例，就是每个民族都有自我管理的权利，这并不违反神的法律。”

“那么束缚自己的同胞也符合神的法律吗？”上校再次强调道。

医生又喝了一杯酒，咳嗽一声，继续迎战。

“先生。”他说，“奴隶制有着非常古老的历史，它看来并不局限于任何特定宗教或者统治形式。所有欧洲文明的国家，都有这种奴役他人的现象。”

“除了大不列颠王国之外。”上校骄傲地说。

“不，先生。”医生自信地说，他觉得自己正在把战火移到敌人的领地上，“英国不应该被除外。正是她的臣民，她的船舰，她的法律最先把这个制度带到我们的国家的，因此必须对她问责。在英国的属地里，只要需要黑人，没有一个不奴役他们的。虽然英国本土没有使用奴隶，但英国本身充满了劳动力，其中一部分是被迫过着穷苦日子的贫民。法国和其他大多数欧洲国家都是如此。只要我们心甘情愿地继续做殖民地，那么他们对我们的蓄奴制就不会有一句指摘。但现在，当我们决心挣脱宗主国的残酷统治，获得自由的时候，英国给我们的这份‘大礼’却成了非难我们的口实。如果您的主人成功地征服了这个国家，他会解放奴隶吗？

又或者，他会把长时间里视若无睹地加在黑人身上的奴役转到白人身上来吗？不错，我们现在还有蓄奴制。但是我们一定会逐步废除它，不然，未来一定会酿成比我们现在所经受的更剧烈的灾难。毫无疑问，我们会向前进，未来奴隶一定会得到解放，直到这美丽的土地成为一片乐园，在这里，没有一个造物主的子民会遭受非人的待遇，无法享受上帝的慈悲。”

我们应该谨记，西格瑞威斯医生是在四十年前就说出了这一席话的，连威尔梅也无法反驳他正确的预言。[1]

发觉这个话题已经变得相当棘手后，英国人走出客厅，他来到了女士们聚集的房间。他坐到了莎拉身边。开始谈论起都市里上流人群的各种时髦故事，并回顾了之前亲朋好友们的诸多轶事，觉得这有趣多了。佩顿小姐听得很高兴，连连邀请大家吃茶点。莎拉则时常脸红地垂下头去做针线活，因为她的恋人时不时对她说些好听的恭维话儿。

之前的对话让医生和他的战友完美地休战了。探望过辛格顿上尉后，他们就和女士们告辞。西格瑞威斯医生要去营地检视伤员，洛登上尉则要归队。但刚到大门，我们要在下一章说到的事件就把他们挡住了。

---

[1] 译注：《间谍》一书成书于1821年。此后又过了四十年，林肯发布了《解放黑奴宣言》。

第十四章　葬礼

我再也看不到
那圆圆秃头上稀疏的白发。
看不到那祈祷中温和的目光。
看不到纯洁信仰给他的力量。
但他是幸福的，我也不再悲伤，
因为他安于贫困，聪明善良。

——克拉布[1]

我们已经说过，在美国的风俗里，死者停灵的时间并不长。但为了保证自身安全，哈维必须要加倍缩短时间才行。之前已经交代过的那些事件造成了混乱和不安，老伯奇的死亡被大部分人忽视了。但附近的邻居们还是匆匆聚集起来，按传统的习惯为死者下葬。就是这支人数不多的送葬队把洛登上尉和医生拦住了。四个人抬起了一副粗糙的棺木，另外四个人走在前面，准备与抬棺者们轮换以减轻他们的负担。货郎跟在棺木后面，凯蒂·海因斯走在他身边，她的神情非常悲痛。再后面是来吊唁的沃顿先生和亨利。最后则是两三个老年男女，还有零星几个男孩儿。洛登上尉坐在马背上，表情严肃，默不作声。直到队伍走到他的身边，哈

[1] 译注：乔治·克拉布（George Crabbe，1754—1832），英国诗人。代表作有《自治镇》等。

维抬起眼来，蓦然看到他可怕的敌人竟然就近在眼前。他的第一个冲动就是立刻逃走，但随即想到了自己在做什么，他望向父亲的棺木，坚定地走过了骑兵身边，心脏跳得像快要裂开一样。上尉慢慢脱下他的帽子，等到沃顿先生和他的儿子走过时才重新戴上，然后与医生一起，仍旧保持着沉默，缓缓地跟在队伍后方。

恺撒从地下厨房里跑了出来，神色庄重地加入了送葬的队伍，他以最谦恭的态度和骑兵军官们保持了一定的距离。老黑人在手臂上扎了一条白色的餐巾。自从他离开纽约以来，他还是第一次有机会以自己的附属奴隶的地位来表示哀悼。他是一个十分热爱礼节规矩的人，之前还想要对从乔治亚州来的朋友显示一下纽约城里的殡葬礼仪。这次他得以把沸腾的热情表现出来了，但唯一的结果是在回去之后，佩顿小姐柔和地教训了他一顿。老黑人去参加送葬是正确的，但却不该扎上那块餐巾，因为死者都是一个人完成所有的工作的，他并没有任何仆人。

墓地就在沃顿先生的领地上，四周是用石块垒成的墙。几年前，沃顿先生特意把这块墓地保护起来，但这并不是为了安葬他的任何家人。在英国军队占领纽约，大火灾把三位一体教堂烧成灰烬之前，墙壁上一块美丽的镀金铭牌就表明了他已故父母的美德。他们的遗骨埋葬在教会通路下面，在作为标志的大理石下的贵族坟墓之中。送葬的队伍离开大路，走进平民的墓地时，洛登上尉似乎要跟过去，但他的同伴提醒他走错路了。

“人类采用了各种方法来处理遗体，你更喜欢哪一种，洛登上尉？”和那支小小的队伍分开之后，医生问道，“在有些国家，人们把尸体暴露野外，让野兽吃掉。在另一些地方则挂在空中任其分解。还有的地方推行火葬，又或者埋进大地深处。每个民族都有自己独特的做法，那么你又喜欢哪个呢？”

“听起来都不错。”上尉说，他的眼睛仍然望着离去的那些人，“不过还是埋葬能更快地把地面打扫干净。你又欣赏哪种？”

“最后的那个。这也是我们采用的，因为其他三种没有提供给我们解剖的机会。而最后那种，即使为科学做出了贡献，仍然可以躺进棺材里平静地下葬。啊，洛登上尉！我喜欢解剖尸体，但却很少有这种机会。当我参军的时候还以为会有很多机会。”

“那你一年能做上几次？”上尉把目光从墓地转回医生身上。

“顶多一打左右吧。最好的时机是在我们的兵团单独行动的时候。要是主力军会合行动，就有太多的年轻医生要满足，我很少能得到良好的研究对象了。那些年轻人啊，浪费得好像败家子，又贪婪得好像秃鹫。”

“一打？”上尉惊讶地回应，“为什么？我给你提供的也不止这些啊。”

“唉！约翰！”医生感觉话题接近了重点，口气温和地劝着，“对那些你为我提供的标本，我很少能用上，因为毁伤得太厉害。这太可悲了。相信我，约翰，身为你的朋友，我要对你说，你的这套做法是完全不对的。你的破坏超过了必要，把尸体弄到了连唯一的用场都派不上的地步。”

洛登上尉保持着沉默，他认为这是维护他们之间的和平最好的手段。当他们骑到山脚下，山谷就要从他们的视线中消失的时候，医生回头向着葬礼举行的地方张望了一眼，发出了一声压抑的叹息：

“要是有时间和机会的话，本来有可能从那墓地里得到一个自然死亡的样本！死者应该是我们今天早上看到的那位女士的父亲吧。”

“那个‘穿裙子的医生’？有着‘北极光’似的肤色的女士？”上尉微笑着说，引得医生一阵发窘。“那女士不是那位先生的女儿。她是他的‘穿裙子的’家庭护理员。她那番话里一直念念不忘的哈维，就是那个赫赫有名的间谍货郎了。”

“什么？就是他让你落马的？”

“没有人让我落马，西格瑞威斯医生。”骑兵上尉严肃地说。“只是因为罗诺克失蹄我才摔下来的，结果骑手和马儿一起亲吻了大地。”

"从你身上的伤来看，你们吻得真够激烈。可惜你没找到那个搬弄是非的流氓到底藏在哪里。"

"他就在他父亲遗体的后面。"

"你怎么让他过去了！"医生叫了起来，立刻拉住他的马，"我们马上回去，抓住他！你明天就把他吊死，约翰……该死的，得让我解剖了他！"

"放松点，放松点。我亲爱的医生。你能逮捕一个正为他死去的父亲送葬的人吗？把他留给我，我发誓他会得到公正的判决。"

医生不满地嘟囔着，抱怨这个复仇又要往后推，但他考虑到自己遵守礼仪的名声，不得不默许这个做法，他们继续向军队的宿营地赶去，路上讨论了与身体健康相关的种种问题。

伯奇站在坟墓前面，像送葬的普通男子那样克制着自己。而凯蒂则表现出了女性的柔弱。有些人除非在适合表现出感情的场合里，否则不会轻易哭泣。而这位老姑娘就深具这样的美德。她向着周围的一小群人望了一眼，发现几位女性正用庄严和期待的表情看着自己，这一瞬间就起了效果。老姑娘真的哭了，这为她博得了不少同情，还有心地温柔的美誉。伯奇的面上肌肉抽搐，他抓起第一把土，撒在了他父亲的棺木上，单调而空洞的声音似乎无可辩驳地证实了一个人的死亡。在这个瞬间，他整个身体都震颤了。他的身体向前弯过去，好像忍受着剧烈的疼痛，他的手毫无生命地垂落下来，只有手指在颤抖。他面上的表情深深地显示出灵魂正在经受的痛苦。但这并没有持续多长时间。他重新直起身体，长长吸了一口气，抬起头来向四周望了一望，甚至似乎有意露出了一丝微笑。墓穴很快填满了土，一块粗糙的石头被放在墓穴下缘，标示出坟墓的位置。最后将草皮覆盖在隆起的坟墓上，这枯萎的植被就像是死者的命运。葬礼结束了。自动赶来参加葬礼的邻居们履行了自己庄严的职责，举起帽子向伯奇致意。现在，伯奇真正地感觉到，这世界上只有自己孤零零的一个人了。他犹豫了一下，强自振作说道：

“我的朋友，我的邻居。”他说，“我衷心感谢你们来帮我安葬我死去的父亲。”

说完这几句礼仪性的话，他沉默了，大家也安静地各自散去。有几位哀悼者送他们回到家，但在门口也礼貌地告别了。只有一个男人跟着伯奇和凯蒂走进了家门，这个人是附近众所周知的“投机者”。凯蒂一见他进来，心里就有了可怕的预感，但伯奇却礼貌地为他准备了一把椅子，显然这次访问是事先就已约好的。

伯奇走到门口，小心地向着山谷里张望了一下，迅速转过身来，说道：

“太阳已经从西边的山头上消失了，我时间很紧迫。这里是房契，一切都已经按法律办好了。”

那个人接过文件，慢慢审视上面的内容，这一方面源于他的谨慎，另一方面也是因为年轻时不思学习的缘故。在他费力地检查那些文件的时候，哈维收拾了一些东西，准备放进包裹里带走。凯蒂已经问过哈维死者是不是留下了遗嘱，她看到他带着最坚忍的冷漠态度，把《圣经》丢进新的包裹底下——那个包裹是她为他做的——那六只银汤匙却仔细地放在旁边的时候，她的心里忽然一阵剧痛。她的良心反对这样明显的浪费行为，于是她打破了沉默。

“哈维，当你结婚的时候，你就会想要这些汤匙了。”

“我永远不会结婚。”

“好吧，任何场合都不要发这样的誓言，甚至只是自言自语也不要这么做。你永远不知道什么时候就想结婚了。我更想知道，一个单身汉为什么要这么多勺子。我觉得，每个男人都该娶个妻子，好好地养活自己的家。”

凯蒂说出这番话时，她那个阶级的妇女拥有的财富一般包括：一头牛、一张床、自己亲手做的各种枕套、毛毯、床单。特别有钱的才会有半打银汤匙。其他的所有东西，都由老姑娘自己的劳作和节省置办齐了。所以不难想象，在她看到长期以来视为私有的财产消失在那巨大的包裹里的时候，她有多么不满，就算伯奇发誓说不会结婚，也不会减少这种情绪的程度。但伯奇并不理睬她的感情，只是继续麻利地打着包，很快包裹就装得和平时差不多大了。

“我对这份交易还是很不放心。”买主好不容易才看完契约后说。

“为什么？”

“因为我怕它没有法律效力。我听说有两个邻居明天早晨就要动身去告你，要没收你的家产。如果我给你四十英镑，结果这一切全都泡了汤，那我就只能去死了。”

“他们只会没收我的权利。”哈维说，“给我两百美元，房子就是你的了。你是个出名的辉格党人[1]，他们怎么也不会来找你的麻烦。”

哈维以痛苦的口气说，但其中也不乏为自己的财产讨价还价的精明。

“一百美元，我们就成交。”那人咧嘴一笑，自以为笑得很和善。

“成交？”哈维惊讶地回答，“我以为我们已经成交了。”

“我们哪里成交了啊。”买主暗自笑着，“要到一手交钱，一手交房契才算吧。”

“你已经拿到房契了。”

“好啊，要是你不介意这个价钱，我就收下它。”对方说，“一百五十，我已经够吃亏的啦。来——正好一百五十美元。”

伯奇望向窗外，沮丧地看到暮色正迅速地蔓延。他深知如果夜幕降临之后自己还留在这栋房子里，就将面临生命危险。但是他实在不能容忍在达成交易的情况下，却被人这样敲诈。他犹豫了。

“嗯。”买主站起身来，“也许你还能找到另一个人愿意买你的房子，不过要是你找不到，以后你这房子就一钱不值了。”

“答应了吧，哈维。”凯蒂说，她无法抗拒眼前的诱惑。那个人

[1] 译注：当时人们将拥护北美殖民地独立者称为辉格党人。

拿出来的都是金几尼。

她的声音惊醒了伯奇，他似乎突然有了一个新的主意。

“我同意了。”他说着，转向老姑娘，拿起一部分钱来放在她手里，继续说道，“要是我还有其他方法付给你钱，我宁愿全都丢掉，也不愿意像这样被骗走一部分。”

“你可以全扔了啊。”陌生人冷笑着小声嘀咕。他站起身来走出了房子。

“是啊。”凯蒂看着他走出去，“他知道你的弱点，哈维。他和我一样，都觉得既然老人已经走了，你就该需要一个人来照顾你了。”

伯奇正忙着准备行囊，根本没有注意到这种暗示，但老姑娘再次展开了攻击。她在这里生活了这么多年，一直希望最后能如愿以偿，但现在的情况却大相径庭。她原本以为自己再也不可能对一个穷困潦倒、无依无靠的男人动心了，但现在马上就要与他分开，她却更加不安。

“你还有其他的地方可去吗？”凯蒂问。

“上帝会给我地方住。”

“是啊，”女管家说，“可那也许并不合你的意呢？”

“穷人不该挑三拣四。”

“我相信我并不挑剔，”老姑娘连忙大声说，“但我就是喜欢看到东西在它们该在的地方。不过我并不是不愿意离开这里，这一带的民风我不太喜欢。”

“这个山谷多么可爱啊，”伯奇动情地说，“人也和别的地方一样。可是这些都和我毫无关系了。现在我在哪里也都一样，看的只有陌生人的脸。”说着，一件准备放进包裹的东西从他手里掉了下来，他跌坐在一只箱子上，满脸茫然与痛苦。

“不，不！”凯蒂把她的椅子拽到了伯奇身旁，“不，我亲爱的，你一定还认识我，至少我的脸不是陌生的吧？”

伯奇把视线慢慢地转向她的面孔，看到那脸上的同情远多于私心，这是他之前不曾见过的。他握住了她的手，脸上的痛苦也减轻了一点，他说：

“是的，你是个好女人。至少你对我来说不是陌生人。你会帮助我，会对我公正。当别人辱骂我的时候，你会同情我，帮我说话来维护我。”

“我会的！会的！”凯蒂激动地说，“我会保护你，哈维，听到他们敢骂你，我就会帮你到底！你说得对，我会对你公正，就算你喜欢国王也没关系！我常听人们说，他其实是一个很好的人，但都是那个老国家不肯信教！大家都说那些大官们坏透了！”

伯奇在地上走来走去，明显痛苦极了。他的眼神很狂躁，凯蒂之前从没看过他这个样子。他走路的样子那么凝重，简直把女管家吓到了。

“当我父亲还在的时候，”伯奇再也难以压抑自己的感情了，“还有个人能懂我的心。啊，还有什么能比我冒着险秘密四处奔走，受尽侮辱和冤屈，回到家里得到他的祝福与赞赏更能安慰我呢？但他已经走了。”他停下来，状似疯狂地直瞪着他父亲生前常坐的那个角落，“谁又能给我公平呢？”

“别这么说！哈维，哈维啊！”

“是啊，我死之前还有一个人会给我公平，那个人明白我！死亡并不可怕，但顶着这样一个臭名死去又是多可怕啊！”

“不要老是说什么死了！哈维！”老姑娘害怕地向房间四周张望了一下，把木柴向火里推了推，让炉火烧得更旺些。

伯奇那沸腾的感情过去了，这是被过去的事件和未来的苦难激起来的。但他并不是个让激情战胜理智的人。发觉夜幕已经悄然降临，他急忙把包裹背到自己的背上，亲切地握住凯蒂的手，向她道别：

“好心的女人，要和你分开，我也很难过。”他说，“但时间到了，我必须走了。留在房子里的东西都归你，它们对我没有用了，但也许能让你过得好一点。再见了……愿我们后会有期吧。”

“在地狱里后会有期！”

这声大喝让刚站起身来的伯奇绝望地跌坐在之前的那只箱子上。

“好啊，又一个包袱！伯奇先生，这么快就又装满了啊！”

“你坏事还没做够吗？”货郎恢复了镇定，一跃而起大声叫道，“你们骚扰垂死的老人，抢光我的钱财，这还不够吗？你还想要什么？”

“你的命！”剥皮党恶毒地说。

伯奇怒吼道：“为了钱！你就像古代的犹大，用人命换自己发财！”

“是啊，价钱可划算了，先生。五十个几尼，几乎就跟你那皮包骨的尸体一样重呢！”

“这里有钱！”凯蒂急忙说，“我这里有十五个几尼，这橱柜和床也是我的。只要你放过哈维，一个小时后这些就都是你的了。”

“一个小时？”那人露齿狞笑，贪婪的眼神直盯着那些钱。

“只要一个小时。给你，把钱拿去。”

“住手！”伯奇叫道，“别相信这个恶棍！”

“她爱相信谁就相信谁吧。”剥皮党头子狰狞地笑着说，“不过钱到我这里，我就不会撒手了。至于你，伯奇先生，我们愿意忍了你那点傲气，把你送上了绞架，我们就有五十个金币好领了。”

“那就走吧。”货郎高傲地说，“带我到邓乌迪少校那里去。就算他铁面无私，但他至少是个善良的人。”

“与其押着你这么个可耻的家伙走那么远的路，我有更好的做法。而且那个邓乌迪也不只放掉一两个保皇党了。洛登上尉倒是驻扎在离这里只有半英里的地方，他的收条跟他上司的一样能让我拿到赏钱。今晚你就去和洛登上尉共进晚餐如何？伯奇先生？”

“把我的钱还给我，不然就放了他！”老姑娘惊恐地叫。

“你的贿赂可不够啊，好心的女人。除非这床里还藏着钱。”

头子用刺刀戳进床垫，划了长长一道，恶意地笑着把里面的稻草撒得满地都是。

女管家挂念她好不容易新获得的财产，以至于顾不得人身危险地喊叫了起来：“只要这国家还有法律，就会给我做主！”

“在这个中立地带，谁拳头硬，谁就是法律。我的刺刀比你的舌头快多了。你最好还是别乱掺和，不然有你受的。”

门那边站着几个匪徒，其中一个站在阴影里，好像生怕别人看到自己的脸。但当几件家具被扔进火堆里，炉火一下放亮的时候，伯奇还是看清了那个人的模样，正是买他房子和地的人。那家伙偶尔还跟旁边的人交头接耳说些什么，伯奇顿时明白过来，那个坏蛋跟匪徒一起设了局。但后悔也为时已晚。他跟着那伙人从屋子里走了出来，从容不迫，迈着坚定的步伐，就好像去迎接一场胜利，而不是要上绞架。穿过院子时，匪徒头子在一块木柴上绊了个跟头，受了点轻伤，这让他大光其火，跳着脚大声咒骂：

“这该死的木头！”他骂道，“这么黑走个屁的路！给我把烧着的木柴扔到那堆麻屑里照个亮！”

“住手！”投机者急忙大叫，“你会烧了房子！”

“等着瞧吧。”头子边说边把一块烧着的木柴扔进了那堆易燃物里。一瞬之间，屋子就起火了。

“走吧！回山里去，现在可有照亮的了。”

“混蛋！”投机者愤怒地叫喊。“你这算什么朋友？我帮你抓住了小贩，你却这么回报我？”

“如果你想骂我们，那就放聪明点，别站得离火光那么近。不然靶子看得太清楚，打起来没劲。”头子叫道。

接着他马上开枪了，还好子弹没打中惊恐的投机者，也没打到同样被吓坏了的老姑娘。由于这场火，她知道自己又从有一点钱变成穷光蛋了。两个人都明智决定还是赶快逃走的好。到了第二天早晨，伯奇的房子唯一剩下的只有之前提到过的那座大烟囱了。

第十五章　情敌

像空气一样轻的小事，
对于一个嫉妒的人
也会变成天书一样坚强的确证。

——莎士比亚《奥赛罗》

美洲的气候总是迅雷不及掩耳地改变着。风暴过后那温暖明媚的天气现在又变坏了。到了傍晚，寒流就从山上席卷下来，飘落的小雪清楚地表明十一月已经到来。这段时间里，温度会从夏天的炎热骤然变成冬天的寒冷。弗兰西丝站在自己卧室的窗口，望着送葬的队列缓缓前进，心中满是深深的忧伤。这并不是全由眼前的场面引起，只是那悲伤的行列中有些什么，和她的感情起了共鸣。她望见寒风席卷山谷，吹得树木纷纷弯腰，甚至连建筑物都在颤抖。叶子被从树枝上吹掉，卷进狂风那不规则的旋涡里四下飞散，森林也渐渐丧失了那在太阳下闪耀的美丽色调。不远处的山上有几个从南边来的骑兵，他们正在通向营地的路口上巡逻。可以看到他们为了抵御刚刚从大淡水湖上吹过的凛冽寒风，都深深地弓着身体，把上衣裹得无比严实。

弗兰西丝目睹死者的棺木慢慢放下，最后从阳光的光线和人们的视野中消失。这景色那么冰冷凄凉。辛格顿上尉还在看护下熟睡，而他的姐姐毕竟赶了一晚的路，在大家的劝说下，她去准备好的客房里休息了。辛格顿小姐的房间除了通向走廊外，还有一扇暗门通向沃顿姐妹的卧室。这扇门现在半开着，弗兰西丝走向它，好心想要看看客人的情况。但她本以为辛格顿小姐已经睡下，对方却清醒着，而且根本没有就寝的意思。她黑色的卷发在赴宴的时候紧紧地盘在头顶，现在松开来，披在她的肩膀和胸脯上，使得她的面容微带上了一丝野性。那双和她冰雪般的肤色形成强烈对照的漆黑眼睛，正死死地盯在手中的一张照片上。当伊莎贝拉动了动身体，弗兰西丝看到照片上是身穿她所熟悉的服装、骑在马上的人，她几乎不能呼吸。等她喘过气来，本能地把手按在胸口上，想要压住那剧烈的心跳。她觉得那正是她深深地放在心底的人。弗兰西丝也觉得自己不该这么窥探他人的隐私，但她的感情实在太强烈，让她无法说出口。她只得拉开一把椅子坐下，在那里继续望着这个陌生人的面孔，她根本无法转开眼睛。伊莎贝拉全神贯注于自己的感情，并没有发现那个颤抖的人在注视着自己的行动，还有她那丧失生气的模样。她将嘴唇贴在那照片上，表示出最强烈的激情。这位美丽客人的表情那么多变，过渡又如此迅速，弗兰西丝几乎来不及在一种取代另一种的时候辨别她的情感。这两者几乎同样强烈，同样激动。然而很快能够看出，其中最主要的还是倾慕与悲伤。后者鲜明地体现在了眼泪上。大颗的眼泪从她的眼中夺眶而出，一滴滴淌过她的面颊，落在照片上，心里的悲痛令她无法承受。伊莎贝拉的每一个动作都体现出她独特的热情，每一段激情都发自真心。如今在屋外席卷呼啸的狂风仿佛和她的感情共鸣。她终于站起来，走到一扇窗子前。现在弗兰西丝看不见她了，她正要站起身来向客人走去，这时一段激动人心的歌声让她停住了脚步。这段旋律并不精致，声音也并不大，但却是弗兰西丝听过最有感情的歌声。她屏住呼吸侧耳倾听，直到这支歌儿唱完：

寒风呼啸着掠过山顶，
山上橡树裸露着枝条，

林间的溪流白雾袅袅，
冰冻的河流银光闪耀；
世界万物都渴望睡去，
我却不愿与安眠拥抱。
浩劫侵袭了我的祖国，
勇士们为她抵御风暴；
人民的领袖尽忠职守，
祖国正是自由的城堡；
为伟大目标不觉辛劳，
但感情使我不能微笑。
冬天愤怒地肆虐咆哮，
无叶的树木一片萧条；
但我头顶南方的艳阳，
那炽热光芒将我笼罩；
严寒的季节已经来临，
但心中火焰熊熊燃烧。

弗兰西丝的整颗心都沉浸在这沉郁的歌声中。歌词的意思和两天来发生的事联系在了一起，让这多情的姑娘心里异常的不安。当最后的歌声传入耳中，伊莎贝拉从窗边转身走开，看到了苍白着脸、走进自己房间的弗兰西丝。她们的脸同时飞起了红云。弗兰西丝碧蓝的双眼与伊莎贝拉漆黑的明眸对望了一刻，随即就都羞涩地垂向地上。不过她们还是走上前去，握了握彼此的手，大着胆子又去望对方的脸。

“这天气突然变坏了，再加上我弟弟的情况，让我心情不太好。沃顿小姐。”伊莎贝拉的声音轻轻地颤抖着。

“我想您不用太为弟弟担心。”弗兰西丝也很不好意思地说，“要是您看到邓乌迪少校刚刚把他带来的样子……”

说到这里，弗兰西丝尴尬地停了下来，她也不知道这是为什么。她抬起视线，看到伊莎贝拉真挚地望着自己的脸，双颊顿时又滚烫起来。

“您是说，邓乌迪少校吗？”伊莎贝拉轻声地说。

“是的，是他把辛格顿上尉送来的。”

“您认识邓乌迪少校？您见过他吗？”

弗兰西丝再一次鼓起勇气去看伊莎贝拉的脸，她看到的是执拗地盯住自己的炽热眼神，仿佛要看透她的内心深处。

“说吧，沃顿小姐。邓乌迪是您的什么人？”

“他是我的亲戚。”弗兰西丝被她吓到了。

“亲戚！”辛格顿小姐重复道，“什么亲戚？……沃顿小姐，我求您把实话告诉我！”

“我们的母亲是堂姐妹。”弗兰西斯回答得有些迟疑。

“他是您未来的丈夫吗？”伊莎贝拉冲口说道。

弗兰西丝十分震惊，所有的自尊心都被这直接的攻击激发了起来。她抬起眼睛傲视对方，但在看到伊莎贝拉苍白的面颊与颤抖的双唇时，她的怨恨又一瞬间化为乌有。

“这是真的！我猜对了！沃顿小姐，我求您可怜我的心情，请告诉我……您爱邓乌迪吗？”

辛格顿小姐的声音是那么真挚而哀怨，弗兰西丝所有的嫌隙也随之消融，可她说不出那唯一的答案，只能用双手遮住自己的脸，坐在椅子上掩饰自己的混乱。

伊莎贝拉默默地来回走了几分钟，才控制住了自己激烈的感情。她走向弗兰西丝，努力地避开她的眼睛，不让她看到自己面上的羞涩，伸出手来握住弗兰西丝的手，以强自镇定的态度说：

“请您原谅，沃顿小姐。要是我无法控制感情，做出了什么不当举动的话。虽然这有着莫大的理由……残酷的理由……”她犹豫了起来。

弗兰西丝抬起头来，她们的目光再一次相触。她们彼此拥抱住了对方，两张滚烫的脸儿贴在一起。这个拥抱持续了很长时间，异常真诚，但谁都没有说话。分开后，弗兰西丝回到自己的房间，并没有做更多的解释。

当辛格顿小姐的房间中发生了这不平凡的情景时，休息室里的人们正在讨论重要的问题。要处理这样一顿丰盛宴席后剩下来的东西，的确是一个需要许多劳力和计算的困难任务。尽管一些小野味已经落入洛登上尉勤务兵的口袋里，西格瑞威斯医生的助手也充分考虑到了能否留在这美好环境中的不确定性，但剩下的仍然比私藏的要多，就连能干的佩顿小姐也不知该如何处理。因此恺撒和女主人正在秘密商量这个重要问题。于是招待威尔梅上校的任务就交给了莎拉·沃顿。当所有的闲话都聊完，上校带着意识到自己错误的些许难堪，轻声地提起了前一天发生的事：

“沃顿小姐，当我第一次在皇后大街的宅子里见到邓乌迪先生的时候，真没想到他会是那样一位了不起的勇士。”威尔梅努力挤出笑容来掩饰自己的懊恼。

“了不起吗？要是考虑到他击败了这样的对手，也许的确是吧。”莎拉尽量地顾及了威尔梅的感受，“但说实话，从各方面来看，最不幸的是你遭到了突发事故。不然，皇家军队一定会像以往那样获得胜利。”

“然而正因为这个事故，我才能参加了这么快乐的活动，这远远超过了我精神上的痛苦和肉体上的创伤。”上校的口气异常温柔。

“我衷心希望后者微不足道。”莎拉说，借着咬断膝上针线活的线头的借口弯下身去，遮掩她满脸的红晕。

“和前者相比，的确只是小事而已。”上校用同样的口气说，“啊！沃顿小姐，这样的时刻令人越发感到友谊和同情的可贵！”

对于一位热情的女郎来说，特别当她还有想要去爱的倾向时，短短半个小时到底能让爱情有多快的进展，恐怕那些从没尝试过的人难以想象。莎拉一发现对话开始说到友谊和同情的时候，就因为太过关心而不敢随便答话了。然而她抬起眼来望着上校，并且看到他凝视着自己的脸，深意溢于言表，这比任何话语都让她感到舒心。

他们就这么亲密聊了一个小时。虽然对经验丰富的女士来说没有什么足以成为决定性表白的东西，但他说了成百上千句让莎拉欢喜的话。自从哥哥被美国人逮捕以来，莎拉第一次带着快乐的心情回到自己房间休息。

第十六章　热闹的宿营地

一瓶一瓶复一瓶，
饮酒击瓶叮当鸣。
我为军人岂无情，
人命倏忽如烟云，
聊持杯酒遣浮生。

——莎士比亚《奥赛罗》

我们之前提到过，弗吉尼亚兵团骑兵目前驻扎在他们的指挥官最中意的地方。那里是两条主要道路垂直交叉形成的十字路口，有十几间破烂的小屋子，被人们称为四角村。在这些“豪宅”中最为高大的那一座，按当年的规矩被叫成是“驿站”。那好像绞架一样、曾经悬挂过旧日招牌的柱子上挂着一块粗糙的木板，上面用红色的粉笔写着“伊丽莎白·弗拉纳根旅店”。这是一个过于悠闲又爱开玩笑的士兵的杰作。那位女士的名字也凭空大大增添了尊严，实际上，她真正的职业是随军女贩和洗衣妇，按凯蒂·海因斯的话来说，也是个“穿裙子的军医”。她是个寡妇，当兵的丈夫死于战场。他们夫妻都生在遥远的英国，早年为了碰运气，来到了北美殖民地。她总是跟着部队一起迁移，虽然他们很少能在一个地方驻扎上两天，但总是能看到这个忙碌的女人赶着装满各色货物的马车到营地，这自然让她深受大家欢迎。贝蒂的动作简直快得难以想象，一停下，就开始营业。有时候马车就是她的店铺，有时候战士们为她搭个简陋的帐篷让她售货。这一次她占据了这座空着的建筑物，还用士兵们的肮脏的衬裤和半干的衬衣塞上了破碎的窗户，堵住了越来越冷的寒风，收拾成了她自己称为的“最豪华的宾馆”。士兵们驻扎在附近的谷仓里，这里是给军官们住的“弗拉纳根旅店”，他们开玩笑地把这里称为总部。骑兵队里的每一个人都认识贝蒂，她也能叫得出所有人的洗礼名字或绰号，具体是哪个，要看她觉得哪个最合适。虽然那些不熟悉她、不知道她的美德的人可能觉得她无法容忍，但她却一视同仁地爱着这些战士们。她的缺点是有点嗜酒、十分肮脏、说话粗俗；而她的美德则是无限热爱国家、诚实可信、遵守法律、心地善良。除此之外，贝蒂还有一个优点，就是她发明了一种饮料。如今这饮料已经扬名在外。冬季的三个月里，所有在我们的商业与政治中心之间奔波的爱国者都知道它的名字，那就是“鸡尾酒”。伊丽莎白·弗拉纳根拥有独特的天赋，并通过后天的教育完善了这个才能。她可以说是喝着酒长大的，而且又从弗吉尼亚的客人那里学会使用薄荷，薄荷酒的味道使得这饮料大大扬名。

这所豪宅的女主人不顾寒冷的北风，满面笑容地探出头来，欢迎她最喜欢的洛登上尉和他的同伴——也是她的外科医学老师西格瑞威斯的到来。

“啊！我好心的伊丽莎白！我希望得到晋升，但我更希望见到你！”上尉跳下马来大声叫着。“这该死的加拿大冷风把我的骨头都吹疼了，但看看你红扑扑的脸蛋，热得跟圣诞节的炉火似的！”

“早知道啦，约翰上尉，你就是这么爱奉承人。”女小贩接过了她客人的马缰。“快进屋缓一缓吧，我亲爱的。这附近的围墙可不比高地那里，进屋里你的身体和心才能暖和过来。”

“嗯，这个建议是不错，”上尉平静地说，“不过我已经喝光了整整一个带银托的玻璃瓶了，我怕我这一个月都不会再爱你的威士忌了。”

“要是什么银啊金的，我是没有，倒是有微不足道的一点大陆钞票而已。”贝蒂幽默地说，“不过我可有个好东西，足够用钻石的杯子来盛呢。”

“她这是什么意思，阿奇伯德？”洛登问，“这家伙好像言外有意嘛！”

“可能是频繁喝醉，把她的脑袋给搞糊涂了。”医生说着，慢慢把左腿抬过马鞍，从右边滑下了马。

“唉哟，我最亲爱的医生，我就盼着你从那边下马呢。整个骑兵队都从这边下，就你一个人是那边！”贝蒂向着上尉挤了挤眼，“不过你不在的时候，我可把你的伤员都喂肥了！”

“太野蛮了！太愚蠢了！”陷入混乱的医生尖叫起来，“给发烧的伤员吃肥腻的东西！女人啊，女人！你都能气死希波克拉底[1]了！”

“呸！”贝蒂不屑道，“不过是喝点儿威士忌而已，亏你这么大惊小怪。整整两打人，我统共就给了他们一加仑的酒而已。就跟安眠药水一样，方便让小伙子们睡好嘛。”

洛登和医生走进了房间，一眼看过去，就知道贝蒂得意地说出的那番话是什么意思了。这房子中间最大的一间，又叫做“酒吧”的房间正中，放着一张用从外墙上拆下来的木头做的长桌，桌上有零星几件陶器。隔壁的厨房里传来烹调的香味，但最大的吸引力来自一只大大的细颈瓶。贝蒂炫耀地把它放在高处，特别显眼。洛登很快就看出，里面盛满了纯琥珀色的葡萄酒，是邓乌迪少校的朋友、英国皇家陆军的沃顿上尉专门从洋槐庄园送来的礼物。

“这可真是国王的礼物了！”一个下级军官笑嘻嘻地解释，“为了庆祝胜利，少校拿来犒劳我们的！你们知道，主要的花费就该由敌人来出！喝了这么好的东西，我看我们可以直接冲进亨利爵士的总部，把他抓来当俘虏了！”

---

[1] 译注：Hippokrates of Kos（约前 460—377 年）古希腊名医，西方尊为“医学之父”。

骑兵上尉深深希望这愉快的一天也能在高兴中结束。他很快被同志们包围，大家争先恐后地问他这次冒险的事，而医生则心惊胆战地去诊视他的伤员们，壁炉里炉火通明，木柴烧得劈啪作响，火光的照明代替了蜡烛的光亮。这房里的十几个人都很年轻，也都是有战斗经验的战士，他们的言谈举止是独特的杂糅，既有游击队员的粗鲁，也有绅士的礼貌。他们的服装虽然朴素，但很整洁；他们之间怎么聊也聊不完他们战马的能力与优点。有些人想要在靠墙的长椅上睡一下，有的在房间里踱步，还有的坐在一起认真讨论着他们这种工作的种种问题。

厨房的门偶尔打开时，就会传出油锅的嘶嘶声和诱人的香气。这让所有的行动都停了下来，连睡着的人都会睁开眼睛，然后抬起头来查看饭菜的准备情况。邓乌迪一直都独自坐着，望着炉火，沉思着，没有一个人敢去打扰他。他已经认真向西格瑞威斯询问过辛格顿上尉的情况，在他问的时候，整个房间的人都肃静地听着。但等医生讲完，他重新回到自己的座位，其他人也各自去放松了。

弗拉纳根夫人对宴席的安排事宜很不关心。如果让恺撒看到，一定会暗自生气：有这么多绅士来就餐，饭菜却毫无规矩摆放，而且每一道都那么相似。入席时，大家还是严格遵从了等级顺序。尽管在骑兵队里对上下级之间的礼貌普遍都不太注重，但一直都遵守军事礼仪，甚至到宗教崇拜的地步。大部分客人都已经饿了好长一段时间，到了快饥不择食的地步。但洛登上尉就不同了。他对贝蒂端上来的东西感到莫名的厌恶，还忍不住地对钝极了的餐刀和脏乎乎的盘子发表了议论。不过贝蒂好心，又偏爱上尉，就对他的说三道四忍耐了一阵子，直到洛登鼓起勇气来把一块烧煳了的肉放进嘴里，像个被宠坏的孩子夸张地问：

“弗拉纳根太太，这东西活着时是个什么动物啊？”

“真是的，上尉，不就是我那头老母牛吗！”贝蒂愤愤地说，一方面是因为被自己最喜欢的人抱怨而不满，一方面也为失去那头牛而惋惜。

“什么！”上尉叫起来，那口他本来打算咽下去的肉一下哽在嘴里，“是老珍妮？”

“要死了！”另一个军官也放下刀叉叫道，“是陪我们打泽西战役的那一头？”

“就是她，”旅店老板娘带着悲痛的表情说，“多好的牲口啊。没东西喂的时候，她都能靠喝西北风活着。是啊，先生们，真不好意思让你们吃老朋友。”

“她全在这儿了吗？”洛登上尉用餐刀指指桌子上剩下的肉说。

“不，上尉。”贝蒂得意地说，“我把两条腿卖给你们的几个人了。不过我可不会坏到告诉小伙子他们买的是老朋友呢，那样会让他们倒胃口。”

“见鬼！”上尉佯装发火道，“我的同志们吃了这东西就要变成软脚虾了！他们见到英国人，会怕得跟弗吉尼亚的黑人见了监工一样！”

“啊，”梅森中尉作出绝望的样子把刀叉一放，“我的牙口比许多人的心都更有感情呢，它们已经坚决拒绝对老朋友的遗体下嘴了！”

“来点国王的礼物吧！”贝蒂给自己倒了满满一碗酒作为安慰，像个品酒师一样对着军官们喝起来，“呸，根本淡得跟水一样！”

沉默被打破了，大家首先把酒杯递给了邓乌迪，他向同伴们致意，就一口喝干，一直意味深长地沉默着。最先的几杯酒还遵守烦琐的礼节，大家抒发着爱国情操，频频敬酒。但随着酒劲上来，没等门口的岗哨换第二班岗，宴会上所有的回忆和顾忌就都消失在节日似的欢腾里了。

西格瑞威斯医生回来得晚，没赶上吃老珍妮的肉，但他也得到了自己应得的那一份，就是沃顿上尉送给邓乌迪少校的礼物。

“唱首歌！洛登上尉唱首歌！”两三个年轻人看到洛登上尉的情绪没有以往高涨，就高声叫道。“静一静！洛登上尉要唱歌啦！”

“先生们,”洛登说，虽然他的脖子还挺得直直的，但经过几轮尽兴的干杯，已经是醉眼蒙胧了。“我并不是夜莺，但大家既然如此热情，我就遵命了。”

“哦，约翰。”西格瑞威斯从座位上向他点头，“你还记得之前我教你的那首吧？还有……等一等，我口袋里正好有张歌词呢。”

“算了吧，我的好医生。”上尉一边从容地把自己的杯子倒满，一边说，“我可没有本事唱出那么麻烦的词儿来。先生们，我就唱首自己编的蹩脚歌吧。”

“安静点！洛登上尉要唱歌啦！”五六个人立即叫起来。

洛登上尉用动听的嗓音，自己作的词，唱起知名的祝酒歌来。他的战友们也跟着一起高声合唱，他们的激情简直把这座“大厦”都震动了：

快举起酒杯吧，我快乐的朋友，
只要活在世上，我们就要开怀。
也许明天太阳升起，人就已不在，
人生就是如此地短暂！
我们要勇敢地与敌人战斗，
不知道何时就会命归黄泉。
老妈妈弗拉纳根，
快把我的酒杯倒满！
你倒满，我们就喝干，
亲爱的贝蒂·弗拉纳根！

如果你贪生怕死，
或者只求过得舒服，
那么就离开这光荣的队伍，
让胆小鬼去苟且偷安！
我们明知面临危险，

仍然无畏地纵马向前。
老妈妈弗拉纳根，
快把我的酒杯倒满！
你倒满，我们就喝干，
亲爱的贝蒂·弗拉纳根！

敌人侵入了我们的祖国，
她就好像我们的妻子爱人。
为了自由，我们英勇地挺身而出，
就算死也要死得勇敢！
我们的命运已经注定，
不是活着当自己的主人，就是升天！
老妈妈弗拉纳根，
快把我的酒杯倒满！
你倒满，我们就喝干，
亲爱的贝蒂·弗拉纳根！

在这热闹的大合唱中，当每次歌词里唱到自己的名字，贝蒂就走上前去，为他们倒满杯子。这让唱歌的人们开心极了，她自己也十分满足。老板娘现在喝的是自己喜欢的鸡尾酒，她觉得这比沃顿上尉送的那些淡而无味的东西要好得多。有了这些酒，她的情绪就跟客人们一样的高昂。歌唱完后，洛登上尉得到了同伴们热烈的掌声，只有西格瑞威斯医生一个人除外。刚唱到第一段副歌，他就跳了起来，愤慨地在房里来回踱步。欢呼喝彩声一时盖住了其他所有声音，等到逐渐平静下来后，医生就立刻转向歌手，很激动质问道：

“洛登上尉，这真让我吃惊。一个绅士，一位勇敢的军官，在经受考验的时候，竟然把一个庸俗的随军小贩、肮脏的伊丽莎白·弗拉纳根当成了自己的艺术女神！我还以为自由女神能给你更崇高的启示，祖国经受的痛苦才是更合适的主题啊！”

“嘿！”老板娘带着威胁的态度冲医生走去，对他咆哮，“谁说我脏哪？你这个蹩脚大夫！狗屁大夫……

“别吵了！”邓乌迪开了口，虽然他的声音只比平时大了一点，但屋子里顿时就静悄悄的了。“女士，请你出去吧。西格瑞威斯医生，你回座位去，别扫了大家的兴。”

“继续吧，继续下去。”医生似乎也恢复了原本的沉稳，“邓乌迪少校，我相信我了解礼仪规范，也不是不懂礼貌的。”贝蒂连忙脚步蹒跚地撤退到她自己的领土了，她从来都服从指挥官的命令。

“我们荣幸地请邓乌迪少校给我们唱一首抒情歌。”洛登煞有介事地向着他的上司鞠了个躬，他可知道怎么装出镇定的样子。

少校犹豫了一下，而后用优美的唱腔唱出下面的歌：

有些人爱着炎热的南部骄阳，
在那里生命的暖流狂乱流淌，
形成环流剧烈激荡；
但我更爱那遥远柔和的光芒，
它拥有的是朦胧含蓄的明亮，
是月儿温柔的清光。

有人喜爱华而不实的郁金香，
拥有华丽炫目的亮蓝与金黄，
争奇斗艳竞相绽放；
又怎比得花冠戴在新娘头上，
真挚爱情编织成美丽的形状，
吐露着玫瑰的芬芳。

对于部下们来说，邓乌迪的歌声也是有权威性的。他收到的掌声不如送给洛登上尉的那么热烈，其中也颇有几分奉承的意思。

在鼓掌喝彩之后，医生对他说："先生，要是你能学会更巧妙地使用典故，把它结合在你的想象力中的话，你一定会成为一个出色的业余诗人。"

"既然这么会批评人，那自己肯定也很能干喽。"邓乌迪微笑着说，"我建议，请西格瑞威斯医生来示范一下他最欣赏的风格吧！"

"西格瑞威斯医生唱一首！西格瑞威斯医生唱一首！"所有人都兴高采烈地齐声叫喊，"西格瑞威斯医生来首古典颂歌！"

医生很自满地鞠了个躬，把杯子里剩下的酒一饮而尽，又发出了一连串的咳嗽声，惹得坐在长桌头里的三四个年轻军官笑出了声。然后，他终于用破锣一样的嗓子，唱了这么一首小曲：

吾爱，汝可曾体会爱之飞镞？
汝可曾芳心颤抖，气息急促？
纵然良人远隔千里，汝唯愿
彼近在咫尺，凝视璀璨明眸。
到其时汝便知何谓相思之苦，
心中之痛纵盖伦也难以救赎。

"好啊！"洛登上尉高呼，"阿奇伯德让艺术女神羞愧得没脸见人！他的歌词就好像月亮底下林子里小河淌水，曲调就好像夜莺跟猫头鹰有了一腿！"

"洛登上尉！"恼羞成怒的医生叫了起来，"这是对古典文学成就的蔑视！也暴露了你自己的无知！"

就在这个时候，屋子的大门忽然被人用力地敲响了，骑兵军官们本能地抓起自己的武器，以应对最糟糕的情况。门开了，一群剥皮党走进来，他们拖着货郎，他还弯腰驼背地背着货囊。

"哪位是洛登上尉？"匪徒头子东张西望地道，眼前这幕景象让他有点吃惊。

"你眼前的就是。"上尉冷冷地说。

“我要把一个定了罪的叛徒交给你，哈维·伯奇，那个当间谍的货郎。”

洛登望向他老朋友的脸，然后转向剥皮党，鄙视地看着他问：“先生，你是什么人？这么随便说你的邻居？”

他向着邓乌迪鞠躬示意，接着说道：“对不起，先生，这位是我们的指挥官，请直接对他说吧。”

“不，”那男人不高兴地说，“我是要把这货郎交给你，并且从你这里讨赏钱。”

“你是哈维·伯奇？”邓乌迪走上前来，那种威严把匪徒头子逼退到房间角落。

“我是。”伯奇骄傲地回答。

“你是国家的叛徒。”少校继续严厉地说，“你知不知道我有理由今天晚上就处死你？”

“上帝不会如此草率召唤一个灵魂到他的面前。”货郎庄重地说。

“的确如此，”邓乌迪说，“就让你再多活上几个小时好了。但你的罪行是士兵们最痛恨的行径，一定会遭到他们的复仇。明天你一样会死去。”

“这要看上帝的意志。”

“为了抓住这个恶棍，我可花了太多工夫了。”匪徒头子从角落里走出几步说，“我希望您能给我一个证明去领赏金，而且按原本说好的付金币。”

“邓乌迪少校，”值班的军官走进了房间，“巡逻队报告，昨天的战场地区有一间房子起火烧毁了。”

“是这货郎的小屋。”匪徒头子低声嘀咕道，“我们连个瓦片也没留给他。本来几个月之前我就要烧了那屋子，但我得留着它当陷阱来抓狡猾的狐狸。”

“你看起来像是个机灵的爱国者。”洛登说，“邓乌迪少校，我同意这位可敬的先生的请求，请批准把奖金发给他和他的同伴。”

“好吧。至于你，可怜的人，准备接受明天太阳下山之前你必将经受的命运吧。”

“我也是生无可恋了。”伯奇说，缓缓地抬起眼睛来，凝视着房间中陌生的面孔。

“走吧，美国的好儿子！”洛登说，“跟我来，去领你的赏金。”

匪徒们迫不及待地接受了邀请，跟着上尉前往他的驻地了。邓乌迪犹豫了一下，他并不喜欢对已经击败的敌人耀武扬威。

“你已经受到过审判了，哈维 · 伯奇。事实证明你是美国自由的危险大敌，不能让你活着。”

“这是真的吗！”货郎颤抖了一下反问道，他不顾沉重的包袱，挺直了自己的身体。

“是啊，是真的。你被指控在大陆军驻地附近进行窃取情报的行动，并报告给敌人，使得他们能够打击华盛顿的意图。”

“您认为华盛顿也会这么说吗？”

“他毫无疑问会的。正是华盛顿的法官判决了你。”

“不，不，不！”货郎叫了起来，他的声音和样子让邓乌迪感到吃惊。“华盛顿是能看穿那些伪装爱国者空洞的道理的，他不是把自己的所有都交出去了吗？要是他要给我的是绞架，那他难道也给自己准备了一个？不，不，不，不……华盛顿绝对不会说‘让他上绞架’的。”

“可怜的家伙，难道你有什么证据，能向总司令证明你不该处死？”少校从惊讶中恢复，向他问道。

伯奇整个人颤抖起来，几种感情在他的心里激烈争斗，他的脸色苍白得像死人一样。他伸手从衬衫的夹层里摸出一只锡盒，打开来，露出里面的一张小纸条。他已经要把纸条向邓乌迪递出去了，却突然盯住了纸条，抽回手叫道：

“不……它会跟我一起死去。我深知自己的工作信条，绝不能打破它来保住自己的性命……让它跟我一起死吧！”

“把那张纸条交出来，你也许就能得以赦免。”

“它会跟我一起死。”伯奇又重复了一遍，苍白的脸上闪过血色，脸上焕发出非同寻常的光彩。

“抓住这叛徒！“少校叫道，“把他手里的秘密夺过来！”

这个命令立刻得到了执行，但伯奇的动作实在太快了。只是一眨眼，他就把纸条吞了。军官们都愕然了，只有医生急切地喊叫：

“快抓住他！我来给他灌催吐剂！”

“算了吧！”邓乌迪挥手制止了医生，“就算他犯再重的罪，也不能把他罚得更重了。”

“带我走吧，”货郎把肩上的包袱扔下来，庄严向门口走去。

“你要去哪里？”邓乌迪惊奇地问。

“上绞架。”

“不，”少校说，他对自己的判决感到了几分后怕，“我的职责要求我一定要处决你，但一定不是这么急。我们还要在明天九点之前完成各种准备工作。”

邓乌迪对他的一个手下低声交代了命令，并示意把货郎带出去。这个打断已经彻底毁掉了宴席的欢乐气氛，军官们各自散去，回去休息了。很快，这里就只剩下哨兵在“弗拉纳根旅店”门前冰冻的地面上踱步的声音。

第十七章　待死的囚徒

人们的脸上神色变化，
显出心中朴实的热情；
爱情、希望与温柔的怜悯，
脸就好像镜子将一切反映。
但冷酷的心却会有意掩藏，
精心伪装出虚伪面目，
狡猾地意图将人欺诳。

——二重唱歌词

邓乌迪指派的军官将哈维·伯奇交给警卫班长看管。这位年轻的中尉现在还没有从沃顿上尉的礼物里缓过劲来，他眼中，一切都在跳舞，他知道自己必须要好好睡上一觉。他向班长嘱咐了几句，提醒他一定要注意看管犯人。接着年轻人就裹好斗篷，躺到壁炉前面的长椅上，很快就进入渴望的梦乡。

这座房子后面有一排长长的简陋棚子，其中的一头隔出了一个小房间，本来是用作库房，堆放一些较小的农具。但在那个没有法律的时代，所有值钱的东西很快被偷光了。贝蒂·弗拉纳根刚到这地方，就看中这里，把它当成存放自己动产的仓库，和自己的容身之处。除此之外，这里还放着一些备用武器和部队的行李。所有这些宝藏，都由一个在棚子中巡逻、防卫司令部后方的哨兵来看管。房子附近还有另一个哨兵，负责保护军官的战马，可以看到外面的情况。除门外，这个小房间没有窗子，也没有别的出入口，谨慎的警卫班长认为这里最适合关押死刑犯人。让霍利斯特军士下这个决心的主要原因之一，就是洗衣妇现在不在，她躺在厨房的火炉前做着美梦，梦到队伍向着敌人发起攻击，而且还把自己鼻子里的阵阵鼾声当成了弗吉尼亚骑兵队的冲锋号角。另一个原因则是他对生死的独特观念。这位中士是军团中最为虔诚的人，品行高洁。他五十多岁，半辈子都在军队里度过。他不知道看到多少次的猝然死亡，但这对他却与寻常人的反应大不相同。他成了队伍里最坚定、最可靠的士兵。为了奖励他的忠诚，洛登上尉还让他做过自己的副官。

中士提着灯，带着伯奇，默默走到临时牢房的门前，把货郎押进了房间，然后在一个木桶上坐了下来——那里面装着贝蒂最喜欢的饮料，又示意伯奇坐到另一只木桶上去。他把灯放在地上，仔细地观察了他的囚犯一阵，然后开口说：

“你看起来好像会很有男子气概地去死。我带你到这个地方，你可以平静地想一想，这里很安静，也不会有人来打扰。”

“对于等死来说，这地方有点可怕。”伯奇打量着小小的牢房，眼神很空洞。

“啊，关于这一点，”老兵说，“这样的地方能让人最后审视自己的思想，去适应另一个世界。我有一本小书，每上战场之前，我就会读读它，在最需要的时候，它会产生巨大的力量。”老兵，一边说一边从口袋里拿出一本《圣经》，递给货郎。伯奇恭恭敬敬接过了书，但却仍然心不在焉，目光四下打量。这让中士觉得他被吓得魂不附体，就尽可能安慰道：

“要是还有什么事压在你心里，那现在就是抛开的时候啦——如果你对什么人做了错事，那我以一个诚实骑兵的名誉向你保证，你可以信任我，我来帮你改正。”

“这世上从没做过错事的人太少。”货郎再一次把漠然的目光转向中士，这样说道。

“的确如此……犯罪是人类的天性。但是人有时候是会对之前做过的事感到懊悔。毕竟谁都不想让良心带着沉重的罪孽死掉。”

说到这里，伯奇已经把关押他的这个房间仔细地打量完了，他明白不可能逃脱，但希望永远是干涸的心中最后的感情，哈维将注意力转到中士身上，用探询的目光凝视着他晒黑的脸庞。霍利斯特中士觉得这囚犯的目光中有着一股疯狂劲，他垂下了眼睑。

“我受到教导，要把我的罪孽放到主的脚下。”货郎说。

“哦，是啊……这当然好。”中士回答，“但只要还有机会，就应该坚持正义。战争开始以来，我们这个国家经历了许多动荡，许多人的合法财产都遭到剥夺。有时我觉得，就算是合法剥夺，我也于心不忍。”

“我这双手，”货郎伸出他筋骨嶙峋的手说，“多年来都在辛辛苦苦地劳动，从来没有做过偷窃的勾当。”

“很好。”心地善良的老中士说。“那么你现在一定可以觉得安慰了。如果一个人能保持他的良心，不犯下三大罪恶的话，天主就会怜悯他，让他有可能通过天上圣徒的检查。这三大罪恶就是偷窃、杀人与临阵脱逃。”

“感谢上帝！”伯奇热切地说，“我从没有杀过一个人。”

“在合法的战斗中杀死一个人，那是在义务范围之内的。如果战争的原因错误，那么这行为的罪责就该归罪于国家，这个人要受到处罚，也是和其他人一起承担。但冷血残杀无辜在上帝眼中，是仅次于临阵脱逃的罪过。”

“我从没有当过兵，自然也不可能临阵脱逃。”货郎用一只手扶着脸颊说，神情忧郁。

“嗯，所谓临阵脱逃并不仅仅是指丢下自己的旗子逃走，虽然这当然是最糟糕的一种。一个人在祖国最需要的时候抛弃她，也是临阵脱逃。”

伯奇把脸埋在双手之中，整个身体都在颤抖。警卫班长仔细地打量了他，同情就超过了反感，继续温和地对他说：

“但我还是觉得，只要你真诚地悔改，那么即使是这样的罪过，也能得到原谅。什么时候死去，如何死去，都是一样的，所以死就该死得像个合格的教徒，像个男人。我劝你还是赶快祈祷，再休息一会儿，让你能表现得更好。你已经不会有得到赦免的希望了，辛格顿上校发下了严格的命令，一旦我们碰到你，就不能让你活着。所以……没有什么能拯救你了。”

“你说得对！”伯奇激动地叫道，“现在已经太晚了……我已经毁掉了自己唯一的保障。但总有一天，‘他’会为我平反的。”

“你说什么保障？”中士的好奇心被引发出来。

“没什么。”货郎回答，又恢复了平常的样子，低下头去以避开老中士认真的目光。

“‘他’又是谁？”

“没有谁。”伯奇急切否定道。

“没什么跟没有谁现在可帮不上你的忙。”警卫班长站起了身，“你就在弗拉纳根太太的毯子上睡一会儿吧。到了早上，我会准时来叫你的。我真心想为你做点事，我实在不想看到一个人像条狗一样地被吊死啊。”

“那么，你能不能救救我，让我不要这么可耻地死去？”伯奇跳起身来，抓住了骑兵的手臂，“啊！我愿意给你任何报酬！”

“我用什么方法救你？”中士吃惊地看着他。

“看，”伯奇从怀里掏出了几个金币，”如果你愿意帮我逃走，这些都给你。”

“就算金币上头是你的脸，我也不会犯这种罪。”骑兵轻蔑地把钱扔在了地上，“你这可怜的家伙，让上帝来安排你。他是唯一能帮你忙的人了。”

中士拿起提灯，怒冲冲地走了，留下货郎悲伤地沉思着即将到来的命运。他一时陷入了绝望，倒在了贝蒂的垫子上。老中士再次指示哨兵，一定要看管好犯人。

“要是让他逃了，你就没命了。不准任何人进出这个房间，一直到明天早上。”

哨兵争辩道：“可是，我原本接到的命令是允许那个洗衣妇进出的啊。”

“嗯，那就让她进出吧。但你要打起精神看着这狡猾的贩子，别让他藏在她的裙褶里混出去了。”说完他继续巡视，对每一个在附近的哨兵都下达同样的命令。

中士走之后，只剩下伯奇的囚室里一片寂静，之后哨兵在门边听到了他的鼾声，并且很快规律起来，变成了熟睡的状态。哨兵继续来回踱着步，想着这个人怎么能对自己的性命都这么浑浑噩噩，一只脚都进了坟墓，居然还能睡得着觉。但他的思索中没有一点怜悯，因为哈维·伯奇这个名字早就成了军团里每个人厌恶的对象。尽管班长还对他有所留情，但其他人都不可能像班长那样心慈手软，他们都会拒绝他的贿赂，尽管动机可能并没那么高尚。看守见他的囚犯大模大样地进入梦乡，自己却连眼都不能合一下，很是失望。再想到这家伙因为背叛美国解放事业而遭到了最严厉的惩罚，却如此漠视，又产生了复仇心理。他不止一次想要踹门进去，用奚落和咒骂把小贩弄醒，但他毕竟遵守纪律，而且也觉得这种暴行很可耻，还是克制了下来。

哨兵的沉思很快就被洗衣妇打断了，她踉跄着从厨房里走了出来，低声咒骂那些军官的勤务兵搅了她在炉灶前的美梦。哨兵听到她的唠叨就知道了怎么回事，他想要解释，但他所有的努力对这个愤怒的女人都没用，还没等他说清楚她房里关着一个犯人，她就闯了进去。随即就是她沉重的身躯倒在床上的声音，再然后是一片寂静，但几分钟后，伯奇的鼾声复响，仿佛从没被打扰过一样。就在这个时候，换班的人到了。对货郎又生气又鄙视的哨兵把上级的命令传达给了接替者，并在离开之前说：

“约翰，你可以跳个舞让自己暖和点。听，那个间谍货郎正在调他的小提琴呢。过不了多久贝蒂就要接他的班了。”

他的笑话引起了同伴们的哄笑，他们继续履行职责。这时，牢房的门开了，贝蒂走出来，再次向着她前一个安睡处走去。

“站住。”哨兵说着，抓住她的衣服。“你肯定没把那间谍藏在你口袋里吧？”

“你没听到那混蛋在我房里打呼吗！你这个肮脏的混蛋！”贝蒂气急败坏地吼叫，全身都气得发抖。“你们就这么对待一个正经的女人？把一个大男人丢在她房间里跟她一起睡，你们这些流氓！”

“哎哟，明天早上打扰你的那家伙就要上绞架啦。你瞧，他不是已经睡着了。明天他就要再也睡不醒喽！”

“别动它，恶棍！”骑兵成功夺走了酒瓶，洗衣妇只得放了手，“我可是要去找约翰上尉，向他问个清楚，是不是他命令把那个要上绞架的间谍扔进我屋子里来的！居然睡在我这寡妇的床上！小贼！”

“别叫了，老巫婆！”哨兵笑着把酒瓶从嘴边拿开，“不然你要把那位先生吵醒了。你忍心打扰一个人这辈子最后的一觉吗？”

“我要把约翰上尉叫起来，你这无赖的恶棍！而且我要把他带到这里来，给我做主！你们欺负我这个正经的寡妇，他一定会惩罚你们！强盗！”

这些话只让哨兵哈哈大笑而已。贝蒂步履蹒跚地穿过棚子，到她最喜欢的约翰·洛登上尉的宿舍里抱怨去了。但是这天晚上，无论是军官还是洗衣妇都没有再出现过，也没有人再来打断货郎的安眠。所有换岗的哨兵都很惊讶，他竟然从始至终都在呼呼大睡，仿佛一点也不在乎上绞架似的。

第十八章　摩西律法

一个但尼尔来做法官了！真的是但尼尔再世！
聪明的青年法官啊，我真佩服你！

——莎士比亚《威尼斯商人》

那帮剥皮党兴高采烈地跟着洛登上尉，向他的部队驻地走去。骑兵队长对自己所从事的事业充满热情，在打击敌人时丝毫不顾个人危险，加上他高大的身材、严厉的态度，使得他在队伍中的声誉与众不同。他的勇敢无畏被误认为是凶狠，他那激烈的热情被当成了残酷。另一方面，邓乌迪少校则因为行为宽大，或者说得更恰当一些，因为主持了正义，又被一部分人看成是性格过分宽容。总之，要想得到大众实事求是的谴责或欢迎，很是困难。

匪徒头子面对邓乌迪少校，觉得束手束脚，就好像是邪恶见了美德似的。但一离开邓乌迪的屋子，他就觉得自己找到情投意合的靠山了。洛登上尉表现得很严肃，足以欺骗大多数不熟悉他的人。在他的队伍里，大家常说："上尉一旦笑起来，肯定就是要惩罚人了。"因此，头子开始靠近洛登上尉，偷偷和他密谈起来：

"老话说，'要判断一个人的朋友，就看看他的敌人。'"这个假公济私的强盗说。

对这句开场白，上尉没作任何答复，只是嗯了一声，匪徒头子把这当成了同意的表示。

"我想，邓乌迪少校对华盛顿很支持吧？"他的口气与其说是发问，不如说是在表示怀疑。

“有些人是这么认为的。”

“这个郡里的很多爱国者，”他继续说道，“都希望骑兵队由别人来率领。比如我，如果以后能得到骑兵队的保护，肯定能干出很多大事来。比抓个货郎这种事要大多了。”

“是吗？比如说？”

“这事只要做成了，我们的军官可以拿到跟我们一样的好处。”匪徒头子一副意味深长的样子说。

“到底什么事？”洛登似乎有点迫不及待地问，而且加快了脚步，以免让别人听了去。

“就是英国人的防线那一带，就算是在高地的火力范围之内，只要有一支部队能掩护我们不被德兰西的人袭击，加上保证国王大桥那边的退路不被切断的话，我们就能狠狠捞上一笔了。”

“我想牛仔队早把那一带卷光了吧。”

“他们是干了几票，但他们不得不跟我们分享。我们去过那里两次，都是跟他们商量好的。结果第一次他们还讲信用，第二次却突然袭击我们，把我们赶出来，还抢光了我们刚弄到的东西。”

“确实，这种勾当真是太不光彩了。一个体面人怎么能跟这样的无赖扯上关系呢。”

“我们得跟里头的一些人商量啊，不然我们就要被抓了。可人没信用，简直不如牲口。你觉得邓乌迪少校可信吗？”

“你是问他够不够忠诚？”

“当然了。你也知道，那个英国少校被抓住之前，阿诺德还不是看着好好的。”

“嗯，我可不相信邓乌迪会跟阿诺德似的，连自己的司令部都要卖给英国人。但对你这种微妙的活计来说，我也不觉得能彻底信任他。”

“跟我想的一样。”匪徒头子一副志得意满的样子，表现出他对自己的判断力非常满意。

这个时候，他们走到了一栋情况较好的农舍前面，这里的外屋很宽敞，在当时算很不错。骑兵队的士兵们都住在谷仓里。院子里有一列长棚，可以阻挡寒冷的北风，战马就拴在那里，安静地吃着草料。马鞍没有卸下来，缰绳也放在马脖子上，一旦出现紧急情况的话，士兵可以在最短的时间里套好笼头上马。洛登说自己要失陪一下，他一个人走进了自己的房间里，很快又出来了，手里提着一盏普通的提灯。把一伙剥皮党带向三面环住农舍的果树园。匪徒们都默默地跟着他走，相信他肯定是要找个不会被人偷听的地方，好好商量这个让他大感兴趣的话题。

头子凑近上尉，为了让上尉更相信自己，并且让上尉更好地了解自己的智慧，开口说：

“你认为殖民地最后能打败国王吗？”他摆出政治家似的傲慢派头问。

“能！”上尉一时压不住火气地吼，随后他马上控制住了自己，继续说，“这是毫无疑问的。只要法国能给我们武器和资金支援，我们会在六个月之内把英国军队赶出去。”

“是啊，我也这么希望。这样我们就会有一个自由的政府，我们这些曾经为它战斗过的人都将得到奖赏。”

洛登上尉大声说：“没错，你的要求的确无可争辩。而那些悠哉悠哉地待在家里，只想着保住自己农场的保守党人都将被人蔑视。我想，你还没有农场吧？”

“还没有，不过我会在和平到来之前找到一个。”

“很好。那些能为自己利益着想的人，就能为国家利益着想。只要你说出自己的功绩，再谴责那些保守党，我敢拿我的马刺和一根生锈的钉子打赌，你至少能捞个郡里的办事员当当。”

“你难道不觉得波尔丁[1]他们那帮人不肯放走那个英国少校副

---

[1] 原注：对于这种一般读者所难以理解的部分，作者必须要做出解释。众所周知，安德烈是被三位寻找敌人的同胞抓住的，其中的带头者叫做波尔丁。他们不为金钱所动，拒绝了安德烈的贿赂。

官，真是傻到家了吗？”

“傻到家！”洛登上尉苦笑着叫，“是啊，的确是傻到家了！乔治国王本来会给他们更多的钱，因为他有的是钱！他还会授勋来弥补他们的损失。但是感谢上帝！我们的国民都有一种奇迹般的精神。就算是一无所有，也表现得那么忠诚，仿佛这会让他们得到整个西印度的财富似的！还好他们不像你们这帮恶棍，不然我们早就又成了英国的奴隶了！”

“什么！”匪徒头子大叫一声向后退去，抬起滑膛枪对准上尉的胸口，“你骗我？你要跟我们作对吗！”

“恶棍！”洛登上校发出怒吼，立时用军刀打飞了头子的滑膛枪，军刀在鞘里发出金属的嗡鸣声。“要是再敢用枪指着我，我就把你从中间一劈两半！”

“那你是不会付钱给我们了，洛登上尉？”剥皮党浑身的每一个关节都在颤抖，他看到一队骑兵已经静悄悄地把他的人都包围了。

“哦！付钱——没错，你该照数拿到你的赏金，辛格顿上校奖励给抓住间谍的人的金币。”洛登轻蔑地把一包几尼扔在对方的脚下。“把你们的武器扔到地上，你们这群流氓，好好看看这些是不是真的！”

受到威胁的匪徒们乖乖按上尉的话做了，当他们贪婪地数着赏心悦目的金币的时候，洛登上尉的几个手下悄悄地把匪徒们火枪里的打火石敲了出来。

“怎么样？”上尉不耐烦地叫，“对不对？是说定的那个数吧？”

“没错没错。”头子回答，“只要您允许，我们立刻就回家去。”

“等等！我们的承诺已经兑现，现在该是伸张正义的时候了。因为你抓住了间谍，我们付你报酬；但你们放火、抢劫、杀人，这我们一定要惩罚你！兄弟们，抓住他们！按摩西律法，一人三十九鞭子[1]！”

---

[1] 译注：《圣经·旧约》中的“摩西五经”又称摩西律法，其中规定对罪犯的惩戒是剥去上衣，鞭打三十九下后释放。

这个命令没有一个人不愿意执行。一瞬间，剥皮党们就被剥掉了衣服，用马缰绳五花大绑。果园里种着很多苹果树，一棵树上捆一个。士兵们的剑像变魔术一样从树上砍下五十根树枝，从里面选出最柔韧的，自告奋勇的士兵每人拿一根。洛登上尉出于人道，告诫士兵们鞭打时不要超过摩西律法的规定。随后一声令下，果园里一片鬼哭狼嚎。匪徒头子嚎得加倍响亮，这可能也是出于洛登上尉的嘱咐，他曾经提醒行刑的士兵，头目自然需要特别优待。鞭刑执行得迅速又干脆，而且严格遵守了教诲，除了开头的十几乃至更多下没有计算在内之外，因为用士兵们的话来说，总得找出合适的地方来，才好正式开打。当这个任务圆满完成后，洛登上尉就命令部下放开那些剥皮党，让他们穿上衣服。士兵们都上了马，他们本来要去郡的南方巡逻。

"你看，我的朋友。"上尉准备离开时，对匪徒头子说，"只要你需要，我可以帮你打掩护！如果我们经常见面的话，那你身上肯定很快就没好皮了，虽然这不怎么光荣，不过你罪有应得啊。"

头子无话可说。他急于收拾起自己的枪，催促手下快点离开这里。一切准备好之后，他们垂头丧气向不远处长满树木的山岩走去。这时月亮刚刚升起来，骑兵队的身影在月光下看得清清楚楚。匪徒们突然转过身来，举枪向他们开火。然而这一切马上就被发现，士兵们听到撞针的空击声，一起对着徒劳的匪徒们发出了大声的嘲笑，上尉高声叫道：

"哈哈！你们这些流氓！我们早知道你们要搞这名堂，把打火石都打掉了！"

"那你该把我们子弹袋里的也拿走才对！"头子的枪随即开了火。子弹从洛登的耳边擦过，他笑着摇了摇头："还差了一英里哪！"

一个骑兵看到剥皮党的头子开火——其他匪徒见复仇不成，全都撒腿就跑，只剩下这家伙——枪响之后，他立刻双腿一夹马腹，冲向那家伙。这里离山岩不远，但全速奔驰的战马还是迫使头子丢下了钱袋和滑膛枪，只顾着逃命。士兵把这两件战利品拿回来，交给自己的队长。但洛登上尉谢绝了，对他说这些先由他来保管，等那流氓日后回来认领。不过新建州中的任何现有法庭都无法强迫这个战士归还这笔钱财，因为没过多久，霍利斯特中士就把钱平分给所有士兵了。

巡逻队离开了，洛登上尉慢慢地走向自己的驻地，准备休息。但他发现匪徒撤退方向的树林里有个人影在迅速移动，这引起了他的注意。上尉警惕地向那个人影赶去，让他大吃一惊的是，他看到的竟然是洗衣妇。她怎么会在这时，出现在这里呢。

“贝蒂？你在这里干什么？是梦游，还是睡糊涂了？”上尉叫道，“你就不怕遇到老珍妮的鬼魂啊？这里可是她最喜欢的牧场啊！”

“哎呀，约翰上尉。”女小贩用她浓重的家乡口音回答，整个人摇摇晃晃的，头一直都抬不起来。“我可不是在找珍妮，或者她的鬼魂。我是要给受伤的小伙子们摘一些草药。这草药只能在月亮刚升起来，照到它们的时候采。我想那边的岩石底下就有，我得赶快过去，不然就没有效了。”

“你这傻瓜，还是赶快回你的垫子上睡觉吧，别在山里晃悠了。要是从石头上滑下去，你会摔断自己的骨头。而且我们刚刚把一群剥皮党赶到那边山上去了，他们才从我们这里吃了一顿鞭子，要是你不走运碰上，他们肯定会加倍还在你身上。老婆子，回去好好睡一觉，我们早晨就要出发了。”

贝蒂拒绝了他的忠告，继续按她曲里拐弯的路线向山坡走去。当洛登上尉提到剥皮党的时候，她停了一下，但立刻就又重新开步走，很快就消失在树林里了。

上尉回到住所的时候，门口的哨兵问他有没有遇见弗拉纳根太太，还补充说她曾经跑过来，说什么有人在她的“旅店”里折磨她，要找上尉求救。洛登听到这些话十分惊讶，而且心里浮现出了一个新的想法，他向着果园走了几步，就又走了回来，在门口踱来踱去，最后还是走进了房间。他衣服都没脱就扑倒在床上，并且很快就睡熟了。

与此同时，那帮强盗已经成功逃到了山顶，他们向四面八方散开，躲进树林深处。头子发现骑兵不可能追到这里来，这才大着胆子吹响哨子。过了不一会儿，狼狈不堪的匪帮都集中到了那个几乎不用怕敌人袭击的地方。

“唉。”当他们点起火来，抵御越来越寒冷的夜风时，一个匪徒哀叹道，“这下我们在维斯特切斯特的买卖算是完蛋了。弗吉尼亚骑兵肯定会把我们赶出去的。”

“下次我一定要他的命！”头子咬牙切齿地诅咒，“就算死了也要拉他垫背！”

“哼，你也就在这林子里耍耍威风！”另一个家伙粗鲁地笑着大叫，“你不是吹牛说自己百发百中吗？才三十码而已，你不是也没打中？”

“都是那个追我的骑兵干扰了我，不然我就把那洛登上尉一枪打死了。而且天也太冷，冻得我直打哆嗦，手不稳。”

“你还是直说吓得浑身筛糠完了。”他的同伙嘲笑道，“要我说，我永远都不会觉得冷了。我的背滚烫得就跟有一千块烙铁放在上头似的。”

“你是打算老老实实地服了他，还要亲亲抽你的那根树枝吗？”

“要亲那树枝可不容易呢。抽我的那根都在我肩膀上碎成一丝一丝了，恐怕我找不到够大的来亲啊。而且我宁愿舍了这半张皮，要是我们再跟这个疯子似的弗吉尼亚人作对，就得赔上整张皮，再加上一对耳朵当搭头啦。只要上帝允许，能从他手里逃掉，我随时都愿意给他够做一双长筒靴的皮！要早知道这样，你就该继续跟邓乌迪少校打交道，他可不知道我们这么多坏事。”

“给我闭嘴！你胡说什么！”被激怒的头子叫道，“你都快把人弄疯了。我们被人抢、被人抽还不够，还得被你的愚蠢折磨吗？去找找袋子里还有没有剩下吃的，堵上你那张臭嘴！”

这个命令立刻得以执行。一伙脊背受伤的匪徒发出各种各样的呻吟声，用千奇百怪的动作准备起可怜的晚餐来。他们在岩石的裂缝里用干柴点起一大堆火，总算开始从混乱里恢复过来。他们稍稍喂饱了肚子，很多人脱掉了衣服，试图包扎好伤口。这帮人开始密谋起报复措施来了，他们商量了一个小时，提出了各种方案，但全都建立在所有人都奋不顾身的基础上，而且都要冒很大的风险，当然这些方案也全都遭到了否决。骑兵队一直都保持警惕，匪徒们不可能接近骑兵队展开偷袭。也不可能抓到洛登上尉落单的机会，他总是为了职责而不断奔波，而且行动也是无比迅速，碰到他的机会太过渺茫。再加上就算碰到他，也不意味着就能一帆风顺。上尉的狡猾众所周知，就算维斯特切斯特地势崎岖，这个无畏的家伙也一样能不顾死活地驾着南方的骏马，跳过高高的石墙。渐渐地，对话转向了另一个方向，最后匪徒们定下了一个计划，不但能给自己报仇，还能提供额外的刺激。他们商定了内容、时间和方式，总之，这个邪恶的计划一切都已经商量完毕。就在这个时候，一声大吼把他们吓得跳了起来：

“就在这里！约翰上尉！流氓们都在火边吃东西哪！快来啊！把他们一锅端！快点下马！快开火！”

这可怕的叫声，让所有的匪徒心惊胆战。他们跳起来窜进树林里，由于之前已经商量好了会合地点，他们向着四面八方飞跑。一开始还能听到从各个方向传来声响，或者彼此呼叫的声音，但这帮强盗都练就了一双飞毛腿，很快就消失在远方了。

过了没多久，贝蒂·弗拉纳根从黑暗中现身出来，她冷静地把剥皮党们丢下的东西搜集到一起，里面有食物，各种各样的衣服。洗衣妇不慌不忙地坐下来，很惬意地饱餐一顿。接下来，她用手支着头，深深地沉思了一个多小时，然后从搜罗起来的衣服里选出了几件似乎觉得合适的，退进了树林里。篝火的余烬照在附近的岩石上，等它烧尽之后，这里就只剩下了孤独与黑暗。

第十九章　脱逃与决裂

不要再心生困扰，
遵从最初的决意。
走是疯，留则死！
快快离开莫犹豫。

——拉普兰[1]情歌

战友们彻底忘记了一切艰难与危险，进入了梦乡，但邓乌迪却满心焦虑，无法安眠。整整一夜的辗转反侧后，他从和衣而睡的粗糙床铺上起来，没有叫醒身边的人，独自走到屋外，想要透透气放松心情。月亮柔和的光芒正消失在更为明亮的晨光之中，风已经停了，袅袅升起的雾气预示着今天会是一个好天气。在秋季变幻无常的气候里，一会儿风暴交加，一会儿又风收雨住，就好像魔法似的。现在还没有到原定的出发时间，只要情况允许，邓乌迪总是想让战士们多休息一会儿。他向着昨天晚上鞭打剥皮党的地方走去，思考着他尴尬的处境，不知道该怎么在自己的职责和爱情之间取得平衡。沃顿上尉并没有任何不良动机，虽然邓乌迪本人对此一点也不怀疑，但他并不认为军事法庭的成员也会如此相信。而且就算不管与沃顿上尉的私人感情，一旦亨利被执行

[1]　译注：拉普兰（Lapland）：芬兰、挪威的北部地区，大部位于北极圈内。是拉普人居住的地方。

死刑，那么他与弗兰西丝的结合也肯定会化为泡影。前一天晚上，他事先派出人去，到指挥这一带前沿的辛格顿上校那里报告了捕获英国上尉的消息，并且陈述自己的看法，认为此人实属无辜，请示上校对囚犯宽大处理。

上校的指示随时可能到来，邓乌迪越来越不安，因为他的朋友很可能会被带走，脱离他的保护。在忧心忡忡的状态下，他不知不觉地穿过了果树园，走到了庇护那群剥皮党的小山边才停下来，心里疑惑自己是走到了哪里。当他正要转身沿原路回驻地的时候，一声大喝把他吓了一跳：

"站住！不然我打死你！"

邓乌迪愕然转过身去，只见不远处一块倾斜的石头上站着一个男人，那人端着步枪瞄准了自己。此时的天色还没有大亮，岩石的凹陷处黑糊糊的，他仔细打量，这才发现站在自己面前的竟是货郎，不由得大吃一惊。一瞬间，他就理解了自己的危险处境，但他既没有求饶，也没有试图逃跑，只是坚定说道：

"如果你要杀我，那就动手吧！我绝不会当你的俘虏！"

"不，邓乌迪少校。"伯奇说着，放下了步枪。"我既不想要抓住您，也不想要伤害您。"

"你到底想要什么？神出鬼没的家伙！"邓乌迪几乎快认定，眼前的是幻觉而已。

"我只要您的好意，"货郎激动地说，"我不过是想要世上的好人都能公正地判断我罢了。"

"人类的判断对你来说已经没有意义，因为这已经超过他们能判断的范畴了。"

"时候未到，上帝就不会剥夺他仆人的性命。"货郎表情凝重地说，"几个小时前，我还是您的俘虏，被威胁着要上绞架。可现在您在我手里了。不过，邓乌迪少校，您是自由的。这里到处都有人想要加害您。就算您手里有剑，又怎么能对付我的武器和准头？请您接受一个从来没有伤害过您、也永远不会伤害您的人的忠告。

千万别一个人到树林边上来，除非您带好了人马！”

“是有同伙帮你逃跑吗？他们没你那么慷慨大度？”

“不……不，我真的只有一个人……站在我这边的只有上帝和‘他’而已。”

“‘他’是谁？”少校难以克制自己的好奇心。

“没什么人。”货郎继续说，他恢复了平静。“但是您不一样，邓乌迪少校。您年轻、幸福，爱您的人们都在您的身边……可是危险正在接近您最爱的人们……无论是在家里，还是在外面都有危险……请您一定要提高警惕，加强巡逻……而且不要声张。我知道您对我没什么好印象，要是我说得再多，您会怀疑我给您设圈套。但请您记住，保护那些您最爱的人们。”

货郎说完，向着空中开了一枪，接着把滑膛枪扔到了震惊的听众脚下。当惊愕与硝烟一起消散之后，邓乌迪看向货郎站的山岩，发现人影已经消失了。

这诡异的一幕让邓乌迪愕然了，他呆呆站在那里，直到马蹄声与号角声让他回过神来。刚才的枪响惊动了巡逻哨兵，他急忙赶向这里，并且向整支队伍发出了警报。少校没有对他作出任何解释，当他回到宿营地时，见整个中队都已经武装起来，排列成战斗阵形，焦急地等待着他们的领导者出现。负责监督执行绞刑的军官已经把“弗拉纳根旅店”的招牌拿下来，准备用那根柱子来吊死间谍。少校向士兵们解释，是自己开了那一枪，而这枪很可能是匪徒们丢下的。（这时候邓乌迪已经知道了洛登对那帮歹徒的惩罚，但他决定隐瞒自己见到伯奇的事。）听了这些话，军官们都建议在出发之前提前处决间谍。邓乌迪还无法确信他刚才看到的是不是一场梦，他和军官们一起，跟在霍利斯特中士身后来到了货郎本该被关押的地方。

“喂，先生，”少校对门口的哨兵说，“我相信你看管的囚犯平安无事。”

“他还在睡大觉呢！”哨兵说，“打呼声还那么响，害我差点都没听到报警的号角声！”

“打开门，带他出来。”

门打开了，但是走进牢房的老实士兵大吃一惊。他发现屋子里一片狼藉——本来在货郎身上的大衣、贝蒂衣橱里的衣服七零八落地扔在地板上。洗衣妇自己占据了床垫呼呼大睡，身上穿的就是之前的那身衣服，只是少了一顶黑色小软帽。那帽子她几乎从不离身，人们都觉得她把它同时当成了白天的便帽和晚上的睡帽。人们拥进来的喧闹声和叫喊声把贝蒂吵醒了。

“你们这是想吃早饭啦？”贝蒂揉着眼睛说，“唉哟，你们看着就跟要把我吃下去似的！忍着点，等一下，亲爱的，很快就能吃到你们从没见过的煎饼了。”

“还煎饼！”中士连自己的宗教哲学和在场的军官们都忘记了，向着贝蒂怒吼，“我们该把你放在火上烤才对！你这荡妇！你帮那个该死的货郎逃跑了？”

“居然骂我是荡妇！你跟那该死的货郎才是呢，中士先生！”被激怒的贝蒂大声咒骂，“我跟那货郎有什么关系？干吗帮他逃跑？要是我有那本事，我早当了货郎太太，吃香喝辣了！为啥还跟你们这帮不知道尊重可怜寡妇的臭骑兵混在一块儿！”

“那家伙把我的圣经丢在这儿了。”老兵从地上捡起了自己的书。“他并没像个好基督徒那样把时间花在读圣经上，而是花在准备逃跑上了！”

“谁愿意乖乖等着像狗一样被吊死啊？”贝蒂叫道，她现在才明白是出什么事了。“谁都不是生来就为遭到这种事的——就跟你一样，霍利斯特先生。”

“住口！”邓乌迪说，“这事一定要查个清楚。这屋子只有一扇门可以出入，他不可能从门里跑出去，除非哨兵纵容他逃走，或者玩忽职守睡着了。把哨兵叫过来。”

这些哨兵没有在队列里，但他们已经都好奇地凑过来了。所有人都一口咬定没有任何异常，自己也没有让任何人通过。只有一个人说贝蒂从这房里出去，但他解释说，这是根据只允许她出入的命令而做出的决定。

“你撒谎！你这个骗子——你撒谎！”贝蒂喊叫道，“你说大晚上的，我一个单身女人在营地里乱走？简直是诽谤我这个寡妇！我整夜都睡得跟个吃奶的婴儿一样熟！”

“您看这里，长官。”中士恭恭敬敬地对邓乌迪说，“我的《圣经》上写了字，之前没有的。我又没有家事要记录，而且我也绝不会在《圣经》上乱涂。”

一个军官大声地读了起来：

以下文字证明，如我获得自由，皆因受到上帝援助。这神圣的救援乃我诚心向上帝求得。情势所迫，我不得不带走了些女人的衣服，但我已经在她的口袋中留下财物作为补偿。本人亲笔。

——哈维·伯奇

“什么！”贝蒂怒吼，“这个贼居然抢我这寡妇的东西！吊死他！——把他抓起来吊死！少校！只要我们这片地上还有法律或者正义！”

“你看看自己的口袋吧。”一个年轻军官说，他不太关心结果如何，只觉得这情景好玩。

“啊！真的！”洗衣妇摸出了一个金几尼，高声大叫，“他简直是货郎的良心！愿他长命百岁，生意兴隆！我太欢迎他拿走我那堆破布了！你们要是把他吊死，那多少比他坏的家伙都要逍遥法外了。”

邓乌迪转身离开房间，他看到洛登上尉站在那里，交抱手臂，默默地思考什么。这跟他平时一贯的急躁和热情态度大不相同，让他的指挥官感到诧异。两人目光相触，就走到一起密谈了几分钟，之后邓乌迪就走回来，让卫兵们都各归原位。只有霍利斯特中士还留在那里，继续跟贝蒂说话。贝蒂发现她的衣服没有多少损失，远不值一个几尼，所以她现在心情好得不得了。洗衣妇其实早就用热情的眼光看着老中士了。她心里暗暗决定，让老中士来做她的下一任丈夫，好结束自己在队伍里的尴尬处境。这段时间里，老兵似乎也对贝蒂的青眼有所反应。贝蒂生怕她的暴躁激怒了她的未来追求者，打算尽力来补偿。尽管她粗鲁笨拙，却仍然有着女性的智慧，知道和解的时候就是掌握对方的时刻。作为和平的请求，她倒了一杯自己早晨喝的调和酒递给了他。

“你一定知道，朋友之间吵几句嘴不过是小事一桩罢了，中士。”洗衣妇说，“我跟迈克尔·弗拉纳根就是这样，越爱他吵得就越厉害哩。”

“迈克尔是个好战士，他很勇敢。”老兵说着，喝掉了杯子里的酒。“他倒下的那天，我们的队伍负责掩护他那个军团的侧翼，我就从他的尸体边经过。可怜的家伙！他仰面躺着，脸色安详，就好像是害了一年的肺病自然死去一样。”

“哦！迈克尔可能喝了，只要我们俩对着喝，总是把储存的酒喝得一点不剩。不过你就总是那么清醒，那么体面，霍利斯特先生，你肯定能当个好帮手呢。”

“哦，弗拉纳根太太，我一直有件事埋在心里，如果你有空的话，能让我打开心对你说说吗？”

“我这不是已经在听了吗？”急切的女人叫了起来，“中士，就算让军官们一口饭都没得吃，我也听你讲！不过你再喝一杯吧，这会鼓励你全都说出来的。”

“我已经被鼓励得够多了。”老兵谢绝了她的恩赐，“贝蒂，你觉得我昨天晚上关进这屋子里的人，真的就是那个间谍小贩吗？”

“除了他还能是谁呢，亲爱的？”

“是魔鬼。”

“什么，魔鬼？”

“没错。是地狱里的魔鬼伪装成了那个小贩，还有他的同伴。我觉得那些匪徒就是他手下的小鬼。”

“当然了，我亲爱的中士，你说得一点也没错。那帮剥皮党在这一带无恶不作，他们肯定就是魔鬼手下的小鬼！”

“弗拉纳根太太，我的意思是说，他们是化成人类肉身的魔鬼。那恶魔知道我们迟早要抓到那叫伯奇的小贩，就变成他的样子，好进到你的房间里来。”

“那魔鬼找我干什么？”贝蒂尖声叫，“这队伍里的鬼还不够，要特意从地狱里爬上来吓唬一个孤零零的寡妇吗？”

“你还算走运，贝蒂，他走掉了。他是变成你的样子从门里走出去的，这象征着你未来的命运，除非你洗心革面。哦！当我把圣经给他的时候，看到他在颤抖！我亲爱的贝蒂，除了出生和死亡的年月，还有法律上的东西之外，你觉得还会有哪个基督徒把其他字写在圣经上呢？”

洗衣妇很喜欢她心上人那种温和的态度，但是很不喜欢他的那种暗示。不过她还是忍住了，用她家乡人的那种尖锐口气说：

“你觉得魔鬼会付衣服钱吗？而且，他还付多了！”

“毫无疑问，那钱一定是个诱饵。”中士说，这个诚实的证据让他有点不知所措，他一向看不起那样的人。“他曾经用那闪闪发光的金币诱惑过我，但上帝给我力量，让我拒绝了。”

“这金币看起来挺好的啊，不过我今天就跟约翰上尉换掉它。他可是从不信鬼啊怪的！”

“贝蒂，贝蒂，”老中士说，“说到鬼怪的时候，你可不能这么不恭敬。说不定他就在你身边，听了你的话，会怀恨在心。”

“呸！要是他还有一点心，他就不该找我这个可怜的寡妇麻烦了！我敢肯定，没有基督徒会怪罪我。”

“可是魔鬼根本没有心，他们就想着要摧毁人类的子孙啊。”中士惊恐地向四周打量着，“你还是把态度放好一点，毕竟谁也不知道以后会发生什么。但是，贝蒂，只要是人，就没法从这里出去，何况还要经过那么多的哨兵，他们却都没发现。所以这是对你的一个可怕的警告，因此你……”

话说到这里，军官们叫贝蒂去准备早餐，于是对话被强制打断了，他们也不得不分开。女人心里偷偷希望中士对自己的兴趣能更脚踏实地一些。而中士一心只想从魔鬼的獠牙下拯救一个灵魂，邪恶的存在正潜入他们的营地，寻找受害者。

这天早餐时，来了几个信使，其中一个带来了哈德逊河沿岸敌军军力与目标的情报；另一个送来了辛格顿上校的指令，要求立刻派骑兵将沃顿上尉护送到山区的第一哨所。后面这条指令该说是一条命令才对，必须执行，不得违抗，这让邓乌迪越发不安。他眼前一直浮现着弗兰西丝绝望痛苦的表情。他几十次地想要跳上马背，飞奔到洋槐庄园，但是他最后还是没有冲动行事，服从了上级的命令，派一个军官带一个小队前往洋槐庄园，带走关押中的亨利 · 沃顿。邓乌迪要这个军官给沃顿上尉带封信，信中一再表示自己会保证他的安全，同时强有力地承诺自己会尽力来营救他。洛登上尉带领一部分骑兵留在四角村照顾伤员，部队的主力则整顿完毕后，就从营地出发，向着哈德逊河出发。邓乌迪向洛登上尉将命令重复了好几遍——他仔细地把哈维说的每一个字琢磨了一遍，头脑中设想了这神秘警告中一切可能的意义，直到没有任何借口再拖延出发时间了。走到一半，他突然想到自己还没有宣布对威尔梅上校的处置，他不再跟在队伍的后面，拨马跑到了通向洋槐庄园的路上。

邓乌迪就好像风一样，一瞬间就跑上了高地，望见了那寂静的山谷。他跑到谷底时，正看到远处的亨利 · 沃顿在通过一个山口，前往高地哨所。这一幕让邓乌迪越发焦急，他骑得更快了。当他转过山脚时，山谷在他面前一览无遗，而他寻找的对象竟然出现在了他的面前。弗兰西丝远远地跟在带走她哥哥的那群人后面，当他们从她的视线中消失时，她觉得自己失去了这个世界上所有珍贵的东西。邓乌迪没有出现，而亨利在这样的情况下与她分离，这沉重的打击彻底打垮了她。她跌坐在路边的石头上，悲痛地抽泣起来。一见到她，邓乌迪连忙跳下马来，把缰绳扔在马脖子上，迅速奔到了哭泣的姑娘身边。

“弗兰西丝……我的弗兰西丝！”他喊道，“你为什么这么难过？不要为你哥哥的事担心。只要我完成了现在的任务，我就立刻赶到华盛顿那里请他释放亨利。国父不会拒绝他最爱学生的请求。”

“邓乌迪少校，谢谢你关心我可怜的哥哥，”女孩颤抖着说，她擦干了眼泪，站了起来，“可是你这么称呼显然是不对的。”

“怎么不对呢！难道你不是我的……你的父亲、姨妈还有兄弟都同意我们的事，不仅如此，你自己也同意啊，我亲爱的弗兰西丝！”

“但愿不是这样，邓乌迪少校。也许别的女士才是更适合你的人。”弗兰西丝咬着牙关吐出了这句话。

“没有这样的人！我向上帝发誓，我才不要别的什么人！”邓乌迪激动地叫喊，“我的心里只有你一个！”

“邓乌迪，你那么有经验，表现又如此成功，这也难怪你如此轻易欺骗了我这样轻信的女人。”弗兰西丝试图挤出微笑，但她的嘴角颤抖着，根本笑不出来。

“你说我是一个恶棍吗？沃顿小姐？你什么时候听到我欺骗你？弗兰西丝？难道我曾经这样欺骗你纯洁的心吗？”

“那为什么邓乌迪少校迟迟不肯赏光到未来的岳父家里呢？他是不是忘记了那里有他受伤的战友？还有另一个深受折磨的人？他不记得那里有他未来的妻子了？又或者他怕遇到另一个有资格为妻子的人？哦，佩顿……佩顿，我被你骗得好惨！因为年幼无知和愚蠢，我轻信了你的勇敢、高贵、大度与忠诚。”

“弗兰西丝，我现在知道你怎么欺骗自己了！”邓乌迪叫道，他激动得满脸通红，“你冤枉我了！我向这世上所有我爱的人发誓，你真的冤枉我了！”

“不要发誓了，邓乌迪少校。”弗兰西丝打断他的话，她美丽的面庞因为女性的骄傲而益发闪亮，“你的誓言对我来说已经死了。”

“沃顿小姐，你要把我当成一个花花公子……要我卑鄙地吹嘘，改善自己在你眼中的形象吗？”

“别以为这有那么容易，先生。”弗兰西丝回答道，向着庄园走去，“这是我们最后一次私下接触了。但是……也许我的父亲会欢迎我母亲的亲人吧。”

“不，沃顿小姐，现在我不能走进他的家，否则我自己心里也过意不去。弗兰西丝，你绝望地赶我走。我要去决一死战，可能没法活着回来。如果真的是这样，请你至少给我一个公正的记忆。请你记得，直到人生的最后一刻，我都真心愿你幸福。”

说着，他踏上马镫，但他年轻的爱人向他的眼睛望了一眼，顿时刺穿了他的灵魂，让他停住了。

“佩顿……邓乌迪少校，”她说，“你永远不会忘记自己的神圣使命吧？你对上帝和祖国的义务禁止你有任何的轻举妄动。你的祖国需要你，除了……”话还没有说完，她就哽咽了起来，没法继续说下去了。

“除了什么？”年轻人重复道，奔到她的身边，试图握起她的手。但弗兰西丝很快恢复了常态，冷冷地拒绝了他，继续走上回家的路。

“我们就要这么分手了吗！”邓乌迪在极度的痛苦中怒吼，“难道我就这样卑鄙无耻，让你如此残忍地对待我？你从来没有爱过我吧！才用这种自己都无法解释的指责来隐瞒自己的变心！”

弗兰西丝站住了脚，回头望了他一眼，她的目光那么纯洁无瑕，那么令人心碎，让邓乌迪满心愧疚，只想要跪在她脚边求得宽恕。但她却示意他不要说话，继续说道：

“请你最后一次听我说，邓乌迪少校：当一个人第一次发现自己不如他人时，是十分痛苦的，这是我最近才得到的经验教训。我不会怨恨你……也不会指责你，甚至在心里也不会这么做。就算我有权得到你的心，我也配不上你。像我这样一个软弱胆小的女孩，是不能让你幸福的。不，佩顿，你生来就该是个了不起的人，做出了不起的事，你应该和一个勇敢无畏的姑娘，一个有着像你一样的灵魂，能够克服性别弱点的姑娘在一起。我只会是你的累赘，把你拖到凡尘里来，与另一个人在一起，你才能达到荣誉的巅峰。所以我放你自由，虽然我的心里是如此难过。而且我会为你们祈祷，哦！我会热切地祈祷！但愿与那样的人在一起，你会得到幸福！"

"我可爱的狂热者啊！"邓乌迪叫道，"可你根本不理解你自己，也不理解我！我爱的是柔和、文静、全心全意爱丈夫的姑娘，那就是你！不要再用什么慷慨的幻想蒙蔽自己了，那只会让我痛苦而已！"

"再见了，邓乌迪少校，"激动的姑娘说，她停了停，喘了口气，"请你忘记认识过我吧……记住祖国对你的需要。祝你幸福。"

"幸福！"年轻的战士恨恨地重复道，他望着她轻盈的身影飘过大门前的草坪，消失在了灌木丛后面，"是啊！我很幸福！真的很幸福！"

他纵身上了马背，一踢马腹，很快就追上了缓缓沿着山路向哈德逊河前进的部队。

邓乌迪没有想到，与爱人的相会竟然让他如此痛苦。但多情的女孩却伤得比他更深。弗兰西丝那充满了嫉妒之爱的尖锐目光，轻易地发现了伊莎贝拉·辛格顿小姐对邓乌迪的感情。纤细而害羞的她，绝对不会想到这其实是伊莎贝拉的单恋。其实热情又天真烂漫的弗兰西丝早就吸引了年轻军官的全部注意，但要得到她的青睐，邓乌迪必须坦率地表现出自己所有的男子气概，要以自己的全心全意才能征服她。只有做到了这些，他对她的引力才能持久、完整而专注。但是，这几天来发生的不寻常的事，她的爱人在这些事件中改变的态度，他少有的对自己的漠不关心，特别是伊莎贝拉对他浪漫的偶像崇拜，引起了弗兰西丝心中的感情。她开始害怕失去爱人的心，这便唤起了她纯真感情中的自卑感，让她开始不相信自己的优点了。在一时冲动中拒绝自己的爱人，把他让给自以为更适合他的人，这似乎很容易，但想象又怎么可能骗得过心呢。邓乌迪刚刚消失，我们的女主角就感到了这种剧烈的痛苦。如果说邓乌迪在指挥军队时还能得到一点放松，弗兰西丝则没有这种幸运。履行孝顺父亲的天职并不能消除她的痛苦。

儿子被带走的残酷事实，几乎透支了沃顿先生最后的精力。只有剩下的两个女儿的全心照料，才能让他相信，他还能够像平时那样活下去。

第二十章　示警

称赞恭维是讨好女人的秘诀；
尽管她又黑又丑，你不妨说她是天仙化人。
一个男人生着三寸不烂之舌，
要是说服不了一个女人，那还算是什么男人！

——莎士比亚《维洛那二绅士》

按照安排，洛登上尉留在四角村，带着霍利斯特中士和十二个士兵保护伤员与部队的辎重。邓乌迪做出这个决定时，不但参考了辛格顿上校信中转达的信息，也考虑到了他战友的伤情。洛登上尉徒劳地宣称自己根本没有问题，完全能和别人一样完成任何任务，还清楚地“暗示”他手下的人如果跟着汤姆·梅森的话，是绝对不可能像跟着自己那样勇猛自信的。但他的指挥官不会收回成命，悻悻的上尉只好服从了命令。临别之前，邓乌迪反复告诫他提高警惕，监护洋槐庄园。邓乌迪还特别嘱咐道，如果发现附近有任何可疑的动静，就立刻离开现在的营地，带领人马向南移动到沃顿先生的庄园去，哈维的警告已经让邓乌迪心中产生了模糊的怀疑，害怕沃顿一家人会遭到危险，但他无法解释这危险来自哪里，也不知道它到底会是怎样。

部队出发之后，上尉在“旅店”门口来回走了好一阵，心里暗自诅咒自己的命运，明明有可能上阵杀敌，却在这里可耻地偷懒。他偶尔会回答贝蒂几句话，贝蒂在“旅店”里不时地高声质问小贩到底是从哪里逃走的，她实在不能理解。就在这时候，军医来了。他一直在离这里很远的一栋房子里照顾伤员，对发生的事情一无所知，甚至连部队离开都不知道。

“我们的哨兵哪儿去啦，约翰？”医生问道，他一脸好奇地四下张望，“你怎么一个人在这里？”

“他们都跟着邓乌迪到哈德逊河那里去了。你和我要留在这里照顾伤员和妇女。”

“这很好啊。”医生说，“邓乌迪少校考虑到了伤员，尽量不让他们移动。不过伊丽莎白·弗拉纳根太太，能赶快给我弄点吃的吗？我得好好填一填肚子，还得赶着去解剖尸体呢。”

“哎哟，你这位西格瑞威斯医生老爷啊，”贝蒂把她通红的脸从厨房的破窗户里探出来，“你又来得太晚了。这里只剩珍妮的皮，还有你刚才说的尸体了！”

“你这婆子！”医生愤怒地说，“你把我当成食人族吗？竟敢这么跟我说脏话！我叫你赶快去做点适合饿了好久的人吃的东西来！”

“我看你是把我当成大炮了，要我跟放炮弹似的给你做饭。”贝蒂向着上尉挤挤眼，“我跟你说，你要不就饿着，要不就等我用老珍妮的皮给你做点啥来。小伙子们把我的东西全吃光了。”

这时候上尉来打圆场了，他对医生说，他已经派人去给部队采购食物。听了这个解释，医生的气也消了一些，他很快就忘记了饥饿，并宣布他马上要开始解剖尸体。

“你的标本在哪里？”洛登问。

“就是那个小贩啊。”医生说着，看了看挂着招牌的柱子，“我嘱咐过霍利斯特，让他别把台子弄太高，好让颈骨不会脱开。我打算把那家伙做成北美合众国最英俊的骨架呢！他条件相当不错，骨头形状和连接都挺好。我会把他做成一个完美的漂亮人儿。我早就想送这么一个礼物给我弗吉尼亚州的姑妈啦，我小时候，她对我可好了。”

“见鬼！”洛登不由大叫，“你要把死人骨头送给老太婆？”

“为什么不呢？”医生说，“大自然里还有什么能比人体更高贵的？而且骨架又是人体最基本的配件。不过，那尸体到底哪儿去了？”

“没了。”

“没了！是谁胆敢拿走我的外快？”

“还能是谁，魔鬼啊！”贝蒂说，“过阵子他还会连你都弄走呢，连问都不问你一声！”

“快闭嘴，你这巫婆！”洛登好不容易才憋出没笑出来，“你怎么这么跟军官说话呢？”

“是谁叫我肮脏的伊丽莎白·弗拉纳根的？”洗衣妇轻蔑地把手指弄得啪啪作响，“我交朋友记一年，结敌人记一月。”

但是医生根本不管弗拉纳根太太把自己当朋友还是敌人，他满心只想着自己的损失。洛登上尉只好对他的朋友解释到底发生了什么。

“你能逃掉真是走运啊，我的宝贝医生！”贝蒂在上尉说完之后叫道，“霍利斯特中士跟他面对面过，他说那就是大魔王，根本不是那个贩子，不可能是那个撒点小谎、偷点小东西、做点小坏事的家伙。要是少校真能吊死他，你再拿大魔王做个漂亮标本就好了。可我觉得你就算下了刀，也没那么容易把他切成块吧！”

既吃不成饭，又失去了他的标本，西格瑞威斯受到了双重的打击。于是他突然宣布打算去洋槐庄园作客，好探望辛格顿上尉。洛登上尉本来也准备去一趟那里，两个人很快就动身上路。尽管洗衣妇还冲着军医说了不少挖苦话，但他一会儿就听不到了。两个人默默无语地走了一阵，洛登发现他的同伴因为深深的失望和贝蒂的捉弄而满心沮丧，就试着安慰他。

“阿奇伯德，你昨天晚上没唱完的那首歌真的挺好听的，可惜被那货郎的事给打断了。”洛登上尉说，“那个盖伦的用典真是寓意深刻！”

“我就知道等你酒劲一醒，就会喜欢上它！约翰！诗歌是一种崇高的艺术，只是它并没有精密科学的精确性，也没有自然科学那样能让人受益。考虑到生活需求的问题，我把诗歌定义为镇痛剂，而不是营养剂。”

“但你昨天唱的颂歌就充满了智慧的营养啊。”

“昨天那首诗歌以格式来说不能称为颂歌，我认为应该定义为古典歌谣。”

“非常有可能，”洛登说，“毕竟只听了开头的一节，很难作出判断。”

军医不由自主地清了清嗓子，哼起了曲调。虽然他还没有意识到自己想要干什么，但上尉黑黑的眼睛向着同伴一转，看到他在马背上坐立不安的样子，就接着说：

“这里这么安静，路上也没别人，你为什么不把那歌唱完呢？弥补损失总是不嫌晚的。”

“我亲爱的约翰，要是它能纠正你的不良习惯与嗜好，那就再好不过了。”

“我们马上就要走到左边的山崖底下了，有回声听起来会加倍好听。”

受到了上尉的鼓励，再加上自认为在歌唱与作诗方面都造诣非凡，医生很认真地准备了起来。他又清了清嗓子，再试唱了几个音，很快就唱了起来，让洛登心里窃喜。

“吾爱，汝……”

“嘘！”上尉突然打断了他，“你听岩石中间是不是有什么沙沙声？”

“这一定是歌声的冲击造成的。一个强有力的声音就好像刮起了一阵狂风。吾爱，汝……”

“快听！”洛登叫着拉住了马。他话音未落，一块石头就落在他的脚边。石头滚到了路中间，没有砸中人。

“这石头不是要伤人的！”上尉叫道，“石头不大，也没用力，扔的人没任何恶意。”

“被石头打中顶多会淤血而已。”外科医生说，他向着四下打量，想找到是谁扔的石头，但没看到一个人影，“这肯定是个陨石吧？这里根本没有人，除了我们两个。”

“那些岩石背后藏一个团的人都没问题。”上尉跳下马来，拿起了那块石头，“哦，看来这里就有谜语的答案呢。”一边说着，他一边把一张巧妙地裹在石头上的纸条剥了下来。上尉摊平那张纸，上面模糊地写了几行字：

滑膛枪的子弹可比石头飞得远，这个郡的山岩间也隐藏着比伤员的药草更危险的东西。骏马的确跑得快，但又怎么能爬上悬崖峭壁？

“你说得对，陌生人！”洛登说，“对付暗杀和崎岖的山道，勇气和敏捷的确没什么用。”上尉重新上了马，然后大声叫道，“谢谢你，陌生的朋友！我们会记住你的忠告！”

一块岩石上露出了一只枯瘦的手，挥了挥，随后就消失了。那之后他们再没看到或听到什么。

“这真是件怪事。”西格瑞威斯吃惊地说，“那信也很有玄机。”

“哦，这没什么。不过是个土包子要了要心眼，想要吓唬我们两个弗吉尼亚人罢了。”上尉把纸条放进了口袋里，“不过阿奇伯德·西格瑞威斯医生，你这个可恨的家伙刚才还想解剖一个诚实的人呢。”

“你说那贩子吗，他可是敌人那边臭名昭著的间谍啊。我得说，像这样一个人还能为科学服务，这是他的荣幸才对。”

“他可能是个间谍……他一定是个间谍……”洛登上尉喃喃自语，“可是他却会为敌人担心，而且还有战士的高尚灵魂。”

医生茫然地看向他自言自语的同伴，而这时骑兵犀利的眼睛已经看到又一堆向前突出的岩石，几乎挡住了从山崖下绕过去的大路。

“就算马上不去，人也能爬上去的！”机警的上尉叫道。他再次跳下马背，纵身跳上一堵石墙，开始向山上爬去，很快地就登上了山顶，能够俯视所有的岩石和缝隙。他随即就发现一个人的身影，那人一见他来，就迅速地在消失在了岩石背后。

“追，西格瑞威斯！——快追！”上尉边叫边跃过一道道障碍，“那家伙再敢跑就打死他！”

这个命令的前一部分被医生忠实执行了，他很快就看到一个手持滑膛枪的男人飞奔过大路，看样子是要躲进对面的密林里去。

“站住！我的朋友！我拜托你站住，好等洛登上尉追上来啊！”军医大声呼叫道，眼看着前面的人迅速逃走，以他的骑术，根本就没法追到。但他的挽留仿佛成了新的威胁，那人跑得更快了，连气都不喘一口，一直跑到目的地，这才回过身来向着医生的方向开了一枪，随即就钻进了林子里。重新跑回大路上，跳上马背追来的洛登这时赶到了战友的身边，但那人已经不见了。

“他从哪条路逃的？”上尉叫喊。

“约翰，”军医说，“我可是个非战斗员吧？”

“那流氓往哪儿跑了？”洛登不耐烦地吼。

“往你追不到的地方……他钻进那树林里了。不过我再重申一遍，约翰，我是一个非战斗员。”

见敌人已经逃走，上尉大失所望，他转过头来，用愤怒的眼神盯住他的同志。但他面上的肌肉逐渐放松了下来，眉头也舒展开来，气势汹汹的表情逐渐变成经常出现在脸上的暗暗笑意。医生端正而镇静地坐在他的马背上，瘦小的身体挺得笔直，头高昂着，有意显示出遭到不公平对待的愤慨。

“你为什么放走那个流氓？”上尉责备道，“只要我的剑够到他，你就有东西能上解剖台了。”

“我怎么可能挡得住他啊。”医生指着让他停住马的栅栏，“那家伙跳过栏杆去了，把我丢在这一边。他既不愿听从我的劝阻，也不理睬你想要和他谈谈的暗示。”

“他的确是一个不懂礼貌的恶棍。可是你为什么不跨过栅栏挡住他呢？你看，那栅栏只有三根横栏，连贝蒂·弗拉纳根都能骑着她的老母牛跳过去！”

医生这才把他的眼睛从那人消失的地方转回来，看向他的战友。但他的头仍然骄傲地抬得老高：

“洛登上尉，以我的愚见，无论是伊丽莎白·弗拉纳根太太，还是她的老母牛，都不是阿奇伯德·西格瑞威斯医生应该效仿的对象。如果一位医学博士因为不理智翻越栏杆，摔断了双腿的话，那将是科学的一大憾事。”

一边说着，医生一边把他的腿岔得更开，快接近180度了，显得他好像真的不可能跳过任何一个障碍似的。但是上尉无视他的证明，急躁地叫道：

“这里根本没东西挡住你吧！就算一排人挡在我面前，我一夹马也能跳过去，连马刺都不用！算了吧！我可时常要顶着敌人步兵的刺刀往上冲，比这难多了！”

“我想请你记住，约翰·洛登上尉，我不是一个骑术高手——既不是骑术教官，也不是疯狂的号手。不不不，长官——我以对大陆会议委员会的尊敬表示，我不是一个把自己的性命看得跟敌人一样、一点也不体谅人的上尉。先生，我只是一个卑微可怜的知识分子，不过是个医学博士，从不值一提的爱丁堡大学毕业，成了骑兵队的军医而已。就这些，我向你保证，约翰·洛登上尉。”说着，他拨转马头向着洋槐庄园走去。

“是啊，你说得对。”骑兵上尉丧气地嘟囔。“只要有我队上的一个人在，我就能抓住那坏蛋，给法律献上一个祭品了。可是阿奇伯德，如果大家都像你那样，两腿跟罗得岛的阿波罗巨像[1]似的

[1] 译注：公元前3世纪建于希腊罗得岛的黄铜巨像，相传高34米，两腿中间能通过帆船。后毁于地震。

叉得那么开，那没人能骑得好马。你应该少在马镫上着力，膝盖夹紧，稳坐在马鞍上。”

“我很尊重你的经验，洛登上尉。”医生回答，“但我认为自己在判断肌肉动作方面没有任何不妥，不管是膝盖，或者是人体的任何部分。而且就算我不学无术，我也不会不懂地基越宽大，上层建筑就越稳定这个道理。”

“这大路并排走半打人都绰绰有余，你以为只要把腿叉大点就能挡住啊？就跟古代战车车轮上装的大镰刀似的。”

上尉提到了古人的战术，这让医生的怒气有所缓和，他的回答也没那么傲慢了：

“你应该尊敬那些走在我们前面的先知，虽然他们在科学上，特别是外科手术学上是无知的，但他们给我们提供了许多提示，使我们能有所改进。长官，现在我毫不怀疑，盖伦能够治疗你所说到的那种镰刀造成的伤口。虽然我们还没有在当代作家那里找到任何事实证据。啊！那种镰刀肯定造成了非常可怕的伤害！那个时候的医疗人员又是多么的不容易啊！”

“那东西有时能把人劈成两半吧，那些医生们肯定得煞费苦心才能把人再拼成一个。不过既然他们那么有本事有学问，那我一点也不怀疑他们的确做到了。”

“什么！把被利刃砍成两半的人体缝合起来，人还能活吗？”

“是啊，就算被砍开了，缝回去还能继续打仗呢。”洛登说。

“那不可能！绝对不可能！”医生大叫，“洛登上尉，人类的聪明才智不可能与自然规律对抗。你想想吧，我亲爱的先生。在这种情况下，所有的动脉都被切断了，还有所有的肠子也都受到了损伤，所有的神经与筋腱也断成两截，而更严重的是……”

“够了够了，西格瑞威斯医生，你彻底说服了我这个对立学派的成员。现在不管是什么，都不能动摇我‘人被切成两半就没救’的信念了。”

“诚然，受了这样无法治疗的伤，当然是不可能有任何乐趣可言的。”

“我也这么想。”洛登干巴巴地说。

“你认为什么才是人生最大的乐趣呢？”医生突然问道。

“这在很大程度上取决于各人的喜好吧。”

“不！”医生叫道，“最大的乐趣就是亲自见证，或者亲身体会科学成果如何与自然力量协调一致，修复遭受伤病蹂躏的身体。有一次我故意折断了我的小指，好让我能够体会接骨和痊愈的过程。你知道，亲爱的约翰，这只是个小规模的实验而已，但当我亲身感觉到断骨在人力与自然的统一下接合的过程时，那简直是惊心动魄的兴奋！远超过了其他任何我经历过的快乐！要是断掉的是更重要的肢体，比如一条腿或者手臂，那乐趣更是大得多啊！”

“要是一条脖子就更大了吧。”上尉揶揄道。不过这时他们已经走到了沃顿先生的庄园，于是对话也就中断了。没有人出来迎接他们，于是上尉直接向着客厅的门走去，他知道主人一般都在那里接待客人。但是刚打开门，看到里面的样子，他就站住了脚。

他首先看到的是威尔梅上校，他正向着双颊绯红的莎拉俯下身体，热切地说着什么，两个人连洛登上尉开门的声音都没有听见。上尉锐利的眼光瞬间就掌握了某些重要的迹象，猜透了两人的秘密。上尉本打算和进来的时候一样，再悄悄地退出去，但他的同伴却把他向旁边一推，自己走了进来。医生径直地走到威尔梅的椅子旁边，本能地抓住他的胳膊，大声说道：

“上帝啊！——脉搏又快又不规律，脸色通红，眼睛发亮——这是很典型的发热症状，必须马上治疗才行！”

西格瑞威斯医生早就习惯于说完就做——大多数军医都有这么个问题，他话音刚落，就抽出了放血的刺血针，并麻利地做起准备来，表明他马上就要进行一次治疗。但此时威尔梅上校已经从惊讶导致的混乱中恢复过来，他傲慢地站起身来说道：

“先生，是因为房间太暖和，才让我脸色发红的，而且您的医术已经让我感激不尽，不能再进一步麻烦您了。沃顿小姐很清楚，我身体很好，而且我向您保证，我这辈子从没这么感觉这么好过。”

这些话的后几句语气特别重，看起来这让莎拉心满意足，她的脸上又飞起了红云。西格瑞威斯医生向她一打量，立刻看到了这个反应。

“请把您的手给我，小姐，”医生走上前来，向她鞠了一躬，“焦虑和失眠恐怕已经影响到您娇弱的身体了。您的症状不容忽视啊。”

“请原谅，先生。”莎拉恢复了女性的矜持态度，“这里太闷热了，我得出去透透气，并且把两位光临的事告知我姨妈。”

要骗过专心致志、心底单纯的医生并不困难，但莎拉还要抬起眼来应酬洛登上尉。他深深地弯下腰去，并为她开了门。只要一眼就够了。她总算能控制着自己，端庄地走出了房门；可等他们看不到她之后，她就立刻瘫倒在了椅子上，什么都顾不得，只剩下又羞又喜了。

英国上校这种不配合的态度，让西格瑞威斯医生有些不快。他再次提出为上校诊断，结果又被拒绝，西格瑞威斯干脆走出客厅，去辛格顿的病房探视。等他到达时，洛登上校已经在那里了。

第二十一章　戒指

哦，亨利，你既已经开口，
我又怎会拒绝你的请求？
既然你也赢得了我的心，
我又怎能不伸出我的手？

——《沃克沃斯的隐士》

爱丁堡大学的毕业生发现他病人的情况迅速好转，已经一点也不发烧了。但他姐姐的脸色却比刚来时还要苍白。她始终在弟弟的病床边温柔地看护。庄园中的女士们都有了痛苦的经历，心事重重，但并没有忘记履行待客的职责。弗兰西丝觉得自己应该去安慰这位忧伤的客人，她对伊莎贝拉的兴趣让自己无法解释，并且这种力量也让她无法控制。她在想象中不由自主地将邓乌迪与伊莎贝拉的命运连在了一起。她以慷慨的浪漫热情认为，她善待邓乌迪所爱的人，就是对他本人好。伊莎贝拉也对她的关心表示感谢，但她们根本没有意识到自己悲伤的根源。佩顿小姐很少去注意其他事物，看到的也只有表面，她把外甥女憔悴的脸色和含泪的眼睛解释为沃顿上尉的缘故。至于莎拉表现得没有妹妹那么厉害，虽然佩顿小姐没有什么经验，也还是能理解其中的原因。爱是一种神圣的感情，也有着女性的纯真，在它的影响下，一切都变得圣洁起来了。虽然佩顿小姐真诚地为外甥遭遇的危险悲伤，但她也深知，战争时代并不是爱情的理想舞台，既然偶然获得了相聚的时刻，那么就不要轻易浪费。

几天过去了，无论是沃顿一家的庄园，还是驻扎在四角村的部队，都没有发生任何打断日常生活的事。沃顿一家都坚信亨利是无辜的，他们全心相信邓乌迪会帮助亨利。部队则焦急地等待着情报，与敌人发生冲突的消息随时都可能到来，他们随时准备着开拔的命令。但这是徒劳的，邓乌迪只是通知他，敌人得知友军被打败后，撤退到了华盛顿要塞的工事后面，在那里等待复仇的机会。邓乌迪在信中提醒洛登上尉提高警惕，并在结尾的部分赞美了他毋庸置疑的忠诚、勇敢与热情。

“过奖了，邓乌迪少校。”上尉喃喃说道，随后扔下这封信，大步在房间里走来走去，试图让自己的焦躁情绪平息下来。“你倒是给这差事找了个不错的守卫啊，让我看看——一个疯狂的、优柔寡断的老头子的家财，谁也不知道这人到底是站哪边的；四个女人，其中三个都是年少佳人，但全都不是我这个社会里的人；第四个也是个非常好的女人，不过她已经四十了；此外还有两三个黑人、一个啰嗦的女管家，就只会唠叨钱啊，恨啊，预兆啊，神迹啊。最后还有个可怜的乔治·辛格顿，嗯，对被伤痛折磨的战友当然要伸出援手，所以我会尽全力把这事做好的。”

自言自语地得出了这样的结论后，骑兵坐了下来，吹起了口哨，试图说服自己对这事一点也不在乎。就在这个时候，他不小心把穿着长靴的腿一伸，踢倒了一整桶的白兰地。他赶忙把酒桶扶了起来，这时他发现放着酒桶的长凳上放着一张字条。他迅速打开字条，上面写着：

月亮在午夜后才会升起——黑暗中最合适干坏事。

不会有错，这正是及时给他警告、让他防备暗杀的那人的笔迹。上尉陷入了沉思，想着这两个警告究竟有什么意义，货郎又是为了什么把这些通知了他这个死对头。洛登知道，他是敌方的间谍。他曾经通风报信，把一支暴露在敌人面前的美军情报透露给了英军的总指挥。在他受到审判时，这一点已经得到了清楚的确证，所以他才被判了死刑。多亏华盛顿发下了一条命令，在英军发起攻击切断美军后路之前，就把那支军队撤了出来，这才避免了伯奇叛国罪可能引起的严重后果，但这不能抹消他的罪孽。“也许，”上尉心想，“他是想要和我交个朋友，好让我不再去抓他。但不管怎样，第一次他没有要我的命，第二次又从别人手里救了我。我得尽量让自己跟他一样大度才行。可是我诚心祈祷，愿我的职责永远不会让我违背自己的感情。”

洛登上尉不能确定，这张字条上暗示的会遭到危险的人，到底是庄园中的人，还是他自己的手下。他觉得更可能是后者，于是决定要严加提防，避免天黑后骑马外出。对于一个生活在和平的国度、享受着宁静和秩序的人来说，恐怕无法理解上尉为什么对即将到来的危险如此漠然吧。实际上，上尉更想要对设下圈套的敌人将计就计，而不是一味躲避。不过这个时候，刚刚例行探视完洋槐庄园的军医回来了，打断了上尉的沉思。西格瑞威斯医生转达了洋槐庄园女主人的邀请，希望洛登上尉能在今天傍晚去庄园一趟。

“哈！”上尉叫道，“看来他们也收到信了！”

“我觉得这很可能。”医生说，“英军派了个牧师到庄园来，要交换双方的伤员，辛格顿上校也命令释放他们。可现在就移动伤员实在是太愚蠢了。”

“一位牧师？他看起来是个酒鬼、兵痞，会让全团都闹饥荒的家伙？还是个虔诚正经的教徒？”

“他是位非常可敬、很有规矩的绅士，而且从外表看来，他饮食节制，从不酗酒。”医生说，“而且他都按时做祷告，程序也很是正规。”

“他在那里住了一晚吗？”

“当然，他在等协议书呢。不过你得快点，约翰，我们没时间磨蹭了。我得赶快去给那两三个明天上午要送走的英国人放放血，避免发炎，一会儿就回来。”

洛登上尉很快换好了赴宴的正装，这时候他的同伴也看完了病人，两人再一次向庄园走去。罗诺克和它的主人一样休息了几天之后，已经恢复了健康。当洛登走到那些记忆深刻的岩石前时，他拉住了骏马，深深希望那个狡猾的敌人就站在自己面前，骑着马，手拿武器。然而一路上他们没碰到任何敌人，也没有任何事情发生，就顺利到达了洋槐庄园。这时太阳照耀着山谷，给光秃秃的树木抹上了一层金色的轮廓。只要没有做过精心伪装，那么洛登上尉只要看上一眼，就能掌握眼前景象的详情，所以刚一踏进房子，他就观察到了西格瑞威斯医生看一天也发现不了的种种细节。佩顿小姐面带微笑地走上来欢迎了他，这明显地超过了普通礼节的范畴。弗兰西丝两眼含泪，焦急四下走动着；沃顿先生身穿着天鹅绒的礼服来迎接他们，这服装即使在最豪华的客厅中也十分显眼。威尔梅上校穿着英国皇家禁卫队的军官制服。伊莎贝拉·辛格顿也坐在客厅里，虽然衣着喜庆，但脸上明显是勉强堆欢。她弟弟坐在她的身边，脸颊红润，眼光明亮，怎么看也不像是个伤员。他这已经是第三天下地活动了，西格瑞威斯医生都看呆了，甚至忘记责备他一个病人怎么能这么随意行动。洛登上尉身处这一幕中，却仍然保持着镇静，他的神经并不容易被这样的新奇所打动。他和所有的人亲切地彼此致意，各自寒暄了几句后，就走近了医生。西格瑞威斯已经惊讶又困惑地退到了一边，试图让自己重新冷静下来。

“约翰，”医生的好奇心总算又复活过来了，“这是要庆祝什么啊？”

“早知道的话，从贝蒂·弗拉纳根那里要点面粉来撒在你的假发和我的黑头发上就好了。不过现在说这个也没用了，我们得用眼下的装备打这一仗。”

“你看，来了个穿法袍的随军牧师，他看着就像个神学博士似的。这是什么意思啊？”

“交换伤员嘛。”上尉说，“丘比特箭下的伤员要直接跟爱神算总账了，等定了契约之后，他们就不会再挨他的箭了。”

医生把一根手指按在他鼻子的侧面上，这才理解了事态。

“这真是奇耻大辱啊，一个被打败的英雄，一个敌人，竟然就要偷走我们土地上长出的一朵最美丽的鲜花了，”洛登发着牢骚，“这朵鲜花本来该被任何同胞放在心尖上爱惜的！”

“约翰，要是那家伙当丈夫也跟他当病人似的那么满身是刺，我恐怕那位小姐要受一辈子的罪了。”

“随她去吧。”上尉愤愤地说，“既然她要从国家的敌人里挑选，那就让她去奉陪自己选择的外国人吧。”

他们的对话被佩顿小姐打断了，她走上前来，优雅地邀请他们参加她的大外甥女和威尔梅上校的婚礼。两位先生鞠了个躬。这位温柔知礼的姨妈又补充说，这对新人早就相识，绝不是一时冲动贸然成婚。洛登只是更认真地鞠了个躬而已，而喜欢与这位小姐交谈的医生回答说：

“不同的人有不同的思想。有的人对事物的印象强烈，但却短暂；而另一些人更为深刻持久。有些哲学家正在试图探索肉体与精神力量之间的联系。但对我而言，女士，我认为后者主要是受到习惯与社会组织的影响，而前者则只是由自然规律支配的。”

作为回应，佩顿小姐默默地点了点头，端庄地离开了这里，去迎接准新娘了。按照美国的婚俗，新郎新娘交换婚姻誓言的时刻已经到来，莎拉通红着脸，心潮起伏地跟着姨妈来到了客厅。她羞涩地扭开面孔伸出手去，威尔梅上校赶上前来握住她的小手。看起来，这位英国上校似乎这才意识到他是这仪式里多么重要的一员，之前他一直是一副心不在焉、举止不安的样子，但现在除了莫大的幸福外，其他一切都被那朵可爱的火焰融化消失了。所有的来宾都已经起立，牧师已经打开了神圣的书本，但在这时，大家忽然发现弗兰西丝缺席了！佩顿小姐赶忙离开客厅前去寻找，终于在卧室里找到了以泪洗面的小外甥女。

“来吧，我亲爱的，婚礼只等我们了呢，”姨妈说着，亲切地挽起外甥女的手臂，“你要镇静下来，对你姐姐选择的人表示尊敬。”

“他……他真的值得她爱吗？”

“怎么不呢？”佩顿小姐回答。“难道他不是位绅士吗？他是个英勇的战士，虽然缺了点运气。而且，我亲爱的，无论从哪方面来说，他都有资格让任何姑娘得到幸福。”

弗兰西丝发泄出了她的感情，经过一番努力后，她平静下来，决定去参加姐姐的婚礼了。但是在这段时间里，为了缓解延迟的尴尬，牧师向着新郎提出了几个问题，其中一个问题的回答令人很不满意。威尔梅不得不承认，他没有准备戒指。而牧师认为，如果没有戒指，就无法完成这神圣的仪式。他向沃顿先生询问这个决定是否合适，得到了肯定的回答。实际上，洋槐庄园的主人因为儿子的遭遇，受到了巨大的打击，几乎丧失了生气，所以对牧师的反对也想不想就一口赞同，就像他轻易答应了威尔梅上校对莎拉的仓促求婚一样。就在面临这个困境的时候，佩顿小姐带着弗兰西丝出现了。骑兵部队的军医走上前去，殷勤地将她扶到椅子上，对她说道：

“亲爱的女士，看起来威尔梅上校身处窘境，使得他无法准备戒指了。但是按照习俗、传统和教会的规定，这对一场体面的婚姻是不可或缺的呢。”

佩顿小姐用平静的眼神望了望不安的新郎，觉得以非常时期、再加上事态的仓促，新郎身上的装束已经足够体面了。她又回头看向说话的人，想要他作出解释。

医生理解了她的意思，立刻满足了她的要求：

“目前有一种看法，受到了普遍的接受。那就是心脏位于身体的左侧，所以比起另一侧来说，同样在左侧的这个器官与所谓的生命所在之处有着更紧密的联系。但这其实是不正确的，显示出了对人体结构的无知。按照这错误的观念，左手的第四根手指具有一种别的手指所不具备的特殊力量，所以在婚礼的仪式上，通常要用个圆箍或者圆环环绕在那根手指上，仿佛要将感情约束在婚姻状况之中一样。实际上，婚姻最好的约束是女性的美德。”说着，医生意味深长地把一只手按在自己的心口上，深深鞠了个躬，几乎碰到了地面。

“先生，我不知道我是不是正确地理解了您的意思。”佩顿小姐说，她的不解完全情有可原。

“戒指，女士——婚礼需要一枚戒指。”

当医生直截了当地说出这句话，佩顿小姐就立刻明白这尴尬的处境了。她看了看她的两个外甥女，小的那个正在暗暗狂喜，这让佩顿小姐有些不高兴。莎拉的脸上则弥漫着一种羞耻，体贴的姨妈很能理解她的心情，但她是绝对不会违反任何女子应该遵守的礼仪的。这个时候，三位女士在同一时间想起了她们已故的母亲和表姐妹的结婚戒指，它和她其他的首饰一起存在一个秘密地库之中。这个地库很早建成，用来保护贵重物品免遭匪徒掠夺。家里的餐具，还有其他最值钱的物品到了夜间都放进这个地库之中，刚才提到的结婚戒指也在里面躺了很久，几乎被人遗忘了，直到这一刻才被想起来。但是自古以来，这件不可缺少的信物都该是新郎提供才对。在这个庄严的场合，佩顿小姐不会去做任何超越女性本分的事，否则肯定会招致很多的烦恼与不安。所以她们谁也没有把这件事说出来。姨妈是碍于女性的礼仪，新娘是羞愧难当，弗兰西丝则心下高兴，这样的尴尬总该能推迟她姐姐的婚事了吧。最后还是西格瑞威斯医生出面打断了这尴尬的沉默：

“女士，如果只是需要一枚戒指的话，那么我去世的妹妹曾有一只……”他停顿了一下，接着说道，“……如果这只戒指有幸得到承认的话，那么它就放在我营地里的住处，要取来很容易。我毫不怀疑它的尺寸正适合小姐的手指。我去世的妹妹和沃顿小姐……无论是在外形还是解剖结构上，她们两人很相似。所有符合解剖学的对象，都很容易从整个形体上看出各个部分的比例。”

佩顿小姐瞥了瞥威尔梅上校，他明白了自己的责任，立刻从椅子上跳起来，对医生说如果他能派人去把戒指取来，那实在是感激不尽。医生有些倨傲地鞠了个躬，就走出客厅，去履行自己的诺言，派人去拿戒指。佩顿小姐没有阻拦他，但并不想让一个陌生人过多介入自己的家事，于是就请西格瑞威斯医生让恺撒去做这件事。凯蒂·海因斯把老黑人叫到了其他的起居室里，佩顿小姐和医生商量完毕之后，去吩咐他们办事。

在家庭成员中有人遭受生命危险的特别时刻，沃顿先生之所以会同意莎拉和威尔梅这突如其来的婚事，主要是因为他深信，在国家如此动荡的时代，一对恋人分开之后可能就再也无法相见了。而且他也害怕，要是他的儿子遭遇不幸，自己恐怕也会很快撒手人寰，丢下两个女儿无依无靠。虽然佩顿小姐也同意了表姐夫的要求，借着有位牧师偶然来访的时机完成他们的心愿，但她本来认为，就算时间允许，也不想要把外甥女的婚事向邻居们声张。但她觉得现在得把这个重大的秘密告诉给老黑人和她的新管家了。

"恺撒。"她面带微笑地开场，"我现在要告诉你，你的小女主人，莎拉小姐今天晚上就要和威尔梅上校结婚了。"

"我想我早就知道啦，"恺撒轻声笑着说，"小小姐对他动了心，我这老黑家伙看得出来。"

"真的吗？恺撒，我都没发现你有这么好的观察力呢。你也知道了，有件急事要你去办，你要好好听这位先生的指示，按他的话去做。"

老黑人乖乖地转向医生，医生开始交代道：

"恺撒，你的女主人已经把这里将要举行的重要事情告诉你了，但是现在我们需要一只环绕新娘手指的小圆环。那是从远古时代一直延续至今的婚姻习俗，基督教的几个分支中都在沿用。在典型的婚礼中，乃至主教上任的仪式上都需要它的存在。我想你肯定明白了吧。"

"也许医生老爷能再把这些东西说一遍吧。"老黑人插嘴道。虽然医生对他的理解力表示了充分的信任，但是老黑人的记性已经开始衰退了，“要是能再说一遍，我想我就能记住了。”

“从石头上是采不出蜂蜜的，恺撒，我不得不说得简短点。你立刻骑马去四角村，把这张纸条交给霍利斯特中士或者伊丽莎白·弗拉纳根太太，等这两人中的任何一个把夫妇感情的必要承诺交给你之后，就赶快把它带回来。”

医生交在老黑人手中的字条是这样写的：

如果金德已经退烧的话，给他营养食品。沃森需要再放三盎司血。仔细检查，确认弗拉纳根太太没有把她的任何酒精饮料丢在医院里。给约翰逊换敷料，史密斯暂时不能值班。把我留下来提醒按时服药的怀表挂链上系着的戒指交给来人。

阿奇伯德·西格瑞威斯，医学博士

骑兵队军医

“恺撒，”当只剩下她和老黑人时，凯蒂说，“你拿到戒指之后，就把它放到你左边的口袋里，因为那里最贴近你的心。千万不能试着往手指上戴，不然可不吉利！”

“试着往我手指上戴？”老黑人伸出他筋骨嶙峋的手指，“莎拉小姐的戒指怎么可能戴得到老恺撒的手指头上啊？”

“管它戴得上戴不上，”女管家继续说，“要是一个结了婚的人戴别人的结婚戒指，那就是个坏兆头；要是没结婚的人戴了，不用说，就更危险了！”

“我跟你说，凯蒂，我从没想过把那个戴到自己手指头上啊。”

“去吧，恺撒。别忘了放在左边口袋。经过墓地的时候要脱帽。赶快回来，我敢说，没什么比早就准备好了要结婚，却得耐心等着婚礼更难熬的了。”

听了这样的嘱咐之后，恺撒离开庄园，很快就稳稳地坐在了马背上。老黑人和他的同胞们一样，从年轻时就很擅长骑马，是个很优秀的骑手。但是六十个冬天过去，他源于非洲的血液已经丧失了原有的热度。夜已经深了，寒风带着十一月的凄凉呼啸着穿过山谷。当恺撒经过墓地一带时，带着迷信的敬畏之心，迅速地摘下帽子，露出花白的头发，害怕地向周围打量着，生怕会看到什么不属于人世间的东西。墓地上暗淡的光线让他辨认出有个人影在坟墓间穿行，那个人显然是想要抄近路走上大道。在这种情况下，哲学和理性都战胜不了儿时的印象，何况恺撒根本不具备这两种脆弱的概念。他本能地紧紧贴在了给沃顿先生拉车的那匹马背上，施展了自己全副的骑术。山丘、树林、岩石、围墙和房屋闪电似的被他甩在了身后，等到老黑人想起自己是要到哪里去，还有该完成什么任务的时候，他已经站在十字路口，破破烂烂的"弗拉纳根旅店"就在他眼前。一看到那欢快的火光，老黑人就知道自己已经找到了目的地，但同时也想起了他对野蛮的弗吉尼亚骑兵的恐惧。可他必须完成自己的任务，他下了马，把口吐白沫的牲畜拴在围栏上，小心翼翼地走近窗口观察起来。

屋里炉火熊熊，霍利斯特中士正和贝蒂·弗拉纳根坐在那里尽情畅饮。

"亲爱的中士，我就说么，"贝蒂说着，把酒杯从嘴边拿开，"你觉得那根本不是小贩，是不可能的。不然的话，他怎么没有硫黄气味？他的翅膀、尾巴，还有两裂的蹄子呢？还有，我的中士，你怎么能跟个孤零零的寡妇说魔鬼跟她睡在一个床上呢。"

"弗拉纳根太太，只要你能逃脱那家伙的魔爪和獠牙，那又有什么关系啊？"老兵说完，喝了一大口酒。

听了这番话，足够让恺撒相信这两个人没什么危险了。他已经冻得牙齿都在打战了，外面的寒冷与屋内的温暖大大刺激了他，他决定走进去。于是他轻手轻脚地走到门口，很小心地敲了敲门。霍利斯特中士出现在门口，手里握着出鞘的军刀，厉声责问是谁，老黑人惊魂未定，但恐惧还是促使他说出了来意。

“进来。”中士把老黑人带到亮处，借着光线仔细打量了一番，“进屋来，把你的信给我。你有口令吗？”

“我不知道‘口令’是什么啊。”老黑人哆哆嗦嗦地说，“老爷派我过来，说了好多话要我记住，可我一点都听不明白。”

“是谁派你过来的？”

“嗯，是医生老爷，所以我就骑马赶过来了，医生老爷让我干啥我就干啥。”

“那肯定是西格瑞威斯医生了。他从来就不记得自己的口令。好了，黑老头，要是洛登上尉的话，他才不会不告诉你口令就把你派过来。经过岗哨的时候，要是没有口令，说不定你的脑袋就要挨上一枪了，那多残酷啊。虽然你是个黑人，可我才不跟有些人似的，觉得黑人没有灵魂呢。”

“黑人当然有灵魂了，就跟白人一样。”贝蒂说。“到这边来吧，老人，烤烤火暖暖发抖的身子。我敢说，几内亚的黑人都喜欢暖和，就跟战士都喜欢喝酒一样。”

恺撒默不言声地按她说的做了，躺在房间长椅上睡觉的一个黑白混血男孩被叫了起来，他被吩咐把医生写下的说明送到伤员住的房子里去。

“给。”洗衣妇说着，把自己最喜欢的招牌饮料递给恺撒，“喝点吧，劲头不大，暖暖你那身体里快散掉的黑色灵魂，壮壮胆子好回家去。”

“我跟你说，伊丽莎白，”中士说，“黑人的灵魂跟我们自己的都是一样的。我听好心的怀特菲尔德先生说了很多遍，人在天堂里不分什么颜色。所以我相信，黑人的灵魂和我们自己，甚至邓乌迪少校的一样洁白呢。”

“当然了！”恺撒有点尖刻地叫了起来，弗拉纳根太太的饮料鼓起了他的勇气。

“少校的灵魂可好了呢，”洗衣妇说，“而且还很善良，又很勇敢。中士，我想你也这么觉得吧。”

“关于这件事啊，”老兵回答，“那要由比华盛顿还要更高的存在来判断的。不过我得说，邓乌迪少校是条汉子，他从来不说：‘兄弟们，给我上！’而是说：‘兄弟们，跟我冲！’而且要是哪个穷苦的家伙少了马刺或者马缰绳，或者丢了皮鞭什么的，他绝对不会让他们掏钱赔偿，都是拿自己的钱补上。”

“那你们怎么还在这里偷懒？少校最爱的人们有危险了！”就在这个时候，一个声音突然响起来。“上马！上马！去追你们的队长！赶快武装好上马！不然就来不及了！”

这突如其来的叫声让三个酒鬼陷入混乱。恺撒本能地逃到壁炉前头，那里的热量也许能把白人给烤熟，但他却站住不动了。霍利斯特中士及时转身抓起他的宽军刀，钢刃反射着火焰熠熠放光。一瞬间，他看清进屋来的竟然是货郎，那人就站在通向屋后耳房的后门边。中士向着老黑人的方向退去，军人的直觉让他集中了全部的注意力。只剩贝蒂独自一个站在那张临时的桌子边上没有动弹。她连忙倒了一大杯被士兵们叫成是“呛死狗”的烈酒，向货郎递过去。洗衣妇的视线因为爱情和烈酒而浮动着，她把它们善意地投向伯奇，大声说道：

“哎哟，真是欢迎你啊，货郎先生，或者说，伯奇先生，再或者说，大魔王先生！你到底是叫什么啊，大魔王？不过不管怎么说，你真是个诚实的魔鬼，我希望我那些旧衣服还适合你穿。来吧，亲爱的，到火炉跟前来。霍利斯特中士不会伤害你的，因为他怕你以后报复他——是吧？我亲爱的中士？”

“快走开！你这个不虔诚的人！”老兵叫道，继续向恺撒的方向退去，虽然被炉火烤得两条腿直踏步。“快老实点离开！这里没人会为你效劳，你找这个女人也没用！上帝会从你的魔掌里把她救出来的！”中士的话声变小了，但嘴巴还在蠕蠕地动着，念出一些零星的祷告词。

洗衣妇的脑子还是乱七八糟的，没能清楚地理解她的心上人的意思，不过她忽然想到了一个新问题，就大声地叫了起来：

“要是这男人找上我，又有什么？我不是个死了丈夫的寡妇？我不是属于我自己的吗？中士，你对我说得好，可我没听进去多少。大魔王先生，你想说什么就请随便说吧，我肯定我愿意听你说哩。”

“女人，”货郎说道，“请你闭嘴！还有你，傻瓜，快点上马——拿好武器上马，去救你的长官！如果你还想对得起你干的这一行，对得起你身上这件军服的话！”说完这句话，货郎就从困惑不已的三个人的视线中消失了，快到他们根本看不清他逃向了哪里。

一听到是老朋友的声音，恺撒就从自己躲着的角落里跑了出来，他无畏地站到了贝蒂的身边，她的脑子虽然还是一锅粥，但仍然坚定地站在原地。

“我本想叫哈维等一等的，”老黑人说，“要是他骑马走大路，我想跟他做伴一起走。约翰尼·伯奇肯定不会伤害他自己的儿子。”

“你这无知的可怜虫！”老兵惊叫了起来，他长长地喘了口气，这才说得出话来，“你真以为他是有血有肉的吗？”

“哈维是没多少肉，”老黑人说，“但他可聪明了呢。”

“呸！”洗衣妇大声道，“亲爱的中士，你还是好好想想明白人说的话吧。赶快把你那帮兄弟们叫到一块，骑马追约翰上尉去！你还记得吧，我亲爱的，他告诉过你们今天要做好准备，一收到警报就马上赶去的。”

“是的，可那不是说听魔鬼的命令啊。要是洛登上尉、梅森中尉，或者是斯基普维斯少尉下的命令，我比谁上马都快！”

“好了，中士，你不是老跟我吹牛说你们当兵的根本不怕魔鬼吗？”

“我们当然不怕，可那是说战场上，在白天。像这样的晚上，要去面对撒旦诱惑，根本就是有勇无谋！你听，风穿过树林的呼啸声多可怕！这里可有邪灵在叫唤！”

“我看到了。”恺撒说着，把眼睛睁得老大，好像真的看到了非现实的东西似的。

“在哪儿？”军士打断了他，本能地抓住了刀柄。

“不，不是，”老黑人说，“我看到约翰尼·伯奇从他的坟里出来了……他在他的坟墓前头晃悠。”

“啊！那么说他的确是罪孽深重了。”霍利斯特说，“受到祝福的灵魂都会安安静静地长眠，只有邪恶的灵魂死后也不得安宁。”

“那约翰上尉又要怎么办？”贝蒂怒气冲冲地大叫，“你们就根本不管他的命令，不管那警告了？我马上就去套我的车，我会赶过去告诉他，你怕死人，怕魔鬼。他就别想指望你来救他了。等到了明天，我可就不知道谁来命令士兵了！——反正肯定不会再是霍利斯特就对了！”

“不不，贝蒂，别这样。”中士急切地把手放在她的肩膀上。“今天晚上必须得有人出发的话，还是让有责任召集士兵，并且做出表率的人去吧。上帝保佑，让我们面对的是活生生的敌人吧！”

中士又干了一大杯酒，为了让上尉不会对自己生气而鼓起了勇气，他去召集留守的十二个战士。这个时候，男孩也把戒指送了过来，恺撒小心翼翼地把它放进自己贴着心的口袋里，上了马，闭上眼睛，紧紧地抓住马鬃毛，脑袋里一片空白地任马狂奔，直到马儿在温暖的马厩前停了下来，那正是他出发的地方。

骑兵们奉命出发了，但是他们的动作非常缓慢，因为他们得提高警惕来防备魔鬼的骚扰。

第二十二章　被中止的婚礼

别让你的嘴唇宣布自己的羞耻；
你尽管巧言令色，把她鼓里包蒙，
心里奸淫邪恶，表面上圣贤君子。

——莎士比亚《错误的喜剧》

在恺撒离开的这一个小时里，沃顿先生一家人的情况尴尬极了。虽然恺撒骑得飞快，来回四英里地，再加上还发生了前面我们说的那些事，他都在这么短的时间里赶了回来。当然，绅士们都努力地让这讨厌的时间尽可能快地过去，但故意营造出的幸福并不会让人开心。在这种情况下，新娘和新郎有权闷不作声，他们的一些朋友看起来也把两人当成了榜样。自己的幸福时刻忽然遭到打断，英国上校显得有些不安，他坐在莎拉身边，神色变幻。莎拉则似乎在趁着这段时间休息，为随后的庄严仪式养精蓄锐。在这令人尴尬的沉默中，西格瑞威斯医生早有预谋地占据了佩顿小姐座位旁边的位置，对她说了起来：

"女士，婚礼是在上帝与人们的关注下举行的一种光荣仪式，在现今时代，更是已经成为了自然规则与标准。古人推行一夫多妻制，这是对自然规则的无视，导致了不计其数的人遭受痛苦的折磨，但随着科学的发展，社会的进步，逐渐形成了这样一个明智的条例，那就是一个丈夫只能有一个妻子。"

威尔梅恶狠狠地瞪了军医一眼，好像在表示他厌恶这言论似的。佩顿小姐稍稍迟疑了一下，似乎不想要触及这不该谈论的话题，最后还是回答说：

“先生，我认为，这个问题道德观的改变该归功于基督教的信仰。”

“的确如此，女士，圣经上的使徒规定，男女两性在今后应当是平等的。但是一夫多妻制究竟对圣洁的生活有多大影响呢？这应该是保罗，这位了不起的学者的一个明智的安排，他说不定与路加多次商谈了这个重要的问题，我们都知道，路加有着丰富的行医实践……”

要是没人来打断他，真不知道西格瑞威斯还能把这个话题扯多远。洛登上尉虽然在医生说话的时候一直保持着沉默，却在密切地观察着一切，他突然插口进来：

“我请问一下，威尔梅上校，重婚罪在英国该受到怎样的惩罚？”

新郎吓了一跳，嘴唇都没了血色。但他马上恢复过来，以一个幸福男人的文雅态度说：

“死刑！——这是严重的罪行。”

“死刑之后做解剖！”医生接茬说，“法律才不会放过让罪犯做最后贡献的机会呢。重婚罪对一个男人来说，是一桩令人发指的罪行！”

“比独身还要严重？”洛登问。

“那当然！”医生不由分说地表示肯定。“一个一生独身的人可以献身于科学，虽然他没有延续自己的种族，但是扩充了知识。但是一个利用女性特有的轻信与温顺来占便宜的家伙就是恶棍，没有什么比这种卑鄙的欺骗更加邪恶！”

“是吗，先生，你把这些都归咎于女士们轻信的特质，她们可是会感激你的呢。”

“洛登上尉，男性在生理构造上要比女性更为结实，虽然神经不及女性敏感，但整体的结构都要更加坚硬、稳固。因此，女性比男性更加倾向于依赖配偶的忠实，这又有什么吃惊的呢？”

这番不合时宜的对话，似乎让威尔梅丧失了所有的耐心，他从座位上跳起来，在地板上焦躁地走来走去。耐心地等待恺撒回来的牧师见他的样子，觉得可怜，就有意改变了话题，过了几分钟，老黑人就回来了。他交给西格瑞威斯医生一张字条，因为佩顿小姐已经明确交代过恺撒，无论是什么情况，都不能把她牵连到这个差事中去。

字条上总结了医生交代的几个指示的执行情况，并提醒他向老黑人要戒指。医生立刻提了出来，并拿到了戒指。一阵愁云笼罩在了医生的眉心上，他默默地凝视着那小小的圆环，忽视了地点与场合，悲伤地自言自语起来：

“我可怜的安娜！当这枚指制成，即将装点你的婚礼的时候，你的心里充满了天真与青春的欢乐。但那个时刻还没有到来，神就将你带到了他的身边。多少年过去了，可是我的妹妹，我从来没有忘记过你，我童年的伴侣！”他走到莎拉面前，没有发现大家都在看他，把戒指戴到了她的手指上，继续说道：“这枚戒指原本的主人已经长眠地下了，而送她这件礼物的青年很快也随她高尚的灵魂而去。收下它吧，小姐，上帝保佑它能给你带来应得的幸福！”

医生的情不自禁，让莎拉心头猛地一寒。但是威尔梅将手伸给了她，挽着她走到牧师跟前，婚礼正式开始了。这神圣仪式最初的几句言语就让房间里变得一片寂静，神的仆人庄严地训导了新人，并见证了他们之间的山盟海誓，接着就是交换戒指。但是，由于疏忽和激动的缘故，西格瑞威斯戴到新娘手指上的戒指忘记取下来了。这个状况使得仪式微微延迟了一下，当状况解决，牧师要继续进行的时候，一个人溜到了人群中间，这使得婚礼再次中断了。这个人正是货郎，他的眼神里充满了苦涩和讽刺，他向着牧师伸出一根手指，仿佛要禁止仪式再进行下去。

“威尔梅上校怎么能在这里浪费宝贵的时间呢？他的妻子可是

专程漂洋过海来见他了啊！现在夜还正长，月光又这么亮，他只用几个小时就能赶到城里的！”

威尔梅被这个突然到来、非同寻常的消息吓呆了，一瞬间丧失了说话的能力。对莎拉来说，伯奇那表情丰富的面孔并不可怕，但刚从这个意外的惊讶中恢复过来，她就把急切的目光投注在那个承诺要忠贞不渝的男人身上。从他的神情上，伯奇说出的一切都得到了确认，莎拉感到整个房间都在摇晃，她毫无生气地跌进了姨妈的怀里。女性似乎天生就是体贴的，这是一种本能的保护，足以胜过其他任何的感情。昏倒的新娘被立刻送了出去，房间里只剩下了男人们。

趁着这一团混乱，货郎迅速溜走了，追也追不上。威尔梅呆站在那里，所有人的眼睛都盯着他，房间里笼罩着不祥的沉默。

“这不是真的！这是彻头彻尾的谎言！”他大叫着，拍打着自己的额头。“我早就拒绝了那女人的要求，我国的法律也无法强迫我承认她的权利！”

“可是你的良心，还有上帝的法律呢？”洛登上尉问。

“好吧，先生。”威尔梅傲慢地说着，向着门口退去，“现在的处境对你有利，可是等时候一到……”

他退到门边，肩膀上却被人轻轻一拍，他转过头去，只见洛登面带意味深长的微笑，招手示意他跟自己过来。此时威尔梅不管到哪里都无所谓，只要能摆脱房间里这一道道厌恶地怒视着他的目光。等他们走到了马厩前头，上尉才大叫一声：

“把我的罗诺克带出来！”

他的勤务兵立刻现身，把已经备好鞍鞯的骏马带到他面前。洛登上尉冷静地把缰绳扔在马脖子上，从枪套中拔出他的两把手枪，继续道：“这两把枪到今天已经是功勋累累了——当然，是在值得尊敬的人手里，它们原本属于我的父亲，威尔梅上校。他用这两把枪与法国人战斗，立了许多功劳。后来他把它们给了我，我继续用它们为国家而战。还有什么能比消灭一个妄图糟蹋祖国最美丽女儿的恶棍更能报效祖国呢？”

“你的中伤会遭到报应的！”威尔梅大叫着，抓住上尉递给他的武器，“谁想流血，谁就会头破血流！”

“阿门！不过稍等一下，先生，你现在已经自由了，华盛顿签署的通行证就在你口袋里。我让你先开火，要是你把我打死了，我这匹马就归你，没人能追得上。我建议你赶快离开这里，不然的话，连阿奇伯德·西格瑞威斯都会跟你拼命的——也别指望后面的卫兵们能饶了你。”

“你准备好了吗？”威尔梅气得咬牙切齿地叫道。

“站过来点，汤姆，这边月光亮点。开火吧！”

威尔梅开枪了，打下了上尉肩章上的一条金色流苏。

“现在轮到我了。”洛登说，不慌不忙地端起了手枪。

“是我才对！”突然有人喊道，同时洛登手中的枪被打落在地。“用地狱里的所有魔鬼发誓！这是那个弗吉尼亚疯子！——快点过来！伙计们！抓住他！这可真是个意外收获！”

虽然已经手无寸铁，而且又遭到突然袭击，但洛登仍然保持冷静。他知道自己是落到那帮剥皮党手里了，别想指望他们会手下留情。四个匪徒同时向他扑来，他用全身的力气与他们搏斗。三个人勒住他的脖子，按住他的手臂，企图把他制服，用绳子捆住。洛登上尉狠狠地把第一个人甩了出去，那人撞到了墙上，直挺挺地躺在地上起不来了。但是第四个人抱住了他的腿，上尉寡不敌众，摔倒在地。所有的敌人一拥而上。倒地的上尉仍然进行了激烈的抵抗。那帮匪徒们除了破口大骂诅咒他，一时竟束手无策，只好徒劳地叫同伙过来帮手。但是其他人都被吓得双腿发软，傻站在那里根本不敢过来帮忙。只听到混战之中有人费劲地喘气，接着传出了人被勒死时的呻吟声，随即有个人影跳了起来，挣脱了死命抓住他的人，

威尔梅上校和洛登的勤务兵都已经逃走了，前者躲进了马厩，勤务兵只顾着跑去示警，结果四下一片漆黑。那个跳起来的人影

窜到了无人理睬的马匹旁边，扳鞍上马。马蹄铁在地面溅出火花，借着这短暂的照明，才看到洛登上尉已经像一阵风一样驰骋在大路上了。

“下地狱去！他跑了！”筋疲力尽的头子暴怒地嘶声吼叫，“开火！把他打下来！开火！不然就真让他跑掉了！”

匪徒们按命令开了火，希望看到洛登那高大的身影从坐骑上滚下来，但一瞬间后，他们发现一切都是徒劳的。

“就算真把他打死了，他也不会掉下来！”有个人咕哝道，“这帮弗吉尼亚佬被打穿了两三个洞也还是坐在马上，死都不会掉下来！”

一阵清风吹来了马儿沿着山谷奔跑的蹄声，从速度来判断，骑手正好端端地着马。

“那些战马都是驯好了的，主人一摔下来就会停步。”另一个匪徒推测着。

“也就是说！”头子暴怒地用枪托砸着地面叫喊，“那家伙保住了一条狗命！快点去干你们的活！不到半个小时那个神棍中士跟卫兵就要来抓我们了。要是枪声没把他们引出来，那算我们走运。快去抢，然后在屋子里放上一把火，烧黑了的废墟就看不出干了坏事。”

“地上这家伙怎么办？”另一个匪徒说着，推了推被上尉摔到墙上后就昏迷不醒的同伙，“揉搓几下说不定能弄醒他。”

“让他躺着！”头子恶狠狠地说，“要不是这小子没个屁用，我早就把那混蛋骑兵抓住了！快点进屋！把火点起来！我们在这里大捞一票，这家里的钱多得能让你们个个都变老爷！而且还能把仇报了！”

一提到钱，匪徒们就什么都不顾了。他们丢下那个刚缓过一口气来的同伙，乱哄哄地拥进了宅子。威尔梅利用这个机会，把自己的坐骑偷偷地拉出马厩，悄悄溜上了大路。他犹豫了一下：到底是到有警备队驻扎的地方去报告，尽力挽救这一家人；还是趁着自己获得自由、交换俘虏的协议已经生效的情况去找英国军队？蒙受的耻辱，与自知有罪的内疚，让他决定采取后者，就这么骑着马直奔纽约了。他明白这样的做法有多么卑鄙，免不了心下生疼，而且他也害怕被那个愤怒的女人逮到。他最近一次回英国时跟那个女人结了婚，但是很快就对她始乱终弃，翻脸不认账了。

在这个混乱和躁动的时刻，洛登和威尔梅的撤退根本没有被人发现。沃顿先生身体与精神状况同时告急，军医和牧师都忙着照顾他。直到第一声枪响才让这家人察觉到，他们又面临新的危险了。匪徒头子很快就带着他的一个手下冲进了房间。

“投降吧！你们这些英王乔治的走狗！”头子大吼道，举枪对准了西格瑞威斯医生的胸口，“不然我就给你们放放那忠诚的血！”

“请你冷静下来，我的朋友。”医生说，“比起给人治伤来，你肯定是更会让人受伤。你这么轻率地端起武器，会危害到人们的生命的。”

“快点投降！不然就吃枪子！”

“我为什么非要投降呢？我并不是战斗人员。投降的事必须要和约翰·洛登上尉商量。不过我相信，你会发现在这个问题上很难跟他谈拢。”

这时，匪徒头子打量了一下所有的人，确信不会遭到反抗。他急于去抢夺自己的那一份财物，就丢下滑膛枪，忙着帮同伙把贵重餐具往袋子里扔。现在庄园里呈现出一幕奇异的景象。女士们忙着照顾仍旧昏迷不醒的莎拉，都聚集在一个房间里，躲过了强盗们的眼睛。沃顿先生魂不守舍地坐在那里，牧师尽量安慰他，但这毫无意义。辛格顿躺在沙发上，因为虚弱而颤抖着，没法注意周围的情况。医生给他服药，察看他的绷带，态度极为沉着冷静。恺撒和辛格顿上尉的勤务兵一起退到了宅子后面的树林中，凯蒂·海因斯则在屋里到处飞奔，忙碌地把贵重物品打包，她以最严谨的诚信，把不属于自己的东西都从中挑了出来。

我们现在回头来看看四角村的军队。当霍利斯特中士集合士兵，拿起武器，正要出发的时候，洗衣妇却突然提出自己也要参加这光荣但危险的行动。我们无法轻易断言，她到底是怕被孤零零地丢下，还是希望尽快去援救她最喜欢的人。总之，当霍利斯特下令出发的时候，贝蒂发出了叫声：

“稍等一下！亲爱的中士！叫两个小伙子帮我套一下车，我跟你们一起去！要是有人受伤，就方便驮他们回来了！”

不管是什么原因，只要能拖延一下出征的时间，霍利斯特就觉得高兴。但尽管如此，他还是做出了因为受到阻碍而不满的样子。

“除了炮弹，才没什么能让我们的兄弟从马上跳下来。”他说，“而且这一次我们恐怕不用公平地开枪开炮，因为这都是魔鬼在骗人。伊丽莎白，如果你想去，那你就去吧，不过根本不用套车的。”

“不，我亲爱的中士，你在胡说了。”贝蒂说，她还有点醉醺醺的，“辛格顿上尉十天前不就从马背上被打下来了吗？还有，约翰上尉也是。他不是脸朝天背冲地地躺在那里，让小伙子们都以为他死了，从英国人那里转身就逃吗？”

“你才胡说呢！”中士愤愤地叫道，“谁说我们那天输了？”

“你们有阵时间逃了——就逃了一阵。”洗衣妇解释说，“但邓乌迪少校带着你们冲回去了，这样你们才打败了那些正规军。可上尉还躺在那里，我想，没谁骑马能比他更好了吧。所以，中士，车是得准备的。你们出两个人，只要帮我套好车，明天威士忌随便你们喝！我还在鞍子底下给你们垫块老珍妮的皮，这一带路那么坑坑洼洼，有个垫子别提多舒服哩。”

中士还是同意了。弗拉纳根太太的马车很快就套好了，她上了车。

“我们现在完全不知道会从哪个方向遭到袭击。”霍利斯特中士说，“你们五个人走在前头，要是敌人打过来，剩下的人就掩护着向营地撤退。伊丽莎白，我可没什么学问，却得下命令指挥军队了！我真想这里能有个军官在啊，现在我只能相信天主的安排了！”

“呸！去你的吧！”洗衣妇已经跳上车，舒服地坐好了，“这附近根本就连个鬼影子都没有！快点上路吧！我得让我的母马跑起来，不然可就帮不了约翰上尉了！”

“虽然我不知道该怎么跟神灵沟通，或者让死灵安息，但弗拉纳根太太，”老兵说，“可上一次战争我从头打到了尾，这一次我也打了五年仗，怎么可能不懂得保护辎重的道理？难道还要让华盛顿来帮我们看行李吗？我不需要一个随军人员来告诉我怎么做。听我的命令，士兵们，出发！”

“随你，只要出发就行！”不耐烦的洗衣妇叫道，“那黑人早就到那里啦，上尉会骂你们怎么去得这么晚！”

“你确定那个送信来的家伙真是活生生的黑人吗？”中士说，他走在两排人中间以便和贝蒂交谈，而且一旦有紧急情况发生，可以更好地指挥冲刺或者撤退。

“不，我什么都不信，亲爱的。不过你这些人怎么还不踢马快跑啊？我的母马都要跑到前头去了，这该死的山谷里冻死人了，你们怎么还走得跟送葬似的？”

“这样才安全妥当，而且才能提高警惕，弗拉纳根太太。好军官是不能鲁莽行事的。要是我们碰到了一个鬼魂，它很可能猝不及防地发起攻击。黑暗里很难控制好马，我可不想丢了我的军衔，太太。”

“还军衔！约翰上尉连军衔带小命都要没了！”

“停止前进！”中士突然高声命令道，“左边的石头下藏了什么东西？”

“什么也没有！除非约翰上尉的魂等不及了，过来催你们！”

“贝蒂，行军是严肃的事，你不能这么轻率。来个人去那里查查，所有人拔刀！后队向前靠拢！”

“算了吧！”贝蒂吼叫，“你到底是个大傻瓜，还是个胆小鬼？小伙子们，你们往后靠靠，让我赶着车过去用这双眼睛好好看看！

我敢说，才没什么鬼呢！”

这个时候过去侦察的人回来了，报告说前面没有任何的障碍，部队又继续上路，但是走得更慢更小心了。

“胆大和心细是士兵的两件宝物，弗拉纳根太太。”中士说，“要是失去其中一件，另一件也就一钱不值了。”

“你是说光心细不胆大就一钱不值吗？我太同意了，中士。你把缰绳拉那么紧又是想干啥？”

“你要有耐心啊，我的太太。快听！那是什么？”霍利斯特说，他听到了威尔梅开的那一枪，“我发誓，这是有人用手枪开了火，而且还是我们部队里的人打的。后队，向前靠拢！——弗拉纳根太太，我现在必须离开你了。”

霍利斯特中士一听到枪声，就恢复了他全部的本事，他带着军人的骄傲，威风凛凛地站到了队首。但是因为天太黑，洗衣妇没看到他的英姿。夜风中又响起一阵滑膛枪声，中士叫道：

“前进！——迅速前进！”

随后，大路上传来了马蹄声，那急促的频率显示着骑手遭遇了生死危机。霍利斯特再次让队伍停下，自己奔上前去，迎向那个骑手。

“站住！——来的是谁？”霍利斯特喊。

“哈！霍利斯特！是你？！”洛登叫道，“你还真是忠于职守！不过你的人在哪里？”

“就在后面，长官。随时跟您赴汤蹈火。”老兵顿时觉得自己卸下了重任，像个年轻人似的渴望跟着队长去杀敌。

“太好了！”上尉说着向队伍跑去，而后将了几句鼓励的话，就带着他们沿着山谷，以不亚于自己跑来的速度冲了回去。洗衣妇那匹可怜的母马一下子就被甩在了后头，贝蒂也只得放弃跟上他们，把车赶到路边，心里暗想：

“现在好了——反正约翰上尉又带上他们了。瞧他们跟着他那开心样，简直就跟小黑孩们赶着去剥玉米皮似的！我也把我的母马拴在这边的篱笆上，走过去看看情况吧，没必要让这家伙去冒险。”

在洛登的率领下，战士们不假思索、毫不畏惧地飞奔而去。他们不知道是要去打牛仔队，还是要对抗英国军队，但是他们知道，冲在最前面的是位杰出的勇士，身手高强。拥有这些美德，就足以吸引这些单纯的士兵。

到达洋槐庄园大门附近的时候，上尉叫停部队，准备展开攻击。他命令八个人跟着他一起下马，然后转身对霍利斯特说：

“你们守在这里，看好马匹。要是有什么人企图通过，就立刻阻止他，不听就砍了，还有……”

就在这一刻，宅子的天窗和雪松屋顶上喷出了熊熊火焰，漆黑的夜幕都被照得通明。

“上！”上尉大喝一声，“上！——缴枪不杀！”

上尉这勇猛的吼声传到了屋子里匪徒们的耳中，吓得他们心惊胆战。剥皮党的头子丢下抢夺来的战利品，一瞬间吓得两腿发软，回过神来就扑向窗口，跳上窗台。这时洛登手持军刀冲进了房间。

“去死吧！恶棍！”上尉高叫着，一刀把一个匪徒的脑袋砍成了两半。可是头子已经趁机跳到了草坪上，逃脱了他的利刃。女性的尖叫声让洛登恢复了理性，牧师也恳求他保护这家人的安全。骑兵们还抓住了一个匪徒，就地正法，但其他的坏蛋都屁滚尿流地逃跑了。

由于要照顾莎拉，辛格顿小姐和这家人中的其他女性都没有发现匪徒闯进了屋里。这时候宅子已经笼罩在一片肆虐的熊熊火焰之中，建筑物眼看着被飞速吞噬。凯蒂和恺撒妻子恐惧的尖叫声，还有隔壁房间里的吵闹声，才让佩顿小姐和伊莎贝拉感到了事态的危急。

“上帝开恩啊！”惊慌的佩顿小姐叫了起来，“屋子里简直乱成一团！会造成流血事件的！”

“不会这样的，”伊莎贝拉说，她的脸色比谁的都苍白，“西格瑞威斯医生性格很稳重，洛登上尉也不会那么鲁莽。”

“南方人都是火暴急脾气啊。”佩顿小姐接着说，“就像你弟弟，身体那么虚弱，可整个下午都怒气冲天的！”

“老天爷啊！”伊莎贝拉喊了起来，她双腿一软，瘫坐在莎拉躺着的沙发上，“他平时温和得像只羊羔，可发起脾气来比狮子还凶！”

“我们必须得去阻止他们。有我们在，就能平息他们的骚乱，说不定还能挽救同胞的性命。”

佩顿小姐跃跃欲试地要去完成她所认定的女性的责任，她带着女性感情受伤的尊严，率先向门走去，伊莎贝拉跟着她。莎拉被送进的是宅子的一间厢房，有一条又长又黑的走廊与大厅相连。但这条走廊现在却是一片光亮，尽头还有几个人影急急忙忙地跑来跑去，实在看不出他们是在干什么。

“我们过去吧。”沃顿小姐神色坚定地说，“他们总会尊重我们妇女的。”

“一定的！”伊莎贝拉叫道，她走在了前头。

弗兰西丝一个人留了下来，陪着她的姐姐。几分钟的寂静之后，屋顶忽然一声巨响，明亮的光线从震开的门里照了进来，把四周照得犹如白昼。

莎拉突然从沙发上跳了起来，她狂乱地打量着四周，双手按住自己的前额，仿佛在努力回忆发生了什么。

“这里是天堂……而你就是一位天使吧？哦！多么绚烂的光辉啊！我就知道，我最近的幸福不是人间能有的。不过我们会重逢的。没错……没错……我们一定能重逢的……”

“莎拉！莎拉！”弗兰西丝惊恐地叫了起来，“我的姐姐！我唯一的姐姐！……哦！你不要笑得这么可怕啊！你说你还认得我，不然我的心都要碎了！”

“嘘，”莎拉举起一只手来，要她不要做声，“你会吵到他休息的……没错，他会跟着我入土。你觉得坟墓里能有两个妻子吗？

不……不……不，是一个……一个……只有一个啊。”

弗兰西丝扑在她姐姐的腿上，极度痛苦地流下了眼泪。

“你是在哭吗？美丽的天使？”莎拉温柔地说着，“那么天堂也不能免于悲痛了。可是亨利又在哪里啊？他已经被处死了，那肯定也该在这里才对。也许他们会一起来吧。哦！当我们又聚在一起的时候，会有多快乐啊！”

弗兰西丝整个人跳了起来，在房间里来回走，莎拉的眼睛一直跟着她转动，好像个孩子似的欣赏着她的美丽。

“你看着真像我的妹妹？是不是所有善良可爱的灵魂都长得一样？告诉我，你结婚了吗？你有没有让一个陌生人把你对父亲、哥哥和妹妹的爱都偷走呢？如果没有的话，可怜的人儿啊，我真怜悯你，尽管你已经在天堂里了。”

“莎拉……求求你，求求你！……我求你别说了！”弗兰西丝惨叫着扑向莎拉的床，“不然我真的要心疼得死在你脚下了！”

又是一声可怕的巨响，震得整栋房子都在摇晃。屋顶塌下来了，火光冲天，把从房间的窗户能看到的一切都照得雪亮。弗兰西丝冲到一扇窗子前面，看到草坪上聚集着一群混乱的人。其中有她的姨妈和伊莎贝拉，她们拼命地指着烧成火团的房子，显然是在催骑兵进来救人。直到这个时候，弗兰西丝才明白她们到底有多危险。她惊恐地尖叫一声，想都不想地就冲上了走廊。

令人窒息的浓烟挡住了她的去路。她刚站住脚试图喘一口气，这时候一个男人忽然将她揽进怀里，拦腰抱起失去知觉的她，径直从落下的灰烬和黑暗中冲到了空地上。弗兰西丝刚清醒过来，就认出救了她一命的是洛登，她立刻跪倒在他面前大声恳求：

“莎拉！莎拉！莎拉！求您救救我的姐姐！上帝会赐福给您的！”

她的身体还很虚弱，叫完这些，她就又昏倒在草地上了。骑兵指了指她，示意凯蒂照顾她，就又向着屋子里扑去。火已经烧到了外面的走廊和窗口，整幢房子都被笼罩在了浓烟之中。要通过唯一的入口实在是太危险了，连以胆大而著称的洛登上尉都不由得停下来考虑了一下。但他只犹豫了短短的一刻，就一头冲进了滚滚热浪与黑沉沉的浓烟之中。因为一时找不到入口，他摸索了一会儿，回到草坪上来深深吸了一口新鲜空气，就再次尝试，可惜又一次失败了。当他第三次向里冲时，却突然碰到了一个人，那人身上背着另一个人，脚步踉跄地走了出来。现在不是盘问的时候，这里也不是该质疑的地方，上尉用了全身的力量，一手一个抓起来就向外拖，直到冲出了火场。他这才惊讶地发现，原来是医生，他背着一具匪徒的尸体。

"阿奇伯德！"上尉叫道，"老天，你为什么要救这个恶棍？他们就该下地狱才对！"

医生好不容易才逃出生天，一时还昏头昏脑地不知道该怎么回答，等他擦了擦脑袋上的汗，又咳出了呛进肺里的烟尘后，就充满怜惜地说道：

"唉！一切都完了！要是我能及时止住他颈静脉的出血的话，还有可能救他一命的。可是热度会促进失血，现在已经没有生命迹象了。那么，还有没有别的人受伤？"

他问了也是白问，弗兰西丝已经被送到了宅子的另一侧，而洛登上尉又冲进浓烟里去了。

到了这个时候，熊熊的烈焰已经把呛人的浓烟都驱散了，上尉找到了入口，但刚刚进去，就碰到另一个人抱着昏迷的莎拉冲了出来。他们几乎都没时间冲到草坪上，火舌就通过窗户四下喷射出来，整个建筑都陷没在一团烈火之中了。

"感谢上帝！"救了莎拉的人叫道，"要是就这么被烧死，实在太可怕了！"

上尉正凝视着房子，这声叫喊让他震惊地回过头去，原来那并不是他手下的人，而是货郎。

"哈！你这间谍！"他叫了起来，"老天作证，你简直是阴魂不散地跟着我！"

“洛登上尉。”伯奇说，他筋疲力尽地靠在栅栏上。为了躲避热浪，他们已经退到了围栏边上。“我又落到你手里了，现在我既没法逃走，也没法反抗了。”

“美国的独立对我来说比生命更重要，”上尉说，“但是祖国不会让她的孩子忘恩负义。你走吧，不幸的人，趁着现在没人发现快点逃走，不然我也救不了你了。”

“愿上帝保佑你，让你战胜你的敌人。”伯奇紧紧地握住上尉的手，力气大得就好像铁铸似的，真没法想象这么瘦削的人能有如此大的手劲。

“站住！”洛登说，“你回答我一句话——你到底是什么人？你难道……你是……”

“英国的间谍。”伯奇打断了他的话，转过脸去，努力把手挣脱出来。

“那么你走吧，可怜的人。”上尉说着，松开了自己的手，“不知是贪欲还是迷惑，竟然误导了一颗高贵的心！”

火焰的光芒照亮了废墟边很大一片范围，但是洛登才说完最后一个词语，货郎那骨瘦如柴的身影就已经消失在视野里，融进远处的黑暗了。

洛登的视线在那个无法理解的人曾经站过的地方停留了一阵，然后转向仍然昏迷着的莎拉，他把她抱了起来，就像对待一个睡着的婴儿似的，送她到她的亲人那里去了。

第二十三章　创伤深重

她的魅力迅速消散，
她的面上失去欢颜。
唉！美丽总是难以持久，
花朵越美便越早凋残。
在这人生暮年，
只有哀愁一片。
人间世事如此变幻，
追求者们又在哪边？
唉！难道已经无人相伴，
任她芳魂形孤影单？

——《辛西娅之墓》[1]

大火熄灭之后，整幢宅子只剩下了几堵被浓烟熏成漆黑的断壁残垣，外面的走廊和装饰品也全都被烧毁了。所有这些残余，仿佛成了稍早之前平安和乐的日常生活的纪念物。宅子的屋顶，连同所有的木质部分都烧得坍塌进了地窖里。透过窗户，余烬还闪着幽幽的火星，散发出昏暗的光。剥皮党匆匆逃走了，使得骑兵们节省了时间，抢救出了不少家具，这些家具散乱地堆在草坪上，让现场显得更为凄凉。每当废墟里闪出一道明亮的火光，都映照

[1] 译注：英国诗人理查德·彭菲尔德（Richard Penfield，1574—1627）所作。

出霍利斯特中士和他的战友们镇静而严守纪律地坐在马背上的身影，还有弗拉纳根太太的那头牲口，卸掉了挽具，在路边静静地啃着青草。贝蒂已经提前赶到了中士值守的地方，并且以令人难以置信的沉着，目睹了整起悲剧。她不止一次建议中士，战斗眼看就要结束，还是赶快去帮忙抢救东西才对，但是老兵对她说自己要遵守命令，岿然不动。直到洛登上尉抱着莎拉从建筑对面跑过来，洗衣妇才冒险跑到了战士们中去。上尉把莎拉放在一张刚被两个手下抢出来的沙发上，随即就离开了，让女士们去照顾昏迷的莎拉。佩顿小姐和她的小外甥女见莎拉得救了，高兴得忘记了一切，飞奔过去从洛登上尉那里接过了她。但是莎拉那漠然的眼神，还有病态的绯红脸颊，登时又勾起她们可怕的记忆。

“莎拉，我的孩子，我亲爱的外甥女！”佩顿小姐将神志不清的新娘拥抱在胸前说着，“你得救了，愿上帝赐福给你的救命恩人！”

“看，”莎拉轻轻地推开她的姨妈，指着仍然闪出火光的废墟，“窗户都亮起来了，他们在欢迎我的到来。他们总是这么迎接新娘的——他告诉过我，他们一定会这么做的。听啊，你会听到钟声呢。”

“这里没有新娘，没有欢迎，什么都没有，只有灾难！”弗兰西丝哭叫着，她简直快和她的姐姐一样失常了。“哦！愿上天开恩把你还给我们，还我们一个正常的莎拉啊！”

“冷静点吧，傻姑娘。”莎拉的脸上露出怜悯的微笑来，“什么都不可能同时尽善尽美的。也许你还没有兄弟或者丈夫来安慰你吧，可你这么美，你肯定会找到一个丈夫的。可是……”她说着说着，音量已经小得好像耳语了。“你得知道他并没有另一个妻子……要是他结了两次婚，那会是多么可怕啊。”

“她受不了打击，已经不正常了！”佩顿小姐喊道，“我的孩子，我美丽的莎拉疯了！”

“不，不，不是！”弗兰西丝叫。“她只是发烧了！说了胡话而已！她肯定会好起来的！肯定会的！”

姨妈听到这句话，心里生出了一线希望，她立刻让凯蒂尽快请西格瑞威斯医生过来。医生正在一个个地给战士们检查，对每一块挫伤、每一道划伤都做了最专业的治疗，就连那些没受伤的战士们，也快被他诱导得承认自己受伤了。一接到凯蒂转达的请求，医生就像受到了命令似的立即服从，不到一分钟，他就赶到了佩顿小姐身边。

“如此快乐的夜晚，竟然落得这样不幸的结局。女士。”医生尽量安慰道。“战争必定会带来许多苦难，虽然它毫无疑问地支撑了独立事业，并且促进了外科学的进步。”

佩顿小姐没有回答，只是指着她的外甥女。

“她在发烧。”弗兰西丝说，“您看她的眼睛那么无神，脸颊又那么红。”

医生站了一会儿，仔细观察病人的外在症状，然后静静地拉起了她的一只手。西格瑞威斯的面孔总是严肃而专注，很少会出现任何强烈的感情。他的激情似乎都受到了严格的管束，人们从他的脸上很少能看出他内心的情感。但是这一次，佩顿小姐和弗兰西丝渴望的目光很快就看出了他的情绪。他用手指在莎拉那裸露到肘部、佩戴着闪闪发光的首饰的线条优美的手臂上按了按，随后放下她的手，揉了揉自己的眼睛，难过地转过身去。

“这并不是发热导致的——我亲爱的女士，像这样的情况，只有时间和细心的照顾才能治疗。如果上帝保佑的话，可能会有治愈的一天吧。”

“那个把她害成这样的混蛋在哪儿？！”辛格顿上尉愤怒地吼道，他拒绝了别人的搀扶，努力地从椅子上撑起他虚弱的身体。“已经打败了的敌人却还能这样伤害我们，那打赢他们还有什么用！”

“你这个傻孩子，”洛登上尉苦笑着说，“你以为那班家伙能真心为殖民地着想吗？对英国来说，美国不过就是个卫星而已。英国动，美国也得跟着动，就只能绕着她打转。美国发光也只是为了让英国更亮堂。你别忘了，一个殖民地上的人就是被大英的子民给毁了，也是她的荣誉啊。”

“我可没忘记，我手里还有把军刀。”辛格顿虚弱地坐回了椅子上。“就没有人愿意亲手为那位可爱的受害者报仇，安抚她老父的委屈吗？”

“我的先生，这可不需要武器，也不需要动员。”洛登上尉说，“可机会常常在那恶人一边。上帝，只要能让我在战场上碰到那恶棍，要我把罗诺克给他都行！”

“哦，不！亲爱的上尉，你怎么能丢下你的马呢？”贝蒂说，“找到这么一匹合心的好马有多不容易啊，这可不是有钱就能弄来的。你的马跑起来那么稳当，跳起来就好像只松鼠！”

“你这女人，只要能一刀劈了那小人，拿五十匹波托马克[1]骏马来换也值啊！”

“我说，”医生插口进来，“夜里的冷风无论是对乔治，还是这些女士们都不好，我们有责任把他们送到便于治疗和休息的地方去。这里可是只剩下冒烟的废墟和沼泽的瘴气了。”

没有人对这理智的提议表示任何异议，洛登马上就传达命令，把所有的人员都转移到四角村去。

在我们这个故事发生的时候，美国还没有几家马车制造商，所以差不多每一辆体面点的马车都是伦敦制造的。沃顿先生是城里少数拥有马车的人，离开纽约的时候，佩顿小姐和他的女儿们就是坐着这辆马车和他一起来到乡下的。这沉重的战车曾经庄严地在皇后大街上蜿蜒前进，也曾经在更为宽阔的百老汇大街上留下尊严的身影。如今它原封不动地停在刚刚来到时的地方，那几匹拉车的马是恺撒心爱的宝贝，因为上了年岁，才得以免于被附近

[1] 译注：指美国东北部的波托马克河（Potomac River）沿岸一带，是良马的产地。

的军事武装没收。老黑人心情沉重，在几名骑兵的帮助下准备着马车，以便让女士们乘坐。这辆笨重的车子衬里已经褪色，车篷脏乎乎的，车厢板也变色了，表明它需要那些曾经赋予它气派与美丽的工匠们重新修饰。车上描绘着沃顿家的家徽———只卧狮戴着辉煌的宝冠，说明这个家族来自于教会的显贵。那顶已经开始带有美国冠冕特征的宝冠，象征着原来主人的尊贵地位。辛格顿小姐乘坐的轻便马车也完好无损，因为马厩和附属的建筑都免于在大火中付之一炬，匪徒们本来想把这些好马和马车都夺走的，但是洛登上尉迅雷不及掩耳的进攻，不仅终结了他们的这个计划，也粉碎了他们其他的野心。霍利斯特一知道自己的对手不过是血肉之躯，就只在现场留下了一个卫兵，以令人钦佩的冷静巧妙地做出指挥，占据了有利的位置，以防备敌人的突然袭击。他带领着自己的一小队人马来到和废墟有一定距离的地方，彻底地隐藏在黑暗之中。同时凭借着废墟余烬的一点光芒，又足以发现任何企图靠近草坪抢劫财物的家伙。

洛登上尉对这个明智的安排十分满意，继续做着出发的准备。佩顿小姐、她的两个外甥女、伊莎贝拉被安置在那辆大的马车里。弗拉纳根太太的车上放了一张床，铺好了毛毯，准备让辛格顿上尉躺在上面。西格瑞威斯医生坐轻便马车走，好照顾同车的沃顿先生。在这个忙碌的夜晚中，沃顿家的其他人情况如何，我们无从得知，只知道除了女管家之外，仆人里只找到了一个恺撒。洛登上尉把所有人安置好之后，下令出发。他自己则独自在草坪上留了几分钟，把四下散落的银餐具和贵重物品收集起来，因为他怕这些东西会勾起自己手下的贪欲。等到确信再没有什么能考验他们的诚实后，他才上了马，全速赶去为一行人殿后。

“站住！站住！”突然传来了女人的喊叫，“你要丢下我一个人让坏蛋来杀吗？我的银汤匙都熔掉了，只要这块不幸的土地上还有法律或者正义，我相信我该得到赔偿！”

洛登转眼看去，只见一个女人背着个大包从废墟中钻了出来，那包袱简直可以与货郎那著名的货囊媲美。

“看看谁来了，”上尉说，“这不是火焰里飞出的凤凰吗？我向希波克拉底的灵魂发誓，这就是那位女大夫，以用针治疗而出名的神医了！嘿，我亲爱的女士，你瞎叫唤什么啊？”

“谁瞎叫唤了！”凯蒂呼呼地喘着粗气，“丢了银汤匙还不够倒霉，还要把我一个人丢在这地方，任抢任杀吗？哈维才不会这么对待我，当我还在哈维家时，他总是很尊重我！他就是太守着他的秘密，而且也太浪费钱了！”

“也就是说，女士，你过去是哈维·伯奇家的人了？”

“你可以说我是他唯一的家人了。”凯蒂说，“他家里就只有我、他，还有一个老人。我想你不认识那老人吧？”

“我没有这个荣幸，你在伯奇家里待了几年？”

“我不记得确切的时候了，不过少说也有九年吧。可我又落了什么好了？”

“的确，我也可以看出你没得到什么好处。但是你有没有发现，那个伯奇先生的举止性情有什么反常的地方？”

“反常？这词对他来说可是太轻了！他根本就是一个无法捉摸的人，他看一个几尼，就跟我看一粒玉米似的。只要你能帮我追上珍妮特小姐，我会从头到尾把哈维都干些了什么告诉你的。”

“很好！”上尉沉思了一下说道，“上来，把你的手臂伸给我。我看你挺硬朗的，放松点。”他一边说，一边就抓住老姑娘的手，用力一拽。凯蒂一阵晕头转向，等清醒过来，发现自己虽然不太舒服，但已经坐在洛登上尉的马鞍后头了。

“太太，你现在可以放心，你就跟华盛顿似的坐在马背上了。我这老马跑得很稳，而且还能跳得跟豹子一样。”

“放我下去！”凯蒂大叫，挣扎着想从他铁钳似的手里逃开，却又怕摔下去，“你不可以让一个女人这样骑马！我也没法骑没有女用鞍的马！”

“轻一点，我的好女士。”洛登说，“虽然罗诺克从来没有失过蹄，不过有时候却会尥蹶子呢。它可不习惯让一双高跟鞋跟敲鼓似的打他的肋骨。只要马刺轻轻一刺，它能跑上两个星期。所以你这么乱踢一气可不太明智，要知道它可是匹好马，心高气傲着呢。”

“让我下去啊！”凯蒂尖叫，“我要摔死啦！而且我没法抓住你，我手里拿着贵重东西呢！”

“的确如此。”上尉说，他发现自己连她带包袱都一起拽上马来了，“我看你根本是辎重部队的。不过我可以用军刀的带子把你的小腰捆在我身上。”

凯蒂听到这句恭维话，高兴异常，于是就没有作出任何反抗。上尉麻利地把她捆在自己魁梧的身体上，轻轻一踢马，他们就从草坪上飞奔了出去，快得让凯蒂吓得忘记了抱怨。他们飞驰了一阵，就赶上了洗衣妇缓慢行驶的马车。弗拉纳根太太有意把速度放得很慢，以免路上的颠簸震动辛格顿上尉的伤口。这个夜晚是那么喧嚣，使得年轻战士情绪过于激动，他的身体很快就支持不住了。现在他被小心地裹在毛毯里，靠在勤务兵身上，连说话的力气都没有了，只是静静地深思着之前发生的一切。赶路的时候洛登无法和凯蒂交谈，现在放慢了步子，他就重新提起了那个话题：

“那么说，你和哈维·伯奇一起住了很久吗？”

“住了九年多。”凯蒂说。速度放慢下来让她大大地松了一口气。

一听到上尉那深沉的声音，赶着大车的洗衣妇就把头扭了过来，趁机插话：

“哟，亲爱的，那你肯定知道他不是什么大魔王了吧。霍利斯特中士说他是魔鬼变成的，中士都不是傻瓜呢。”

“这是胡说八道！”凯蒂愤愤地大叫道，“没谁比背着货囊的哈维更善良的了。要是朋友，他会白送一件罩衫或者一条新围裙，一个大子都不收呢！他怎么会是大魔王！他要是跟邪灵打过交道，又怎么可能去读圣经呢！”

“不管怎么说，他还真是个诚实的魔鬼。就跟我之前说的一样，他留下的那个几尼是真的。可是中士却说他不对劲，其实霍利斯特先生挺有学问的。”

“他是个傻瓜！”凯蒂刻薄地说，“要是哈维不是这么漫不经心，他能当个富翁。我跟他说过多少次了，只要他专心做生意，把赚来的钱都存起来，娶个老婆，那就可以挣下一份能留在家里的家业，不用再去跟那些正规军打交道，他很快就能在家里住得舒舒服服的。到那时候，你那霍利斯特中士会很高兴给他举蜡烛呢！真的！”

“呸！”贝蒂以她的哲学方式反驳，“霍利斯特先生可是个军官！在部队里，他也就比少尉低点。今天晚上一接到那个货郎的警告，他就马上赶来了，不然约翰上尉还不知道能不能撑过去呢！”

“你说什么，贝蒂？”上尉从马鞍上探出了身体，“是伯奇告诉你们我有危险的？”

“就是这样，亲爱的。小伙子们要动身的时候，我也追上来了。虽然我知道那帮牛仔队什么时候对你来说都是小菜，不过看到魔鬼都站在你这边，我就放心了。我只是有点奇怪，既然连大魔王都掺和进来了，怎么我们的战利品这么少啊？”

“我该感谢你的救援，还有你的动机。”

“你是指战利品吗？我看到地上扔的那堆东西才想起来的，有的烧了，有点被打坏了，不过还有些跟新的一样嘛。不管怎么说，给部队弄张羽毛床垫总是好的。”

“老天，你们来得真及时！要不是罗诺克跑得比他们的子弹还快，我肯定也完蛋了。我的罗诺克真比得上跟他一样重的黄金啊！”

“我亲爱的，还是大陆券吧。金子那么重，而且咱们整个国家也没这么多的金子啊。要不是那个老黑人耽误了中士，还用铜一样的脸色跟鬼鬼怪怪的话儿吓唬他，我们早就赶过来把那些走狗都干掉啦，剩下的全都抓起来。”

“那当然好了，贝蒂。”洛登说，“我相信，这帮歹徒总有一天会受到惩罚的。就算不能用法律制裁他们，至少该受到同胞的谴责。美国人总有一天能够正确辨别出谁是真正的爱国者，谁是强盗。”

“不只他们。”凯蒂说，“还有些人只想着他们自己，跟匪徒串通一气呢。”

“他们越是多想着自己，别人就越是少想着他们。”贝蒂叫道。“贼就是贼，不管他是给乔治国王干活，还是帮国会议员办事！”

“我就知道会有坏事临头，”凯蒂说，“今天太阳下山的时候被乌云给挡住了，家里的狗一直在呜呜哀叫，我都亲手给它喂过晚饭了。而且就在不到一个星期之前，我还梦见成千支点着的蜡烛，炉子里的蛋糕烤糊了。”

“哎哟，”贝蒂接口，“我可是很少做梦呢。只要你自己心里没事，又填饱了肚子，你就能睡得跟婴儿一样甜。我上次做梦还是有个家伙把蓟草头塞进我毯子里的时候，害我梦到约翰上尉的手下像刷罗诺克一样地刷我哩！只要皮肉跟肠胃都好好的，那就啥事也不会有！”

“我敢肯定，”凯蒂把身体挺得笔直，把马鞍上的洛登也向后拽了拽，“没有哪个男人敢把他不规矩的手放到我的床上，这是不知羞耻的行为。”

“呸！呸！”贝蒂大声叫，“像你这么给捆在马屁股上头，才会让人笑话呢。要是小伙子们没干净衬衫穿，连点酒都没得喝，那我们的国家会变成什么样子？还能独立吗？你倒去问问约翰上尉，大魔王太太，要是他们打仗连件干净衣服都没得穿，他们又怎么打胜仗？”

“我还是个单身女人，而且我姓海因斯。”凯蒂说。“要是你跟我说话的时候能不说脏话，我会感谢你。”

“你得忍忍弗拉纳根太太那条舌头才行，”上尉插嘴说，“她说的那点酒，经常不是一点点呢。喝完了之后她的嘴就跟战士们一样脏了。”

“呸！亲爱的上尉！”贝蒂叫道，“你为什么要打扰女人说话？亲爱的，舌头就长在你自己身上，想说什么就说什么又有哪里错了啊？就是这里，中士走到这里的时候停了下来，疑神疑鬼地觉得有一大堆魔鬼呢。这夜里的云黑得就跟阿诺德的心似的，星星也只能从它们中间挤出来眨眼睛了。还好，我的母马就算在夜里也能赶路，她会跟猎犬似的用鼻子闻出路来。”

“月亮就快要升起来了。”上尉说。

上尉叫来一个走在前面的骑兵，对他传达了几条命令，让他照料辛格顿上尉，并且保护他的安全，还托他转达自己的安慰。然后他一踢罗诺克，飞快地超过了马车向前奔去。再一次让凯蒂·海因斯觉得自己是在天上飞。

“祝你好运！自由又勇敢的骑士！”当上尉，也就是所谓的骑士从身边冲过去的时候，洗衣妇喊道，“要是你碰到了大魔王先生，那就把马屁股转过来，给他看看他的老婆！我看他们马上就会聊起来的。好了好了，我们总算是救了他的命，他自己都这么说了……就算根本没战利品，也值啦！”

对于贝蒂·弗拉纳根叫嚷的这些话，上尉都听得烂熟了，他根本不想回答。虽然驮着一个额外的负担，但罗诺克仍然急速飞奔，离弗拉纳根太太的大车越来越远，越来越接近佩顿小姐的马车。上尉对这样的速度十分满意，但他的同伴却觉得不舒服极了。他们在离洛登上尉的宿营地不远的地方追上了马车，与此同时，月亮从云雾中一跃而出，清光撒在大地上。

跟朴素、优雅又舒适的洋槐庄园比起来，“弗拉纳根旅店”简直寒酸得不值一提。过去铺过地毯的地板，还有曾挂过窗帘的窗户上，都有张着大嘴的裂缝，一半以上的绿色玻璃都打破了，破掉的地方用木板或者纸张巧妙地挡了起来。虽然情况如此，但洛登上尉还是尽可能地对环境作出了改善，客人到达之前，熊熊的炉火已经点燃了。得到命令的骑兵还准备了一些必要的家具物品，佩顿小姐和她的家人们下车之后，看到的是尚可接待她们的房间。莎拉的神智仍然没有清醒的迹象，她以疯狂的想象，把路上看到的一切都跟自己心里最重要的负担纠缠在一起。

“受到这样的打击，短时间是不可能好转的。”洛登对伊莎贝拉·辛格顿说。“只有时间和上帝的怜悯才能治愈她。但是我们至少可以让她的身体舒服一些。你是个军人的女儿，这样的场景应该也见不少了。来帮帮我，一起把冷气从窗子里赶出去吧。”

辛格顿小姐答应了他。洛登试图从外面把破碎的窗玻璃堵起来，伊莎贝拉则在屋里挂上织物代替窗帘。

“我听到拖车的声音了。”上尉对伊莎贝拉说，“贝蒂是个很好心的女人。相信我吧，可怜的乔治不但很安全，而且也很舒服。”

“谢谢她对我弟弟的照料，愿上帝保佑她，也保佑你们大家。”伊莎贝拉热忱地说，“西格瑞威斯医生已经上路去接他了，我知道——有什么东西在月亮底下闪光？”

正对着他们所在的小屋的窗口，有几座农房的附属建筑，洛登敏锐的眼光一眼就看到了伊莎贝拉说的东西。

“是枪的闪光！”上尉猛地从窗边冲了出去，他的战马就拴在门口，还没有卸鞍。

他的行动快如闪电，但是还没来得及迈出一步，就是火光一闪，接着是子弹的呼啸声。屋子里响起一声尖叫，上尉纵身上马，这些都发生在一瞬间。

“上马！——上马！跟上！”上尉高声呼叫，还没等大吃一惊的战士们搞清楚发生了什么，罗诺克已经载着上尉跳过隔在他和敌人之间的栅栏，上尉没命似的追了上去。但是敌人离山岩太近了，上尉不得不失望地看着他想要杀死的人消失在岩缝里，那里骑着马是无法追赶的。

“我用华盛顿的生命起誓，”洛登把军刀插回刀鞘里，“要不是那家伙跑得快，我早把他一刀劈成两段了！——总有一天我会杀了他的！”一边说着，他一边向营地走去，面上带着随时准备为祖国献身的坚毅表情。营地里乱得异常，这使他加快了脚步。刚到门口，惊慌失措的凯蒂就告诉他，那颗本来要夺走他性命的子弹击中了辛格顿小姐的胸口。

第二十四章　停跳的心

他的格特鲁德已不会张开嘴唇，
但她的表情仍是那么美丽温馨，
仿佛洋溢着永恒的爱情！
她仍握住他的手，按着她停止跳动的心。

——《怀俄明的格特鲁德》

骑兵们仓促为女士们准备好了两个房间，后面的一间打算作为寝室。按伊莎贝拉的要求，她被迅速地送到了那一间里，放在了精神失常的莎拉旁边的一张粗陋的床上。佩顿小姐和弗兰西丝慌忙过来看护，却见她苍白的嘴唇上挂着微笑，表情如此镇静，使得她们错以为她并没有受伤。

“感谢上帝！”颤抖的佩顿小姐叫道，“听到枪响，又看见你倒下，简直要把我吓坏了！真的，真的，我们已经受够惊吓了，但这一次总算是虚惊一场！”

伊莎贝拉把一只手按在胸前，依然微笑着，但那越来越惨白的脸色，却把弗兰西丝吓得全身发凉。

“乔治还远吗？”伊莎贝拉问，“告诉我……让他快点来，也许我还能看我弟弟一眼。”

“不要这么说啊！”佩顿小姐尖叫道，“你还在笑……你并没有受伤啊！”

“我很好……也很高兴。”伊莎贝拉喃喃道。“这是治疗所有疼痛的良方。”

莎拉一直斜靠在床上，用疯狂的眼光凝视着她的同伴。她忽然伸出手去，把伊莎贝拉按在胸上的手拿起来，那只手已经染满了鲜血。

“你看吧，”莎拉说，“血还没有洗掉你的爱吗？那就结婚吧，年轻的姑娘，这样就再也没有人能把他从你心里夺走了。除非……”她弯下腰去，对伊莎贝拉轻轻耳语，“你发现他早就有另一个人了。那就死吧，上天堂去……在天堂里就没有妻子了。”

这个迷人的小疯子拉起铺盖来，遮住了她的脸，然后在这整个夜里，她再没有说过一句话。这个时候洛登进来了，虽然他经历过了各种各样的险境，早已经习惯了游击战的可怕，可面对这无辜受害的姑娘，他实在无法不为所动。他向着伊莎贝拉脆弱的身躯俯下身去，悲伤的眼神泄露出了他内心的感情。

“伊莎贝拉，”他终于说道，“我知道你有一般女性没有的勇气。”

“说吧。”她诚挚地说着，“如果你有什么想说的，不用顾忌说出来吧。”

上尉转过头，回答说：“子弹打中了胸口，一般没有人能活下来。”

“我并不害怕死亡，洛登，”伊莎贝拉回答，“谢谢你信任我。我从一开始就知道。”

“这种罪不该你来遭受啊！”上尉叫道，“我们的男人被英国人逼上战场，这就已经足够了。为什么连你这样可爱的姑娘都要成为战争的牺牲品呢？我都要恨我干的这一行了！”

“听我说，洛登上尉。”伊莎贝拉艰难地试图撑起身体，她拒绝了别人的帮助，“从我刚刚成年起，一直到现在，我都在军营里和士兵们一起生活，好让我年迈的父亲能得到一些宽慰，你觉得我会想要摆脱这样的生活，不再去经受那些危险和艰苦吗？不！在我要离开这个世界的最后时刻，我觉得很安慰，因为我已经尽到了一个女子可以做到的所有责任。”

“看到这样一个高尚的灵魂，谁还能贪生怕死呢！我看过成百上千流血牺牲的战士，但从没见过像你这样有坚强的精神！”

“也只有精神了。”伊莎贝拉叹道，“我天生性别如此，力量有限，使得我无法为最爱的事业献身。但是，洛登上尉，老天对你是仁慈的。你有着能够投入这事业的体魄与心灵。我知道你会全身心地战斗下去，直到最后一刻。还有乔治，和……”说到这里，她停顿了一下，她的嘴唇颤抖着，她的视线垂落了下去。

“还有邓乌迪！”上尉接口道，“你是想说邓乌迪吧！”

“不要说起他的名字。”伊莎贝拉倒下去，用衣服遮住自己的面孔，“你去吧，洛登……让可怜的乔治对这个突然的打击有些心理准备吧。”

上尉仍然用忧伤的眼光凝视着她，望着那在薄薄的布料下难以掩饰地颤抖的躯体，过了一会儿才走出门，去和他的战友会面。

辛格顿和他姐姐的见面是那么痛苦，伊莎贝拉也不由得难以压抑自己的感情，但她知道，自己的生命快要走到尽头了，便第一个冷静下来。在她的强烈要求下，房间里只留下了辛格顿上尉和弗兰西丝，医生一再要求留下为她治疗，但都被她执意拒绝了，医生只得不情不愿退出了房间。

“请扶我起来，”垂死的年轻姑娘说，“让我再看看你那可爱的脸庞。”弗兰西丝默默地按她说的做了，伊莎贝拉又把眼睛转向乔治，眼中充满了姐姐对弟弟的深情。“没什么，我的弟弟——再过几个小时，我就不会再受苦了。”

“求你别死啊！伊莎贝拉，我的姐姐，我唯一的姐姐！”辛格顿再也忍耐不住，痛苦地哭了起来。“我的父亲啊！我们可怜的父亲……”

“我的死对他来说会是一个打击。但他是一个军人，一个教徒。沃顿小姐，趁我还能撑得住，我想和你说些你关心的话。”

“不，”弗兰西丝温柔地说，“你要保重自己，不要为了关心我，危及到你的生命，你的生命对……对……对很多人来说都是宝贵的！”她激动得几乎没法把这些话说出口来，复杂的感情震颤了她的心。

“可怜的好心姑娘啊。”伊莎贝拉用充满了柔情的目光注视着她，“你的面前还有那么广阔的一个世界，我又怎么能打扰你的小小幸福呢？尽管去追逐你的梦想吧，我天真可爱的姑娘！上帝会保佑你免遭伤害的！”

“哦，可是我又能剩下什么幸福呢？”弗兰西丝把脸埋在了衣服上，“所有我最爱的人都让我心碎。”

“不！”伊莎贝拉打断了她，“还有一件事能够唤起你的求生欲望，这是一个女人心中最强烈的渴望。你所产生的错觉，只有死亡能够消除……”说到这里，她筋疲力尽，不得不停下来费力地喘息。周围的人都屏住呼吸，直到她恢复过来，把一只手放在弗兰西丝的手上，越发温柔地说了下去：“沃顿小姐，如果还有一个人和邓乌迪志趣相投，值得他去爱，那么这个人就是你了。”

顿时，弗兰西丝的面上仿佛燃起了一团火焰，她抬起眼来，眼中闪出难以抑制的喜悦，凝视着伊莎贝拉。但是眼前的悲伤景象让她醒悟过来，她又垂下了头。伊莎贝拉深情地注视着她，眼中有着深深的同情与羡慕。

“我已经从这样的感情中解脱了。”她继续说道，“是的，沃顿小姐，邓乌迪是你的。”

“你要对自己公平一点啊，我的姐姐！”辛格顿上尉喊道，“不要因为虚幻的慷慨就忘记了你自己！”

她听了他的话，将视线投注在他的面孔上，但是却慢慢地摇了摇头。她说：

“这不是虚幻，而是事实。是真实让我说出这些话来的。啊，这一个小时里，我活得多有意义啊！沃顿小姐，我出生在南方的烈日之下，让我的感情也吸收了它的热度。我只为激情而生存。”

“求你别说了……别说了，我求求你啊！”激动的弟弟叫了出来。“你要想想你有多爱我们年老的父亲，你对我的爱又是多么无私，多么温柔！”

“是啊，”伊莎贝拉说，她的面上现出温暖快乐的璀璨笑容，“至少，我将带着这样的感情，走进我的坟墓。”

她陷入了沉默，弗兰西丝和她的弟弟都没有打扰她的沉思，直到几分钟后，她似乎是突然醒了过来，继续说着：

“其实我到最后还是自私的啊。沃顿小姐，我把我最初的激情献给了美国和她的自由，而后……”她又停顿了一下，弗兰西丝以为这是垂死之前的挣扎，但她很快又恢复过来，继续道，“我都要入土了，又有什么可犹豫的呢！邓乌迪是我第二个爱上的，也是最后一个。但是，”她用双手掩住了自己的脸，“但是这都是我单相思啊！”

“伊莎贝拉！”她的弟弟喊道，从床上一跃而起，狂乱地在房间来回乱走。

“你看，当世俗的傲慢控制了我们时，我们是多么不由自主啊。知道他所爱的姐姐的感情也并不在天性和教育之上，乔治又是多么的痛苦。”

“别说了。”弗兰西丝轻声道。“你让我们都难过极了……不要再说了，我求求你了。”

“为了还邓乌迪一个清白，我必须要说下去。而且出于同样的原因，我的弟弟，你也一定要听下去。邓乌迪并没有任何言行让我相信，他希望与我发展成超过朋友的关系。不仅如此，最近一段时间来我认为他有意地避开我，让我感到很羞耻。”

“他竟敢这么做？”辛格顿愤怒地说。

“冷静点，我的弟弟。听我说，”伊莎贝拉继续道，用尽最后一点力气坐起了身体，“他并没有任何过错，也是有原因的。沃顿小姐，我们都失去了母亲，但你有一位姨妈——她那么温柔、善良，又善于观察，正是这位姨妈让你获得了胜利。唉！对于一个女儿来说，从小就失去母性的照顾是多么大的损失啊！按你的教养，你要压制这样的感情，而我已经把它们都袒露出来了。说出了这些，我怎么可能还想继续活下去呢？”

“伊莎贝拉！我可怜的伊莎贝拉！你不要说胡话啊！”

“我还有最后一句话要说……我感到我的血正迅速地流淌出来，

我命不久矣。一个女人一定要被人珍爱，她一生都要把感情隐藏起来。那些早早就受到教导，能够隐瞒衷情，又不至于虚伪的女孩子是幸运的，只有这样的姑娘，才能和一个……一个像邓乌迪那样的男子获得幸福……”她的声音越来越低，在一片静寂之中，她倒在了枕上。辛格顿上尉发出一声惊叫，其他人都冲到了她的床边，但死亡的阴影已经笼罩在她的面容之上了。她用尽最后的一点力气，也只能握住乔治的手，放在自己的胸口。很快，她的手松开了，在轻轻痉挛之后，她离开了人世。

弗兰西丝·沃顿曾经认为，她所经历的最大不幸就是哥哥的生命面临威胁，还有姐姐精神失常。但是伊莎贝拉对她说出的临终遗言，却在她哀伤的心中添加了又一层的忧愁。所有的真相已经一目了然，邓乌迪的男子气概与体贴，在她心中的形象越发高大。弗兰西丝现在十分后悔自己因为一时冲动和骄傲就拒绝了他，就算这不会使他绝望，也会让他难过。而现在，弗兰西丝虽然感到痛苦，但这份绝望也给了她一份秘密的希望，让她的人生又焕发了新的生机。

那个悲伤的夜晚结束了，太阳再次升起来，释放出凄凉而没有色彩的光线，就好像在嘲弄阳光下人们的小小哀伤。洛登早已经下令准备好马匹，只等第一缕阳光从山上射出，就立刻出发。安排好之后，他默默地将一条腿跨过马鞍。极其懊恼地向那歹徒逃走的狭小缝隙望了一眼后，他催动罗诺克，慢慢地向着山谷走了起来。

道路上弥漫着死一般的寂静，那个悲惨的夜晚没有留下任何痕迹，玷污这个可爱的辉煌清晨。这位无所畏惧的骑士深深地感觉到了人类与自然之间的对比，他骑过了每一个可能发生危险的关口，一直在沉思着什么，一直到他高傲的坐骑深深地喷吐着早晨清新的空气，向着霍利斯特中士的战马表示问候的时候，他才回过神来。

在这里，的确可以看到那个伤心之夜造成的伤害，但上尉只是冷静地扫了一眼如此的景象。他不想把时间浪费在无用的悔恨上，立刻就开始了工作。

“你看到什么了吗？”他问道。

“什么都没有看到，长官。所以我们并没有展开行动。”霍利斯特回答，“但是远处曾传来一声枪响，那时我们上了马。”

“好吧。”洛登忧郁地说，“啊！霍利斯特，要是你当时能够在那儿，在那些该死的石头里帮我挡住那些坏蛋的话，我真愿意把自己的坐骑给你啊。那地方到处都是乱石块，简直都站不下一只马蹄。“

“只要是在白天，跟人类对打，我可不会输给任何人。但我可不能说，我愿意跟那些刀跟枪都干不掉的东西打仗。”

“我说你的脑子里都是什么傻乎乎的念头啊，霍利斯特教士？”

“我可不喜欢在树林边上走来走去的那个黑东西。那东西从天亮起就在这边了。昨天夜里我还见它两次穿过火光，一定没打好主意。”

“你说的是长着枫树的岩石底下那个黑圆球？它真的在动吗？”

“可是看着根本不像个人。”中士又敬又怕地打量着那东西，“它会滑来滑去，这里放哨的都说没看到它有脚。”

“它就是有翅膀，”洛登叫道，“我也能把它抓住。你守在这里，等我回来。”

话音未落，罗诺克就飞奔出去，仿佛在证实主人的夸口似的。

“这些该死的石头！”上尉大声咒骂道，他看到他要抓的目标靠到了山坡边，但是那东西也许是没有经验，也许是因为过于害怕，竟然跑过了那些能够藏身的山岩，跑到了开阔的平原上。

“管你是人还是鬼，我抓到你了！”洛登从刀鞘里抽出军刀，大声喝道，“站住！给我投降！”

他的命令显然是被遵守了，在这充满魄力的一吼后，那个黑影立刻倒在了地上，一动不动，好像死了一样。

“我抓到什么东西了啊？”洛登叫着，策马走到那东西旁边。“难道是珍妮特·佩顿那位好心女士的晚礼服？它在出生的地方四处游荡，是在徒劳地寻找它的女主人吗？”

他踩在马镫上俯身向前，用军刀挑起了那件丝绸料子，那底下露出了某位先生的半个身体，是昨天晚上从洋槐庄园逃走的随军牧师。

“说实话，霍利斯特吓成这样还真有些道理，骑兵队从来都害怕随军牧师。”

牧师已经稍稍冷静了下来，发现对方是自己曾经见过的人。他对自己被吓成这种不雅的样子而感到羞愧，他拼命地站了起来，做了几句解释。洛登心情很好地听着，虽然他并不怎么相信牧师的话。牧师说完之后，上尉短短地告诉了他山谷里的情况，然后礼貌下马，带着牧师向着岗哨走去，

“先生，我真的对叛军的制服没有任何知识，我分辨不出您手下的人不是那一伙抢劫的匪徒。”

“神父，您不需要道歉，”上尉挑了挑嘴角，“您身为神的仆人，本来也无须认识一件外套的。不过我们所有的人都认识您所服务的军队的一切呢。”

“我为乔治三世陛下的军队服务，”牧师擦了把额头上的冷汗，“但是说真的，作为一个新手，一想到会被剥掉头皮就吓坏了。”

“剥头皮？”洛登上尉重复道，他不由得停了一停。然后很镇定地补充说：“如果您说的是弗吉尼亚州轻骑兵团的邓乌迪中队，那么我可以明确地告诉您，他们一般只要一点点带头皮的头骨而已。”

“哦！我并不是害怕您这位绅士的部队，”牧师傻笑了一下，“我只是怕遇到土著人而已。”

“土著人！我很荣幸地就是个土著啊，我向您保证，先生。”

“不不不，我请您理解我的意思——我的意思是印第安人，他们只会抢劫、杀人和破坏。”

“还有剥头皮！”

“是的，先生，还有剥头皮。”牧师答道，用有点怀疑的眼光看着洛登上尉。“那些有着古铜肤色的、野蛮的印第安人。”

“你觉得在这个中立地带会碰到鼻子上挂宝石的人吗？”

“当然了。我们在英国就知道，他们的群落生活在内陆。”

“您把这里说成是美洲的内陆吗？”洛登大声说着，他又一次停住脚，脸上自然地流露出惊讶的表情，一点看不出来是伪装的。

“是啊，先生，我认为自己就在内陆啊。”

“等一等，”洛登手指着东边说，“您有没有看到那一眼看不到边的大海？您认为理应统治着半个世界的英格兰就在那一边。您看到您出生的地方了吗？”

“我怎么可能看到三千英里外的东西啊！”牧师惊叫起来，他怀疑上尉是不是神智不正常了。

“嗯，人拥有的权力总是不会与野心一样大的。现在把头转向西边，看看在美国与中国的海岸之间翻腾的无尽海水吧。”

“可我只能看到大地而已啊。”牧师哆嗦着说，“根本看不到海。”

“是啊，怎么可能看到三千英里外的东西嘛。”洛登故意重复道，继续走了起来。“要是你真的想看到野蛮人，还是到你陛下的部队里去找吧。他们的忠诚都是靠朗姆酒跟金币来维持的。”

“看起来我可能是被骗了。”牧师说，他偷偷地打量着身躯高大、满脸胡须的上尉，“我们在英国听说了很多谣言，而且也不知道会遇到像你这样的敌人，所以我一遇到你就跑了。”

“这可不是个明智的决定啊，”上尉说，“我的罗诺克马上就能追上你。而且就算逃过了女妖，也会遇到旋涡[1]。因为这树林和那些山岩里就藏着你怕的那些野蛮人。”

“野蛮人！”牧师惊呼起来，本能地抢到了上尉前头。

“那些家伙比野蛮人还糟。他们打着爱国主义的幌子，却掠夺平民们的财物满足自己的私欲，他们比印第安人心狠手辣多了。

[1] 译注：意大利墨西拿海峡的希拉岩礁异常险峻，对面就是凶险的卡里布迪斯大旋涡。希腊神话中传说岩礁上栖居着六头十二脚的女海妖希拉，专吃海员。如果避开女妖，又会落入大旋涡中。英文中以此来比喻腹背受敌。

他们满嘴的自由和平等，心里却充满了贪婪和恶毒——那些家伙就叫剥皮党。”

“我也在我们的部队听说过他们。”受惊的牧师说，“我还以为他们就是土著人呢！”

“这可对原住民们太不公平了。”

他们边说边走，现在已经走近了霍利斯特中士的岗哨，士兵们都惊讶地打量着他们的上尉抓住的俘虏。洛登发下命令，士兵们立刻开始整理那些值得带走的家具。牧师已经骑上了一匹骏马，上尉带着他一起返回宿营地。

辛格顿上尉希望能把姐姐的遗体送到父亲的身边，也做好了一切准备。受伤的英国人也交给了牧师照顾。快到中午时分，洛登上尉见所有准备都已经完成，觉得再过几个小时之后，他与他的小分队就会留在四角村，不再受任何打扰。

洛登上尉靠在门口，带着忧郁的表情，默默望着昨天晚上追逐敌人的方向。就在这个时候，他忽然听到了马蹄声，很快，他手下的一个骑兵就顺着大路飞奔而来，似乎带来了非常重要的命令。那匹马跑得口吐白沫，骑手也疲惫不堪，好像已经跑了一整天。他一句话也没说地把信放进洛登的手里，就拉着坐骑到马厩去了。洛登认出信上是邓乌迪的笔迹，连忙读了起来：

我很荣幸地向你转达华盛顿的命令，请将洋槐庄园一家人转移到高地。他们已经被允许与沃顿上尉会面，上尉等待他们为他在法庭上作证。请向沃顿一家人转达这条命令，我毫不怀疑你将妥善执行。英国人正沿河岸移动，确认沃顿一家安全之后，即刻带着你的分队与大队会合。我们见面后有重要任务交托，亨利爵士已经任命一位称职军人就任指挥官。报告必须直接送交皮克斯基尔司令部司令，辛格顿上校已经调回总部，负责可怜的沃顿上尉一案的审理工作。另已接到新命令，一旦捕获哈维·伯奇，立刻处以绞刑。但此命令并非由总司令下达。派一小队人护送女士们，尽快出发。

你忠诚的
佩顿·邓乌迪

这封信完全改变了整个安排。因为她的父亲已经不再担任那个辖区的指挥官，伊莎贝拉的遗体也不必再送到那里去了，辛格顿上尉很无奈地勉强默许了将她的遗体就地安葬。他们在山脚下选择了一块安静美丽的地方，因为时间与条件的限制，葬礼只能草草进行。几位当地居民出于好奇和关心，也出席了葬礼，佩顿小姐和弗兰西丝在伊莎贝拉的墓前失声痛哭。这庄严肃穆的葬礼由牧师主持，他才刚刚主持了另一个完全不同的仪式。当伊莎贝拉的棺木上落下第一铲土，牧师念起悼词的时候，洛登上尉低下头来，伸手擦着自己的眼睛。

邓乌迪信中传达的消息，让沃顿一家再次产生了希望。恺撒和他的马又被派出去了。剩余的财产托付给信得过的邻居保管，沃顿一家人带着神智失常的莎拉上路了。四位骑兵保护着他们，同行的还有所有美军伤员。他们出发后，牧师也带上了转交的英军战俘动了身，水边有一条船在专门等待接收他们。洛登高兴地目睹着这一切，等牧师走后，他就立刻命令吹响号角。一切都在瞬间行动起来。弗拉纳根太太的拖车又套上了母马，西格瑞威斯医生那瘦削的身影也坐到了马鞍上。上尉翻身上马，欣喜自己终于得到解脱。

洛登下令出发，他向着那些剥皮党隐藏过的地方愠怒扫视了一眼，又带着深深的忧伤看了看伊莎贝拉的新坟，才率先上了路。陷入沉思的医生走在他的身边。霍利斯特中士与贝蒂走在队伍的最后。大家都离开了，只剩下清新的南风在“弗拉纳根旅店”那敞开的大门与破损的窗户间呼啸。就在不久之前，这里还曾经充满了战士们欢乐的笑声，轻松的玩笑，以及悲伤的哀叹。

第二十五章　山间小路

没有春日的花朵盛开在赤裸的岩石上，
只有寒冷冬天迟迟留恋着五月的山冈。
没有轻柔风儿深情地抚摸山岭的胸膛，
只有暴风雨的幽暗和闪电的炫目光芒。

——戈德史密斯[1]

就算在我们的时代，维斯特切斯特的道路仍然远远落后于全国的水平。而故事发生时的情形前面已经介绍过不少，所以读者们应该不难想象，当恺撒驾着那辆原本属于英国主教的沉重马车，沿着曲曲折折的盘山小道攀上哈德逊高地一座人迹罕至的关卡时，他的任务有多么艰难。

恺撒和拉车的马儿们艰难跋涉前进，而马车中的人则只沉浸在自己的心事里，无法顾及为她们服务的人。莎拉的情况稍稍好转，不再像之前那样疯狂地胡言乱语了。但是随着理性的恢复，她也变得越来越没有生气。从原本的激动与浮躁，逐渐变成了阴沉与忧郁。实际上，她的家人们好几次以为她有了恢复的迹象，但那短暂的理智带来的却是脸上无比的忧伤，她们倒宁愿她永远不要去思考，好免遭痛苦的折磨。整整一天的旅途都在沉默中度过，

---

[1]　译注：奥利弗·戈德史密斯（Oliver Goldsmith，1728—1774），英国作家。代表作有长诗《荒芜的村庄》、小说《韦克菲尔德牧师传》等。

到了晚上，一行人各自在几家农舍中栖身。

第二天早上，队伍分开。伤员们都被送往河边，准备在皮克斯基尔通过水路送往上游的美军医院。辛格顿上尉则被担架抬着送往他父亲曾经驻扎的高地，好让年轻人在那里养伤。剩下沃顿先生的马车，还有一辆载着女管家和抢救出来的行李的货车继续上路，向着亨利·沃顿被关押的地方驶去。只等他们一到，他就要面临审判，决定生死了。

这个郡坐落在哈德逊河与长岛海湾之间，从两者的交汇处向上的四十公里都是绵延的丘陵与峡谷，走过这一段后，地势也不再那么险峻，渐渐地平坦起来，最后变成美丽的康涅狄格平原与草原。但是离哈德逊河越近，山势也越发挺拔，直到变成那难以翻越的高地。这里也就是中立地带的尽头。英国军队只占据了哈德逊河边两个据点，控制了进入山区的南边河口，其余路口都在美军的掌握之中。

我们之前说过，大陆军的巡哨有时会深入到这个郡的南端，怀特平原地区的小村庄也时常会被美军的骑兵队控制。不过有的时候，守卫也会撤退到这个郡的最北部。这时如我们已经说过的，这个两军之间的中立地带就会陷入歹徒们的魔掌之中，他们不为任何一边军队效劳，心里只想着大肆掠夺。

故事里的这支小队并没有走连接两个主要城市的大路，而是选择了一条人迹罕至的僻静小道，就是在现在也鲜为人知。这条小路在东部边界附近进了山，通向山间平原，与哈德逊河隔了许多英里。

沃顿先生的那几匹马已经筋疲力尽，不可能把马车拖上漫长又陡峭的斜坡了。一直陪同保护的两个骑兵就去买来了两匹乡下的驮马，也不管主人是不是愿意。在这两头新牲口的协助下，恺撒才得以继续赶路，缓慢而辛苦地爬上了高山。弗兰西丝想要下去呼吸一下新鲜空气，缓解忧郁沉重的心情，也减轻车子的负担。到达山脚下的时候，她就下了车。她看到凯蒂也像她一样，两个人都准备步行爬上山顶。这时太阳已经移近了西边山顶，卫兵说，只要爬到山顶，就能看到此行的目的地了。弗兰西丝以青年人特有的活力，大步向山上爬去。女管家跟在她的身后，她们很快就看不到那辆沉重的马车了。马车仍然在缓慢地挣扎着向山上爬行，时不时还要停下来，让牲口喘喘气。

“哦，法妮小姐，这些天多可怕啊！”她们停下来休息的时候，凯蒂说道，“我就知道，当云层里出现血迹的时候，灾难就要降临了。”

“地上是流了很多血，但是凯蒂，云彩里并没有什么血吧？”

“怎么会没有呢！”女管家叫道，“是啊，有的！还经常有彗星拖着通红冒烟的尾巴呢！当年战争开始的时候，不是有人看到天上出现全副武装的士兵吗？在平原战争的前一天晚上，不是雷声滚滚，就好像开炮似的？啊！法妮小姐，我真害怕，反抗受耶和华赐予王权的国王不会有好下场！”

“我们面临的这些事的确是可怕的，”弗兰西丝回答，“会让意志最坚强的人也感到灰心。但是我们又有什么办法呢，凯蒂？自由独立的人们是不会屈从于压迫的。在战争中，这样的情形已经太寻常了。”

“只要我能找到什么东西，觉得值得为它打仗的话，”凯蒂加快步伐，好跟上年轻的姑娘，“那我也不会想这么多了。有一次，我听说国王要把所有的茶叶都搜罗起来，只让他一家人享用。又有一次，他要殖民地把所有赚到的钱都给他。[1] 这些都足够开仗了——我敢说，就算是领主或者国王，他也没有资格抢走别人辛辛苦苦挣来的钱。可后来他们又说，这些都是编出来的，其实是

[1] 译注：前一句指1773年英国颁布《救济东印度公司条例》，强行规定东印度公司垄断殖民地茶叶买卖，禁止殖民地贩卖“私茶”，这成为独立战争的导火索。后一句指1765年英国为盘剥殖民地而设立印花税，规定一切公文、契约合同、执照、报纸、杂志、广告、单据、遗嘱，都必须贴上印花税票，才能生效流通，这导致殖民地各地反英怒潮。

华盛顿自己想当国王。我真的不知道该相信哪一个了。”

“都不要相信——那些都不是真话。我不能假装自己懂得这场战争的功过，但是凯蒂，在我看来，由英国那样遥远的国家来统治我们的国家非常不合理。”

“我听哈维也是这么对他父亲说的，虽然他父亲现在已经入土了。”凯蒂向着年轻的姑娘靠近了一点，压低声音说，“当所有的邻居都睡熟的时候，我经常听见他们说话。法妮小姐，你不会想到他们都说什么！嗯，说句实话，哈维真是个搞不懂的家伙，他就好像圣经里说的神风似的，谁都不知道他从哪里来，又要往哪里去。”

弗兰西丝望了她的同伴一眼，那表情显然是希望继续听下去。

“关于哈维的品格，到处都有谣言流传。”她说，“如果那些是真的，我会觉得很难过。”

“那全都是胡说！没有一句是真的！”凯蒂愤愤地叫道。“哈维才没跟大魔王有什么沾染，就跟你我一样！我敢肯定，如果哈维把自己出卖给了魔鬼，他拿到的钱才不只这点呢。但是说实话，他总是很浪费，也不关心别人。”

“不不，”弗兰西丝笑着说，“我并不是怀疑他有这方面的问题，只是他有没有把自己出卖给那个人世间的君主呢？——那个只关心自己的岛国，丝毫不关心这个国家的人？”

“你说国王陛下吗？”凯蒂回答，“为什么这么说呢，法妮小姐，你监狱里的亲哥哥不也是向乔治国王效忠的吗？”

“没错，”弗兰西丝说，“但他并不是秘密地效忠，而是公开地、正直地、勇敢地效忠。”

“据说他是一个间谍，为什么他并不像其他间谍那么坏呢？”

“这不是真的。我哥哥从来没有过欺骗行为，他绝对不会为了任何私利私欲而犯下罪行。”

“嗯，我相信。”凯蒂说着，弗兰西丝的态度让她有点吃惊，“不过如果为别人干了活儿，就该付出报酬。哈维又不是连合法收入都不收的人。我敢说，要是事情真是那样，那英王乔治真是欠了他不少钱呢。”

“那你就是承认，他和英国军队有来往了？”弗兰西丝说，“但我要承认，有的时候我也会有不同的想法。”

“上帝啊，法妮小姐，哈维是个捉摸不透的怪人。虽然我在他家住了那么多年，可我还是搞不清他到底是‘上游的’还是‘下游的’[1]。伯戈因将军投降的时候，他回到家来，跟他父亲起劲地谈了好久伯戈因的事。可我实在看不出他们到底是高兴，还是难过。后来又有一天，当那个很出名的英国将军……我想我是被那么多倒霉的事搞糊涂了，我记不得他叫什么名字了……”

“安德烈。”弗兰西丝说。

“哦，奥德烈。当他在塔潘被吊死的时候，老人简直就快要发疯了呢。他整夜整夜地睡不着，直到哈维回来才好了。那时候哈维的钱都是金几尼，可是剥皮党把那些都抢走了，现在他已经成了个乞丐，或者差不多的人。反正穷困潦倒了。”

听了这些话，弗兰西丝并没有回答，只是继续向着山顶走去，深深地陷入了自己的思绪之中。安德烈的事使她想到了自己哥哥的处境。

她们很快就爬到了这条崎岖山路的最高处。弗兰西丝在一块石头上坐了下来，一边休息，一边欣赏山顶的风光。她脚下是一个深深的山谷，没有经过人工的开垦，笼罩在十一月日落时分的昏暗阴霾之中。

她对面是另一座凸出的小山，离这里并不太远，崎岖的山坡上全是嶙峋的岩石，还有几棵瘦弱的橡树，显示出土壤是多么贫瘠。

如果想要欣赏这里美丽的景色，就必须要在树叶凋零的时候来到高地上。这个时节没有夏日的斑斑树荫，也没有冬天的皑皑积

[1] 原注：哈德逊河附近的居民把美国一方的人称为“上游的”，英军一方称为“下游的”。

雪来阻挡人们的视线，足以一览无余。清冷的孤寂才是此时风景的特点。不要指望三月的草木能够增加眼前的美景，它们只会迅速地阻断视野而已。

这一天，天上有很多云彩，气候微寒，薄而蓬松的云彩堆积在地平线上，时聚时散，让想要欣赏夕阳西下美景的弗兰西丝感到失望。但最后一线余晖还是破云而出，投射在她正凝视着的山脚下，优雅地缓缓向上移动，直到到达山顶。它在那里停留了一阵，为黑沉沉的山顶加上了一轮绚烂辉煌的光环。之前还是一片阴暗，现在却豁然开朗。弗兰西丝仿佛意外地置身于这片荒山的秘密之中，她凝视着这光景，目不转睛，在零星的树木与怪石中间，她忽然发现了一座简陋的小屋。这小屋非常低矮，颜色也很暗淡，要不是屋顶和一个窗口反射着太阳的光线，她一定看不到它。弗兰西丝很是吃惊，竟然还有人住在这样的地方，她转动着眼珠，在不远处发现了另一个目标，越发地惊讶。那显然是一个人的身影，但是形状看起来很奇怪，简直像畸形似的。那个人站在比小屋高一点的岩石边缘。我们的女主角不难想象，那个人是在凝视着她后面缓缓爬坡的马车。但距离太远了，弗兰西丝无法看清。她屏住呼吸打量了一阵，就快要觉得那只不过是一块岩石的时候，那物体却迅速地离开了原处，飞奔进了小屋。这下弗兰西丝再也不怀疑了。不知道是不是因为刚和凯蒂说过话，还是真的有些类似之处，在那个影子消失之时，弗兰西丝觉得它看起来像是伯奇，背上背着他沉重的货囊。她继续凝视着那神秘的小屋，但这时夕阳的最后一丝光线消失了，同时山谷里突然响起了号角声，回声在峡谷中回响，传到四面八方。被吓到的女孩跳了起来，随即又听到了马蹄声，身穿熟悉制服的弗吉尼亚骑兵绕过她附近的一块山岩，向着她直奔过来。激烈的号角声再次响起，弗兰西丝还在吃惊，邓乌迪就策马超过了队伍，飞身下马，来到了她的身边。

他的态度是那么诚挚而激动，但稍稍有些不自在。他短短地解释说，因为洛登上尉不在，他奉命率领洛登的小队参加预定在明天对亨利的审判。这段山路如此崎岖难行，他生怕他们出事，就赶了一两英里路来接他们。弗兰西丝用颤抖的声音解释了自己提前到达的原因，并告诉他自己的父亲很快就会到来。但是他那拘束的态度也不由得传染了弗兰西丝，好在马车很快就到了，这才消除了他们两人的尴尬。少校搀扶她进了马车，又对沃顿先生和佩顿小姐说了些鼓励的话，就上马在前面带路。绕过山岩，费什基尔平原的景色就跃入了眼帘。不到半个小时，他们就来到了一所农舍门前，那是邓乌迪早就为沃顿一家人准备好的住处，沃顿上尉就在这里焦急地等待他们的到来。

第二十六章　审判

我的手脚在战士的辛劳中变得强壮，
我的脸上从不曾显示出恐惧的模样，
但是，你那亲身经历的悲伤故事啊，
却让我像个凡人一样，
全身发抖，满心冰凉。
我悲哀的眼泪仿佛河水般飞速流淌，
流过深深烙印在身体上的累累创伤。

——二重唱歌词

亨利·沃顿的亲朋好友都太过于坚信他的无辜，没人能够客观估计到他的处境有多么危险。但是随着审判日期的临近，年轻的上尉越来越不安。这天晚上，他大部分时间都在陪同自己满心愁云的亲人，第二天早上，他从短暂又噩梦连连的睡梦中醒来，清晰地意识到自己身处的情形，试图寻找一个能够让自己活下去的方法。在安德烈一案中，由于安德烈的级别高，策划的目标又那么重大，还有为他说情的人也都是大人物，使得他的死刑远比普通的案件来得轰轰烈烈。但是战争期间，间谍被逮捕的事是那么的频繁，甚至不乏当场宣判死刑的先例。邓乌迪和亨利上尉也都很清楚这一点，这些经验使得他们对审判的准备工作感到忧心忡忡。但尽管他们心情焦虑，仍然成功隐瞒起来，无论是佩顿小姐，还是弗兰西丝都没有意识到这样的危险。关押犯人的农舍外屋安排了一个身强力壮的警卫，附近的街道也有几个哨兵在看守，还有一个在英国军官的房间周围巡逻。审理此案的法庭已经成立，他们将决定亨利接下来的命运。

审判的时刻终于到来，各路人员陆续到达法庭。弗兰西丝坐到家人座位上，感到自己快窒息了，她用目光打量着法庭中的人们。庭上坐着三位法官，他们身穿长袍，严肃地端坐在位置上，既让这个场合显得越发庄严肃穆，也符合他们尊贵的身份。坐在中间的是位上了年纪的人，从他的外表就能看出，他是位经历了长期军旅生涯的老军人。这一位就是首席法官。看过了他，弗兰西丝以不满的视线草草打量了其他两位法官，就又转向了首席法官那慈祥的面容，希望这预示着他能对哥哥开恩。老军人脸上的表情那么柔和与宽容，完全不同于另外两位的刻板与冷漠，这无法不引起她的注意。法官的服装非常整齐，严格遵照了军队风纪的规定，腰也挺得笔直，但是他流露出的氛围却并非如此。他的手指一直在无意识地摆弄军刀柄上缠绕的绉纱，身体微微斜倚在那把军刀上。这把刀也好像他本人一样，似乎是上一个时代的遗物。他内心十分不平静，但是那属于军人的外表上除了令人敬畏的氛围外，也混杂着一丝明显的激动。他的两位同事是来自东部部队的军官，原本负责守卫西点要塞与附近的路口。他们都已人到中年，脸上找不出任何人类的弱点可能导致的情绪。他们举止文雅，但十分严肃，充满理性。他们看起来既不凶狠也不苛刻，并不会刻意吓人；但是他们也不会显示出怜悯或同情，博得人的好感。他们长期以来都以审慎原则行动，所有的感情都已经在理智的控制之下。

亨利·沃顿在武装士兵的押送下，来到这些决定自己命运的人面前。当他进来时，法庭被深沉而可怖的静默笼罩。这气氛把弗兰西丝吓得全身发寒。准备中没有任何一点东西能够引起她的想象力，但是拘谨压抑的氛围，让弗兰西丝感到哥哥的命运就取决于审判的结果。两位副法官都正襟危坐，以质询的目光盯着他们的调查对象。但是首席法官的视线却仍旧焦躁地四下打量，面部肌肉的抽搐，表明他心中感到不安，这并不符合他的年龄与职务。实际上，这位首席法官就是辛格顿上校。他昨天才得知伊莎贝拉的死讯，但他仍然坚守岗位，履行国家赋予他的职责。法庭上的沉默与每一双眼睛期盼的目光唤醒了他，他努力镇静下来，以一贯的权威开口道：

“把犯人带上法庭。”他说着，挥了挥手。

卫兵以刺刀指向法官的方向，亨利·沃顿就迈着坚定的步子上前，走到法庭中间。现在所有人都焦虑起来，同时也产生了热切的好奇心。弗兰西丝听到邓乌迪沉重紊乱的呼吸声，转过身感激地看了他一眼，但是她全心关切的还是她哥哥，随即又把视线转了回去。亨利的家人们都被安排坐在法庭的后面，他们后面还有一排面孔，个个都像乌木一样闪着油亮的光，充满兴奋的神情。在此之中，只有恺撒·汤普森面带愁容。

“被告人，”首席法官说，“你可是亨利·沃顿，英国皇家第六十步兵团的上尉？”

“是的。”

“我喜欢你的坦白，先生。这是军人所共有的崇高感情，会给审判你的法官留下好印象。”

“请注意，”一位副法官说，“犯人只需回答自己认为有必要回答的问题。虽然这是一个军事法庭，但在这一方面，我们仍承认自由政府的原则。”

另外一位没有说话的法官点点头，表示对这句话的赞同。首席法官根据手中的预审材料，审慎地发问道：

“犯人被控如下罪名：身为敌军军官，你在10月29日乔装通过了怀特平原的美军岗哨。据此，你被怀疑意图危害美国利益，并应按间谍罪得到惩处。”

辛格顿上校缓慢而清晰地陈述了这一指控，温和而稳重的嗓音颇具权威性。这一指控看来是如此确凿，事实也是如此简单，证据如此明显，惩罚似乎无可避免。但亨利仍然以真挚的态度回答道：

“那天我的确乔装通过了你们的岗哨，这是真的，但是……”

“等等！”首席法官打断了他，“战争时期的惩戒已经足够严厉，你不需要加重自己的罪责了。”

“如果犯人愿意，可以收回这一声明，”另一位法官说，“此发言若作为口供而被采取，足以充分证明其罪名。”

“只要是事实，我就不会收回自己说过的话。”亨利骄傲地说。

两位不知其名的法官听到这句话，仍然保持着沉默与镇定，他们严肃的面孔上没有任何其他表情。但首席法官似乎对这样的场面产生了兴趣。

“你的情操是高尚的，先生，”他说，“我唯一感到遗憾的是，一位年轻的战士出于忠诚，却做出了意在欺骗的行径。”

“欺骗？”沃顿上尉重复道，“我认为这只是谨慎，以防落入敌人手中而已。”

“沃顿上尉，身为一个军人，永远应该手持武器，堂堂正正地与敌人作战。我曾经为两任英国国王服务过，现在为我的祖国效力，但我从来只在阳光之下，在敌人迫近之时，才会深入敌阵。”

“关于你为何乔装进入我方控制地带，你可以自由地作出解释。”另一位法官说，他嘴边的肌肉微微地跳动了一下。

“我是你面前这位老人的儿子，”亨利继续道，“正是为了探望他，我才甘愿冒着危险潜入。此外，这一带很少由各位的军队控制，中立地带这一名称本身，就暗示着任何一方都有自由进入该领域的权利。”

“‘中立地带’这一名称并未受到法律规定，只是一个源于现状的称谓而已。但军队却有自己独特的权利，第一就是在所在地带上保护自己的能力。”

“我并不是个诡辩家，先生，”青年回答，“但是我认为我的父亲拥有接受我的感情的权利，而且他已经年迈，为了证明这一点，我不惜去冒更大的风险。”

“这种精神十分值得称道！”辛格顿上校叫了起来，“好吧，先生们，这件事情看来出现了新的可能。我承认，这案子的开端是很糟糕的，但是一个渴望探望老父的儿子是不应该受到惩罚的。”

“你有证据能证明你的意图仅止于此吗？”

“有的——就在这里，”亨利的心中产生了一线希望，“这就是证据——我的父亲，我的妹妹，邓乌迪少校，他们都知道我的目的。”

“如果事实如此的话，”法官面无表情地回答，“我们也许可以挽救你。这当然很好，先生，但是我们需要进行进一步的调查。”

“当然，”首席法官愉快地说，“请老沃顿先生起身宣誓。”

上尉的父亲努力地使自己镇定下来，然后迈着艰难的步伐，走上去履行了法庭必要的步骤。

“你是犯人的父亲？”为了安抚过度激动的证人，辛格顿上校有意地停了一停，才以柔和的声音询问。

“他是我的独生儿子。”

“10 月 29 日那一天，你知道他回到家里来是要做什么吗？”

“就和他对您说的一样，来探望我和他的姐妹。”

“当时他有没有乔装改扮？”另一个法官问道。

“他并没有穿六十军团的制服。”

“你说探望他的姐妹？”首席法官深有感慨，“你也有女儿吗，先生？”

“是的，两个——她们都在这房间里。”

“当时他戴着假发吗？”另一位法官打断说。

“应该是的，我想他头上戴了一顶。”

“他和你多久没见了？”首席法官问。

“一年零两个月。”

“他穿的是一件粗呢的宽大外套吗？”助理法官翻阅着指控材料问道。

“是一件大衣。”

“你认为他回家只是为了探望你吗？”

“是的，看看我和我的女儿。”

“一个勇敢的小伙子，”首席法官压低声音对另外那个沉默的同事说，“对于他的这种怪念头，我看不出会有什么危害。他的确是太轻率，但也是出于一片善意。”

“你知不知道，你的儿子是否从亨利·克林顿爵士那里得到授命，所谓的探望你只不过是掩盖其他意图的幌子？”

“我怎么可能知道呢？”沃顿先生惊恐地说，“难道亨利爵士会把这样的事告诉我吗？”

“你见过这张东西吗？”助理法官出示了沃顿上尉被捕时，邓乌迪拿去的通行证。

“没见过——以我的名誉保证，我没有见过！”老父亲喊道，好像怕那文件传染自己什么似的，一个劲儿向后退去。

“你起誓？”

“我起誓，没有见过！”

“你还有其他证据吗？沃顿上尉，这些帮不上你的忙。你现在面临生死关头，能否证明你的清白都取决于你自己了。请你冷静下来，好好想一想。”

这位法官可怕的冷静态度，让亨利感到不寒而栗。辛格顿上校对他的同情，使得他差点忘记自己面对的危险了，但另两位法官的不为所动与冷峻氛围却提醒他，他的命运仍然笼罩着不祥的阴云。他继续保持着沉默，但把恳求的目光转向他的朋友。邓乌迪理解了他的用意，并请求为他作证。在宣誓之后，他说出了一切知道的事实。但是邓乌迪自己也知道，他的证言无法从实质上改变现在的处境。毕竟他本人也只了解很少情况，而且还有着些许不利于亨利人身安全的倾向。他的证词得到了聆听，但那位沉默的法官却连连摇头，这足以说明这份证言的效果了。

“你也认为，犯人并没有除他本人所宣称之外的动机吗？”当邓乌迪说完之后，首席法官问道。

“他没有别的企图，我以我的性命起誓！”少校激动地大声说道。

“你可以发誓吗？”法官追问。

“我又怎能发誓？只有上帝能理解人心。但我从小时起，就认识这位先生。他从不会欺骗他人，他的人格就是如此。”

“你说他一度逃走，后来又在战斗中被俘了？”首席法官问。

“是这样的。啊，他还在战斗中受了伤。您可以看到，他现在还不能自如举起手臂。先生，请您设想一下，他为什么要冒着又被我们俘虏的危险，再次来到前线呢？这只能说明他认定自己是无罪的！”

“如果是安德烈在塔利镇附近遇到这样一场战斗，难道他会逃走吗？邓乌迪少校？”助理法官有意反问，“年轻人都追求荣耀，这有什么不自然？”

“您说这是荣耀？”少校大声说，“这只是一场可耻的死亡，一个终生的臭名而已！”

“邓乌迪少校，”法官依旧严肃地回答，“你一直都表现出众。虽然你的职责是那么艰巨沉重，但你始终忠实并出色地完成了你的任务。而我们也必须履行自己的职责。”

在审判的过程中，听众们都在专心致志地关注着事态发展。大部分听众都认为，如果邓乌迪都无法打动法官的心，那么其他人也无济于事了。恺撒向前探出了他丑陋的面庞，流露出的异常关切的神情，与其他黑人的好奇心形成鲜明的对比，引起了那位沉默法官的注意。他第一次开口说道：

“让那个黑人上前来。”

恺撒现在想退后也来不及了，他还没搞清楚自己到底在想什么，已经发现自己站在一排叛军军官的面前。另外两位让传唤恺撒上来的法官发问，他思索了一下之后，先笼统问道：

“你认识犯人吗？”

“我想应该认识。”黑人说得跟发问者一样简洁。

“他取下假发的时候，有没有递给你？”

“我又不要，”恺撒抱怨道，“我自己有头好头发哩。”

“当上尉回到你主人家里后，你是否受命为他携带任何信件，或将口信转述给任何人？”

“主人怎么吩咐我，我就怎么做。”黑人回答。

“他们吩咐你做了什么？”

“有时做这——有时做那。”

“够了，”辛格顿上校威严地说，“我们已经有一位绅士的证词了，从这个奴隶身上又能问出什么？——沃顿上尉，你也看到了，这都给你造成了反面的效果。你还能提供其他证据吗？”

亨利现在已经不抱什么希望了，他对保全自己性命的信心迅速消退。但他还是期待从心爱的妹妹那里得到援助，他将真挚的目光投注在脸色苍白的弗兰西丝身上。姑娘站了起来，摇摇欲坠向法官走去。在这个非常的时刻，她惨白的脸颊瞬间变得一片通红，以一种柔和但庄严的态度站到他们面前。她举起手来，拨开光洁的额头前茂密的卷发，现出一张美丽而纯洁的脸。这样可爱的面庞，就连最严厉的人也会被打动。首席法官微微眯起眼睛，那热情的眼神，与充满生机的面容，仿佛让他看到了另一个人。但这只有一瞬间而已，他很快恢复了清醒，认真的口吻中流露出他内心隐秘的希望：

“那么，你的哥哥之前曾经告诉过你，他要秘密回家探望吗？”

“没有！没有！”弗兰西丝说着，用一只手按住自己的额头，仿佛在集中精神似的，“他什么也没对我说过——直到他回到家里，我们才知道这件事。可是我哥哥有理由这么做，在这样的时期里，他身为一个儿子，为了探望自己唯一的父亲，不惜冒生命危险，难道这还有必要解释吗？”

“这是他第一次这么做吗？他之前没有说起过他要回家探望吗？”上校带着父亲一般的慈爱，向她俯过身去。

“当然！他说过！”弗兰西丝看到他面上的慈爱表情，忍不住大声说道，“这已经是他第四次回家了。”

“我就知道！”老上校叫了起来，喜悦地搓了搓手，“真是一个敢冒险的孝顺儿子——我敢向你们保证，先生们，他在战场上也是个勇敢的战士才对！他以前探亲的时候也伪装了吗？”

“没有，因为没有那个必要。那时候是英军控制这一带，他可以畅通无阻。”

“那么这是他第一次没穿制服？”上校压低了声音说，避开了两名同事的目光。

“哦！是第一次！”女孩急切地叫道。“如果这是犯罪的话，我向您保证，他是第一次这么做。”

“你是不是曾经给他写过信——催他回家探望呢？小姐，你是不是很希望见到你哥哥？”上校迫不及待地继续补充道。

“我们当然是希望他回来，还为这祈祷……哦，我们有多热切地祈祷啊！但是要是与王家军队有书信来往的话，我们的父亲就会面临危险，所以我们不敢这么做。”

“在被逮捕之前，他有没有离开过房子？或者与任何外人有过来往？”

“没有，没有跟任何外人来往过。除了我们的邻居，叫伯奇的小贩之外。”

“你说谁？”上校的脸色一下变得苍白，身体向后一缩，好像突然被蝮蛇咬了一口。

邓乌迪发出了一声呻吟，他抱住了自己的头，尖锐地叫了一声：“他完了！”就冲出了法庭。

“就是哈维·伯奇啊。”弗兰西丝重复了一遍，惊恐地望着她的恋人奔出的那扇门。

“哈维·伯奇！”所有的法官一起说道。两位严肃的助理法官迅速地交换了一个眼神，随即意味深长地望向受审的犯人。

“先生们，对各位来说，恐怕不是第一次听到哈维·伯奇有为王室效劳的嫌疑。”亨利说着，再次走到法官面前，“他已经被你们的法庭判处了死刑，那也正是现在我等待的命运。所以我要解释一下，我的确是在他的帮助下进行了伪装，并且通过了你们的岗哨。但在我临死之前，还有一口气时，我要诚挚地发誓，我的意图真的是纯洁无辜的，就像你们面前这位姑娘一样。”

“沃顿上尉，”首席法官严肃地说，“为了颠覆美国的自由，敌人一直不择手段。以手段和所受到的训练而言，再没哪个敌人比这个维斯特切斯特的小贩更危险了。他是个间谍——又狡猾，又善变，又精明。他的本领比他的同伙都要高明。亨利爵士想要拉拢我们的军官，通过他是再好不过了，他甚至差点救了安德烈。年轻人，说真的，这个联系很可能会要了你的性命！”

老军人的面上露出真诚的愤慨表情，他的同事们以完全的信任的眼神对他表示支持。

“我毁掉他了！”弗兰西丝哭叫着，恐惧得紧紧握住了一双手，“您也抛弃了我们吗？他就真的没有救了吗！”

“不要哭了，可爱的姑娘，别哭了！”上校很动情地安慰她，“你不会伤害任何人，但是看到你这个样子，我们都要难过了。”

“难道人之常情也是罪过吗？”弗兰西丝发疯似的说，“难道华盛顿——那位高贵、正直又公正的华盛顿，也会做出如此草率的判断吗？请您推迟判决，让华盛顿听到他的隐衷吧！”

“这是不可能的。”首席法官用手蒙住了自己的眼睛，仿佛要遮住视线，不去看这美丽的姑娘似的。

“不可能！哦，只要暂时推迟一个星期就可以了。我向您下跪，求您开恩吧！您在只能依靠他人的时候，也会想要求得怜悯的。求求您，只要再给他一天就好！”

“这是不可能的。”上尉重复道，声音已经接近哽咽了。“命令是强制性的，而且这审判已经耽搁太久了。”

他转过身去，试图避开那跪在地上恳求的姑娘，但是他没有，或者说也不想要挣开弗兰西丝发疯似的抓住自己的手。

“把犯人带下去。”一位法官对负责押送亨利的军官说，“辛格顿上校，我们可以退庭了吗？”

“辛格顿！辛格顿！”弗兰西丝连声呼叫，“您也是一位父亲，也是会怜悯另一个父亲的痛苦吧！您不能，也不会伤害这样一颗即将破碎的心！请您听我说，辛格顿上校，上帝也是会倾听一个人的临终祈祷的，请听我说，饶了我哥哥吧！”

“带她走。”上校试图轻轻把自己的手抽出来。但是他的命令没有被人听从，弗兰西丝拼命地要看到他扭开的面孔上的表情，死死地抓住他不放手。

“辛格顿上校！就在之前，您自己的儿子也在痛苦中挣扎！他就在我父亲的家中接受照顾，我们家人都全心全意地保护并照顾了他！哦，请您设想一下，如果这个儿子是您晚年的骄傲，您的年幼的子女需要他的安慰与保护，如果这样您也下得了手的话，您那么就宣判我的哥哥有罪吧！”

“希斯[1]有什么权利让我来当刽子手！”老军官激动地叫了一声，猛地站了起来，脸色好像火焰一样红，额头上的青筋都因为强压住感情而浮了起来。“但是为了职责，我不能独善其身。先生们，我们走吧。我们必须履行这个痛苦的职责。”

“不！不要走！”弗兰西丝发出一声尖叫。“你们要从父亲身边抢走儿子，从妹妹身边抢走哥哥吗？你们能这么冷酷吗？难道这就是我一直以来热爱的事业？是我一直以来无比尊敬的人们吗？请你们发发慈悲吧！请听我说，请你们同情与宽恕他！”

“走吧，先生们。”上校说道，指了指门口。他努力地挺直身体，保持着军人的姿态，但却仍然无法平息自己的感情。

“不要走！请听我说！”弗兰西丝抽搐似的紧紧抓住他的手。“辛格顿上校！您也是个父亲！求您开恩吧！可怜他这个儿子！可

[1] 译注：威廉·希斯（William Heath，1747—1814），时任美军驻维斯特切斯特地区部队司令。

怜我这个女儿！是的，您曾经有过一个女儿，她就在我的胸前咽下了最后一口气，是我的手为她合上双眼。现在正握住您恳求的这双手，为她做了最后的事。现在您要惩罚我可怜的哥哥，难道我还要用它来给可怜的哥哥做这些事情吗？”

老上校一阵感情翻腾，他好不容易才克制住自己，但还是发出一声呻吟，整个身体都颤抖了一下。他甚至曾傲然地挺直身体，有意识地环顾了四周。但随之而来的第二阵悲痛却征服了他。他那被七十个寒冬严霜染成雪白的头颅，瞬间沉落在疯狂恳求的姑娘肩膀上。那把伴随他出生入死，饱尝鲜血的军刀从他软弱无力的手中落下了，他不由得发出了一声大喊：“愿上帝为你做的这些保佑你！”接着失声痛哭起来。

辛格顿上校控制不住自己的感情，就这样过了好一阵子。等恢复过来之后，他将已经伤心昏倒的弗兰西丝交到她姨妈的怀抱里，毅然转向他的同事们。

“先生们，我们必须要履行身为军官的责任，只能等以后再沉溺私情。你们认为该怎么处置这个犯人？”

一位助理法官把写好的判状递给了他，这是上校和弗兰西丝对话的时候写下的，并声明那就是他与同伴的意见。

判状上简单地陈述道：

亨利·沃顿作为一个间谍，乔装潜入美军防线。根据战时法，应当处死。本法庭判罚对其处以绞刑，于次日清晨九时前执行。

这样的做法是很不寻常的。即使是对敌人，在处以死刑时，也要将案情上报总司令认可。在总司令不在时，也应有代为指挥的军官批准。现在华盛顿的总司令部就设在哈德逊河西岸的新温莎，只要迅速派出人去，是有足够时间来等候回应。

“这个期限太短了。”老上校手握钢笔，没有理由地犹豫着，“只有一天时间而已，对于送一个如此年轻的人上天堂来说，并不适合吧？”

“英国王家军官也只给了黑尔[1]一个小时罢了。”他的同事回答，“我们已经按惯例给了他时间。但是华盛顿有权给他延期，或者赦免他。”

“那我去见华盛顿！”上校大声叫道，在判状上签名后交还给同事，“要是我这个老兵还能中他的意，或者他能顾念我儿子的勇敢，他能听取我的意见的话，我也许能救下这个年轻人。”

说完之后，他就离开了，全心全意想要拯救亨利·沃顿。

法庭的判决通过温和的语气告知了犯人。在向看守下达了一些必要的指示，又派出信使向总部报告后，其余两位法官向自己的驻地出发了。他们仍然像在整个审判中所保持的那样，面带着无动于衷的严肃表情，心中满怀正直与冷静。

---

[1] 原注：一位名叫黑尔（Hale）的美军军官被发现伪装进入英军阵地刺探军事信息。如文中所述，他在准备完成之后，随即被审判并处决。据说他在绞架前受到责备，认为以他的身份，不该有这样的死法，“军官不能这样死去！”而他回答：“先生们，当一个人为美国而死时，任何死法都是光荣的。”安德烈在敌人落泪中被执行死刑，而黑尔之死则反而受人指责。

第二十七章　最后一丝希望

你没有接到收回成命的公文，
克劳狄奥明天还要一死吗？

——*莎士比亚《一报还一报》*

犯人接受判决后，在家人的围绕中度过了几个小时。沃顿先生绝望流下了泪水，为儿子的不幸命运而悲叹。弗兰西丝从昏迷中醒来后，经历了比死亡还要沉重的痛苦。只有佩顿小姐一人还带着最后一丝希望，或者说仍然保持着镇定，能够提出在这种情况下该做些什么样的建议。这位好姨妈之所以还能冷静，并不是因为她不关心自己的外甥，而是她本能地相信华盛顿。他与她出身于同一块殖民地。虽然他早早就从了军，她又经常去自己姐姐的家作客，后来更定居在了这里，使得他们从未见过面。但是她仍然熟知他在家庭中显示出的美德，同时也知道，他在私人生活中从没有表现出公共行为中那种固执态度。在弗吉尼亚州，他以作风如一与为人宽大而著称。佩顿小姐把这位同胞联想为领导美国军队，并在很大程度上掌控美国命运的人，对此感到很自豪。她知道亨利是无辜的，并以性格天真直爽的人特有的单纯信念，觉得不会有法律条文让一个无罪的人受苦，也不会有人那样解释。但是，她这深信不疑的希望却也注定要迅速终结。快到中午的时候，一个驻扎在河岸边的民兵团转移到了我们的女主角和她的家人所在的地方，扎下了营房，他们的意图十分明显，就是看守到第二天清晨，保证庄严有效地处决那名英国间谍。

邓乌迪执行了一切命令后，可以自由回到正在待命的骑兵队去。队伍正焦急地等候他归来，好去迎击一队正在缓慢沿河岸向北移动的敌人，这是给背后的抢粮队打掩护的分队。洛登带着自己的小队陪同邓乌迪一起前来，本来是以备在审判过程中作证的。这支小队暂时由梅森中尉指挥，但是由于沃顿上尉的坦承，已经没有必要再传唤任何代表人民的证人。少校不忍心看到亨利家人的极度痛苦，也怕自己会受到传染，这段时间里，他都焦灼不堪在宅子的附近四下踱步。他也像佩顿小姐一样，有些依赖华盛顿的慈悲之心，可是瞬间的怀疑与失望不断闪过他的脑海。他十分明白军队法规严明，也更习惯于把华盛顿视为一个铁腕的领导人，并不会在公务中遵循私情。何况最近就刚刚发生过一个可怕的实例，足以证明华盛顿并没有因为怜悯就滥施宽恕的弱点[1]。邓乌迪步履匆忙穿过果园，心中被这些反反复复的疑惑折磨着，却也偶尔会产生几缕转瞬即逝的希望。这时，已经准备完毕的梅森中尉走来。

“长官，我想你可能已经忘记今天早上从下游传来的消息了，所以冒昧命令士兵们做好了武装。”中尉非常冷静地说，用他连鞘的军刀砍着身边毛蕊花的梢。

“什么消息？”少校吃惊地说道。

“约翰牛已经出动，要到维斯特切斯特了，带了一个车队来。如果他们把那些车都装满了补给，那么我们也得穿过这些该死的山头，去找食物来喂饱自己了。这些贪婪的英国人在纽约岛乖乖呆了太长时间了，一旦铤而走险，他们会连干草都抢到不够给女人铺床。”

“你说他们已经走到哪里了？这消息我完全没印象了。”

---

[1] 译注：指安德烈案。

“到了辛辛[1]后面的高地。”中尉有点惊讶地回答。“下面的路对他们来说就是个干草市场，等成车的玉米往国王大桥送的时候，所有的猪都要连哭带嚎了。乔治·辛格顿的勤务兵送来了消息，他还说，我们的战马都在商量，要是它们的主人再不回来，那就得赶快再吃上一顿，不然以后就不知道还能不能吃饱肚子了。真让那些英国人把他们的战利品都送回去，我们在圣诞节都找不到一块有油水到足以烧熟它自个儿的猪肉。”

“闭嘴吧，别再转述什么辛格顿勤务兵的废话了，梅森先生。”邓乌迪不耐烦地说，“告诉他学会等候上司的命令。”

“我替他请求你原谅，邓乌迪少校。”中尉说。“不过看起来他跟我一样搞错了。我们都以为希斯将军下过命令，只要敌人一出窝，我们就要进行攻击骚扰才对。”

“梅森中尉，我想你该记得，”少校说，“不然还要我提醒，你要听从的是我下达的命令吗？”

“这我当然知道，邓乌迪少校——我很明白。但是我感到很遗憾，你的记性竟然这么糟糕，连我会毫不犹豫服从命令的事都忘记了。”

“请原谅，梅森，”邓乌迪握起了他的双手，“我知道你是一个勇敢又服从命令的战士。请不要介意我的玩笑。但是关于这件事……你有朋友吗？”

“不不不，”中尉打断了他的话，“请原谅我诚实的热心。我明白这些命令，我更怕我的上司受到可怕的惩罚。但话说回来，只要有人对我们的部队说出一个侮辱的字眼，我们的每把军刀都会自动跳出刀鞘的。英国人也刚动身没多久，从科罗登到国王大桥有很长一段路。不管怎么说，不等他们回到老窝，我们就能追上他们了。”

“哦，信使要是能赶快从总部回来就好了！”邓乌迪叫道，“我

---

[1] 译注：辛辛（Sing Sing）：纽约附近的一个小镇。后改名奥斯宁。

简直快受不了了！”

“你的愿望实现了。”梅森说道，“他这不是回来了吗？看他骑马的样子，像是带来了好消息啊。说不定是上帝让他带回来的。我也不喜欢看到一个勇敢的小伙子被挂在空中双腿乱蹬呢。”

对于这番鼓舞人心的说辞，邓乌迪基本没听进去，因为刚说到一半，他就已经跳过栅栏，站到了信使面前。

“有什么消息吗？”对方刚刚拉住马，少校就叫道。

“好消息！”士兵大声说。他不会疑心像邓乌迪少校这样知名的军官，毫不犹豫地把信件放到了少校的手中，接着补充说：“您可以自己看看这封信，长官。”

但邓乌迪并没有停下来读那封信，而是喜悦地转身大步飞奔向关押犯人的房间。卫兵自然认识他，没有盘问就让他进去了。

“哦！佩顿！”一见他闯进来，弗兰西丝就叫了起来，“你就好像天上派来的使者！你带来赦免的消息了吗？”

“就在这儿，弗兰西丝……这儿，亨利……我亲爱的珍妮特堂姨！”年轻人高声叫着，颤抖着双手撕开了封口，“就是这封信，本来是写给守卫队长的。不过你们听着……”

所有人都焦急地竖起了耳朵。但是他们看到邓乌迪脸上喜悦的光芒突然被惊恐的表情取代，希望的泡沫登时破灭了，心上只剩下了更大的痛苦。文件里写着法庭的判决，而下面只有这样几个简单的字：

批准——乔治·华盛顿

“他完了！他完了！”弗兰西丝哭叫着，倒在姨妈怀中。

“我的儿子！我的儿子！”父亲已经泣不成声，“人间已经没了善心，只有天堂会开恩！华盛顿拒绝饶恕我无辜的儿子，他不会被老天原谅！”

“华盛顿！”邓乌迪也叫道，茫然又惊恐地向四周打量着，“是的，这是华盛顿亲笔签署的。这是他的字迹，是他的名字，他批准了这可怕的制裁。”

“太残忍了！华盛顿太残忍了！”佩顿小姐惨叫道，“长年的鲜血，已经改变他的本性了！”

“不要责怪他。”邓乌迪说，“他是以一个将军的身份，而不是以一个普通人的身份做出这样的决定的。我以生命起誓，他是被迫的，他自己的心也会受到折磨。”

“我一直都被他骗了！”弗兰西丝叫道，“他根本不是国家的救主，只是个冷酷无情的暴君！哦！佩顿，佩顿！你让我看错了他的本性！”

“不要说了，亲爱的弗兰西丝。不要说了，看在上帝的份上，不要说出这种话来，他只是维护了法律。”

“你说的倒是实话，邓乌迪少校。”亨利已经从最后一丝希望破灭的冲击中恢复过来，他从父亲身边的座位站起身，向前走来。“我虽然即将被处死，但我绝不责怪他。我已经得到所有应得的优待了，在临死之前，我不能再对他不公平。毕竟就在此之前，曾经发生过叛徒危及你们事业的先例，对于华盛顿坚持这个判决，我并不感到意外。现在要做的只有为我准备后事了，因为我很快就将面临死亡。邓乌迪少校，我想对你提出我的第一个请求。”

“你说吧。”少校哽咽得连话都快说不出来了。

亨利转过身来，向着围绕着他、为他哀声痛哭的人们继续说道：

“请你替我做这位老人的儿子，为他养老，保护他免遭可能因我而来的侮辱伤害。在这个国家的统治者之中，他并没有什么朋友，就请你成为他们之中有力的一员。”

“我答应你。”

“还有，别忘了这个可怜的无辜姑娘。”亨利继续道，他指着莎拉。她坐在那里，浑浑噩噩地根本不知道发生了什么。“我真希望能有机会为她报了这个仇。”他的脸上飞起激动的红晕，“可是这样的想法是邪恶的——也是错误的。佩顿，我相信在你的关怀下，她会得到同情与庇护的。”

“她会的。”邓乌迪低声道。

“还有这位好心的姨妈，她本来就应当依靠你。对于她，我就不多说什么了。但是这里，”他拉起了弗兰西丝的手，以满怀兄弟之爱的眼神凝望着她的脸庞，“在这里的，是一份人世间最好的礼物。请把她拥入怀中，好好珍惜，就像你对待自己的清白与美德一样！”

少校无法再压抑自己激动的感情了，他伸出手臂，想要接过这宝贵的福音。但是弗兰西丝却躲开，把她的脸埋在姨妈的怀中。

“不，不，不！”她喃喃道，“对一个葬送了我哥哥性命的帮凶，我绝不接受！”

亨利带着温柔的怜悯，凝视了她好一阵子。接下来他所说的话语，无论是旁听的人，还是他自己，都觉得那是最特别的。

“这么说的话，原来我一直都搞错了。佩顿，我还以为弗兰西丝一直尊重你的价值，你那为事业献身的高尚，你在我父亲遭到监禁时的帮助，还有你对我的真诚友谊——概括起来，就是我妹妹理解与重视你的人格。”

“是的……是的……”弗兰西丝小声说，她把脸在姨妈的怀里埋得更深了。

“这我相信，亲爱的亨利，”邓乌迪说，“但现在还是不要再讨论这个话题了。”

“你忘了吗，”犯人微微地笑了起来，“我还有很多事要做，但我并没有多少时间了。”

少校满脸通红地说：“可我想，沃顿小姐已经对我有了成见，如果要她听从你的意见的话，会让她很苦恼——现在恐怕已经来不及改变那些成见了。”

“不，不，不！”弗兰西丝立刻叫了起来，“不是这样的，佩顿！她临死前对我交代了遗言，我再也不会怀疑你了！”

“大度的伊莎贝拉！”邓乌迪喃喃地说，“但是，亨利，还是饶过你的妹妹，不，饶过我吧。”

“我这么说是为了我自己。”哥哥说着，轻轻地将弗兰西丝从姨妈的怀中拉出来。“我就要丢下两个如此可爱的女性，让她们无依无靠了！她们的家已经被人毁灭，又很快要失去最后一个能保护她们的男性亲人。”他望着自己的父亲，“想到她们要面临怎样的危险，我又怎么能安心地死去呢？”

“你把我忘了。”佩顿小姐说着，想到他要在这样的时候举办婚礼，不由得感到恐惧。

“不，亲爱的姨妈，我怎么可能忘记你呢，除非我丧失了记忆。但是你忘记了我们是在什么样的时代，处在什么样的危险中。为了能让我顺利地进入另一个世界，这座房子的好心女主人已经去请牧师了。弗兰西丝，如果你还希望我能安心死去，希望我能没有羁绊地升上天堂的话，就该让这位牧师将你与邓乌迪结合。”

弗兰西丝摇了摇头，沉默不语。

“我不是要求你现在就欢笑，现在就表现出幸福的样子来。我知道你在几个月里，甚至更长时间里都不会感觉到幸福。但是我想要你现在就获得使用他那强有力的姓氏的权利——这能让他以无可争辩的权利来保护你——”

姑娘又坚决地摇了摇头，表示拒绝。

“为了这个失常的可怜姑娘，”他指着莎拉，“为了你——也为了我，我的妹妹……”

“不要说了，亨利，我的心都要被你撕碎了！”女孩激动地哭叫出来，“我不能在这样的时刻许下你所希望的庄严誓言，它会让我痛苦一生！”

“如果你真的不爱他的话，”亨利责备她道，“那我就不再强求你违背自己的心意了。”

弗兰西丝举起一只手来，遮住自己的面孔，她将另一只手伸向邓乌迪，真挚地说：

"现在你对我不公平，而在这之前，你是对自己不公平。"

"那就答应我吧，"亨利默默地沉思了片刻后说，"一旦我的死给你造成的痛苦减轻了，那么就与我的朋友永远生活在一起，这样我就放心了。"

"我向你保证，"弗兰西丝说着，从邓乌迪那里抽回了手，邓乌迪小心地放开，甚至吻都不敢吻一下。

"好了，我的好姨妈，"亨利继续说，"你能让我和我的朋友单独处一会儿吗？我有些让人难受的事情要托付给他，如果你和我妹妹听到这些，心里会痛苦的。"

"可还有时间去见华盛顿啊。"佩顿小姐说着，向着门口走去，然后极其庄严地继续说道，"我要亲自去见他。他该听一听和他同乡的女人的话！而且，我们和他也算是有一定亲戚关系啊。"

"我们为什么不去找哈珀先生呢？"突然间，弗兰西丝第一次想起了他们的客人在离别时说过的话。

"哈珀！"邓乌迪立刻重复了一声，迅速转过了身，"你认识他吗？"

"没用的。"亨利说着，把邓乌迪向旁拉了拉，"弗兰西丝只是太爱我，没法放弃那一丝希望而已。走吧，我亲爱的，让我们单独出去谈一谈。"

但是弗兰西丝却从邓乌迪的眼神中读出了一种感情，这让她无法离开这里。她拼命地试图让自己镇定下来，对他们说道：

"哈珀先生在我们家住了两天，当亨利被逮捕的时候，他就和我们在一起。"

"你是说……是说……你们认识他？"

弗兰西丝看到她的爱人这样激动，简直吃惊得不能呼吸了："不，我们并不认识他。但是他有天晚上到我们家躲避风暴，在风暴期间都和我们在一起。他似乎对亨利很感兴趣，还答应和他交个朋友。"

"什么！"邓乌迪惊讶得叫了起来，"他认识你哥哥？"

“当然，是他要亨利卸下伪装的。”

“可是，”邓乌迪的脸色都发白了，“他当时并不知道亨利是皇家陆军的军官吧？”

“事实上他知道。”佩顿小姐接口说，“他还告诫我们这样非常危险。”

邓乌迪拿起那张从他自己手中掉在地板上的致命文件，专心致志研究起上面的字迹来。似乎有什么让他困惑不已，他把一只手举过额头。每一双眼睛都战战兢兢地望着他，所有人都生怕好不容易得来的一点希望又一次被摧毁。

“他都说了什么？做出什么承诺了吗？”邓乌迪终于忍不住问道。

“他说亨利在遇到危险的时候就去找他，还说要为了父亲的好客回报他的儿子。”

“他知道了亨利是英国军官，还说出这话吗？”

“一点没错，也许他是知道以后会有这样的危险吧。”

“那么说！”年轻人喜不自胜地大声叫了起来，“你得救了！这样我就能救你了！没错，哈珀绝不会忘记他的承诺！”

“可是他有这个能力吗？”弗兰西丝问，“他能改变固执的华盛顿的决定吗？”

“他不能？要是他都不能，还有谁能呢？”年轻人说，“格林[1]和希斯，还有年轻的汉密尔顿[2]都根本不能和这位哈珀相提并论。但是，”他冲到他的爱人面前，用颤抖的手握起她的手，“再说一遍——你说他对你承诺过？”

“当然，当然，佩顿。他对一切都是知情的，是很严肃地、深

[1] 译注：指纳撒尼尔·格林（Nathaniel Greene，1742—1786）。美军将领，功勋卓著，阿诺德叛变后任美军南部司令。

[2] 译注：指亚历山大·汉密尔顿（Alexander Hamilton，1757—1804）。美国开国元勋之一，曾任华盛顿军事秘书，军队将领，宪法起草人之一，美国独立后的第一任财政部长。

思熟虑地做出了承诺。”

“那就放心吧！”邓乌迪喊道，一把将她拉到了胸口，就这么抱了一会儿。“不用担心了，亨利他有救了！”

他没有再多解释，反而猛地冲出了房间，沃顿一家人都大吃一惊。所有人都说不出话来，直到他们听到邓乌迪上马，马蹄声从门前飞一样地驰过。

邓乌迪突然离开之后，剩下的亲友们焦灼不安地议论着他能否成功。他那满怀信心的样子，让看到的人也受到了感染，大家都觉得亨利又有希望了。希望复苏之后，他们的心情好了起来，但除了亨利之外。说实话，亨利的处境太过恶劣，而且几个小时里，他饱尝了命悬一线，比判决死刑时更难以忍受的折磨。弗兰西丝的心情与哥哥不同，她全心全意地依靠邓乌迪的保证，认为一切都会没事。她并没有怀疑，因为就算怀疑，也没有方法去证实，只能让自己难过而已。但她相信，只要是人力能及的事情，自己的爱人就能做到，而且她还清清楚楚地记得哈珀的一举一动，还有他那慈爱的面容，这重燃的希望，让她沉浸在幸福之中。

佩顿小姐的快乐要更为清醒一些，她不时地责备自己的外甥女，在他们的希望切实地实现之前，不要这样纵情欢乐。但是她唇边却泛起淡淡的微笑，与她故意表现出来的镇定正相反。

“怎么了，我最亲爱的姨妈，”当佩顿小姐又一次责备她时，弗兰西丝开玩笑似的说，“亨利好不容易得救了，为什么还要我不能开心啊？你自己不也经常说吗？我们的领袖们是不会让一个无辜的人白白牺牲的？”

“是，我相信那是不可能的，我的孩子。而且我现在也还是这么认为。但是，无论是欢乐还是悲伤，都需要克制。”

弗兰西丝想起伊莎贝拉临终的遗言，眼睛中不由得泛出了感激的泪水，她望着她的好姨妈，回答说：

“虽然的确如此，但有些感情是不会屈从于理性的。啊，看看那边的怪物们，他们赶来这里，就是要见证一个活生生的人死去。

他们四处走来走去，好像生活对他们来说不过是一场军事操练一样。”

“他们还不如雇佣兵呢。”亨利说道，努力忘记自己的不安。

“我亲爱的，你看得这么认真，好像你对操练很感兴趣啊。”佩顿小姐见她的外甥女专注地望着窗外，就对她这么说，但弗兰西丝没有回答。

从她站的窗口望去，很容易看到他们曾经穿过的高地。她发现有一座神秘小屋的山头就在她的面前。山头的这一侧崎岖不平，寸草不生，巨大的山岩就好像不可逾越的壁垒，从散布在岩壁上的矮小又光秃秃的橡树中间露出头来。这栋房子离山脚不到半英里地，吸引弗兰西丝的注意的是一个男人的身影。那个身影从一块有着古怪形状的岩石后面冒出来，又匆匆消失了。这样的行动重复了好几次，从那神秘的感觉来看，那个人好像是个逃犯，他似乎意图刺探美军的军事训练情报，弄清平原上发生的事情。尽管隔着很远，但弗兰西丝马上下意识地觉得那是伯奇。也许这是因为身材和氛围的缘故，但主要还是因为她想起在山顶上就曾看到过这个身影，她有自信，这就是同一个人。虽然现在那个身影和之前的不同，并没有背着那个包袱，她认定那是小贩的货囊。她现在已经不像刚才那样头脑混乱了，在她的思维中，伯奇的神秘举动与哈珀的联系到了一起，她将这份怀疑深深地埋在了心中。

弗兰西丝重新坐了下来，默默沉思着，努力地试图搞清楚，这个神秘男人的出现与自己家庭的命运是不是有着什么联系。在此之前，他的确在一定程度上拯救了莎拉，使她免遭更大的打击。而且他也从没有做出过任何危害他们利益的事情。

她向人影出没的方向凝望了好长一段时间，却没看到他再次出现。于是她转向她房间里的亲人们。佩顿小姐正坐在莎拉身边，莎拉表现出了一点点恢复意识的迹象，但却仍然麻木地不知悲喜。

“看了这么久，我亲爱的，我想你应该对操练很熟悉了。”佩顿小姐说，“不管怎么说，对于一个战士的妻子来说，这总不是坏事。”

“我还不是妻子呢，”弗兰西丝脸一下变得通红，“我们没什么理由希望在我们家里再举办另一场婚礼了。”

“弗兰西丝！”她的哥哥从座位上跳了起来，在房间里心烦意乱地来回踱步。“我求你不要再说起这伤心事了。现在我的命运还吉凶未卜，我想和大家都和睦相处。”

“那就让这吉凶未卜结束吧！”弗兰西丝高叫着，跳到了门口，“佩顿带着喜讯来释放你了！”

她的话还没说完，门就开了，少校走了进来。但他脸上却清楚地只有懊恼的神情，显然还没有分出是成功还是失败。他拉起了弗兰西丝在心乱如麻中向他伸出的手，但又立刻放开，带着明显的疲惫，跌坐在椅子上。

“你失败了吗？”沃顿说，他的心中一颤，但外表仍然强自镇定。

“你见到哈珀了吗？”弗兰西丝的脸色变得很苍白。

“没有。我坐船过河，而他一定是坐了另一条船到这边来了。我又立刻回来，在高地西边的路上追了他好几英里，但在那里我却找不到他了。为了让你们不着急，我先回这里来。但是我今天晚上一定会见到他的，我要为亨利求得暂缓刑期。”

“那你又见到华盛顿了吗？”佩顿小姐问。

邓乌迪似乎在出神思考，望了她一阵。她又把这个问题重复了一遍。他带有一些保留地用严肃的语气回答：

“总司令已经离开了他的驻地。”

“可是，佩顿。”弗兰西丝重又感到了一阵恐惧，“要是他们两个人无法见面的话，那就来不及了。只有哈珀一个人是不够的。”

她的爱人将视线慢慢地投向她焦灼的面容，在上面停驻了一会儿，然后边沉思边说：

“你说过，他承诺要帮亨利的。”

“没错，这是他自己说的，要报答他受到的盛情款待。”

邓乌迪摇了摇头，脸上的表情又严肃了起来。

“我并不喜欢这句话，‘盛情款待’只是个空话。一定有着什么更合理的理由，使得哈珀做出这样的决定。我怕转述里有什么错误，你把所有的经过都对我再说一遍吧。”

弗兰西丝急忙答应了他的要求。她把自己所记得的一切，从他来到洋槐庄园，他受到的热情招待，以及后来所发生的事情，全都尽可能详细地讲了出来。当她提到她的父亲与客人之间的对话时，少校笑了笑，但还是没有作声。随后她又细致地讲述了亨利的到来，还有第二天的事件。在这一部分里，她特别准确地叙述出了哈珀曾经希望她哥哥摘掉伪装，以及他对青年的这种危险行为的看法。她甚至还记得他说到她哥哥时，那句意味深长的“我知道他回家探望的事，可是比不知道要更安全啊。”弗兰西丝以年轻人热忱的仰慕之心，说出了他的和蔼，对自己那慈爱的态度，又花了不少时间，把他对沃顿一家道别的样子都叙述了一遍。

邓乌迪一开始还满面担忧地听着，随着她的叙述，表情明显越来越开朗了。当她谈到自己和客人的关系时，他快乐地笑了起来。等她说完之后，他狂喜地喊出了自己的结论：

“我们得救了！我们真的得救了！”

但他的话却又被打断了。至于到底发生了什么情况，我们在下一章继续。

第二十八章　狂信的教士

猫头鹰爱着黑暗的夜晚，
云雀高声欢唱迎接白天。
胆小鸽子只在窝边叫唤，
猎鹰展翅翱翔直上云端。

——二重唱歌词

在我们国家的这些州中定居下来的居民，都是逃离了他们生长的土地，舍弃了深爱家园的人。他们都有着狂热的宗教热情，只要条件允许，他们总是会按照基督徒的规矩，庄重严肃地完成一切仪式，临终哀悼与葬礼自然也不会例外。这栋房子的女主人是个好心的人，也是一个严格地遵守着她所从属教会规矩的教徒。由于听了附近教区一位牧师的高谈阔论，她惊觉到了自己的堕落，所以她认为只有这位牧师才可能在亨利·沃顿那短暂的希望中赐予他救恩。这位善良的妇女并不是对宗教的教义一无所知，她宣称，从道理上来说，教义的贯彻是需要凡人帮助的。用她的话来说，就是"受到这位善良的某某某先生长时间的教导"，使得她在不知不觉中被熏陶得全心依赖他的帮助了，而根据她信仰的教导，她本应该只从天主那里得到帮助。无论什么时候提到死亡，她都会觉得恐惧，所以当犯人被宣判死刑的事一公布出来，她就立刻派恺撒骑上她丈夫最好的马匹，去请她的那位牧师过来。这件事她没和任何人商量，无论是亨利还是他的亲友们，到了沃顿家人有急事要恺撒去做，却找不到他的时候，女主人才解释了派他出去的事。当年轻人知道这件事后，一开始还十分不愿意接受这样的精神指导。当我们已经不把人世间的万物看在眼中的时候，也就根本不管什么偏见和习俗了，最后他恭敬地鞠躬致谢，感谢了这位好心女人的悉心照顾。

老黑人办好事情就赶快回来了，从他那有点语无伦次的叙述之中，可以推断出牧师应该会在今天之内到达。前一章中邓乌迪话会被打断，就是因为女主人突然进来了。经过邓乌迪的求情，负责看守关押亨利房间的哨兵允许犯人的家人随时自由出入这个房间。为了方便起见，负责的军官把恺撒也包括在内。但如果有旁人要求进入，就需要经过严格的调查与盘问。少校把自己也认定在亨利的亲属之中，并用自己的名誉保证，所有的沃顿家人都不会意图解救他。女主人和负责警卫的下士在门前说着话，卫兵把房门打开，等待他上司的决定。

"难道你要拒绝给一位同胞最后的宗教安慰吗？他马上就要面临死亡了！"女主人说着，话里充满了真挚的热情。"明明可以有一位牧师为他指明那通向天堂的窄路，你还要把这个灵魂推进火窑[1]？"

"好女人，我要告诉你，"下士说着，轻轻把她推开，"我可不想让任何人把我的脊梁当成上天堂的大路。要是我不服从命令，我会被队长好好教训一番的。还是请你去问问梅森中尉，说不定你能带整整一屋子人来听讲呢。一个小时之后，就要换民兵来站岗了，我可不能让人说还不如民兵吧。"

"让这女人进去。"邓乌迪严厉地说，他刚刚发现站岗的是自己手下的一名士兵。

下士把手举到帽子边敬了礼，不言不语。等他持枪站好后，女

[1] 译注：指《圣经·旧约·但以理书》中，尼布甲尼撒王将沙得拉、米煞、亚伯尼歌三人丢入烈火窑中的故事。

主人进了屋。

“接下来会有一位牧师先生来安抚即将离去的灵魂。我们这个教区的神父另有事情，无法前来，他得去为一位老人主持葬礼。”

“让他进来，”亨利不耐烦地说，“门卫会让他进来吗？我可不希望那位牧师朋友被粗暴地拦在门外，何况他还是个陌生人。”

现在所有的目光都注视着邓乌迪。他看了看表，和亨利耳语了几句话，就匆忙走出了房间，弗兰西丝跟在他身后。这两个人主要说的是，亨利希望找一个自己教派的牧师来做临终布教，少校同意了他的请求，要去费什基尔镇请一个来，因为他要去渡口等着预计要回来的哈珀。梅森在马上鞠躬致敬，并表示愿意采纳女主人的意见。

恺撒带路，牧师被请进了房间，女主人走在后面。这个牧师与其说是中年人，不如说已经到了人生的暮年。他的身材比普通人高大，又瘦得惊人，让他显得越发高大。他的脸孔瘦如刀削，一脸严肃，每块肌肉都绷得紧紧的。他似乎根本没有快乐或者放松的表情，习惯性地紧皱眉头，好像对人类的恶习深恶痛绝。他的眉毛蓬松突出，黑的可怕，但他的眼睛更让人望而生畏，虽然它们被隐藏在一副巨大的绿色眼镜底下，却仍然用凶狠、愤怒的眼光瞪着四周，好像在宣告世界末日的到来一样。他的脸上显示出狂热、不宽容与谴责的混合表情。他的头发很长，有黑有灰，从额头间分开，向着两边直直地垂下，把两边脸颊遮住了，直到盖到他的脖子。压在这难看头发上的是一顶大大的三角帽子。黑色的外套早就褪了色，马裤和袜子也是相同的颜色。他的鞋子没有光泽，被巨大的镀金鞋扣挡住了一半。这个人昂首阔步地走进这个房间，僵硬地点了点头，然后就坐到黑人给他送来的椅子上，威严地沉默着，一坐就是几分钟，这段时间里没有人敢把遭到中断的对话继续下去。亨利对这个客人很是反感，他努力地试图克制，但仍然压抑不住。来人也时不时发出几声叹息呻吟，就好像他那升华的灵魂与粗陋的住处之间不平等的连接马上就要被切断了似的。在这临终送别的准备中，沃顿先生也带着和他儿子一样的厌恶之感，带着莎拉从房间里出去了。牧师注意到沃顿先生走了之后，以一种轻蔑的态度轻声哼起了一首广为人知的赞美诗调子来，里面带着东部[1]特有的浓重鼻音。

“恺撒，”佩顿小姐说，“你去给这位先生拿些点心来，他赶了这么远的路，一定需要吃点东西了。”

“我的力量并不来自人间，”牧师以一种空洞的、阴森森的声音说，“我这一天已经举行了三场布教，而我并不会晕倒。但是吃点点心还是个明智之举，因为它可以帮助修补这灵魂居住的脆弱房屋。不错，‘工人得工价是应当的’[2]。”

他张开那张大大的嘴巴，大吸了一口送上来的白兰地，轻而易举地让酒直接流进肚子里，就好像人类天生就容易犯下罪孽一样。

“我理解您。先生，您已经很疲劳了，但是您善良的心还是让您去完成自己的职责。”

“你这个女人！”这个陌生人凶相十足地说，“我什么时候又逃避过责任？‘你们不要论断人，免得你们被论断’[3]，以凡胎肉眼又怎么可能理解天主的意图！”

“不，”老姑娘温和地回答，她有些讨厌他满嘴的术语，“我并不是妄图判断什么事，也并没有议论他人，更不用说全能的主了。”

“很好，女人——这样才好！”牧师目空一切似的仰起他的头，用轻蔑似的口气说着，“你是个女人，天生就有着缺陷，所以必须要谦卑才行！否则你的弱点就会使得你落下罪恶的渊薮，好像‘用灭亡的扫帚扫尽’[4]。”

---

[1] 原注：这里的“东部”指的是美国的新英格兰地区，这些地方原本由清教徒定居，仍然保留了许多不同的语言习惯。

[2] 译注：出自《圣经·旧约·路加福音》。

[3] 译注：出自《圣经·新约·马太福音》。

[4] 译注：出自《圣经·旧约·以赛亚书》。

这个牧师非同寻常的言行把佩顿小姐吓了一跳，但她早已经习惯对神明虔诚守礼，甚至在说话的时候也认为保持沉默为好，于是她回答道：

“天上有灵，只要我们谦卑而诚实地寻求他的支持，就可以让我们免于走上错误的途径。”

那陌生人用看不起似的眼神盯着说话的人，然后似乎自己克制了下来，改用一副谦卑的语气，以同样让人不舒服的声音说：

“不是所有人的祈祷都能上达天听。天道非常人所能判断——‘被召的人多，选上的人少。’[1] 谦卑说起来容易，做起来难。微不足道的人类，你又能谦卑到诅咒自身而换得神的荣耀吗？如果不是这样，你就不过是个税吏或者法利赛人罢了！”

在美国，如此狂热的度难得一见。佩顿小姐开始怀疑她的客人是不是喝醉了酒，或者神经错乱了。但是她也记得对方是一位出身高洁、声誉非凡的牧师派来的，就放弃了这个想法。她带着几分忍耐地说道：

“我也许是在欺骗自己，才会相信地上的一切生灵都将得到主的慈悲，但是这教义如此温暖人心，我也是心甘情愿地不愿醒悟过来。”

“慈悲只是施予被选之民的！”陌生人疯狂叫道，“你已经身在‘死荫的幽谷’[2] 之中了。你是不是遵循那些多余的仪式，徒具虚名的教会的信徒？我们的暴君可是很高兴在这里建立起那些东西，连着‘印花法’和‘茶叶法’一同实行啊！回答我，女人。你要记住，上天听得到你的回答，你是不是崇拜偶像派的信徒？”

“我信奉的是我的先祖们所信的教义。”佩顿小姐说着，示意亨利不要作声，“除了我自己柔弱的身躯，我不向任何其他的偶像屈身。”

---

[1] 译注：出自《圣经·新约·马太福音》。

[2] 译注：出自《圣经·旧约·诗篇》

“是的，是的，我就知道你们这样的人，自以为像罗马教皇一样尊崇上帝，其实不过是流于形式，做那书生气说教的听众罢了。你想想看，女人，难道圣保罗在向信徒布道的时候，手里也会拿着一份注解吗？”

“看起来我在这里会打扰到您，”佩顿小姐站起了身，“我会退出房间，请您和我的外甥独处，我自己去祈祷吧。虽然我很希望能与他在一起。”

说完之后，她走了出去，女主人也和她一起走了。她也被这位新认识的牧师那毫无节制的热情吓到了，简直是目瞪口呆。虽然这个好女人相信佩顿小姐和她所在的那个教会正加速走向灭亡，但也不习惯听到如此咄咄逼人的发言，还直言不讳地公开昭示对方的命运。

这个陌生人竟然无端端地攻击自己温和又柔顺的姨妈，亨利难以抑制自己的怒火。一等她走出屋去，房门关上，他就立刻爆发了出来。

“我必须承认，先生，”他在愤怒中大声谴责，“我迎接了您这位牧师，把您当做一位基督徒，一个知道自己的弱点、也知道如何去宽容他人弱点的人来看。可是，您却伤害了一位优秀女性的温柔的灵魂，我承认，我无法与这样一个不宽容的人一起祈祷。”

牧师直直地站在那里，态度严肃而沉着，眼睛里带着一种轻蔑又怜悯的神情望着走出房门的女人们。他任年轻人愤怒地责备自己，好像根本不屑于在意他似的。就在这个时候，传出了另一个人的声音：

“这样的谴责会使得许多妇女光火。但却能最好地达到我的目的。”

“谁在说话？”犯人惊叫起来，诧异地向着房间四下打量，想找出那个说话的人。

“是我，沃顿上尉。”哈维·伯奇说着，拿下了那副大眼镜，露出他那对在假眉毛下炯炯有神的眼睛。

“天哪！——哈维！”

“别说话！”货郎庄严地说，“在这儿，在美国军队的腹地，绝对不要提起这个名字。”他停了一下，向周围打量着，激动超过了恐惧。然后他用阴暗的语气继续说道：“有一千条绞索在等着这个名字，如果我再次被捕的话，基本就不可能再逃走了。这对我来说是一次可怕的冒险，但是知道了一个无辜的人要像条狗一样死去，而我有可能救出他来，我就无法安心地入睡。”

“不，”亨利说着，脸上露出了慷慨坚毅的表情，“要是你让自己冒那么大的风险来到这里，那就不要管我，赶快回去吧。让我接受自己的命运好了。就算到了现在，邓乌迪也还是在为我拼命，如果他能在夜里见到哈珀先生，那我就一定会获得释放了。”

“哈珀！”货郎重复道，正要把眼镜戴回去的手一下停住了，“你都知道哈珀什么？为什么你会觉得他会帮忙救你？”

“他答应过我的。你还记得我们不久之前在我父亲家里见面吗？他自己提出来要帮我的。”

“是啊——可是你知道他是谁吗？还有……你为什么认为他有这个权力？又或者说，是什么原因让你相信他会记得自己的承诺？”

“如果人脸上有真诚的印记，或者直率、诚实、仁慈的印记的话，那它就在他的脸上发光呢。”亨利说，“除此之外，邓乌迪在叛军里还有强有力的朋友，还是让我等待这个机会吧。这比让你冒着暴露的风险要好多了，不然一旦被抓到，就免不了一死啊。”

“沃顿上尉，”伯奇谨慎地打量着四周，极其严肃地说，“要是我不救你，那就没人能救你了。哈珀也好，邓乌迪也好，都救不了你的性命，除非你跟我一起走。否则再多拖一个小时，你明天这时候就会像个杀人凶手似的挂在绞架上了。是的，他们的法律就是这样。那些去打仗、杀人、抢掠的人受到尊敬，换了是替他的国家当间谍的，不管他多么忠心，都免不了被人唾骂，还会像个最卑鄙的罪犯一样死去！”

“你忘了吗，伯奇先生，”年轻人有些气愤地说，“我才不是一个潜伏的间谍，那些人奸诈无比，只会欺骗背叛。我是清白无辜的。”

血色一下冲上了货郎苍白瘦削的脸颊，直到他的脸变得好像熊熊燃烧的火焰。但是这股劲头很快就消失了，他开口答道：

“我已经告诉你真相了。恺撒今天早上在半道碰到了我，我已经和他商量好了计划。如果按这个计划来做，我希望能够把你救出来——否则你就难逃一死了。我再和你说一次，除了我，没有其他任何人能救你，甚至华盛顿也不行。”

“我答应你。”犯人说，他被伯奇那严肃的态度压倒了，而且这个刺激也重新让他担忧了起来。

货郎示意他不要出声，做出他进屋时那种傲慢刻板的样子，走到门口，打开了门。

“朋友，不要让任何人进来，”他对哨兵说，“我们马上就要做祷告了，希望不要让外人来打扰。”

“我知道不会有人来打扰你们的，”哨兵滑稽地眨眨眼睛，“不过要是犯人的家属要过来，那我也没有权力制止他们。我只要遵守自己的命令，至于这个英国人上不上得了天堂，那可不关我事。”

“大胆的罪人！”假牧师叫道，“你难道不怕上帝派在你眼前的使者？我告诉你，只要你还害怕在世界末日受到惩罚，那就不要让任何崇拜偶像的教徒进来，打扰义人的祷告！”

“唉哟哟，你还真像是霍利斯特中士那高贵的指挥官啊！点名的时候，你能把他呛哑巴了呢！好吧，我先得谢谢你了，求你别在讲道的时候这么高喉大嗓好吗？不然我们连军号声都听不到了。你可别拿那噪音害得让哪个端着他饮料的可怜家伙错过了号声，没去做晚间操练。要是你不想被人打扰，你不会把刀当门闩啊？难道还得派一队的骑兵过来守着你们这房子不成？”

货郎明白他的提示，立刻关上了门，按骑兵说的采取了预防措施。

“你演得过头了，”年轻的沃顿很担心地说，“你的热情有些太过火。”

“对于一个步兵和东部的民兵来说，也许是有些过火了，”哈维说，把恺撒递给他的一个包翻了过来，“但要跟这些骑兵打交道，就得吹得越大越好。沃顿上尉，胆小鬼干不了这活。你得用这张黑皮把你那漂亮的脸蛋遮上一遮。”同时他拿出一张羊皮纸的面具戴在了亨利脸上，“你们主仆得互换一下身份。”

“我不觉得他有哪一点像我啊。”恺撒打量着他少爷的新脸孔，厌恶地说。

“恺撒，你闭一小会儿的嘴。”货郎带着他一直以来特有的一种潜藏的诙谐说，“等我们把羊毛都安好再说。”

“那就更糟糕了！”非洲人不满地叫道，“一个跟绵羊似的黑人！而且我从没见过这样的嘴唇，哈维，这简直就跟香肠一样厚！”

给沃顿上尉准备这些七古八杂的伪装用品，真是煞费了一番苦心。在货郎娴熟地装扮一番之后，沃顿上尉变成了能轻易逃过检查的样子，只要不是特别认真细致的人，就发现不了。

那面具被填充了不少东西，以改成非洲人的面部轮廓，颜色自然也不必说。假发是用黑白相间的羊毛巧妙地制成的，就好像恺撒自己那胡椒混着食盐似的发色。老黑人简直都要喝起彩来了，觉得除了质地之外，完全就跟真的一样。

“美国军队里只有一个人能认出你了，上尉。”货郎满意地打量着他的杰作说，“可他现在并不在这里呢。”

“你说谁？”

“就是一开始抓住了你的人。就算隔着木板，他也能看出你的白皮肤来。现在脱衣服，你们两个都得脱。你们必须从头到脚把衣服换过来。”

恺撒在早上遇到货郎的时候，就被他细细叮嘱过该怎么做了，他立刻开始脱下自己粗陋的外套，青年捡起来，准备穿到自己身上，但还是忍不住发出了厌恶的叹息。

小贩表现出来的态度，带着几分关切，也带着几分幽默。前者是因为对他们身处的危险有着清醒的认识，也知道该怎么去避免它；后者则是因为面前这荒唐可笑的局面。他已经对这样的情形习以为常了，并不会激动。

"来，上尉。"他说着，把几把散羊毛向亨利的袜子里塞。"你的腿需要改变一下轮廓。免得骑在马背上被人看出来，南方的骑兵们都很熟悉黑人那刀削似的小腿。要是他们发现你的腿跟小牛犊似的结实，那一眼就看出不是黑人的腿来了。"

"天哪！"恺撒笑着叫，他简直合不拢嘴了，"哈利主人的马裤我穿着挺合适的呢。"

"都合适，除了你的腿。"货郎冷静地上下打量着亨利的装扮。"穿上外衣，上尉，把能遮的都遮住。我得说，你现在打扮得可以去参加万圣节了。恺撒，你把这顶撒了白粉的假发盖住你的卷毛，你要仔细注意着窗外，不管什么时候，门只要开了，你就绝对不要说话，否则就全露馅了。"

"哈维觉得有颜色的人没有美国人那样的舌头。"老黑人嘟囔着，坐到了指定给他的座位上。

现在一切都安排妥当，就差行动了。货郎特意又跟他的两个演员嘱咐了一遍。他求上尉不要再做出军人那种挺直腰杆的仪态，暂时像他父亲的老黑奴那样弓身屈腿，表现出谦恭的样子来。他还严嘱恺撒伪装好，一定不能说话，尽可能地坚持下去。做好了准备之后，他打开了门，叫了哨兵。那个哨兵已经退得远远的，到走廊尽头去了。他可不要接收那精神上的慰藉，因为他觉得那是彻头彻尾的他人财产。

"把这房子的女主人叫来。"假牧师庄严地说，"让她一个人过来，犯人正在幸福地冥想，我们不能打扰他的祈祷。"

恺撒双手捂住了脸，哨兵向屋子里看去，以为他所负责看守的犯人正沉浸在默祷之中。他带着莫大的鄙视态度向牧师扫了一眼，就大声叫着那好心的女房东的名字。她听到叫喊，就赶紧热忱地跑来了，心里偷偷希望能听听犯人的临终忏悔。

“我的姐妹，”牧师以主人一样的权威口气说，“你家里有没有《基督徒罪犯的最后时刻》或者又叫《横死之人对永恒的思考》这本书？”

“我从来没有听说过这本书！”女主人惊讶地说。

“这的确不是不可能的，你没听说过的书还多着呢。但如果没有这本书，这个可怜的忏悔者是无法平静得到解脱的。要知道读这本书一个小时，就胜过听一辈子的讲道。”

“上帝保佑！这书简直就是珍宝！它是什么时候出版的？”

“它最早是以希腊语版本在日内瓦发行的，后来在波士顿推出了英语版。姐妹，这本书每一个基督徒都该拥有一册，特别是要上绞架的那些人。你赶快给这个老黑人准备一匹马，让他陪我到我的同事那里去拿。我会让他马上把书送来。我的兄弟，你要安定心神，你已经走在通向天国荣耀的那条窄路上了。”

恺撒在他的椅子上扭动了一下身体，还好他有足够的记性，马上想起要把脸遮住来，他的手已经隐藏在了手套底下。房东太太答应了这个合理的请求，离开去备马了。然后又只剩下了这帮密谋的人们。

“做得不错。”货郎说，“但接下来才是难关，我们要骗过那个指挥哨兵的军官——他是洛登手下的中尉，而且学到了不少上尉的狡猾。请记住，沃顿上尉，”他继续说着，样子很是骄傲，“现在我们的命运就全取决于我们的冷静了。”

“我的命运已经不可能比现在更差了，我尊敬的朋友。”亨利说，“但是为了你，我会尽我所能地去说谎的。”

“难道我又能比现在更孤独，更受人迫害吗？”货郎问道，他一反常态，激动得语无伦次，“可是我已经答应了‘某个人’，对于他，我从来没有食言过。”

“那个人是谁？”亨利又一次感兴趣起来。

“谁也不是。”

佣人很快来了，说马已经备好了，就在门口。哈维给上尉使了个眼色，带头下了楼。他先对女主人说不要去打扰犯人，以便他能消化刚刚接收的健康的精神食粮。

这个牧师的古怪脾气已经被哨兵散布给他的战友们了。当哈维和沃顿走到屋前空地的时候，发现十几个闲着的骑兵在那里游荡。他们想要拿这个狂热的教徒来取乐，就故意地夸奖起他们的坐骑来。

“这马真不错！”带头搞出这个恶作剧的家伙说，“就是少了点膘。我想这是你为了完成自己的人生使命，四处辛勤奔波造成的吧？”

“也许对我和我这忠实的坐骑来说，我的使命是十分辛苦的。但是清算一切的那一天就在眼前了。到那个时候，我将为我的付出得到奖励。”伯奇边说，边把脚踩上了马镫。

“你是为了报酬才干活的？那不就跟我们为钱打仗一样啦？”这一伙人里的另一个叫道。

“即使如此——‘工人得工价是应当的’。”

“来吧，我们希望你给我们说教呢。我们现在有点闲工夫，听说你只要说上几句话，就能让我们这些堕落的人大受好处呢。来来，站到这马墩子上来，请随便从哪里讲讲都好！”

这帮人现在都乐不可支地聚集在伯奇身边了。他意味深长地看了上尉一眼，上尉现在已经上了马背，他回答说：“毫无疑问，为大家讲道是我应尽的责任。不过恺撒，你可以先上路把这封信送过去——那不幸的犯人就等着书呢，他没有多少时间了。”

“是呀，是呀，快走吧，恺撒，拿书去！”半打的声音胡乱地叫嚷着，都急切地挤在这个狂热的牧师身边，等着好戏开场。

货郎心里暗自害怕，要是这帮粗人来拉扯他或者他的衣服，那他的帽子和假发就会被扯掉，当时就会被人发现。所以他欣然地配合了他们的要求，他爬上马墩子，清了几下嗓子，又看了上尉几眼，发现他还在那里不动，就开口说道：

“请你们注意了，我的兄弟们。当你们翻开圣经的时候，就会在‘撒母耳记’的下篇中看到这样的话：‘王为押尼珥举哀，说，押尼珥何竟像愚顽人死呢？你手未曾捆绑，脚未曾锁住。你死如人死在罪孽之辈手下一样。于是众民又为押尼珥哀哭。’恺撒，你先上路吧，我要你快去把那本书拿来，你的主人心中痛苦，正需要它呢。”

“多么精彩的讲道！”骑兵们吆喝着。“继续说——说下去！——让这个雪球[1]也留下来好好听听，他也该像别人一样受受开导呢！”

“你们都聚在这里干什么，这帮混球？”梅森中尉喝道，他刚刚特意去看民兵团的晚操，然后把人家嘲笑了一个够，现在走回来。“统统给我滚回营房去！回头我就去看看是不是每匹马都干干净净的，上好草料了！”

中尉这一吼，就好像施了咒一样，所有人齐齐闭嘴。要不是人数少了点，他们简直就是牧师最理想的听众了。梅森话音未落，场上就只剩下了恺撒一个。货郎借机上了马背，但他仍然要装出镇定自若的样子来，正像刚才战士说的那样，他们的马很羸弱，那些战马则马具齐备，一接到警告就可以立刻追上他们。

“喂，你跟屋子里那个可怜的人已经说过了？”梅森说，“他这下能在神明给他指的路上跑最后一趟啦，老家伙？”

“你说这话是有罪的！亵渎神明的人！”牧师高叫着，举起双手，一副不胜恐惧的样子盯着上天，“我将不受伤害地离开你，就像但以理从狮穴中被解救出来一样[2]！”

“去你的吧，你这个满口赞美诗的伪善流氓！”梅森轻蔑地说，

[1] 译注：对黑人的故意嘲讽。

[2] 译注：指《圣经·旧约·但以理书》中叙述的但以理被波斯国王扔入狮穴，但受天使庇佑平安无事的故事。

“我用华盛顿的性命发誓！只要是个诚实的人，看到他为之流血的祖国被贪婪的猛兽践踏，都会感到忧虑的！要是我能跟你在弗吉尼亚州种植园里呆上一刻钟，我就教你跟火鸡一起啄烟草上的肉虫！”

“我一离开你就把我鞋上的灰尘掸去，这样你那邪恶的嘴中喷出的渣滓就无法弄脏我神圣的法衣了！”

“快滚！不然我扒了你那套皮来抖灰！你这个狡猾的恶棍！竟然敢给我的手下布教！都是霍利斯特，害得他们疑神疑鬼！这帮流氓也太虔诚了，不然他们一定揍得你体无完肤！不过先给我站住！你又要去哪里，这位黑先生？跟这么个圣洁的家伙混在一块儿？”

“他是要去，”牧师连忙替他的同伴解释，“给那个有罪的青年带一本充满安慰与美德的书回来，看了那书，就算他的灵魂跟这黑人一样又黑又丑陋，也会立刻变得清白无瑕。难道你要剥夺一个垂死的人最后的一点宗教安慰不成？”

“不，不，那可怜的家伙，他的命已经够糟糕了。他那规矩的姨妈可是请我们好好地吃过一顿早饭呢。不过听着，启示录先生，要是这青年必须得‘Secundum artem’去死，那就让他像个绅士一样死吧。我得告诉你，你别以为能在我们中间卖弄你那点货色，否则我就扒了你的衣服，让你光着滚出去！”

“你这口出狂言，亵渎神明的东西！”伯奇边骂，边向着路边缓缓移动过去，还适当地保持着牧师的尊严，假恺撒跟在他后面，“不过我离开之后，你必定受到惩罚，而且你必将无法得到愉快的解脱！”

“这该死的家伙！”中尉喃喃道。“这家伙骑马就跟树桩似的，两条腿翘得就好像他的帽檐。我真希望能在这山底下碰上他，那里法律可没这么严密，那我一定……”

“警卫队长！——警卫队长！”这个时候，在关押犯人房间的走廊上站岗的哨兵高声叫道，“警卫队长！——警卫队长！！”

中尉立刻飞奔上了通向囚室的狭窄楼梯，询问情况。

那士兵站在打开门的房间前面，用怀疑的眼光打量着那伪装的英国军官。他一看到中尉，就习惯性地作出了尊敬的态度，带着困惑报告道：

“我说不清楚，长官，可是我看着就是觉得这犯人奇怪。自从那个牧师离开之后，他看起来就跟之前不一样了……不过，”他隔着他上司的肩膀又望了一眼，“那只能是他啊！还是那个撒了白粉的头，还有那大衣上打的补丁，那就是我们最后跟敌人打仗的那天里，他被击中的地方。”

“就是说，你大声嚷嚷，是因为怀疑那可怜的绅士是不是你的俘虏？啊？你这见鬼的以为他还能是谁？”

“我也不知道还能是谁！”哨兵耷拉着脸回答，“可是如果那真的是他，我觉得他变粗了，也变矮了。长官，你还是自己看看吧，他浑身哆哆嗦嗦的，好像打了摆子！”

他说的一点没错。这几句短短的对话把恺撒吓得魂飞魄散。在庆幸自己的少爷巧妙逃走之后，他现在自然地想到自己可能面临的后果了。哨兵说完最后一句话之后停了一阵，恺撒一时还是控制不住自己，他从自己手臂底下的缝隙里偷偷地看了一眼，发现梅森中尉正在亲眼察看这个引起怀疑的犯人。要是洛登上尉的话，一眼就看穿这个把戏了。但是梅森可没有他指挥官这样的眼力。因此他轻蔑地转向士兵，小声地发表了他的见解：

“这肯定是那个什么洗礼派，或者卫理公会教派，又或者公谊会的教徒干的。都是那个唱着赞美诗的流氓满口地狱里的业火啦，硫黄啦，把这小伙子给吓着了。我要去跟他说说话，帮他恢复点精神。”

“我是听说过恐惧会让一个人发白，”哨兵一边说，一边向后退，眼睛好像要从眼眶里跳出来了似的，“可是它却把那英国上尉给变黑了！”

其实真相是恺撒听不到梅森压低声音说的话，刚才那一切又让他害怕不已，于是就鲁莽地把假发从耳朵边拨开了一点，让自己能听得清楚些。结果却忘记了他的肤色对他的伪装来说是个致命伤。哨兵一直紧盯着他的囚犯，立刻注意到了他的动作。梅森的注意力立刻也转向了同样的地方，他登时连面对身处困境的敌方军官的基本礼仪都忘了，或者简而言之，他忘记了一切，除了他的部队将会遭到的处罚。中尉跳上前去，一把掐住了吓得面无人色的非洲人的喉咙。恺撒一听到他的肤色，就知道他肯定被人识破了。当梅森中尉沉重的靴子在地板上撞出第一声的时候，他就从座位上跳起来，缩进了房间的一个角落里。

“你是谁！”梅森吼叫道，每问一句，就把黑人的头向墙上撞。“你这见鬼的家伙是谁！那英国人到哪里去了！说！该死的！告诉我，你这王八蛋！不然我就把你当间谍吊死！”

恺撒还是不开口，不管是恐吓，还是殴打，他都一言不发。直到中尉自然而然地把他沉重的靴子头去踹他最敏感的地方——他黑黑的小腿。这下连最坚强的心也无法忍耐下去了，恺撒立刻崩溃，第一句话就是：

“天啊！老爷！你觉得我没感觉的吗！”

“天哪！”中尉喊道，“是那黑家伙！你这恶棍！你的主人在哪里！那牧师又是谁?”一边说，他一边就作势又要踢下去，恺撒连忙大声求饶，答应把他知道的一切都说出来。

“那牧师是谁?”可怕的骑兵重复道，抽回他的腿威胁道。

“哈维！哈维！”恺撒叫道，换着腿跳来跳去，他以为两条腿都可能会遭到攻击。

“哈维是谁?你这黑流氓?！”中尉不耐烦地吼，飞起一脚，恶狠狠地完成一次报复。

“伯奇！”恺撒尖叫起来，一下跪在地上，眼泪哗啦啦地从他的脸上掉了下来。

“哈维·伯奇！”梅森重复了一遍，一把甩开黑人，冲出门去。“拿起武器！拿起武器！只要打死那个间谍货郎，赏五十个几尼！——两个都是！上马！上马！拿起武器！上马！”

骑兵们闹哄哄地集合起来，所有人都乱糟糟地向着自己的马跑去，恺撒从被梅森甩出去的地方站起来，检查自己的伤势。他觉得自己挺走运，竟然没怎么受伤。

第二十九章　逃亡

戴上假发跟帽子，
吉尔平离开家门；
当他动身的时候，
没想到这么幸运。

——考珀[1]

货郎和英军上尉逃到能藏身的山里所必须要走的那条路，大概有半英里，这段路能从关押亨利的屋子门口望到。这一段路就在肥沃的平原上，一直延伸到陡峭的山脉，它们在这里几乎是垂直地拔地而起。到了山脚下后，路被迫向旁边拐去，顺着山势蜿蜒绕进人迹罕至的高地。

为了装出他们之间的身份差别，伯奇骑在他的同伴前面，保持一段不大的距离，并保持着矜持的态度，以不紧不慢的速度前进着。这都是为了配合他伪装的那个角色。他们的右边就是我们之前提到的那群士兵的帐篷，可以看到守卫营地的哨兵正警惕地来回巡逻。

亨利不由得冲动起来，他要策马用最快的速度冲过去，这不仅能让他逃走，更能从现在这种折磨死人的焦灼中解脱出来。但是

[1] 译注：威廉·考珀（William Cowper，1731—1800），英国诗人。代表作有长诗《任务》等。这段诗摘自他的短诗《约翰·吉尔平》。

他刚刚一动，货郎立刻阻止了他。

“站住！”他喝道，巧妙地催动自己的马，挡住了亨利的去路。“你要把我们两个都害死吗？好好当你的黑人，跟在主人身后头。你难道没看到他们那些纯血骏马都套着缰绳，背着鞍子，就站在屋子前头的太阳地上吗？要是那些弗吉尼亚骑兵追来，你那可怜的荷兰马又能撑多久？只要你不惊动他们，我们每走一步，就等于多活了一天。跟在我后头，慢慢走，绝对不要回头。他们可是狡猾得像狐狸，又嗜血得像灰狼！”

亨利勉强克制住自己的焦躁。乖乖地听了伯奇的话。尽管伯奇时不时转过头来，作出和黑人说话的样子，向亨利保证一切都平安无事，但他的脑海里还是不断响起追兵赶来的杀声，让他十分不安。

“可是，”亨利说，“恺撒不可能不被发现的，他拖不了太久。我们最好还是跑起来，等他们想到我们为什么要跑的时候，我们就已经跑到那边山角的树林里了吧？”

“啊，你真是不了解他们啊，上尉。”伯奇回答他说。“现在正有个中士朝我们看着呢，好像事情有点不对劲了。那眼尖的家伙，盯着我们就好像老虎卧在那里等着扑食一样。我站上马墩子的时候，他好像就有点起疑了。不，把马勒住——我们必须得让马自己走一段。因为他把手放在他的马鞍上了。要是他上马，我们就完了。而且我们又在步兵的滑膛枪射程范围之内。”

“他现在在做什么？”亨利拉住了他的马，让他的马慢步而行，但他同时又用脚跟夹紧了马的两肋，随时准备冲刺。

“他转身离开坐骑，去看别处了。现在轻轻小跑起来……不要那么快！慢一点，那边有个野外观察哨，就在我们前头不远——他的眼睛正盯着我们呢。”

“别管那步兵，”亨利不耐烦了，“他能做的不过是向我们开几枪，可是这些骑兵却能再把我抓回去。哈维，我们身后那条路上似乎有马蹄声传来了。你能看到什么吗？”

“哼！”货郎发出一声轻哼。“是有些特殊的东西，不过是在我们左边的灌木丛后面。你把头转过去一点，就可以看到了，说不定能对你有帮助呢。”

一得到许可，亨利就急切地转过头去，结果浑身一寒，血仿佛都凝在了胸口。原来他看到了一个木架，那毫无疑问就是处决他的死刑台。他满脸恐惧地转开了头。

“这是对我们的警告，必须谨慎行事。”货郎以他一贯的作风简洁说道。

“这的确是个很棒的景象！”亨利叫道，用手捂了一会儿眼睛，好像要把那个景象从眼前赶跑。

小贩微微转过身体，用充满力量，但又悲伤痛苦的语气说道：“沃顿上尉，你还能看到那绞架在那里，夕阳正斜照在你身上，你呼吸着新鲜的空气，那是从你面前的山上吹来的。你每迈出一步，就让你离那可恨的绞架更远一步；山上每一个黑暗的石穴，每一块凸起的岩石，都是你的藏身之处，让你避开前来追捕的敌人。但我却看到我的绞架立了起来，没有任何地方能让我避难。我两次被扔进地牢里，被绳索捆绑，每夜都在折磨中度过，等着黎明一到，就要背着骂名死去。我满身都是汗水，就好像身体里的水分都被倒出来了。当我冒险地从通气孔里看上一眼，想看看上帝连他最卑微的造物也会赐予的自然的微笑时，我的眼睛看到的却是绞刑架，就好像一个恶人在垂死之际，灵魂受到良心的折磨一样。除了今天这一回，我四次被他们抓住，其中有两次，我觉得自己难逃一死了。沃顿上尉，一个人在得意的时候是很难去死的，但当你的最后时刻只有孤独相伴，得不到任何怜悯，身边不会有一个人想着你的命运，世间的一切都拒绝了你，又怎样呢？当你想到几个小时之后，你就要被带出去，就会觉得这个牢房反而亲切得多。你要在光天化日之下，被所有人死死地盯着打量，就好像你是只野兽一样。你还要背负一切来自你同胞的挖苦嘲笑——沃顿上尉，这才是真正的死啊！”

亨利听得愣住了，当他的同伴说出这一段长篇大论时是那么充满激情，他从没见过哈维这个样子。两个人似乎都忘记面临的危险和他们的伪装了。

“什么！你曾经这样九死一生吗？”

“三年来，我就好像这山丘上被人捕猎的野兽！”伯奇答道。“有一次我甚至一只脚都踏上绞架了，只因为英军突然展开袭击，我才能逃了出来。要是他们晚来一刻钟，我就死定了。当时我被一群冷血的男人，还有看得聚精会神的妇女和儿童包围，像一头受到诅咒的怪兽一样。当我要向上帝祈祷时，我的耳朵里却塞满对我的罪行和历史的咒骂声。我环顾四周，想从众人中找到一张怜悯我的面孔，可我一无所获——是的，一个也没有！所有的人都辱骂我，说我卑鄙地为了金钱出卖了祖国。在我的眼睛看来，太阳比平时更光明了，但这却是我最后一次看到它。田野里充满了欢乐的气氛，一切似乎都生活在天堂里。哦！那一刻我觉得生活是多么的甜蜜啊！沃顿上尉，你从不知道生活会有那么可怕的时候吧。你还有亲朋好友为你着想，可我有的只有一位老父亲而已，如果他知道了我的死讯，会为我痛哭的。但那时我什么都没有，没有同情，没有人抚慰我的痛苦，一切似乎都已经抛弃了我。我甚至认为‘他’也忘了我还活着。”

“什么！你觉得上帝也忘记了你吗？哈维？”

“上帝不会抛弃他的仆人。”伯奇崇敬地说，他自然而然地表现出虔诚的态度来，这是之前他从没有展现过的。

“那你说的‘他’，又是谁呢？”

货郎突然在他的马鞍上挺直了身体，恢复了与那副牧师打扮非常相称的姿态。那曾经出现在他面上的光芒一闪而逝，被庄严的神态所掩盖了。他以真的在对黑奴讲话似的口气说道：

“在天堂里，肤色是没有区别的，我的兄弟，所以你要好好完成这项任务，以后要向我一一报告。”然后他压低声音说，“这就是路上最后一个岗哨。只要你还想要命，就不要回头看。”

亨利想起了自己的处境，立刻恢复成他扮演的角色那卑躬屈膝的样子。由于只顾着自己面临的危险，他很快就忘记了货郎刚刚那惊人的气势了。一回忆起这种严峻的形势，那些暂时忘记的不安也一起复苏了。

“你看到什么了，哈维？”他发现货郎的眼睛正朝着他们离开的那栋房子打量，产生了不祥的预感。“你在那房子附近看到什么了？”

“看到情况糟糕了。”假牧师说，“扔了你的面具和假发，你得把所有的感官全都开动起来。我们前面没什么危险，但后面那些人就要来拼命地追杀我们了！”

“既然如此，”上尉边说边丢掉了他的伪装道具，“那么我们尽早跑吧！我们离拐弯不到四分之一英里路，为什么不一口气冲过去？”

“冷静点，上尉。他们现在刚刚警戒起来，但军官还没到。他们不能上马，除非他们看到我们在飞奔——现在军官来了，他向着马厩小跑过去。一打人已经上了马，军官停下来在紧肚带。他们是想要悄悄地来追我们。他上马了。现在跑吧！沃顿上尉！为了你的性命，跟在我后面！要是你离开我，你就完了！”

这第二个命令是没有必要的。伯奇刚一纵马飞奔，沃顿上尉自然就跟在了他的后面，刺着那可怜的牲口用最快的速度奔跑。伯奇骑的马是自己挑的，虽然比不上骑兵们那些高大强壮的纯血战马，但跟恺撒·汤普森那用来跑腿的小马驹比起来，还是要好太多。这马才刚刚蹦了几下，上尉就知道他的同伴很快会把他甩开了。他又恐惧地望了望后面，看到敌人们正迅速地接近。当人只有唯一的依靠时，被抛弃就是加倍痛苦的折磨。亨利大声喊叫起来，让货郎别丢下他。伯奇立刻拉住了马，和他一起并肩前进。当伯奇纵马快跑时，他的三角帽和假发就从头上掉了下来。骑兵们一见伪装掉落，证实了他们的推测，就大声叫嚷起来。他们叫得那么响，距离又是如此之近，逃犯们听起来简直好像就在耳边一样。

“我们是不是把马丢下的好？”亨利说，“我们穿过田野，向左边跑？这里有围栏可以阻挡追兵！”

“那就只能上绞架了！”货郎不由分说，“这些家伙跑三英尺，我们只能跑两英尺，围栏对他们来说，就跟我们跳个小沟差不多。只要再有四分之一英里我们就到拐角了，那里有两条路，他们也许会停下来找路，这样我们就能多甩他们一点了！”

“可是我这可怜的牲口已经垮了！”亨利叫着，用缰绳催着马，同时伯奇也帮着他用那条粗马鞭抽打马匹。“它连半英里都跑不到的！”

“只要四分之一英里就够，四分之一！”货郎说，“只要你听我的指示，四分之一英里就能救我们的性命了！”

他的同伴那冷静又自信的态度，使亨利受到了鼓舞，他继续镇定地催马向前。很快就到了他们期待的转弯处。他们绕过一丛低矮的灌木丛时，就看到了追兵正沿大路跑来，队伍已经分散，梅森和军士的马跑得快点，离他们比想象的要更近。

在山脚附近，离那黑暗的山谷还有一段路的地方，有一片茂密的灌木林，其中粗一点的树枝都被砍掉当柴火了。看到这个藏身的地方，亨利再次催促货郎下马，钻进林子里躲藏，但他的要求又被迅速拒绝了。前面也说过，拐弯后面有两条路，这两条路以尖锐的角度分开去，都很弯弯曲曲，但是至少在一条路上看不到另一条。货郎跑上左边的那一条，但他只骑了一小段路，在到达灌木林中草木比较稀疏的开阔处，他突然策马飞奔，直接跨越到了右边的那条路上，然后沿前面一条陡峭的上坡路笔直跑去。这个方法拯救了他们。骑兵们追到分岔的地方时，沿着马蹄印就向着左边追去，追过了逃犯们换道的地方，才发现马蹄印不见了。亨利和货郎的马匹筋疲力尽、气喘吁吁地爬上山头时，他们听到骑兵们的大声喊叫，要后面追来的战友沿右边追。上尉又一次提出弃马，藏进树丛里去。

“还不到时候，不到时候。”伯奇声音压得很低地说道，“这座山那边的下山路也陡得很，我们先爬到山顶再说。”话没说完，他们已经来到了预定的地方。两个人一起跳下了马，亨利钻进了茂密的树林之中，这片林子一直延伸向上，覆盖了山坡的整整一面。哈维则停下来，给了两匹坐骑狠狠几鞭子，让它们不顾一切沿着另一条小路上跑去。然后他才小心谨慎地慢慢钻进灌木丛中，尽可能不把树叶弄响，或者把树枝碰断。他刚刚躲好，一个骑兵就抢先上了山坡，他高声喊叫：

“我看到他们的一匹马了！正从那山头转过去！”

亨利感到他的同伴紧紧地抓住了自己，在听到这声大喊之后，他全身颤抖起来。紧接着又有十几个骑兵全速冲过去，这清楚说明，要是他们现在还在那两匹累垮了的马上，会有多么危险。

“好了。”货郎从藏身的树丛里站起来侦察，他紧张地站了一会儿，“现在我们赢定了，我们向上走，他们却向下去了。我们出发吧。”

“但如果他们不再追我们，而把这座山包围起来呢？”亨利问，他也站了起来，跟着他的同伴吃力但迅速地向上走去。“别忘了，他们还有步兵，比马队人还要多。这样的话，我们会被饿死在山上的。”

“别害怕，沃顿上尉。”货郎自信地说，“这不是我要去的那座山，但由于需要，我对这些山头都熟得很呢。我会带你到一个没人敢去的地方。你看，现在太阳已经落到西边山的后头去了，月亮要再过两个小时才能出来。现在是十一月的夜里，你觉得还有谁会跟着我们在这些乱石悬崖上走吗？”

“听！”亨利惊呼道，“骑兵们都在叫，他们找不到我们了。”

“到这块石头上来，你还能看到他们呢。”伯奇说着，镇定地坐下来休息，“嗯，当然他们也能看得到我们——瞧，他们向着我们指指点点呢。哟，有个人用手枪开了一枪，不过这距离实在太远了，就是步枪也打不到啊。”

“他们会来追我们的，”亨利急切地说道，“我们还是继续走吧。”

“他们才不会追呢。”货郎摘了一个从他坐的那片贫瘠的土地上长出来的野莓，连着叶子一起塞进嘴里咀嚼着，好清清嘴巴，“他们穿着那么笨重的马靴，又佩着马刺，还带着长长的军刀，能爬得到这里来吗？不，不可能的——他们只能回去重派步兵来，就算马能爬上这样的山路，那些骑兵们也得在马鞍上吓得浑身发抖了。来吧，跟着我，沃顿上尉，前面那段路还是很不好走的，但是我会把你带到今天晚上不被人打扰的地方。”

说着话，两个人都站了起来，很快就消失在满是巨石与洞穴的山中了。

伯奇的猜想是正确的。梅森和他的手下冲下山头，以为能抓到逃犯了，可是到了山脚下时，他们只发现了被遗弃的两匹马。他们花了些时间搜查附近的树林，等他们正在寻找能让马通过的小路时，一个骑兵忽然发现货郎和亨利坐在之前说的那块岩石上。

“让他给跑了。”梅森咬牙切齿地喃喃道，“他跑了，我们的面子就全都丢光了！老天，要是真的就让那恶棍羞辱了我们的部队，那华盛顿就再也不会让我们来看守保皇党嫌犯了！那个英国佬就那么坐在那里，还仁慈地冲我们笑哪！我想我都能看到他那笑的模样了。好，好，你这家伙，我承认你坐得挺舒服的，比吊起来在空中跳舞好多了。可是你只要没过西边的哈莱姆河，我就能在你向亨利爵士打报告之前抓住你！”

“我要开枪吓唬那货郎吗？”队伍里的一个人问道，把手枪从枪套里拿了出来。

“是啊，被吓到的鸟会丢掉抓到的鲈鱼——让我们看看他们到底要怎么飞出去。”那男人开了一枪，梅森继续说，“向圣乔治发誓，我相信那两个流氓在嘲笑我们呢！不过我们得撤回了，否则他们会推下滚石来砸在我们脑袋上。皇家军队的战报上会大大地登出‘两个保皇党打垮一个团’的消息来。他们之前撒的谎比这还大！”

骑兵们不快地跟着他们的军官回去了，梅森中尉陷入了沉思，考虑着该怎么摆脱目前的困境。等他们一队人回到营地前的时候，已是黄昏时分。门口聚集了许多的官兵，忙着交头接耳地议论间谍到底是怎么逃走的，说得要多夸张有多夸张。而受了挫折的骑兵们一副垂头丧气的样子。军官们都围住了梅森，商量着下一步该怎么办。佩顿小姐和弗兰西丝则在他们头上的内室窗口，屏息静气地偷听着事情的经过。

“我们必须要采取措施，越快越好。”驻扎在房前的民兵团指挥官说着，“这个英国军官无疑在我们最近一次遭遇敌人沉重打击中起了很大的作用，而且他的逃脱彻底地影响到了我们的声誉。”

“让我们去搜山！”好几个人同时叫了起来，“明天天亮之前就能把两个都抓回来了！”

“安静点，安静点，先生们，”上校回答，“没人能在天黑之后还在山里行动，除非他很熟悉这些山头。这事只有马能办到，而且我相信梅森中尉没有少校的命令是不敢贸然行动的。”

“我当然不敢，”梅森中尉严肃地摇了摇头，“除非您能负责下命。但是邓乌迪少校两个小时之后就会回来。我们可以在天亮之前把消息送出去，这样就能在各个河口，各个通向其他郡的路口都布置巡哨，并且悬赏捉拿他们，这样他们除非能找到从哈德逊河上游来的同党，否则根本不可能逃掉。”

“这计划非常合理。”上校说道，“一定能够成功。不过我们先要派个信使通知邓乌迪，不然他还在那渡口等着呢，一切就都来不及了。虽然那些逃犯肯定要在山上过这一夜的。”

梅森同意了这个建议，就派快马去通知少校亨利逃走的重要情报，并暗示必须由他来主持这场追击。一切安排妥当之后，军官们散去了。

佩顿小姐和她的外甥女得知沃顿上尉逃走的消息时，简直不敢相信自己的耳朵。她们本来都暗暗把希望寄托在邓乌迪的游说上，觉得亨利采取这样的行动太鲁莽了。但是现在说这些也为时已晚。听着军官们谈话时，两人都为亨利面临可能会被再次抓回的危险而担心得要命。一想到那大规模的搜捕行动，她们就浑身发抖。佩顿小姐努力地让自己振作起来，也鼓励她的外甥女，说亨利他们可能会连夜逃走，这样在消息散播开来之前，他们就有可能逃到中立地带上去了。佩顿小姐还觉得邓乌迪先生不在这里是最重要的问题，这天真的女人还焦急地想方法，想把她的亲人在那里多拖一段时间，从而让她的外甥有更多的时间逃走。但是弗兰西丝的想法却完全不同。她现在毫不怀疑自己在山坡上看到的人影就是伯奇。她可以肯定，她的哥哥不会冲下山去寻找山下的友军，而会在那个神秘的小屋里过夜。

弗兰西丝和她的姨妈热烈讨论了好久，最后好心的老姑娘不情愿地听从了外甥女的意见。她把外甥女紧紧地搂在怀里，亲吻了她冰凉的脸颊，并热切地祝福她，让她为了手足之情而外出冒险了。

第三十章　荒山之夜

我孤单失落地在这里跋涉，
我的步伐缓慢，步履蹒跚；
脚下的路仿佛没有个尽头，
只有荒野无边无际地蔓延。

——戈德史密斯

夜色已经深了，四下漆黑，一片冰凉，弗兰西丝·沃顿按着狂跳的心口，轻手轻脚从曾经关着她哥哥的那栋房子后面的小花园那里溜了出去，径直走向山脚。在那座山上，她看到了一个身影，并认为那一定是哈维。虽然还没到午夜，但在这十一月的夜里，一切都是黑沉沉的。要是换了其他任何时候，或者是不那么重要的事情，弗兰西丝肯定已经吓得转身回去了。但是她现在想都不想地急速奔跑着，似乎一切都无法拦住她。她一口气跑到离她认定的伯奇现身的山岩有一半路的地方，这才停下来喘了口气。

尊重与优待妇女，是一个文明最有力的证据。在这一方面，没有哪个国家比美国更足以自夸。所以对她跑过的田野对面、正在大路边吃晚饭的那支安静又守纪律的军队，弗兰西丝一点也不觉得害怕。他们都是她的同胞，她知道东部的民兵都很尊重妇女，这支部队正是民兵。但对于南方骑兵那种狂放不羁、不计后果的性格她就有些不大放心。虽然真正的美国军人很少会犯下那样的罪行，但对于娇嫩又纤细的她来说，任何一点羞辱也会把她吓得退缩。因此当她听到一匹马的缓缓蹄声沿路行来时，她立刻害怕地藏进了旁边山坡上围绕泉水生长的小灌木丛中。那是个骑兵巡哨，他走过去，没有发现树丛中藏着的弗兰西丝。他低声地哼唱着一首歌儿，可能是在想念着他留在波托马克河岸边的美丽姑娘。

弗兰西丝焦急地听着马蹄声渐渐远去，等它们彻底消失之后，她大着胆子从藏身的地方跑了出来，又在田野上跑了一小段路。眼前黑暗又萧条的景象让她吓了一跳，她便停下来，回想着她都做了些什么事。她拉下斗篷的风帽，靠在一棵树上，凝视着山顶，那是她现在唯一的目标。那座山好像一座巨大的金字塔一样，从平原上拔地而起，现在除了轮廓之外，其他什么也看不到。峰顶被淡淡的云层衬托着，依稀可辨。几点明星偶尔在云层中间闪烁着光芒，而后又被风儿吹上来的水汽挡住了面孔。

如果她转身回去的话，亨利和货郎多半会认为在山上过夜，一切都很安全。她睁大了眼睛，向那山头努力地张望，希望能看到一点火光，鼓舞她继续前进。这个时候，军官们那精心安排，在弗兰西丝看来是冷血的搜捕计划又在她的耳边响起，刺激着她再次向前走去。可是她也知道，自己必须冒险进入荒山之中，在如此的黑夜，面对可能发生的种种危险，而且她还不确定自己能不能找到那个小屋。更令人沮丧的是，要是那里面住的根本是其他陌生人，又或者更糟糕——这都让她感到想要退缩。

黑暗越来越浓，越来越难以看清东西了。云彩阴沉沉地挡住了山脉，再也看不到山头了。弗兰西丝用双手把自己的卷发向后拨去，想让自己的感觉更加灵敏。但她实在无法看清眼前的高山。她久久地观察，直到她认为小屋所在的方向有微微的光线一闪，从那若明若暗的感觉来看，有可能是篝火发出的亮光。但是在地平线再次露出来的时候，那火光就像妄想一样消失了。启明星从云层中挣扎了出来，现在，她看到山头就在星星的左边。突然间，一道清澈的光芒投射出来，照亮了山顶稀疏的橡树林，然后逐渐向下移动，直到将整个山头都笼罩在清光中。原来是月亮出来了。

要是没有这友好光芒的援手，照亮了她的目标所在的长长的地平线，那么我们的女主人公恐怕就无法再向前进了。但是她仍然没有鼓起勇气走下去。她能看到她的目标，也可以感觉到要到达那里会有多么困难。她在令人心疼的矛盾中犹豫着，一会儿因为自己的性别和年龄而胆怯，一会儿又想要冒险救出她的哥哥。

弗兰西丝转头向东看去，急切的目光凝视着总要把她重新投进黑暗中的云层。她突然被自己依靠的东西刺激到了，像被火烧到一样向后一跳，原来她这才注意到，她靠着的是两根直立的柱子，上面架着一根横梁，底下是一个粗糙的平台。这个结构到底是派什么用场，显而易见，何况上面的铁环已经挂上了绳子，在夜晚的风里摇摇晃晃。弗兰西丝再也不犹豫了，她飞奔穿过草地，很快就来到山脚的岩石边，她希望在那里找出通向山顶的路。跑到这里，她不得不停下来喘口气，在休息时，她打量四周。山势很陡峭，但她很快发现了一条羊肠小道，在岩石与树木中间蜿蜒上行。恐惧地向着背后看了一眼，女孩就下定了决心，向上爬起来。由于她的年轻与活力，还有一心救人的慷慨动机，她的步子很轻快，很快就走出了树林地带，进入了一片开阔的空地。这是砍掉树木，准备开荒种田的地方，但是不知是由于战火，还是土壤过于瘠薄，开荒者最后还是放弃了。在这片空地上，灌木和蒺藜已经争先恐后地钻了出来，就好像这里从来没有被犁耕开过一样。

看到这一点点人类劳动的遗迹，弗兰西丝感到自己受到了鼓舞，她沿着坡度变缓的山坡再次向上爬去。现在路分成了好几条，通向不同的方向，她很快发现跟着那些弯路走没有用。她干脆在第一个拐弯的地方离开了这条路，选择了她认定通向山头最短的路线，吃力地向上攀登。开阔地很快就过去了，眼前的又是紧贴着陡峭山崖的树林与山岩，阻挡了她的去路。她偶然发现了空地的边缘有条小路，那条路消失在好像补丁一样一块块的草丛中，但这条路并不是向上的。蒺藜上四处挂着羊毛，充分说明了这条小路是怎么来的。弗兰西丝猜得很对，这里是下山时使用的捷径。

疲倦的姑娘在石头上坐了下来，稍事休息，同时想着办法。遮住月亮的浮云已经散去，她脚边的一切仿佛是一幅用柔和的色彩绘成的图画。

民兵团的白色帐篷规规矩矩排列着，她姨妈的窗口还闪耀着灯光。弗兰西丝不难想象，姨妈一定是在望着山脉，担心着她的外甥女，心乱如麻受着折磨。大约在马厩的地方，有马灯在摇晃，她知道骑兵们正在备马，并相信他们打算在晚上出发。于是她又站起来，重新开始跋涉。

我们的女主人公还必须要爬四分之一英里的路，尽管她已经征服了这高山的三分之二，但她现在还没有找到任何一条直接通向山顶的路。还好这山头和这个地区大多数的山一样，呈圆锥形。她相信只要向上爬，就肯定能找到那个位于山顶的小屋。她又奋斗了将近一个小时，其间经历了种种困难，一次次累得精疲力竭，甚至好几次差点就摔下来，最后她终于爬上了山顶的一小块平地。

以这样一个纤弱的身体做出了如此的努力，简直不可想象，她跌坐在山岩上，争取恢复体力，好为接下来的探访做准备。过了一阵子之后，她缓过气来，开始寻找那个小屋。在月亮的帮助下，所有旁边的山头都清晰可见，弗兰西丝可以从站的地方看到从平原进山的大路。沿着这条路搜寻着，她很快就发现了来的时候自己看到那神秘小屋的位置，让她确信小屋一定就在那正对面。

冰冷的风吹过弯弯曲曲的橡树，那光秃秃的树枝发出叹息似的声响。弗兰西丝的脚步是那么的轻，就连脚下的干树叶都不会沙沙作响。她向前走到希望会发现那个隐蔽居处的地方，但却没看到任何类似的东西。她徒劳寻找着每一块岩石的凹陷，又查过了她认为货郎可能搭起窝棚的每一个地方。

这里没有小屋，也没有任何一点人类踏足的迹象。一想到自己是孤零零地身处荒野之中，年轻的姑娘都快要吓坏了。她走近一块倾斜的岩石边缘，弯下身来在下面的山谷寻找生命的迹象，就在这个时候，一道明亮的光线几乎晃花了她的眼睛，一股温暖笼罩了她的全身。弗兰西丝从惊讶中回过神来，向着身下的岩石看去，这才发现，原来她就站在搜索对象的屋顶上。屋顶上有一个洞当做烟囱，烟被吹向一边时候，她看到在一个粗糙的石壁炉里，火焰正欢快地发出爆裂声。从她站的岩石有条小路通到小屋前面，她沿着这条路来到了门前。

这是一个三面墙的奇怪建筑，如果它还能叫做建筑的话。它的墙是用圆木交叠垒成的，只比一个人高一点，靠着岩壁当成了第四面墙。屋顶用树皮做成，一条条从山石铺到屋檐，缝隙用黏土来填满，很多地方的黏土已经掉了，换成了干叶子来挡风。前面有一个窗口，带着四个窗格，镶着玻璃，但又被一块木板小心地挡住，不让火光闪出来。弗兰西丝停下来打量了一阵这个古怪的藏身之处，搞清情况之后，她把眼睛凑到裂缝上，张望着里面。屋子里没有油灯或蜡烛，但是木柴烧起的火足够看清四周了。一个角落里有一堆作为床铺的稻草，上面凌乱地铺着两条毯子，好像才刚有人睡过一样。岩石墙的裂缝里钉着钉子，上面挂着各种服装，从男到女，从老到少，适合所有的场合。甚至英国军队与美国军队的制服和平地挂在一起。一件这个地区的乡下人常穿的条纹棉布长袍上，还挂着一顶扑好了粉的假发。简而言之，这里的服装多如牛毛，简直足以装备一整个教区的人。

在点着火堆的角落对面，放着一个打开的橱柜，上面放着一两个盘子，一个杯子，还有些剩下的碎肉。火堆前面是一张粗木板钉成的桌子，一条腿断了。如果我们不把几件烹饪用具算在内的话，那么这些再加上一张凳子，就是全部的家具了。有一本书放在桌子上，从它的大小和形状来看，似乎是一本圣经。但弗兰西丝最感兴趣的还是这屋子的主人。他是一个男人，正坐在凳子上，用手扶着他的头，从弗兰西丝的方向看不到他的脸孔。他正在出神地阅读一些打开的文件，桌子上还放着一对镶嵌了不少古怪装饰的骑兵手枪。绅士的双腿中间还露出做工精细的军刀刀柄，他将一只手随意放在那刀柄上。这个意想不到的小屋主人那高大的身材，还有他那比哈维或者她哥哥更强健的体格，就算不借助服装，也能让弗兰西丝知道，他并不是她所找的人。这个陌生人穿着一件一直扣到下颚的高领长外套，下摆直到膝盖，露出浅黄色的马裤，带马刺的军靴。他的头发束在后面，露出整个的面庞。头发还按当时的时尚扑了很多的粉。一顶圆帽放在棚子里的石头地板上，似乎是为了腾出地方来，给那张摊在文件中间、占据了整个桌面的巨大地图。

对于我们的冒险家来说，这真是意想不到的事。她一心以为自己两次看到的人影就是哈维。得知他在她哥哥逃跑中的帮助后，她也不怀疑会在这里发现他们两个。但她现在发现，这里却被另一个陌生人占领着。她站在那里，仔细地盯着裂缝里面，犹豫着到底是离开，还是在这里等着亨利他们过来。这个时候，陌生人把手从他的眼前拿开，抬起了面孔，他显然是在沉思，但弗兰西丝立即认出了那充满慈爱表情、很有特征的面孔——竟然是哈珀。

所有邓乌迪曾经说过的话，关于哈珀的权力与性格，还有他本人对她的哥哥做出的承诺，由于他的威严和慈父一样的态度而产生对他的信赖，一起涌上了弗兰西丝的脑海。她一把推开小屋的大门，匍匐在他的脚前，用她的手臂抱住他的膝盖，哭叫道：

“救他！救他！救救我的哥哥！不要忘记您的承诺，请您救他一命吧！”

门刚刚开的时候，哈珀就跳了起来，他曾伸出一只手要拿手枪，但他十分镇定，看清状况后，立刻停住了。他掀起弗兰西丝的斗篷风帽，看到她的脸，有些不安地叫了起来：

“沃顿小姐！你不是一个人来的吧？”

“这里没有别人，只有上帝和您了。我以上帝神圣的名义发誓！请您记得您的诺言，救救我哥哥！”

哈珀轻轻把她从自己的膝头扶起来，带她到凳子上坐下，让她冷静下来，把事情从头到尾地说清。弗兰西丝马上就照做了，坦率把她孤身一人在深夜时分来到这样偏僻的地方的用意都说出来。

像哈珀这样一个任何时候都克制着感情，绝不会让人看出自己真正想法的人，在听着女孩匆忙急切的讲述时，那若有所思的眼睛也不由得闪过一道光芒，面上的肌肉也微微松了一松。他对她详细地讲述亨利是怎么逃走的，又是怎么跑进树林里的部分很感兴趣。他以明显的慈爱耐心地听着她把剩下的部分说完。她担心她哥哥可能来不及走出山脉的那些话，似乎引起了他的注意，因为她说完之后，他默默不语，在屋子里走来走去，似乎是在沉思。

弗兰西丝犹豫了，她不知道还该说什么，不由得把玩起一支手枪枪柄。她那原本因为恐惧而苍白的可爱脸蛋上，现在慢慢地弥漫起一层红晕，停了一阵后，她又补充道：

“我们本来可以主要依靠邓乌迪的友情，但他有着那么高洁的荣誉感——尽管他……他……对我们有那样的感情，也想要帮助我们，也还是会把再次逮捕我哥哥作为他的责任。而且他也觉得这样做不会有危险，因为他主要想依靠您的干涉。”

“我的干涉？”哈珀惊讶抬起眼睛。

“是的，您的干涉。当我们告诉他您的好心时，他马上向我们保证，您有权力伸出援手。而且如果您答应过了，就会愿意帮亨利获得赦免。”

“他还说了什么？”哈珀的面上出现了些许不安。

“没别的了。除了再三重复保证亨利会平安无事。现在他还在寻找您呢。”

“沃顿小姐，在英国与美国这场不幸的战争中，我承担了一部分的职责，这是不能否认的。今晚你哥哥之所以能够逃脱，也是因为据我所知他是无辜的。我也记得我的诺言。但邓乌迪少校说，我会公开给他赦免，这话是不对的。不过我现在的确可以控制他的命运。我答应你，我会给华盛顿施加一定影响，这意味着避免他再次遭到俘虏。但是也请你诚实答应我，我们之间的这次见面，还有一切对话，都不能对人提起，必须藏在你自己心里，直到我允许你说出去。”

弗兰西丝立刻做出了保证，他继续说道：

“伯奇和你哥哥很快就会到这里，但我不能被英国军官看到，否则伯奇就可能没命了。”

“决不会的！”弗兰西丝热切地喊道。“亨利才不会卑鄙出卖救命恩人呢！”

“沃顿小姐，我们现在可不是在玩孩童的游戏啊。这动辄就会危及到人的性命，对那些能预防的事故，我们必须要加倍小心。要是亨利·克林顿爵士知道我和货郎有往来，那这可怜的人就会立刻送了性命。因此，你如果不想看到流血，或者还记得你的哥哥是怎么得救的，那么就务必小心，保持沉默吧。你要把营地里发生的一切都告诉他们，催促他们及时离开。只要他们能在黎明前到达我方军队的最后一道岗哨，那么我能保证不会有人拦截他们。邓乌迪还有比抓捕他朋友更重要的工作要做呢！”

哈珀一边说着，一边把他刚才看的地图小心翼翼地卷起来，并把它和摊开的各种各样的文件一起放进口袋之中。正当他忙碌的时候，货郎那不同寻常的大嗓门从头上传了下来：

“站到这边来，沃顿上尉，你可以借着月光看到那些帐篷了。让他们上山来追吧，我在这里有个窝棚，足够我们两个人住，我们可以在那里休息一下。”

“你的窝棚在哪里？我得承认我两天都没怎么吃过东西了，很想吃你提到的那些食物。”

“哟！”货郎的声音提得更高了，“哎呀——这雾气弄得我都快着凉了。你小心一点，慢慢走，别滑了脚，不然摔下去你就掉到底下哨兵的刺刀尖上了。这山势爬上来陡得很，下去倒是很轻松。”

哈珀把他的手指放在嘴唇上，提醒弗兰西丝不要忘记自己的诺言，然后他拿起自己的手枪和帽子，消除了自己来过的一切痕迹。他退到小屋最远的角落里，掀开那里挂着的好几件衣服，躲进了岩石的凹陷里，重又放下衣服，把自己隐藏起来。当他进去时，弗兰西丝借着明亮的火光看到，那是山石自然形成的洞穴，里面只有几件日常用品而已。

当走进小屋，却发现弗兰西丝在屋子里时，亨利和货郎的惊讶可想而知。不等解释或者询问，激动的姑娘就扑进了哥哥怀里，热泪顿时迸出了眼眶。但伯奇却似乎另有所悟，他首先看向火堆，见才刚刚添过木柴，接着拉开桌子的一只小抽屉，看到里面是空的，似乎吃了一惊。

“您是一个人吗？法妮小姐？”他迅速地问，“您不是一个人来这里的吧？”

“就只有我一个人啊，伯奇先生，”弗兰西丝说，从她哥哥怀里直起身体，使个眼色瞅了瞅那个秘密洞穴，眼尖的货郎立刻就明白了。

“可是你为什么会在这里？”她哥哥惊讶地问，“你怎么会知道这个地方的？”

弗兰西丝立刻简明扼要地把他们离开房子之后发生的事说了一遍，还有她为什么要来寻找他们。

“可是，”伯奇问，“我们明明是逃到对面的山上的，你怎么会到这里来呢？”

弗兰西丝又告诉他，当她来的时候穿过高地时，瞥见的这小屋和伯奇的身影，还有昨天又看到过他一次，她猜想，他们会到这个避难所来过夜。当她说到她通过如此简单的事件看破了他的秘密后，伯奇直勾勾地打量着她的面孔。等她都说完了，他跳得老高，一棍子打碎了那扇引起人注意的窗户。

“我只有这么一点小小的奢侈，一点安慰而已。”他说，“但就是这一点，也不能让我平安享受吗！沃顿小姐？”

他走到弗兰西丝面前，带着那常常显露出来的痛苦与忧郁说道：

“我就好像森林里的野兽一样，在这些山上被人追捕。但无论什么时候累坏了，我都还能到这里来。这里虽然寒酸沉闷，但我至少可以一个人安全地度过夜晚。难道你要让一个到处流浪的可怜人变得更加悲惨吗？”

“我不会说的！”弗兰西丝热忱地表示，“我一定不会把你的秘密说出去的！”

“对邓乌迪少校呢？”货郎说着，慢慢地望向她，仿佛要看穿她的灵魂。

弗兰西丝羞涩地把头垂到了胸前，但她很快抬起那精致而容光焕发的脸蛋，热情地补充道：

“决不！决不！哈维，上帝听得到我的誓言！”

货郎似乎满意了，因为他向后退去，趁亨利不注意，找个机会钻进了那个帘子后面的秘密洞穴。

亨利以为他的同伴出门去了，继续和弗兰西丝谈了一会儿他的处境。弗兰西丝催促他必须马上上路，这样才能赶在邓乌迪之前。邓乌迪的责任感那么强，他们知道他一旦采取措施，他们就无法逃脱了。上尉拿出他的皮夹子来，用他的铅笔写了些字，然后把纸折起来，递给了他的妹妹。

“弗兰西丝，”他说，“你今天晚上证明了自己是个无与伦比的姑娘。如果你还爱我，就不要打开它，把它交给邓乌迪。记住，两个小时就能救我的命。”

“我——我会的。但为什么还要拖延呢？你为什么不赶快上路，抓紧这宝贵的时间？”

“你妹妹说得很对，沃顿上尉，”伯奇大声说着，好像又神不知鬼不觉地进来了似的，“我们必须马上动身。这是我们路上吃的东西。”

“可是谁又来护送这个美人儿呢？”上尉说道，“我不能把妹妹丢在这样的荒山野岭里。”

“不要管我！”弗兰西丝坚定地说，“我既然能走过来，就能走回去。不要怀疑我，你可不知道我多有勇气，多有力量呢。”

“我之前是不知道，我亲爱的姑娘。但现在我知道你有多棒了，难道我可以丢下你不管吗？绝对不可能！绝对！”

“沃顿上尉。”伯奇一把推开了门，“你要是有很多条性命，那可以拿自己的命开玩笑。但我只有那么一条，我必须得宝贝它。要不我一个人上路？”

“走吧，走吧，我亲爱的亨利！”弗兰西丝说着，拥抱了他，“走吧，为了我们的父亲，也为了莎拉。”她不等他回答，就轻轻把他推出了门，又用自己的手关上了房门。

亨利和伯奇发生了短短的热烈争辩，但后者最终占了上风。姑娘屏着呼吸，听到两个一连串不规则的沉重脚步声，他们迅速地下山去了。

他们脚步声远去后，哈珀重新走出来。他默默地挽起弗兰西丝的手，带她走出了小屋。他看来对这里很是熟悉，因为他很确定地带她爬上小屋的屋顶，然后温柔地带领她穿过高地，指出路上难走的地方，并提醒她小心，不要受伤。

弗兰西丝走在这个独特的男人旁边，觉得自己是在依靠一个非同寻常的人。他那坚定的步伐，镇静的态度，表明他沉静而果断。他们从山后的一条路上下山，这条路走得又快，危险又小。弗兰西丝用了一个小时才好不容易挣扎上山，和哈珀在一起却只用了十分钟，就走到了之前提过的那片空地上。他们从这里走了一条放羊小路，快步地穿过一片草地，就突然看到一匹马。这匹骏马鞍辔考究，说明骑手身份非凡。这高贵的生物喷了下鼻子，用蹄子刨了下地面，因为它的主人走了过来，把手枪放回了枪套里。

哈珀转过身来，拉起了弗兰西丝的手：

“你今天晚上拯救了你的哥哥，沃顿小姐。我并不好解释为什么我帮助他的能力有限，但只要你能把骑兵拖延两个小时，他就切实安全了。从你已经做到的一切看来，我完全相信你能胜任这个任务。小姐，上帝并没有开恩赐我后代，但如果他能祝福我免于命中无子的话，我希望会是像你一样的珍宝。但你就是我的孩子，那些住在这辽阔大地上的人都是我的孩子，也是我要保护的人。我祝福你，希望更加快乐的日子到来时，能够再见到你。”

他说话时的庄严姿态，深深地感动了弗兰西丝。他把他的手深情地放在她的头上。纯真的姑娘抬起头来面对着她，风帽又掉了下去，月光照出她可爱的面庞，两颗泪珠在脸颊上闪闪发光。她纯净的蓝眼睛崇敬地凝视着他。哈珀俯下身去，像父亲一样亲吻了她的额头，继续说道：

“走任意一条放羊小路，都能走到平原上。但是我们必须在这里分别了——我还有很多事情要做，要骑很长的路。忘了我吧，除了在你祷告时。”

然后他骑上马，举起帽子来道别，从山后下山去了，很快就消失在树林背后。弗兰西丝心情轻松了很多，她从看到的第一条小路向下跑去，几分钟后就平安到了平原上。当她急匆匆地穿过草地向房子走去时，却听见有马蹄声从远处接近，她吓了一跳。某些情况下，遇到别人比孤单一人更可怕些。她连忙躲到路边的栅栏后面，屏息静气地等那些人通过。她看到了一小队骑兵，他们穿着不同于弗吉尼亚骑兵的制服，轻快地小跑过去了。他们后面是一位绅士，他裹着大大的斗篷，但她一眼就看出那是哈珀。他身后是穿着制服的黑人侍从，还有两个穿制服的年轻人断后。他们没有走通向营地的那条路，而是向左转去，跑进山里。

弗兰西丝想着，她哥哥的这位不知名，但有如此权力的朋友到底是谁呢。她跑过田野，谨慎地接近农舍，最后平安回到了她的住处，没有被任何人发觉。

第三十一章　神圣的誓言

去吧！羞怯的狡狯！
让单纯而神圣的天真知道我们说什么话吧！
要是你肯娶我，我愿意做你的妻子。

——莎士比亚《暴风雨》

弗兰西丝见到佩顿小姐，得知邓乌迪还没有回来。但他为了能让亨利摆脱那个沉溺在假想狂热中的家伙，已经另外请了教区中河对岸的一位德高望重的牧师过来，为亨利服务。这位牧师已经赶到半个小时了。他正和佩顿小姐进行着充满智慧又富有教养的对话，但并没有谈到他们的家事。

佩顿小姐急切地询问弗兰西丝这次冒险究竟结果如何，弗兰西丝却缄口不言，还劝好心的姨妈今后也不要再提起这事。虽然弗兰西丝说得这么庄重，但她美丽的面容上却不由得带着一丝笑意，使得她的姨妈也放下心。她对外甥女说，经历了这样一场疲惫不堪的远征，她应该去好好休息一下。这时候门外却传来马蹄声，少校回来了。梅森派出的信使找到他时，他还在渡口不耐烦地等着哈珀。一得到消息，他就立刻冲了回来，心情复杂而沉重，被成千上万彼此抵触的情绪折磨着。弗兰西丝听到他的脚步声接近，心脏跳得好快。现在已经过了一个小时，按伯奇所说的，要让哥哥脱险，至少还要再拖延一个小时。就算是哈珀这位有权又好心的人，也承认必须要拖住弗吉尼亚骑兵队，他才能拯救亨利。

但弗兰西丝还没有打定主意，邓乌迪就已经走进来。佩顿小姐出于女性的本能，从另一道门出去了。

佩顿·邓乌迪的脸涨得通红，浑身都流露出烦恼而失望的气氛。

“这太冒失了，弗兰西丝！太不够仗义了！”他叫起来，跌坐在椅子上，“在这种非常时刻逃走！我已经向他保证过了，他会没事的！我现在都快要相信，他就是要让我们无论在感情还是在责任都产生矛盾了！”

“对于这个责任，我们的理解可能不太一样呢，”他的心上人将纤细的身体靠在了墙上，“但感情却是相同的。佩顿。亨利逃走，你肯定也感到高兴吧！”

“他得到了哈珀的诺言，就不会有危险！哈珀说的话毋庸置疑！哦，弗兰西丝，弗兰西丝！如果你了解那个人，那你永远都不可能不相信他的保证。你也不会逼得我面对如此痛心的抉择！”

“是什么抉择？”弗兰西丝对邓乌迪的激动感到很是同情，但她不得不抓住每一个机会，来把对话拖得越长越好。

“还能有什么！我不得不在深夜里急匆匆地赶去，要再把你的哥哥抓回来！我本来可以安稳躺在枕头上，为促成了他的获释感到无比幸福！他把我逼成了他的敌人，可我明明愿意为他流干最后一滴血！我再重复一遍，弗兰西丝，这是冒失，是不仗义，是一个可悲的、可悲的错误！”

她弯下腰去，羞涩地握起他的一只手，同时轻轻地拨开落在他那气冲冲的眉头上的卷发。

“为什么呢，亲爱的佩顿？”她问道，“你已经为祖国做了那么多的贡献，她不该再逼迫你亲手做出这样的牺牲。”

“弗兰西丝！沃顿小姐！”年轻人喊叫起来，他跳起了身，焦躁地在屋里走来走去，棕色的脸颊因激动变得通红，眼睛因为自己的清白受到伤害而喷出怒火。“要我做出牺牲的不是我的祖国，而是我的名誉！难道他不是从我的队伍中逃走的吗？因为他做的好事，我会遭到严厉的惩罚！但是，就算弗吉尼亚骑兵的眼睛被欺骗和诡计蒙蔽了，他们也还有飞速的战马，锋利的军刀！等明天的太阳升起来，不会再有人明讽暗喻，说是美丽的妹妹掩护哥哥逃了一命！没错，没错，”他恨恨笑了一声继续道，“就算是现在，我倒要看看哪个混蛋敢说我背叛！”

“佩顿！我亲爱的佩顿！”弗兰西丝被他那燃烧着怒火的眼睛吓得倒退几步。“你简直要让我的血都冻成冰了！难道你要杀了我的哥哥？”

“难道换了我，就不会为他而死吗！”邓乌迪激动地叫道，他转身望着她，态度变得温和了些。“你知道我会的。但亨利做出这样的事来，别人却要残酷地猜测我，这又叫我怎么忍受。要是华盛顿知道我成了你的丈夫，他会怎么看我？”

“要是只因为我们的婚姻，你就要残酷地对待我的哥哥的话，”弗兰西丝的声音都在颤抖了，“那就永远不要让它发生好了，那他也不会知道了！”

“这只是自我安慰而已，弗兰西丝！”

“不，我亲爱的邓乌迪。我的话并不苛刻，也没有什么错。但你是不是把我们的事看得太严重了？华盛顿并不会那么在意的。”

“我相信，总司令对我的名字并不陌生，”少校有些自豪地说，“你也因为谦虚而太小看自己了。我相信你，弗兰西丝，你说你爱我，我也该配得上你的感情才对。但我已经浪费了宝贵的时间，我们今晚必须翻过山，这样才有时间休整，完成明天的任务。梅森早就等着我的命令出发了。弗兰西丝，抱歉我必须离开你，还让你心情这么沉重。但是请可怜可怜我吧。不要担心你哥哥，我们必须要再次抓住他，可我们绝对不会动他一根头发。”

“不！邓乌迪！我求求你！”弗兰西丝高叫道，她看到时钟离她所需要的时间还差很远，不由得焦躁地喘息起来。“在你去完成这可怕的差使之前，请你先看看这封信，这是亨利给你留下的。毫无疑问，他是写给他年轻时代的朋友的。”

“弗兰西丝，我理解你的感情，但是总有一天，你会还我一个公道。”

“现在就是那个时候。”她答道，伸出一只手去，她没法再装出生他的气的样子了。谁让她一点也没有对他不满呢。

“你从哪里找到这个的？”年轻人刚看了一眼，就叫了起来，“可怜的亨利，你真的是我的朋友！如果还有谁真心希望我得到幸福，那个人就是你啊！”

“是他，就是他啊！”弗兰西丝急切地说，“他衷心希望你得到幸福。你应该相信他对你说的每一句话，所有的话都是发自肺腑的。”

“我相信他，可爱的姑娘。他是希望你来实现他的话。要是我能同样得到你的欢心就好了啊！”

“你会的，佩顿。”弗兰西丝望着她的爱人，满心天真无邪的信任。

“你自己来看看这封信吧，并且请实现你的诺言，”邓乌迪打断了她的话，把信递给了她。

弗兰西丝吃惊地接过了信，开始读了起来：

生命是如此宝贵，我无法寄希望于侥幸。佩顿，我走了，除了恺撒之外，谁也不知道这件事。我求你开恩饶恕他。但是我有一件事压在心头。请你照顾我年迈体弱的老父。儿子犯下的所谓罪行，会让他遭人谴责。还有请照顾我无助的妹妹们，我丢下了她们，让她们孤苦无靠。请证明你爱着我们全家吧。让你请来的那个牧师在今天晚上就将你和弗兰西丝结合在一起，让你同时成为兄长、儿子与丈夫吧。

纸条从弗兰西丝手中飘落了下来，她竭力抬起眼来向着邓乌迪看了一眼，但马上又羞得落回了地面。

“我值得这样的信任吗？今天晚上你是让我去找回自己的兄

弟？还是让一个美国军官去抓回一个英国军官？”

“难道你会因为我做了你的妻子，就不完成你的职责吗？邓乌迪少校？我答应了的话，这又能在多大程度上改善亨利的处境？”

“我再说一遍，亨利他会平安无事。哈珀的话就是他最好的保证。但我会让全世界都知道有这么一个新郎，”年轻人似乎是有点自欺欺人的样子，“他履行了他的职责，亲手逮捕了他新娘的兄长。”

“那么全世界又能理解这个高尚行为吗？”弗兰西丝说。她的面上露出犹疑的表情，这点燃了她的恋人心中无数希望的火焰。事实上，这个诱惑太强大了。除此之外，她也并没有别的方法能把邓乌迪留到预定的时间。哈珀才刚刚亲口对她说，他不能公开帮助亨利，一切都取决于她能为亨利赢得时间。这句话深深地刻在弗兰西丝的记忆里。这个时候，有个想法在她脑海里稍纵即逝，那就是她的恋人真的把她哥哥抓回来，并交出去处罚，那么她说不定就要永远地与他一刀两断了。分析一个人的感情从来都是件难事，而女人的心情更是变化万端，简直连闪电都要相形见绌。

“你为什么还要犹豫呢，亲爱的弗兰西丝？”邓乌迪大声说道，他凝望着她神情变幻的面庞，“只要几分钟，我就会得到丈夫的职责来保护你了。”

弗兰西丝越发地头晕目眩。她转身焦急地看了一眼时钟，那时针简直是在钟面徘徊不前，仿佛在故意折磨着她。

“说吧，弗兰西丝，”邓乌迪喃喃道，“要我把我们的好姨妈叫来吗？快答应吧，时间紧迫啊。”

她竭力地回答，但说出来的只有模糊的低语而已。虽然根本没听清楚，但是她的心上人以古来的特权解释为了同意。他转过身来，向着门口飞奔过去，这个时候，他的恋人又恢复声音了：

“站住，佩顿！我不能在这样庄严的事情上对你有所隐瞒！我的良心让我必须说出实话。在亨利逃走之后，我曾经见过他。我知道时间对他来说至关重要。我把手伸出来，如果你知道了延误时间的后果，仍然不会拒绝它的话，那么就请你自由地握住我的手吧。”

“我怎么会拒绝呢！”青年高兴得大叫起来。“这简直就是上帝赐予我的最珍贵的礼物！我们大家都有足够的时间。翻过山去只要两个小时，到了明天中午，我就能带来华盛顿对你哥哥的特赦令，亨利在场会让我们的婚礼更加喜庆！”

“那就在这里等我，十分钟后我就回来。”弗兰西丝现在是彻底放下了心事，她心中充满了希望，亨利总算是安全了，“我回来之后就会发下誓言，让它将你我永远结合在一起。”

邓乌迪停下脚，把她拉进怀里紧紧抱住，然后飞奔去把自己的心愿告诉牧师了。

佩顿小姐得知她的外甥女已经山盟海誓，不免有那么一点点不满。她觉得如此匆忙举办婚礼，实在是违反了所有的秩序和礼仪，而且还很不体面。但弗兰西丝温和但坚定地宣布，她早就得到了亲朋们的赞同，这几个月来，只等她点头就举办婚礼。而她现在已经答应了邓乌迪，愿意履行自己的誓言。除此之外，她不敢再多说什么，生怕自己说出不恰当的话来，会给哈珀、或者伯奇，又或者他们两人都带来危险。柔弱的佩顿小姐既从不与人争吵，又真心爱着自己的亲人，见她的外甥女如此坚持，也就让步了。沃顿先生连遭打击，现在已经变成逆来顺受、毫不抵抗的人，对于邓乌迪这样一个在叛军中身居高位、拥有影响力的军官，他也不会有任何异议。少女在父亲与姨妈的陪伴下准时回到房间，邓乌迪和牧师早就等在那里了。弗兰西丝默默地、毫不造作地把自己母亲的结婚戒指放在了他的手中。佩顿小姐帮沃顿先生与自己稍做准备之后，同意了仪式的举行。

时钟就在弗兰西丝的眼前，她不断焦急地扫视着钟面，但牧师那庄严的祷告文很快就吸引了她的注意，她全心投入那神圣的誓言中去了。婚礼很快就结束了，牧师念完最后的祝词，时钟刚好指在九点上。这正是哈珀嘱咐一定要拖延到的时间，弗兰西丝感到心上一块大石落了地。

邓乌迪将她揽在怀中，一次又一次向着温和的姨妈行礼，并跟沃顿先生与牧师反复握手。正当他们沉浸在欢喜之中时，传来了敲门声。门打开了，梅森走了进来。

“我们已经上了马。”梅森中尉说，“只等你一声令下就出发。你的坐骑比我们的都好，可以轻松地追上我们。”

“好，好，我的老伙计，出发吧！”邓乌迪说道，很高兴自己找到了晚些出发的理由，“你们第一次休息的时候，我就会赶上了。”

中尉去执行命令，接着沃顿先生和牧师也都道别出了门。

“好了，佩顿，”弗兰西丝说，“现在你是真的要去找你的兄弟了。我相信当你不幸地发现了他，一定不需要我来提醒，要对他手下留情。”

“你该说我幸运找到他才对。”青年高声说道，“所以我才确定，我能看到他在我的婚礼上跳舞嘛！要是我也能说服他，让他加入到我们的事业中来，那就更好了！这该是他祖国的事业才对！弗兰西丝，有你的兄弟在我身边，我就能更快乐地投入战斗了！”

“哦，别再提这个了！这会让我想到可怕的事！”

“我不提了。”她的丈夫答道，“我现在必须要离开你了。但是弗兰西丝，越早离开，我就越快回来。”

这时候传来了马蹄声，离屋子越来越近，邓乌迪正在和他的新娘与姨妈告别的时候，他的哨兵带着一个军官走进了房间。

这位军官穿着副官的服饰，少校一下看出他是华盛顿司令部的人。

“邓乌迪少校，”他向着在场的女士们鞠躬行礼，然后说道，“总司令指示我把这道命令交给你。”

他完成了自己的使命，之后说自己还有军务在身，立刻就告辞了。

“真是意外！”少校叫道，“突然来了这么个意想不到的转折。不过我明白这是怎么回事了。哈珀收到了我的信，现在你们知道他有多大的影响力了吧！”

“是有关亨利的消息吗？”弗兰西丝连忙跑到他的身边。

“听我读，你自己判断吧。”

阁下：

收到这封信后，立刻召集你的中队，在明天十点之前抵达克罗顿高地，在敌人抢粮队掩护部队前方阻挡。该地会有一队步兵为你队提供支援。英国间谍逃走一事已经得到报告，但与我下发的这一任务相比，追捕任务无足轻重。若贵部仍在追捕，请立刻撤回人员，全力战胜敌人。

您恭顺的

乔治·华盛顿

“感谢上帝！”邓乌迪叫了起来，“这下我再也不用去追捕亨利了，我可以挺胸抬头地去完成我自己的任务了！”

“你要小心啊，亲爱的佩顿。”弗兰西丝脸色苍白地说，“记住，邓乌迪，你身后有一个与你同生共死的人了。”

年轻人狂喜地凝视着她那可爱却苍白的面容，他一把抱住了她，喊道：

“为了你，我会的！我可爱的妻子！”弗兰西丝在他的怀里抽泣了一会儿，他就恋恋不舍放开她离去了。

佩顿小姐带着她的外甥女走了，她觉得在她离开之前，必须要对姑娘进行一番有关婚姻责任的重要说教。她的训导虽然没有被充分地消化，但至少是被谦虚地接受了。遗憾的是，这段宝贵的论调并没有被历史流传下来。虽然我们一直试图对其进行研究，但也只能发现到，这是一位单身者教育孩子们一些特殊规矩而已。

现在先不提沃顿家的女士们，让我们把故事转回到沃顿上尉和哈维·伯奇身上吧。

第三十二章　恶有恶报

一句遗言也不容他留，
突然袭击，把他吊死！

——《洛克比》[1]

货郎和他的同伴很快就走到了山谷，稍稍停下来听了听，没有追兵的声音，他们就走上大路。伯奇对于这些山上的每一条路都无比熟悉，又有着习惯操劳的筋骨，自然是带头走在前头。他迈着这行人特有的大步，要是再背上一个大包，就又是他平常的样子了。当他们接近高地上星罗棋布的美军小据点的时候，他就绕开路，钻进灌木丛中，或者爬到乍看起来好像无路可走的陡峭山冈，避开哨兵的眼睛。他熟悉这条艰难的路上每一个转弯，知道哪里有能通行的沟壑，哪里有能涉水的河口。有那么一两次，亨利以为他们绝对要完蛋了，但他的向导却用自己的机敏，还有知识，克服了所有的困难。快步走了三个小时之后，他们突然离开了向东的道路，往正南的山头爬去。货郎告诉亨利，这种走法既可以避开不断在南部高地入口巡逻的士兵，又能走直线，缩短路径。爬到一座小山的山顶之后，哈维在一条小溪边坐了下来，打开他背在背上的一个小皮包，请他同伴来分享里面的粗粮。亨利一路紧跟着小贩，并不只是因为他有同样的体力，更是因为身处

[1] 译注：作者是司各特。

险境使得他精神特别亢奋。他并不想停下来休息，这里有可能会有骑兵来往，会截断他们回到中立地带的退路。他把自己的忧虑告诉了同伴，催促他继续上路。

“你得学我的样子做，沃顿上尉。”货郎边说边吃起那点干粮来，“要是骑兵来了，反正我们也没法可想了。要是他们不来，那就是有别的活儿，早把我们的事儿给忘了。”

“你自己说过，拖延他们两个小时对我们非常重要。但要是我们在这里磨蹭下去，好不容易取得的优势不就浪费掉了。”

“时间已经过去了。现在河岸上有几百号人等着邓乌迪少校，他根本想不到我们俩呢。”

“听！”亨利打断了他，“山脚下刚有骑兵跑过。我听到他们互相说笑呢！安静！这是邓乌迪的说话声，他在招呼自己的战友，可听起来一点也没有不安啊？我还以为朋友落到这个情况，他一定会紧张着急。难道弗兰西丝没把信交给他？”

听到上尉的第一声惊呼，伯奇就站了起来，小心翼翼地爬到小山山头，藏在岩石的阴影里，好让不管远近的人都无法发现他。他仔细侦察着山下通过的骑兵，屏息倾听，直到疾奔的马蹄声彻底消失。他这才不言不语地回到自己原本坐的地方，无比冷静地继续吃起饭来。

“还得走好长一段路呢，沃顿上尉，你最好还是跟我学——你不是在费什基尔的小屋里就急不可待地要吃东西了吗，看来长途跋涉已经把你的胃口给拖垮了。”

“那时候我还以为自己是安全的，但我妹妹报的信让我很是不安。我现在吃不下饭。”

“跟之前比起来，你现在可最不需要担心。要是前一天晚上你没拒绝我的建议，跟我一起躲起来，也不会被人给抓住了。”货郎回答，“邓乌迪少校可不是朋友落难的时候，自己还能笑嘻嘻的人。来吧，吃几口东西。以后的路就碰不到骑兵了。只要我们能坚持住，再走四个小时的路，而太阳跟平时一样，到那时再从山后头升起来。”

见伯奇那么沉着的样子，亨利也受到了鼓舞。既然已经决定都听哈维的话，亨利也就不再争辩，吃起那尚能忍受的晚饭来，反正只要数量还算够，质量怎样就不考虑了。吃完饭后，两个人继续上路了。

亨利老实地跟在货郎的身后。接下来的两个小时里，他们一直在高地那险峻的地形上艰难前进。这里没有道路，没有别的路标，只有月亮照明。月亮一会儿被掠过的云朵挡住，一会儿又露出明媚的面庞。他们终于走到了一个地方，从这里开始山势不再险峻，变成了高低不平的小山丘。不一会儿，他们从贫瘠不毛的悬崖上走到了稀稀落落长着庄稼的中立地带上。

货郎现在显得更加谨慎，他采取了各种预防措施，避免碰到任何移动的美国部队。至于那些固定的哨卡，他再熟悉不过，绝不可能措手不及地落到他们手中。他好像凭着本能就精确地在丘陵与山谷间穿梭移动，有时走上大路，有时又故意避开。他的步伐谈不上任何美感，但却用长腿迈着惊人的大步，稍稍向前弯着身体向前走着，看起来好像从来不会知疲倦。

月亮开始落下去了，东方地平线上显现出淡淡的微光。沃顿上尉不由得露出了疲惫的神情，并询问他们是不是已经到了安全的地带，能不能找个农舍休息一下。

“你看这边，”货郎说着，指着后面不远处的一座小山，“你没看到那边岩石后头有人影在动吗？转过身去，阳光把那人的轮廓照出来了——好了，看见了吧，他移动了，而且是向东找什么东西似的。这是个英军哨兵。那座小山上驻扎着两百名正规军，他们毫无疑问正抱着枪打盹呢。”

“那么说，”亨利叫了起来，“我们找他们去！这样危险总算过去了！”

“冷静点，冷静点，沃顿上尉。”货郎冷冰冰地说，“你上次可是在三百个王家士兵里，不还是被一个人给抓去了？没看到对面的山上还有个黑影子，就在那边玉米地上面？那边的人就是——叛军（我们这些忠实的王家顺民就是这么称呼他们的），他们就等着天亮，要看看这片土地的主人到底是谁呢。”

“不！既然这样，”热情的年轻人叫了起来，“那我就加入这支部队，跟他们同甘共苦，不管是赢还是输！”

“你别忘了，你脖子上还套着根绳子呢。不行，不行。我可是对一个人许下了诺言，一定要把你平安送出去，不能让他失望。除非你已经忘记我为你出过多少力，冒过多大的风险，否则你就转过来，好好地跟我到哈莱姆河去。”

亨利只好不情不愿听从了他的劝告。他们继续向着城市走了起来。时间不长，他们就走到了哈德逊河岸边。伯奇在河岸下面寻找了一下，就找到了一条小船，看来这是他的老伙伴了。两个人上了船，伯奇把亨利送到了对岸克罗顿镇的南部。到了这里，伯奇终于宣称，他们已经安全了。因为王家军队在海湾部分阻挡住了大陆军，在这里英军兵力充足，美军的轻装部队也无法来到哈德逊河下游的两岸。

在整个艰巨的旅途之中，货郎一直都表现得那么冷静，那么智慧，那么镇定。所有这些能力，都完美得超乎常人，人类天生的弱点似乎根本不存在于他的身上。亨利老实地跟着他，就好像学步的小孩子拉着领路的绳子，而他现在终于得到了他的回报。听到他已经摆脱了追捕，再也不用担心的时候，亨利心里涌出莫大的快乐。

他们沿着陡峭险峻的山坡，从潮水线的附近爬上了哈德逊河东岸的高地。在离大路不远的地方，货郎走到浓密的香柏树树荫底下，坐到一块平坦的石头上，对同伴说他们可以好好休息一阵，恢复长途跋涉的体力了。现在天已经亮了，远方的一切都显得那么分明。哈德逊河笔直地向南延伸过去，直到眼睛都看不到的地方。在北边，被切割成破碎片断的高地高傲地扬着头，笼罩在河水蒸腾起的雾气之中，沿着河道，可以追溯到上游的山谷，一片片呈圆锥形的山峰密密地聚集在一起，一座叠着一座，杂乱无章地形成巨大的一片，仿佛要努力阻挡住滔滔的河水，却仍旧败下阵来。河水摆脱这些碍事的桩子后，仿佛挣脱了束缚似的欢快奔流，扩展成一个宽阔的河湾，几点土壤肥沃的低矮河洲散布其中，装点了这宽广的水面。在对面的西岸上，泽西的怪石连绵，聚集成片，被人们称为“围栏”，高达几百英尺，仿佛在从征服者手中保护其后富饶的土地。但河水却仿佛不屑这样的敌人，骄傲地从它们的脚下呼啸着扑向海洋。初升太阳的一缕缕光线洒向宁静河流上的微云，一瞬间，整个场景似乎都活了起来，变幻无穷，每时每刻都显露出新的姿态。每天太阳升起，大自然拉开这伟大的帷幕的时候，透过那厚厚的水汽，就能看到无数的白帆与缓慢前行的船只。这充满了生机的景象，表示着伟大而繁荣的一座大都市就近在眼前。但是亨利和伯奇现在只能看到正方的码头，还有在几英里外的下游游弋的战舰高高的桅杆。雾气还没有散尽，就已经能看到那高耸的桅杆，其中一艘上面挂着长幡，有气无力地在河面上残留的夜风中颤抖。等水雾彻底消散之后，那黑色的船体，密密麻麻的复杂索具，沉重的帆桁与帆杆，还有横桁，都先后跃入了眼帘。

“沃顿上尉，”货郎说，“那里就是你安全的容身之处了。只要你上了那条船的甲板，美国人就再也碰不到你。这船是派到上游去掩护抢粮队的，正规军的军官可爱听他们船上的大炮声啦。”

也不知是没注意到这话里包含的讽刺意味，还是并不在乎，亨利高兴地默许了这个建议。两人商量好，一休息完，就上船去。

就在我们的两个冒险者迅速吃着早餐时，远方突然传来枪响，把他们吓了一跳。一开始还只是零星的开火，很快就变成滑膛枪一连串的对射，最后竟然成了快速猛烈的齐射。

“你还说得真准！”英国军官猛地跳了起来，“我们的军队和叛军真的打起来了！要是能看到这场厮杀，我愿意拿出六个月的军饷来！”

"哈！"他的同伴哼了一声，不为所动地继续吃饭，"从远处参观一下也许是不坏。但这块熏肉就算是凉了，也比大陆军滚烫的子弹更合我胃口呢。"

"对付这么一小股军力，这火力也太猛了吧。不过枪声听起来并不规则。"

"那些散枪是康涅狄格民兵打的，"伯奇抬起他的头来仔细听着，"他们都讲究每枪都击中目标，不会傻到乱开一气。至于齐射是正规军干的，你也知道，他们就是按口号开枪——只要他们还能办到的时候都这样。"

"我可不喜欢你说的那种散射打法。"上尉不安地来回走动着，"这帮散兵游勇与其说是在散射，不如说是在敲鼓。"

"不不，我可不是说散兵游勇。"货郎回答着，扶着膝盖站起来，也不吃饭了，"只要他们坚持下去，足以打败王家军队中最优秀的部队。他们每个人都把战斗当自己工作似的，而且绝不向天上打一枪，子弹都留着打死地上的人。"

"先生，从你那口气和神态看起来，你好像希望他们打赢嘛。"亨利严厉地说。

"我只是希望高尚的那一方获胜。沃顿上尉，我想你对我很清楚，我到底支持哪一方不用对你说了吧。"

"哦！你可是个专一的保皇党，伯奇先生。不过齐射已经停了！"

两个人都聚精会神地去听。不规则的枪声变得稀疏，然后突然又是一阵齐射。

"他们拼刺刀了。"货郎说，"正规军试着展开近战，叛军被赶走了。"

"没错，伯奇先生，拼刺刀正是英国军人的拿手好戏。他们就喜欢刺刀！"

"好吧，不过在我看来，"货郎说，"这么可怕的武器又有什么好玩啊？我敢说，民兵有一半都不想带这丑东西。上帝啊！上帝！

上尉，我真希望你能跟我去一次叛军的营地，听听他们是怎么说邦克山[1]跟伯戈因的事情。听了之后你就会觉得他们才更爱刺刀，爱得就跟开宴会似的呢。”

说完之后，他笑着，对同伴做出一副无辜的样子。亨利被他惹恼了，不屑搭他的话。

枪声已经变得零零落落，偶尔还夹杂着一阵猛烈的齐射。两个逃犯都站在那里，关心听着，这时，突然有个手持滑膛枪的士兵，借着山上的雪松树丛的遮挡，偷偷地向他们接近。亨利首先发现了这个可疑的陌生人，他立刻提醒了同伴。伯奇吃了一惊，示意赶快逃走，但仔细想了想，他又站住了。他阴沉着脸，一声不响，直到那陌生人离他们只有几码远。

“我们是朋友！”那家伙把他的枪柄拄在地上说，显然不敢再走近。

“你最好快滚。”伯奇说，“这附近都是正规军，我们离邓乌迪的骑兵队远得很。今天你可没那么容易抓我去向他领赏。”

“去他的邓乌迪跟他的骑兵队！”剥皮党的头目（原来是这家伙）叫道，“上帝保佑乔治国王！让叛乱早早完蛋！只要你告诉我一条安全的路让我投进牛仔队里，伯奇先生，我会付钱好好谢你的，从此之后我就是你朋友，说一不二！”

“我眼前几条路，你眼前就有几条。”伯奇带着难以掩饰的厌恶表情转过身去，“如果你想找牛仔队，那你该知道他们在哪里。”

这时候亨利出来打圆场，他跟那头目短短说了几句，达成了协议。条件是交出他的武器，就让他一起走。这家伙一口答应，伯奇赶忙拿过他的枪。他仔细地检查过枪，满意地发现里面还有一颗良好又干燥的弹药，就把它背上了肩头。

协议一达成，他们就重新上路了。伯奇带着他们沿河岸走去，

---

[1] 译注：邦克山战役（Battle of Bunker Hill），1775 年 6 月 17 日，美国民兵将围攻波士顿邦克山的英军杀得大败，英军参战 2200 人，死伤 1054 人。

躲开敌人的眼睛，来到护卫舰停泊的对面。伯奇发出了信号，一条小船划过来。他们花了不少时间，采取了各种预防措施之后，水兵们才把船靠岸。亨利也终于使得这条船的指挥官相信了他的证言，能够重新安全回归队伍了。在与伯奇分别之前，上尉把自己的钱包给了他，在那时，里面的东西算是很不错。货郎接过来，趁着那个剥皮党头目没看到的机会，把钱包巧妙地塞进了衣服里专门装珍贵物品的地方。

小船离开岸边，伯奇转过身，松了好大一口气，就好像得到解脱一样，然后他就迈起那出名的大步走上了山丘。匪徒头目跟在他后面，两个人虽然走在一起，但只有频繁地用怀疑的眼神打量对方而已，都保持着令人费解的沉默。

河边的路上，到处是跑着的货车，偶尔也有一队骑兵护送着掠夺来的战利品向城市跑去。货郎有自己的主意，他宁愿避开这些士兵，也不去寻求他们的保护。沿着河岸边走了几英里路，这期间匪徒头子一再努力向他示好，想跟他搭话，但他始终坚定地保持着沉默，手中紧紧握着那支枪，并且对这个同行者保持高度的警惕。货郎突然离开大路，看起来是要穿过山地，到哈莱姆河那边去。他刚刚走上山路，一队骑兵就翻过一块小高地，出现在他面前，等他看到他们而想要躲避的时候，已经来不及了。但看到这些人身上的制服，伯奇反而高兴起来，因为这很有可能是个好机会，能甩掉他身边这个不受欢迎的同伴。这队人大概有十八九个，骑着马，打扮看着像是龙骑兵，但不管是从外表，还是从举止上来说都不像是正规军。打头的是个肥胖的中年男人，一脸野兽似的凶狠相，也跟野兽似的没什么理性，正适合干这种勾当。这人穿着军官的制服，但一点也不整洁，更没有半点风度，怎么看都不是那些王家军队里的绅士。他四肢粗壮，不会打弯似的坐在马上，看着是很吓人，但是看那拉缰绳的手势，就连弗吉尼亚州最糟糕的骑手都会嘲笑不已。正如伯奇所料，这打头的立刻出声叫住了货郎，那副嗓子绝不比他的外表更讨好。

“嘿！先生们，你们急急忙忙的要去哪儿？”他的粗嗓门喊道，“你们是华盛顿派来的间谍吧？”

“我只是个老实的货郎而已，”伯奇弓腰低头地说，“我要去山下头，买点新货。”

“你还想着到底下去？老实的货郎？你觉得我们在国王大桥筑起堡垒来，是要保护你这流氓跟你的跟班四处兜售，随便跑来跑去吗？”

“我有张通行证，一定能让我过去的。”货郎说，他一脸满不在乎的样子，把文件递了过去。

那个军官——如果他也算是个军官的话——看了那通行证，登时满脸惊讶，他好奇地看向哈维。然后转身对那一两个多管闲事地挡住路的家伙叫唤：

“你们干什么不让这人过去？快让路，好好放他走！不过剩下的这家伙又是谁？这通行证里可没你的名字！”

“是，长官，”剥皮党的头目摘下他的帽子，卑躬屈膝地说，“我只不过是个又可怜，又上了当的人，我被骗在叛军里当过差。可是感谢上帝，我认识到自己走了条错路，现在就来这里补偿罪过，加入国王陛下的军队啊。”

“哈！一个逃兵！——一个剥皮党！我敢发誓，他还想变成个牛仔！上次跟这群流氓干仗的时候，简直分不清楚敌人还是自己人，我们军服实在不够。也别指望按脸认人，那群流氓是墙头草，时不时就换个边倒！别说了，上路，总有一天收拾掉他们，迟早的事！”

这番盘问虽然粗鲁无礼，但要以匪徒头子的表情来判断，他倒是很高兴。看他一副开开心心要进城里去的样子。他觉得能从这家伙凶狠的眼光和可怕的态度底下脱身，实在是得意无比，结果却忘了考虑其他的东西。这支杂牌军的一个勤务兵骑着马赶上他的指挥官，两人明显地密谈了起来，并且不时地用探询的目光瞥一瞥那剥皮党。这家伙还以为自己成了众所关注的对象了。他对自己的地位提升感到十分快意，甚至还满脸堆笑，虽然这笑容很可能被认为是狞笑，但这却表现了他的志得意满。这一幕哑剧上演时，他们正走过一块洼地，等得出结论的时候，他们已经上山了。这时候领头的和他的勤务兵都下了马，让部队停下。两个人都把手枪从枪套里掏了出来，这倒是常见的保安措施，并没有引起任何怀疑或者警惕。接下来他们对伯奇和匪徒头子招了招手。他们走了几步路，来到一个一面是山，一面临水的地方。这里地势平坦，几乎与河岸垂直。在这窄窄的地方，有一座荒废的破旧谷仓，仓顶遮盖的许多木板已经被掀开，宽大的门歪歪斜斜，有一扇趴在谷仓前面，另一扇干脆被风吹到了悬崖半腰。走进这荒凉的地方，牛仔队的军官地从口袋里摸出了他的短烟斗，这东西一看就用了很多年，颜色光泽变得跟乌木似的，还有烟草盒与一只小皮袋，里面装着火镰、燧石跟火绒。他很快就叼起烟头，过烟瘾去了，要是没这些东西，他的脑子转不动了。一股粗粗的烟柱从他嘴里冒了出来，上尉别有用意地向着他的助手伸出一只手。那军士立刻从衣兜里掏出一捆绳索，递了过去。

牛仔队的军官大口大口地喷云吐雾，直到他的脑袋都快被烟雾遮住了。后来他抬眼打量了一下这房子，然后他拿下烟斗，深吸了口新鲜空气，又塞回了嘴里，开始办事。这谷仓南门前的大梁上，横着一根沉重的木材，作为横梁。打开南门，就能清晰地看到哈德逊河蜿蜿蜒蜒，向着纽约的海湾伸去。牛仔队的军官把绳子的一端扔过横梁，拉下来，两头系在一起。地上有只裂开的小木桶，已经没了底，桶板也松松垮垮的，多半是不能用了，才随便扔在这里。那军士按军官的吩咐，把那木桶放在了绳索底下。一切都做得从容不迫，办完之后，军官似乎感到十分满意。

“过来。”他冷冰冰地对匪徒头子说。这家伙刚才默默地站在旁边，好像很感兴趣似的看着他们干这些事。他服从了命令，直到他的领带被拉掉，帽子也扔到一边，这才警醒。不过他自己也干过很多次类似的勾当，或逼人招供，或讹诈钱财，倒也不像突然遭受这样打击的平民一样惊慌失措。就跟刚才一样，那绳子没事一样地套到了他脖子上，一块木板放到了木桶上，他被逼着站了上去。

“这会散架的。”匪徒头子第一次开始瑟瑟发抖了。“您让我说什么我都告诉您！——连我们怎么突袭庞德塘的事都说出来！您不用这么费事！那不是我干的，是我的亲兄弟干的！”

“我不想听这个。”他的刽子手（他现在真是刽子手了）又把绳子在梁上缠了一圈，把绳子勒紧，让匪徒头子知道这不是玩的，然后把绳索的另一头扔得谁都够不到。

“这玩笑开得过头了！”剥皮党用抗议的口气叫着。他努力地踮起脚尖，希望能让脖子从绞索里滑出来，但都无济于事。因为这牛仔队的军官最有经验，早就防着他这种办法了。

“你把从我这儿偷走的马弄哪里去了，混蛋！”牛仔队恶狠狠地嘀咕着，嘴里吐着一股股烟柱，等着他回答。

“追击的时候被打死了，”剥皮党急忙回答，“可是我能告诉您哪儿能弄到一样的好马！”

“骗子！我要的时候自己会去弄！你还是去求上帝吧，因为时间不多了！”

说完这句临终祝词，他一脚狠狠地踢在木桶上，那本来就脆弱不堪的桶板登时粉身碎骨，飞向四面八方，剥皮党挂在空中打晃了。他的手倒是没被捆住，他死命地用手抓住绞索，吊起自己的身体。

“别啊，上尉！”他用乞求的语气道，嗓音开始嘶哑了，两条腿都哆嗦起来。“别开玩笑了，你们也该取够乐了吧！我的胳膊快断了，已经撑不住了！”

“哈，小贩先生，”牛仔队的军官用不容反对的口气道，“你也别挤在这儿了，出门走你的路去吧！快走！要是你敢碰这条狗，我就把你挂在那！就算有二十个亨利爵士让你去服务也没用！”说着，他就跟军士走到大路上去了，货郎也慌慌忙忙地向河岸跑去。

伯奇没走多远，看到一个灌木丛，恰好能让他藏进去。他产生了一种无法压抑的欲望，想要去亲眼见证这非同寻常的最后一幕。

谷仓里只剩下剥皮党头子了，他开始恐惧地环顾四周，想知道那些折磨他的家伙藏在哪里。他这才产生了恐怖的念头，原来这牛仔队是想要杀他。他高声哀求把他放下来，一迭连声承诺提供重要信息，还夹杂着对他们玩笑的不在乎。他不敢承认这是真的，因为那实在太可怕了。但是他听到马蹄声离去，徒劳环顾四周，找不到一个能救他的人，他的四肢猛地颤抖起来，眼睛都吓得从眼眶里突出来。他绝望地挣扎，试图用手抓住横梁，但他花了太多的力气，已经筋疲力尽了。他又用牙齿咬住绳子，试图把它咬断，但这也是徒劳的。最后他的胳膊垂了下来，他的喊叫变成了惨叫：

"救命啊！割断绳子！上尉！——伯奇！我好心的货郎啊！打倒国会！——军士！看上帝的面上救命啊！国王万岁！——哦，上帝啊！——救命，救命——救我啊！"

他的声音越来越微弱，他的一只手努力插进绳子和脖子之间，但只插进了一点，另一只就哆嗦着跌下来。全身经过最后一阵痉挛似的颤抖，他变成了一具挂在梁上的丑陋尸体。

伯奇呆呆地望着这一切，最后他举起手来捂住耳朵，向着大路直冲过去。接下来他的脑海里一直回荡着那尖叫救命的声音，过了好几个星期才好不容易抹去。牛仔队就像什么事都没发生过一样，踱着方步继续走他们的路了。只留下那具尸体在风中晃动，等着偶然经过这里的人给他收尸。

第三十三章　捐躯

我美好岁月的朋友啊，
你坟上已是一片葱茏，
纵使不识你的也爱你，
不知姓名也将你赞颂。

——哈勒克[1]

在上一章中讲述的种种事件发生的时候，洛登上尉正带领他的小队从四角村出发，缓慢又警惕地向敌人前进。他用了不多的时间，却取得了漂亮的战果。他避开了英国人千方百计给他设下的陷阱，又完全伪装了自己的兵力，使得英国人疑神疑鬼、时时防备美军的攻击。这蓄势不发的计策都是他的指挥官定下的。在离开部队的时候，邓乌迪知道敌人开始缓慢向前推进，于是命令洛登在他们附近徘徊，等他们赶回，支援的步兵队伍抵达时，一举截断他们的退路。

上尉丝毫不打折扣地执行了邓乌迪的命令。但是不能出击，实在是把急性子的他憋得很不耐烦。

在军队行动的时候，贝蒂也驾着她的大车，不知疲倦地出没在维斯特切斯特的山岩之间，她一会儿跟中士谈谈邪灵的本质，一

[1] 译注：费兹－格林·哈勒克（Fitz–Greene Halleck，1790—1867），美国诗人。这段诗引自他的作品《马可·波扎立斯》。

会儿又跟军医辩论治疗的种种要点，他们简直就没个消停的时候。但是决战的时刻终于要到来了，东部民兵团的一支独立分队已经从他们的据点出发，接近敌人。

洛登和他的援军在午夜时分会师，他立刻与对方的指挥官进行商谈。听到上尉表示敌人士气消沉后，步兵指挥官决定，一等天色破晓，能够看清敌人的位置，就立刻发起进攻，不等待邓乌迪与他的骑兵支援。决定一做出来，洛登就迅速地离开了协商的房子，回到自己的小队里。

跟着上尉的几个骑兵把马匹系在干草堆边，赶快在草堆上躺下，争取休息几个小时。但是西格瑞威斯医生、霍利斯特中士和贝蒂·弗拉纳根三个人一起，在不远处的干燥岩石上铺好了几张毯子。洛登上尉裹好自己的大衣，伸开高大的身躯，在军医旁边躺了下来，他用手撑着头，望着仿佛在天堂中徘徊的月亮，似乎陷入了沉思。中士出于对军医的尊敬，笔直地坐在他身边，洗衣妇则时而抬起头来，说上几句她喜欢的格言，时而低下头去休息。

"所以说，中士。"西格瑞威斯继续他之前的话题，"要是用军刀从下到上来攻击的话，那么就不会因为人的体重产生额外动力，这样破坏性也会变得比较小，同时又达到了战争的真正目的，让你的敌人丧失战斗力。"

"呸！呸！亲爱的中士，"洗衣妇从她的毯子里抬起头来，"这可是打仗，夺走一两条性命又有什么错？那些正规军什么时候又对跟他们作对的人发过善心了？你去问问约翰上尉，要是没有这帮小伙子拼着性命打仗，咱们国家又怎么能自由！不然我才不让他们糟蹋我这么多威士忌呢！"

"弗拉纳根太太，我本来也不会指望你这样无知的女性能够理解。"医生平静说道，那里面的蔑视之意却把贝蒂刺得更疼了，"你不会懂得外科手术学的奥秘，也不精通使用刀剑。所以无论是理论还是实践，跟你谈论如何明智地使用这种武器根本是毫无意义。"

“我才不管你说的那些鬼话呢。反正我就是知道，打仗不是玩，谁管什么该捅在那里，又怎么往上捅！只要结果敌人不就完啦。”

“明天天气会很暖和吧，洛登上尉？”

“很可能。”上尉回答说，“可是这些民兵队会怯场，经验也不够，结果使得他们总是伤亡惨重。真正的军人也会被他们连累。”

“你是不是不舒服，约翰？”军医反射似的伸手去摸他的胳膊，直到摸到他的脉搏，但上尉的脉搏跳得很稳，说明他的身体与心理没有任何毛病。

“是心病啊，阿奇伯德。我们那些高官们太蠢了，总相信靠这些人就能打赢仗。他们拿着滑膛枪就像在挥连枷，开一枪都得闭眼睛，列个队都能站成一个圈。就是因为我们太过依靠这样的人，才让国家中最优秀的人白白流了这么多的血。”

医生听得十分震惊。并不是惊讶于上尉说的事实，而是他说话的口气。上尉在每次战斗前夕总是精神焕发、迫不及待，这都是源自他那令人钦佩的冷静态度。但他现在却一反常态，语气沮丧，精神不振，跟以往完全不同。军医犹豫了一下，考虑着自己该用什么方式来给上尉鼓劲，让他恢复到原本的样子，然后继续说：

“约翰，建议上校保持在远距离射击比较明智，这样一样可以杀伤……”

“不！”上尉焦躁地叫了起来，“就得让这帮家伙靠上去，近得能让英国火枪枪口喷出的火烧光他们的胡子！只要我能真把他们赶到那里去！算了，我们不提这些了。阿奇伯德，你觉得月球上会不会是个跟这里差不多的世界，里面有跟我们一样的生命呢？”

“亲爱的约翰，这非常有可能啊。我们已经知道月球的大小，那么只要推理，就可以容易地推测出它很像地球。至于月球上的居民是不是像我们这样，在科学上已经达到了尽善尽美的水准，这就要在很大程度上取决于其社会的状态，还有物理因素的一定影响了。”

“我可一点也不关心他们的学问，阿奇伯德。你不觉得，能创造出这样的世界，又掌控着它们运行，这种力量实在太了不起了吗？不知道为什么，当我看着这个发着光芒、想象中的海洋和陆地在上面形成阴影的存在，就会有一种忧郁的感觉。那里也许就是亡灵的安息之地吧？”

“还是喝点吧，亲爱的，”贝蒂又一次抬起头来，把自己手里的瓶子递了过去，“这晚上的湿气快把血都冻住了——像你这么急脾气的人，谈起那些糟糕的民兵来心里当然不会好受。喝一点，亲爱的，然后你就能一觉睡到大天亮啦。我已经亲手把罗诺克喂得饱饱的了，我知道你们明天可得仗着马劲呢！”

“看天上，多么美丽辉煌。”上尉没有理睬贝蒂的好意，仍然用同样的口气说着。“但要是上面也有人那样，用自己肮脏的私欲弄脏如此美丽的造物，那又该有多遗憾啊。”

“你说得真对，亲爱的约翰。如果每个人都知道满足，那这世上就有足够的地方让所有人都活得又太平，又幸福了。但是战争也有它的好处，特别是在促进外科医疗知识的发展上；还有……”

“那里有颗星星，”洛登仍然无视他人，沉浸在自己的心思里，“它从云里挣扎出来，努力闪闪发光呢。也许那里也有一个世界，也住着和我们一样有智慧的生物。你觉得他们知道战争和流血吗？”

“如果您不嫌我冒昧的话，”霍利斯特习惯性地把手向帽子边上举了举，“圣经上就曾经说过，当约书亚向敌人发起冲锋的时候，主命太阳停在天空中[1]。长官，我以为，这有可能是让他们借着阳光攻打敌人的侧翼，或者佯攻后方，又或者展开其他这类行动。您看，天主助了他们一臂之力，这战斗就不可能是有罪的。不过我有一件事一直都想不通，他们为什么不用重骑兵，而用战车呢？用重骑兵的话，就能更好地突破步兵的防线，而且还能绕到战车的后方去，尽情宰割他们，还有他们的战马。”

---

[1] 译注：出自《圣经·旧约·约书亚记》。

“这是因为你不明白这些古代战车的构造，才会做出错误的判断，霍利斯特中士。”军医说，“这些战车的车轮上都装着突出的利刃，一旦冲进步兵的阵营里，就能轻而易举地把他们切得四分五裂。我毫不怀疑，只要弗拉纳根太太的大车上也装上一样的东西，那明天这场仗敌人肯定是溃不成军。”

“我这小母马能派什么用场啊，她会挨正规军的枪子的。”贝蒂又从毯子里钻出来，抱怨说。“我们在泽西追着那群强盗跑的时候，我掉队掉得老远。一听到枪响，这牲口就把眼珠子瞪得大大的，打死都不肯往前走一步。只要有约翰上尉跟罗诺克就够对付那帮红外套啦，让我和我的小母马好好呆着吧。”

这时候，从英军所在的山头上传来一段长长的鼓点，说明他们已经发现敌情了。美国阵营上也立刻传来了同样的警报。弗吉尼亚骑兵的军号吹出了战斗的音调，几分钟不到，双方各自占领的山头上就聚满了战士。太阳开始投射出第一缕晨光的时候，双方都已经准备就绪，预备发动攻击，或者迎战敌人。美国军队在数量上占有极大的优势，但是在武器装备与训练上却远不如他们的敌人。战术上的安排很简单，只等太阳升上山，民兵团就开始向前推进。

这附近的地形并不适合骑兵行动。骑兵们唯一的责任就是站在一边，等待己方获得胜利的那一刻，并尽可能地为获得更大的战果而予以协助。洛登让他手下的人们都上马，命令霍利斯特中士率领他们，自己则单独在步兵队列中游弋。这些民兵们的衣服五花八门，武装也参差不齐，只不过看起来勉强有个军队样子罢了。上尉的唇边露出轻蔑的笑意，他熟练地驾驭着罗诺克，在民兵们七扭八歪的行列里行进着。等出发的命令一下，他转身绕到了民兵团的侧翼，并且紧跟在后面。美军要下了这个山头，穿过一块小洼地，再爬上对面的一座小山，才能接近敌人。

民兵团顺利走过了洼地，走到小山脚下，这时英国军队正排成整齐的队列前进，靠地形来掩护自己的两翼。英国人刚一露头，民兵们就立刻开火，攻击收到了良好的效果，一时间，正规军的队列大乱。但是他们的军官很快就重整阵势，稳健地一次次进行齐射。短时间内火力猛烈，造成了很大的破坏力。齐射之后，英国人冲上来拼起了刺刀，民兵团根本没有受过足够的训练，承受不住这样的攻击。他们很快就动摇了，稍稍停了一下，随即就溃不成军，四处都在漫无目的地胡乱开火。

洛登在沉默中目睹了这一幕，直到美国军队向四面八方溃逃的时候，他才忍不住开口。他被这种祖国的军队遭受的耻辱而痛心无比，催动罗诺克沿着山脚奔驰过来，用他极具力量的嗓音向着这些溃逃的民兵团怒吼。他指着敌人，告诉同胞们他们搞错了冲锋的方向。他那冰冷又讽刺的话语立刻让几个人惊讶地站住了脚——随即有更多的人也聚拢过来，上尉的呼吁唤醒了他们的灵魂，他们又一次激动起来，请求他带领他们重新向敌人发起冲锋。

“跟我来！勇敢的战友们！”上尉高叫着，掉转马头向着英国人的一边侧翼发起了进攻，“前进！直到冲到对方的鼻子底下，再冲他们开火！”

战士们一个个地学着他的样子发起了英勇的冲锋，一直冲到离敌人很近的地方，仍然没有开火。一个英国军士见这个军官面对他们的武器仍然如此无畏，不由得被激怒了，从他藏身的岩石后头跳了出来，冲着上尉端起了枪口。

“敢开枪你就死定了！”洛登一声大吼，催动罗诺克向前跃来。他的举动和怒吼震撼了那个英国人，他的枪口上顿时没了准头。罗诺克从地上凭空跃起，却在空中一个趔趄，马头撞在地上，毫无生气地倒在了杀死它的敌人面前。洛登把腿从鞍具里抽出，与他的敌人面对面对峙。那个英国人举起刺刀，向着上尉的心口恶狠狠地刺来。上尉的军刀与刺刀猛地撞在一起，震得火花四射，那把刺刀应声飞上了五十英尺的高空，随即他的主人就扑倒下去，抽搐了一下，变成了尸体。

“冲啊！”骑兵高呼道，他发现又有一小队英国士兵出现在山岩上，向着这边密集射击，“冲啊！”他又重复了一声，狠狠挥舞着军刀。但就在这时候，他高大的身体突然向后倒去，就仿佛一棵挺拔威武的松树被巨斧砍倒。就在他慢慢地倒下时，他仍然在挥动他的军刀，最后一次发出深沉的吼声：

“冲啊！”

美国人惊得目瞪口呆，接着转身就跑，把阵地丢给了王家军队。

英国指挥官并不想要乘胜追击，原本也没有这样的战略准备。因为他清楚知道，美国的精锐部队很快就要抵达。于是他也只是带好伤员，列好方阵，就开始向着战舰撤退了。在洛登上尉战死不到二十分钟后，美英双方就都撤退出了这片战场。

当殖民地的青壮年按要求踏上战场时，总会有一些外科医生随军效力，这些人都是医术不甚高明的内地人。西格瑞威斯医生十分看不起他们，正像上尉深深蔑视民兵团一样。因此他在战场上四下穿行，看看那些做着小手术的人们，表示不屑一顾。但当他在溃退的部队中找不到他的战友，也是他的老友的身影时，急忙赶回了霍利斯特指挥的骑兵阵地，问上尉是不是回来了。当然，答案是否定的。

医生满心焦灼，脑中全是不好的猜测，他再也顾不上、或者说想都想不到一路上的危险，就向着他知道最后战斗发生的地方飞驰过去。医生之前就曾经在类似的状况下救过好友的命，他也为自己拥有能够拯救朋友的专业技能感到十分欣喜。可是，他却忽然看到贝蒂·弗拉纳根坐在地上，把一个男人的头抱在自己的膝盖上，从身高与衣着上来看，只能是他熟悉的那个人。当他再走近些，见到洗衣妇的样子，不由得震惊了。她的小黑帽歪在一边，斑驳灰色的头发凌乱地披散在脸上。

“约翰！我亲爱的约翰啊！”医生轻轻地把手放在上尉已经不再有任何感觉的手腕上，又猛地抽回来，他凭着直觉就明白了对方的命运，“约翰！你是哪里受伤了？我能帮你吗？”

“你说话的人已经什么都不会知道了！”贝蒂悲痛地摇晃着身体，只会机械地抚摸着上尉那一头漆黑的卷发，“他再也听不到了，你的绷带跟药对他已经没用了！哦！上帝啊！——独立解放究竟在哪里啊！还有谁来打这场仗啊！又有谁能打赢呢！”

“约翰！”医生也叫了起来，他仍然一点也不相信自己看到的一切，“亲爱的约翰，你跟我说话啊，你说什么都好，我只要你跟我说话！哦，上帝！他已经死了，我真想跟着他一起死了啊！”

“活着也好，打仗也好，现在还有什么意义？”贝蒂说，“他和他的马都死了！看，那可怜的牲口就躺在那里，而这边是主人！这马是我亲手喂饱了的，而他的最后一顿饭是我做的！哦，哦！——约翰上尉怎么会被那些正规军杀了呢！”

“约翰！我亲爱的约翰！”医生已经哭得全身抽搐了，“你走了，就算还有许多更精明的人活着，但他们没有一个比你更好，比你更勇敢。哦，约翰，你是我最好的朋友，是我最亲爱的人啊！我知道悲伤是不科学的，但是我忍不住要为你哭，我的心都碎了！”

医生双手掩面，在地上瘫坐了好久，他实在控制不住自己的悲伤。洗衣妇的身体在悲痛中剧烈晃动着，就好像在抽筋。她的手指在她最喜欢的人那套制服上缓缓地抚摸着。

“现在还有谁能鼓励那些小伙子们啊？”她哭叫着说，“啊，约翰上尉！你就是队里的灵魂，我们都不知道你面对这样的危险，可你最后还在战斗啊！哦！哦！他从来都不挑三拣四，也从不会为了饭做晚了，或者一顿早饭来骂我这个寡妇！我亲爱的，你为什么不喝一口啊？说不定就能让你活过来呢！哦！他再也不能喝了！你看啊，医生就在这里，我的宝贝，他以前跟你说说笑笑，可怜现在却哭得想要替你去死啊！哦！他走了！走了！自由也跟他一起走了！”

雷鸣般的马蹄声，从洛登上尉倒下处不远的大路上传来，很快整个弗吉尼亚骑兵队就出现了，邓乌迪跑在最前面。他已经得知了上尉的死讯，一看到上尉的尸身，他让中队停止前进，翻身下马，向那里走过去。洛登的面容没有一点变化，虽然已经故去，愤怒的火焰仍然在锁起的眉头上燃烧。他的身体静静地伸展开来，仿佛只是睡着了。

邓乌迪抓住他的手，沉默凝视了一会儿，他的黑眼睛升腾起了怒火，苍白的脸颊被逐渐染成了深深的绯红。

“我要用他的军刀来给他报仇！”他高声叫着，试图拿下洛登手中的军刀，但是上尉把刀握得太紧了，“那么就把它与他一同埋葬吧。西格瑞威斯，请你照顾我们的朋友，我来为他复仇。”

少校急匆匆重新上马，带队去追击敌人。

在邓乌迪哀悼上尉的时候，整个中队的士兵都在望着洛登上尉的遗体。他深受所有人喜爱，眼前的情景激起了男人们最大的怒火，无论是军官还是士兵，都无法再保持冷静，虽然冷静对获得胜利来说，是必不可少的要素。他们心中满怀着对敌人的复仇火焰，激动去追击敌人。

英国人组成了中空方阵，把人数不多的伤员保护起来。当骑兵队逼近时，他们仍然踏着稳定的步子在崎岖的山路上撤退。骑兵团在邓乌迪的率领下，排成纵队发起冲锋。邓乌迪心里燃烧着熊熊的复仇火焰，想要冲进去破坏敌人的阵形，迫使他们溃散。但是敌人非常了解自己的实力，他们稳稳地站住脚跟，用刺刀来压制骑兵的冲锋。弗吉尼亚骑兵不得不后退，英军的后卫步兵趁机在极近的距离向他们开火。少校和他的几个手下摔下了马。英军抓住这个机会，摆脱了追击者，继续撤退了。邓乌迪受了重伤，但幸好不至于致命。他叫住了自己的人马，继续追击下去也只能无果而终。

接下来还有一项痛苦的职责必须履行。骑兵们护送着受伤的指挥官，和洛登的遗体，慢慢地翻过群山。他们将洛登的遗体埋葬在高地的一座堡垒脚下，又将邓乌迪托付给他那心痛如绞的新娘精心照顾。

过了几个星期之后，少校已经恢复元气。在这段时间里，他深深感谢上帝赐予他这样的时间，让他能得到美丽护士的全心照料。她寸步不离他的病榻，温柔体贴地照顾着他，亲手喂他服下西格瑞威斯为他开的药，而她的丈夫对她的爱慕与尊重也无时无刻不在增长。华盛顿此时发出命令，让骑兵队返回冬季营地。邓乌迪晋升为中校，准许回到自己的种植园休养，辛格顿上尉，还有沃顿一家人都跟他离开了这个战火纷飞的是非之地，来到邓乌迪舒适又安静的家园。但是在离开费什基尔之前，通过一个陌生人，亨利送来了几封信。他们得知亨利平安无事，身体健康。还有威尔梅上校已经离开大陆，回英国老家去了，王家军队里所有有良知的人都很鄙视他。

对邓乌迪来说，这真是一个幸福的冬季，微笑也再一次绽放在弗兰西丝可爱的嘴边。

第三十四章　永远的诀别

皮革、丝绸与珠宝争奇斗艳，
而他站在那里，一袭简朴绿衫，
便是那闪闪发光的人群的焦点。
这位斯诺登骑士，就是苏格兰的国王！

——《湖上夫人》

在第二年（1781 年）年初的时候，一部分美国人已经做好了周密的准备，打算和盟军一起彻底终结这场战争。在南方，格林和罗顿[1]进行了一场激烈的血战。罗顿由于在战争开始时获得了一些优势，一时声名鹊起，但最后却是格林大获全胜，证明他才是两位将军中更出色的那一个。

纽约不断受到盟军的威胁，华盛顿成功地利用了敌人唯恐城市失守的心理，阻止他们派出援军增援康瓦利斯，导致了康瓦利斯的最终失败。

到了秋天时，种种迹象表明，最终决战的时刻终于到了。

法国军队越过了中立地带，向英军阵地逼近，作出向国王大桥方向发起攻击的势头，而美军的各大军团也展开了协同行动。他们在英军据点附近出没，渐渐向着泽西逼近，也对那一带的王家

[1]　译注：指法兰西斯·罗顿－哈斯丁（Francis Rawdon-Hastings，1754—1826），英军将领。

军队造成了威胁。决战的筹备工作包括围攻与突袭两方面，但亨利·克林顿爵士却因为截获华盛顿的一些机密邮件，在他自己的阵地里按兵不动，还小心谨慎地无视了康沃利斯的一次次求援。

那是九月的一天，暴风雨刚刚过去，在泽西美军驻地心脏部位的一栋建筑物门前，聚集了一大批军人。从年龄、服饰与尊严的仪态来看，他们大多数是高级军官，但其中还有一位，所有的人都对他格外尊重服从。他衣着简朴，但却具备一切的军事身份识别标志。他坐在一匹深褐色的高头大马上，身边那群身着盛装的年轻男子，显然是在恭候他的命令。当他走来时，所有的人无不脱帽致敬。当他开口说话时，所有人都露出深深关切的表情。每一张面孔上都显示出超过单纯职业要求的尊敬之情。最后，这位将军也摘下自己的帽子，严肃地向他身边的人们鞠躬，大家都回了礼，然后各自散去，只留下他与他的随从、副官。他下了马，向后退了几步，以内行的眼光望了望自己的战马，又看了看他的副官，就走进了建筑物里，副官也跟了进去。

他走进一间显然是专门为他准备的房间，坐了下来，就那样若有所思地沉默了很长时间，好像有事都只与自己商量的样子。在此期间，副官一直不言不语地等待他的命令。将军终于抬起了眼睛，以低沉、平静而自然的语气开了口：

"我要见的人来了没有？"

"他正在等候阁下的接见。"

"我要在这里见他，和他单独谈谈，请原谅。"

副官鞠了个躬，立刻转身退出了。稍过一会儿，门再次打开，一个人影悄悄地走进房间，站在与将军保持着一段距离的地方，一语不发。将军并没看到他进来，仍然沉浸在自己的思绪之中。几分钟之后，他才小声地自言自语道：

"明天我们就会拉开战争的大幕，这个计划就要见分晓了。愿上天保佑我们！"

这时，陌生人轻轻一动，传进了将军的耳朵里。他转过头来，才看到房间里的这位来客。将军静静地向炉火指了指，那个人向前走了几步，虽然他身上衣服裹得严严的，看起来似乎并不需要烤火的样子，那些服装与其说是为了保暖，不如说更是为了伪装。将军又做了个温和又有礼的手势，示意一张空着的椅子。但这位陌生人很谦虚地谢绝了好意。又沉默了一段时间之后，将军终于站起来，打开放在他座位前面桌子上的一个盒子，从里面拿出一个虽然不大，但显然很沉重的袋子来。

“哈维·伯奇。”他转身对陌生人说，“时机已经到了。从今以后，我们之间的一切联系都必须停止，你我今后永远都是陌生人。”

货郎拉下了遮住面庞的大衣风帽，热忱地凝视了一会儿将军的脸，而后把头垂到胸前，轻轻地说：

“如果您已经决定如此，一切听凭您的吩咐。”

“我们必须这么做。因为我在这个岗位上，我有义务选择许多像你这样的人来获得必要的情报。而你是这些人中我最为信任的一个。我早就看到你忠于真理与原则，对此，我要很高兴地说，你从来没有欺骗过我——只有你一个人知道我在城中的所有的密探，你的忠诚不但决定了他们的成败，甚至决定了他们的生命。”

他稍稍停了一下，好像在思考应该怎样公正答谢货郎，然后他继续说道：

“我相信，在我任用的这些忠诚于我们的事业的人员中，你是最杰出的一个。你用敌人间谍身份活动时，从来没有把任何不得泄露的情报交给他们。而我，我是这世界上唯一的一个人，明白你所有一切行动都是为了争取美国自由而做的。”

听着这番话，伯奇的头渐渐地抬起来，直到最后挺直了脊梁，微微的红晕笼罩在他的脸颊上。等到将军说出自己的结论时，他已经是满面生辉了。他自豪地挺起了胸膛，但眼光仍然落在说话人的脚边。

“现在轮到我完成自己的职责，为你做出的这些贡献支付报酬了。因为迄今为止，你一直都推迟领取自己的奖励，我这笔债务已经越积越大了——我希望没有低估你所面临的危险，这里有一百金币。请你理解，我们的国家目前还很穷困，也只能支付得起这些作为你的报酬。”

货郎抬起头来，望向说话人的面容，但是当对方把钱递过来的时候，他却向后退去，拒绝了那个钱袋。

“我承认，对于你所做出的贡献和冒的风险来说，这远远不够。”将军说。“但这是我能支付的所有了。等战争结束之后，也许我会有权再增加一些。”

“阁下认为我不惜冒生命危险，污秽自己的名声，只是为了几个钱而已吗？”

“如果不是钱的话，那又是什么？”

“是什么让阁下您时时身往前线？您宝贵的生命无时无刻不受到战争与绞架的威胁，又是为了什么？像您这样的人都不惜为了国家冒一切风险，而我又怎么值得提起呢？不，不，不——我不能碰您的一枚金币，因为那都是美国需要的！”

袋子从将军的手中掉下，落在伯奇的脚边，而后它就再也无人理睬，一直到会谈结束的时候。将军目不转睛地望着他的同伴，继续说道：

“我自然是有很多动机这样做的，这些你不会明白。但我们的情况不同，我是众所周知的军队领袖——可你却不得不把祖国叛徒的污名一直带进坟墓里。请记住，掩盖你真实面目的面纱即使在许多年后也不能揭开——也许永远都不能了。”

伯奇又把头垂了下去，但是这个举动并不表示他的灵魂让步了。

“你很快就会老去，那风华正茂的日子已经过去了。到那个时候，你要怎么来维持生计呢？”

“靠这个！”货郎说着，他伸出自己的手来，那双手因为辛劳而变成了黑黝黝的深褐色。

“可是身体总会变得衰弱。你应该有足够的储备为自己养老。你也记得自己经历过多少艰难与辛酸。我已经对你说过，因为你的守密，许多地位卓著的人们的命运都得以保全。我该怎样向他们保证你的忠诚呢？”

“请告诉他们，”伯奇向前走了一步，不自觉地一脚踩在了袋子上，“告诉他们，我不会收这些钱！”

将军严肃的面容上现出了慈爱的笑意，他紧紧地握住了货郎的手。

“到了现在，我才真真正正地了解了你。过去因为某些原因，我不能不让你宝贵的生命面临危险，现在也因为同样的原因，我又无法公开恢复你的名誉。但在私人关系上，我永远是你的朋友。只要上帝赐予我的寿命未尽，当你遇到困难时，我随时会为你这位品德高尚，又做出了许多贡献的人分担。如果当你疾病缠身、年老体衰时，我们的努力与和平已经换来了人民的和平欢乐的话，那么请随时到那个作为哈珀与你见面的人家中来作客吧。他感谢起你来，可是绝不会脸红的。”

“我这辈子想要的东西并不多。”伯奇说，“只要上帝赐予我健康，让我能够踏实劳动，我就从来没有希望国家给我什么。能够得知阁下是我的朋友，就是我最大的幸事，这远远超过了英国国库里所有的黄金。”

将军站在那里沉思了一会儿，接着走到办公桌边，在一张纸上写了几行字，递给了伯奇。

“我亲眼目睹了祖国的公民心中洋溢着爱国之心，所以我深信，这个国家注定有着伟大而光荣的命运。”他说，“想到你将带着自由公敌的骂名死去，这是多么可怕的一件事啊！但你却早已明白，如果你的真实身份得到昭雪，就会有很多人葬送性命。我现在仍然不能还你清白，但我无所畏惧把这张证书交给你。就算我们以后永远不能相见，也许它还能维护你的孩子。”

“孩子！”货郎叫了起来，“难道我能把自己的骂名留给家人吗？”

将军神色痛苦地望着他真情流露的样子，向着金币迈了一小步，但是看到对方面上的表情，又停了下来。哈维看出了他的意图，摇了摇头，用较为柔和的口气说：

“阁下给我的东西是一件财宝。我会保证它万无一失。那些活下来的人可以证明，我把你的秘密看得远比我的生命更重。我曾经告诉你，我弄丢了原本的文件，其实那是我上一次被弗吉尼亚骑兵抓住的时候，自己吞下去了。那是我唯一一次欺骗阁下，也是最后一次。是的，这是我的财宝！”他继续说着，露出一个忧郁的微笑，“也许我死后才会知道谁曾是我的朋友吧。如果不是这样的话，没有人会为我悲伤的。”

“请记住，”将军心潮起伏地说，“我永远是你的朋友，你秘密的朋友。但在公开场合我却无法认你。”

“我明白，明白的，”伯奇说，“从我接受这个职责时，我就明白。这也许是我们最后一次相见，我将永远看不到阁下了。希望上帝将他最好的祝福赐予您！”说完，他向门口走去。将军以满怀深情的眼光凝望着他。货郎转过身来，用饱含哀伤与崇敬之情的目光看了看将军那安详却威严的面容，深深地鞠了个躬，转身离开了。

美国与法国军队分别在各自杰出的领袖指挥下，对康沃利斯率领的英军发起了总攻，在克服艰难险阻后，终于获得了胜利。从此之后大不列颠失去了战斗的力量，最终承认了美国的独立。

随着岁月的流逝，参与了这场战争的当事者、还有他们的后代儿孙最为值得自豪的话题，就是曾经在这造福国家的事业中做出了多少贡献。但是，哈维·伯奇的名字却与众多的谍报人员一起，被人们遗忘了，大家都以为他们是站在了同胞对立面的恶人。但是他的形象却经常出现在那强有力的领导人的脑海中，只有他才知道他的真实身份。他曾经多次暗访伯奇的下落，却只有一次找到了一点线索。这个消息说，曾经有一个不同名，但是外表很像是伯奇的小贩，在十分遥远的地方的新定居点间奔波，他年老体弱，贫困潦倒。后来领袖去世了，就再也没有人去调查过他，直到过了很长很长的时间，他的名字才再次被人提起。

第三十五章 三十三年后

这里有乡下的汉普登[1]，
用他无畏的胸膛抗击了暴君。
这里有默默无言、光彩蒙尘的弥尔顿[2]，
还有克伦威尔，双手不沾国家的血痕[3]。

——格雷

在我们说的那次会面的三十三年后，美国军队再次团结起来抗击英军，但是舞台已经从哈德逊河沿岸转移到了尼亚加拉地区[4]。

华盛顿已经长眠多年，遗体已经归于泥土。但时间的流逝是那么迅速，无论是政治上的敌对，还是个人的羡妒，一切都快速地消磨殆尽，只有华盛顿的名字越发散发出光彩，他的思想与崇

[1] 译注：约翰·汉普登（John Hampden，1594—1643），英国国会议员，为反抗查理一世的苛捐杂税而不惜入狱。他也是克伦威尔的表哥。

[2] 译注：约翰·弥尔顿（John Milton，1608—1674），英国著名诗人、政治家。曾任克伦威尔政府秘书，王政复辟后被迫隐居，写成代表作长诗《失乐园》、《复乐园》、《力士参孙》来抗议王政复辟。

[3] 奥利弗·克伦威尔（Oliver Cromwell，1599—1658），英国17世纪资产阶级革命的领袖、政治家和军事家。率领义军推翻了英国的君主专制统治，1649年处死查理一世，宣布成立共和国。

[4] 译注：指1812年发生的第二次独立战争。独立战争结束后，美英主权之争仍未结束。美国为争夺当时是英国殖民地的加拿大省而正式向英国宣战。1814年12月24日，两国签署《根特条约》，战争结束。

高的品格无时无刻不被我们的同胞，还有世界各地的人们敬仰着。他已经是公认的理性与真理年代的英雄。许多年轻的心，包括那些 1814 年我们军队中的骄傲，一想起祖国这伟大的名字来，都不由得变得灼热无比，为多少能够效仿他为国效力而乐观地激烈跳动。在怀抱这一光荣愿望的无数人中，最突出的是一位年轻的军官，他正站在激流边的一块岩石上，望着大瀑布陷入了沉思。时间是在那血腥的一年里，7 月 25 日的晚上[1]。这个青年身材高大匀称，仿佛在力量与敏捷之间找到了最完美的那个比例，漆黑的眼睛闪耀着探询的光芒。他凝视着脚下奔腾咆哮的洪流，面上带着严峻又无畏的表情，这是他心中激情的流露。虽然他的表情是如此的骄傲，却因为嘴唇柔和的线条而有所中和，那张嘴巴好像压抑着淘气的笑意，令他显出了几分阴柔之美。在夕阳映照之下，他的那头卷发闪耀着黄金一样的色泽，瀑布上吹来的微风轻轻吹动了他前额上浓密的发卷，露出白皙的额头皮肤，反衬着被野外的太阳晒成棕色的面颊，越发显得活泼健康。这得天独厚的青年的身边还站着另一个军官。从他们兴致勃勃的样子，可以看得出两个人都是第一次目睹西部世界的神奇光景。他们都保持着深深的静默，直到年轻人身边的军官忽然一惊，用他的军刀急切地指着脚下的深渊，惊呼起来：

“快看！沃顿，那边有个人在满是旋涡的急流里划船！那小船还没个蛋壳大呢！”

“他背着个背包——有可能是个士兵啊，”同伴说，“我们到渡口那里去见见他吧，梅森，去向他打听一下消息。”

他们花了些功夫才走到那里，等到了这位冒险家。年轻军官想错了，他竟然是个年纪很大的人，而且也很明显并不是军人。他估计有七十岁了，这从散落在满是皱纹的额头上的稀疏银发就能

[1] 译注：1814 年 7 月 25 日晚，英美双方在美加边境的五大湖区进行了隆迪斯兰战役。

看得出来，但他的身体却没有什么衰退的迹象。他虽然体型瘦削，脊背弯曲，但这只是习惯使然而已。他的肌肉因为半个世纪的操劳而结实得像铁块。他衣衫破旧，上面全是补丁，说明主人的经济状况。他背后背着一个空空的背囊，就是它让年轻人们错误地判断了他的职业。

两个年轻人向他寒暄了几句，听到他都已经这个年纪了，却仍然勇敢地向着瀑布下旋涡重重的激流发起挑战，不由得大为震惊。老人用因为上了年纪而开始颤抖的嗓音，向他们询问了两军交战的消息。

“就在这奇普瓦平原上，我们前几天才把红衫军狠狠揍了一顿呢[1]。”被同伴称为梅森的那个军官说，“接着我们就跟他们的战舰玩起捉迷藏了。不过现在得从出发的地方往回走，这真是太讨厌了。”

“您是不是有儿子参了军呢？”他的同伴问，态度越发温和友善，“如果是的话，您告诉我他的名字，还有他在哪个军团吧，我们带您去见他。”

老人摇了摇头，伸手梳了梳自己银色的卷发，用柔和而谦虚的口气回答：

“不，我是孤身一人！”

“邓乌迪上尉，你少说了一句嘛，”大大咧咧的那个年轻人说，“你该说，要是你能找得到他儿子所在的部队，这才能带他去才对。现在有差不多一半的部队都已经出发了，如果我们知道的情况没错，他们说不定已经到了乔治堡的城墙底下了呢。”

老人忽然停了下来，神情认真地打量着这个年轻人，又看看另一个。见他的举动，两个军官也站住了脚。

“我没有听错吧？”陌生人说着，抬手挡住夕阳的光线，“他是

---

[1] 译注：指 1814 年 7 月 5 日发生的奇普瓦战役，与前注提及的隆迪斯兰战役一样，双方进行了艰苦的激战，美军获得了胜利。

怎么称呼你的？”

“我的名字叫沃顿·邓乌迪。”年轻人面带微笑地说。陌生人没有说话，示意请他摘下帽子，青年照做了，现出一头金丝般的卷发，头发被风吹向一边，将他伶俐的面容整个展示在老人的面前。

“这里真像是我的故乡啊！”老人感慨地惊呼起来，“日子越来越美好了！上帝保佑！”

“你为什么要这么盯着他看啊？梅森中尉？”邓乌迪上尉笑着说，“你现在比看到瀑布的时候还吃惊呢。”

“哦，瀑布算什么！——那是该在月光明亮的夜晚，你的姨妈莎拉和那位老单身汉辛格顿上校一起看的景色。至于像我这样的人才不会大惊小怪呢，除非是第一次看到的时候才有些吃惊罢了。”

听了这段对话后，陌生人刚刚那强烈的热情似乎一下又消失了。但他还是饶有兴趣地听着两个年轻人说下去。邓乌迪用有些难过的语气回答说：

“好了，汤姆。我拜托你，不要用我的好姨妈来开玩笑了。她可是个很好心的人呢，而且我听说，她年轻时经历了很不幸的遭遇。”

“哎，我可是听人说过，”梅森说，“辛格顿上校每到情人节，就一定要向她求一次婚。还有人说你的姨婆也很想要帮他们撮合呢。”

“珍妮特姨婆！”邓乌迪笑了起来，“我亲爱的姨婆人也好极了呢。可我相信，自从西格瑞威斯医生去世之后，她对任何形式的婚姻都不会再有一点兴趣了。是有人传说之前辛格顿上校向莎拉姨妈求过爱，但他们不过是礼尚往来罢了。我觉得，这些流言都是因为辛格顿上校和我父亲交情太好才传出来的。你也知道吧，他们原来是骑兵队的战友，你的父亲也是呢。”

“我当然知道啦。不过你别告诉我，那个一本正经的老单身汉总往邓乌迪将军的种植园跑，只是为了跟你父亲叙叙旧哦。我上次去你家，你母亲那个蜡黄脸、尖鼻子的女管家把我带到厨房里，跟我说上校才不是那种她所谓的‘让人失望到底的家伙’，还说他把在乔治亚州的种植园卖掉了，卖了多少多少价钱——哦，上帝！我都算不清那数到底是多少了。”

“很可能，”上尉回答，“那个凯蒂·海因斯可会计算了呢。”

他们说到这里，暂时停了下来，不知道是不是该和这个新旅伴分开。

老人带着最浓厚的兴趣倾听了他们的每一句话。但是当他们说到最后的结论时，他那关切的表情变成了会心的微笑。他摇了摇头，伸手按住额头，好像在回想过去的往事。梅森没有看到他的表情，继续说着：

“对我来说，那是自私的表现！”

“可她就算自私，也没有什么危害啊。”邓乌迪说，“她最大的毛病是厌恶黑人。她说她就没见过一个让她喜欢的黑人，除了一个人之外。”

“是谁？”

“他的名字叫恺撒，是我去世的外祖父的家仆。我想你应该不记得他了，就在我外祖父去世的同年，他也死了，那时候我们还是小孩子。凯蒂每年都会给他唱安魂曲，我也觉得他应该得到这样的待遇。我听说，在上次战争里，我的英国舅舅——我们都是这么叫沃顿将军的，落了难，当时他帮了我舅舅不少的忙呢。我母亲说起他的时候，总是很怀念。恺撒和凯蒂都在我母亲嫁到弗吉尼亚的时候，陪她一起过来了。我母亲是……”

“是个天使！”老人突然打断了他的话。这个插话是那么的突然，又是那么的热情，把年轻军官吓了一跳。

“您认识我母亲？”年轻军官满面喜色问道。

老人正要回答，却被一连串猛烈的火炮爆炸声打断了，紧随其后的是轻武器的连续齐射，一眨眼的工夫，空气中就充满了骚动的热度，还有战争的喧嚣。

两名军官赶紧向他们的军营赶去，他们的新朋友也跟在他们身后。面临战斗的兴奋与焦虑，让他们无暇再寒暄了。一路上他们只偶尔猜测一下开火的原因，以及展开大战的可能性。但在这短暂而仓促的路途中，邓乌迪几次友善地打量着这位老人，他赶起路来是那么的矫健，一点也不像是这个年纪的人，而且他还如此地赞扬自己崇拜的母亲，更让人心里暖洋洋的。

他们很快就赶回了自己所属的部队，上尉紧握住陌生人的手，认真地请求他在第二天早上来做一次详谈，他会在自己的帐篷里等着老人。然后他们分别了。

美军阵地中的一切迹象都表明，大战已经临近了。几英里地外传来震耳欲聋的枪炮声，甚至压过了瀑布的轰鸣。部队很快就行动起来，前去支援已经交火的军团。后备队与非正规军赶到伦迪河道的时候已经是晚上了。那是一条从河边分出来的岔路，在离尼亚加拉公路不远的地方翻过一座锥形的小山。这座小山的山顶上布置着英国人的大炮，驻守山下的平原的是斯科特英勇旅的残部，他们以卓越的勇气，在敌强我弱的情况下与英军顽强地对抗了很长时间。美军的一个纵队奉命从与道路平行的方向冲上山头，攻进敌人的侧翼，并与他们的炮兵展开了肉搏，最后成功地将大炮夺了过来。随后他们立刻加入了战友们的战团，共同把英军横扫下山。但是，大量的英国援军赶到了，他们的士兵也都勇敢地投入战斗，企图挽回自己的失败。他们一次又一次地重复着血腥的冲锋，意图夺回大炮，但每次都遭到迎头痛击，造成了惨重的伤亡，最后终于被击退了。在最后的几场战斗中，我们之前说的年轻上尉表现出了昂扬的斗志，他甚至率领着部下深入到敌军阵地里，去消灭一队负隅顽抗的敌军。他获得了成功，但在返回的路上，却发现本该跟在自己身边的副官不见了。

在这最后一次冲锋之后，各路军队奉命回营。英国人已经不见了，所有能搬动的伤员也已经被集中了起来。沃顿·邓乌迪出于对朋友的关心，抓起燃烧的火把，带着两个部下去梅森中尉可能捐躯的地方寻找他。好在他们在山坡上找到了梅森中尉，他非常镇静地坐在那里，但是一条腿被打断了，无法行走。邓乌迪一看到他，立刻飞奔到他的战友身边，对他叫道：

“啊！我亲爱的汤姆！我就知道你会是离敌人最近的那一个！”

“你轻点，轻点，对我温柔点。”中尉回答，“其实我不是，还有个更勇敢的人比我更近呢，但我不知道他是谁。他趁着我们炮弹的浓烟冲了出去，就在我的排附近，我想他是想抓个俘虏什么的。可是那可怜的人再也没有回来。他就躺在那边山冈上。我叫过他好几次，但我想他是不可能再回答了。”

邓乌迪来到梅森中尉说的那个地方，他惊讶地发现，倒在那里的竟是那位陌生的老人。

“是认识我母亲的那位老人呢！”年轻人叫了起来，“为了她，我也该给他一个体面的葬礼。请把他抬起来，让他的遗体回归故乡吧。”

他的士兵们遵从了他的命令。只见老人仰面躺着，火光照亮他的面孔，他的眼睛闭上了，仿佛只是陷入了沉睡。他那因为上了年纪而凹陷下去的嘴有些扭曲，但与其说是临终的抽搐，不如说更像一个微笑。他身边有一支士兵用的滑膛枪，他的双手按在胸前，一只手里握着一个闪着银光的东西。邓乌迪俯下身去，拿开他的手，看到了一个伤口，一颗子弹从这里打穿了他的心脏。老人临终前珍重的那个东西是个锡质的盒子，也被那致命的子弹贯穿了。看来老人在弥留的最后一刻把这个盒子从他的怀里掏了出来。邓乌迪打开盒子，发现里面有一张纸片，他读出了上面的内容，大为震惊：

由于重大的政治环境，涉及众多人士的生命安全，这份文件中的内容保密至今。哈维·伯奇多年来始终对祖国忠诚不渝，并不求任何回报。如若世人无力报答，唯愿上帝酬答他的贡献！

乔治·华盛顿

这就是中立地带的间谍，他为祖国而生，为祖国而死。他为祖国献出一切，他是自由的烈士。

（全文完）

金城出版社
谍战主题书目

《沙岸之谜》

[爱]厄斯金·柴德斯　著　　谢幕　译

简介：英国外交官卡拉瑟斯收到一封来自老熟人戴维斯的来信。戴维斯告诉卡拉瑟斯，一个疑似间谍的德国人想要谋害他。二人打算一探究竟，却受到很多人为阻碍，于是开始明察暗访，发现德国正在准备发动一场对英国的战争。情势危急，卡拉瑟斯和戴维斯能否安全逃离群岛，将情报带回英国？两个年轻人面对的是一场事关国家命运的考验……

《秘密特工》

[英]约瑟夫·康拉德　著　　魏杰　译

简介：1886年的伦敦，无政府主义暗潮涌动。主人公维罗克是受雇于一家外国大使馆的秘密特工。新到任的大使馆秘书命令维罗克炸掉格林尼治天文台，通过毁坏科学设施，引起英国政府对无政府主义的重视。维罗克买来炸药，安排史蒂夫和自己一起执行任务，不料半路突遭意外……任务失败，维罗克的间谍生涯将何去何从？悲剧不断降临杂货铺，人性能否经得起考验？

《间谍图文史：世界情报战5000年》

[美] 欧内斯特·弗克曼　著　　李智　李世标　译

简介：本书讲述了从圣经年代到“互联网+”时代下间谍的历史，包括重大谍报事件的经过，间谍机构的演变，间谍技术的发展过程等，文笔生动，详略得当，语言通俗，适合大众阅读。

《大西洋密码战》

[美] 戴维·卡恩　著　　巩丽娟　译

简介：本书首次详细揭秘二战中仅次原子弹的最大机密的真实内幕故事：1939—1943年，盟军如何破译德军的电报密码，缴获与密码机相关的密钥，打赢大西洋海战，最终影响了二战的进程。全书语言生动，旁征博引，情节堪比好莱坞大片《猎杀红十月》和《模仿游戏》……

《诺曼底间谍战》

[英] 本·麦金泰尔　著　　梁青　译

简介：作为二战中最重要的转折点，诺曼底登陆战的伤亡比例却最低！而这一切都归功于战前的大规模欺骗计划。该计划中，盟军使出浑身解数，设计一张错综复杂的反间谍网络，成功扰乱德军的情报体系，使盟军顺利渡过英吉利海峡。通过对大量机密档案的独家研究，本书揭开了战争背后惊心动魄的内幕。

《斯诺登档案：全球头号通缉犯的内幕故事》

[英] 卢克·哈丁　著　　何星　周仁华　等译

简介：本书对“斯诺登事件”进行了全面介绍和解读。它详细追踪了斯诺登的泄密动机、获取机密文件的方式、媒体的报道过程及事件的后续发展，讲述了事件背后媒体与政府的博弈较量、各国的攻防策略，披露了美英等国监控全球的手段和规模。作为该事件的全球首部权威著作，本书不仅曝光了西方国家的安全战略秘密，而且还披露了他们怎样监控中国的内幕。窃密、监听、谍杀、亡命天涯……这本书就像谍战小说，情节跌宕，惊险刺激。

金城出版社
国家安全与实战书目

《全民监控：大数据时代的安全与隐私困境》

后“棱镜门”时代，国家、机构和个人怎样保护信息安全不受侵犯？

[英] 约翰·帕克　著　　关立深　译

简介：阿桑奇、斯诺登等的接连爆料警示我们，“全民监控”的时代已经来临。为了获得全方位的监控能力，西方国家利用闭路系统、窃听设备、身份识别技术、定位追踪装置等随时随地监视民众。全书涉及国家安全、信息安全、个人隐私等问题，为人们敲响了监控无处不在的警钟。本书案例丰富、数据翔实、语言生动，是读者迅速掌握隐私与信息安全知识的必读之作。

《骗中骗：克格勃与中情局的无声战争》

两大间谍组织情报与反情报较量　二十世纪最经典反间谍骗术案例

[美] 爱德华·爱泼斯坦　著　　杨哲　译

简介：本书以美国反间谍头目詹姆斯·安格尔顿之死为缘起，追踪了苏联从建国伊始到冷战末期“欺骗对手”的各种行动，以及美国是如何应对和接招的。通过中情局与克格勃在情报与反情报上的较量，作者向读者呈现了一场看不见硝烟的战争。本书是西方反情报代表作，既可作为饭后茶余之消遣，亦能当作国家安全研究的重要资料。

《情报术：间谍大师杜勒斯论情报的搜集处理》

中情局情报官书架推荐图书　国家安全研究必读经典著作

[美] 艾伦·杜勒斯　著　　陈秋慧　译

简介：本书作者以第一人称的视角展开，着重阐述了情报的实用技巧——情报如何搜集和处理，以及形成的结果怎样为制定国家政策服务。本书是“间谍大师”、中情局任期最长局长、美国现代情报系统缔造者杜勒斯的收官之作。凭借美国战略情报局与中情局的独特任职优势，作者娴熟地将情报学知识、亲身经历和各种间谍事件与趣闻轶事有机融为一体，具备极高的可读性。

《谁来监管泄密者?：国家安全与新闻自由的冲突》

互联网信息时代普及国家安全意识必备读本

[美] 盖里·罗斯　著　　巩丽娟　译

简介：2010 年“维基揭秘事件”，2013 年“斯诺登泄密事件”……据统计，近年媒体泄密在所有未授权信息泄露中比例最高，对国家安全和利益影响也最甚。通过美国政府历史上重大的泄密案例和事件，作者探讨了未授权信息泄露背后的动机、代价、法律困境和解决之道，以期望提醒全美情报系统：对手是如何获取美国情报的，对手获得情报后会取得怎样的优势。本书内容具有较强的时代性，在互联网信息时代普及国家安全意识的目的十分明显，对我国相关读者同样具备较强的借鉴意义。

《网络战：信息空间攻防历史、案例与未来》

西点军校权威联合打造　　多维度回顾、分析与预判

[美] 保罗·沙克瑞恩　亚娜·沙克瑞恩　安德鲁·鲁夫　著　吴奕俊　等译

简介：通过梳理网络战的经典案例，本书系统探讨了其历史、现实和未来。以跨学科的研究方法，作者有机融合理论与实例，涵盖了从个人、组织机构到国家的网络安全问题，细致阐述了网络空间的生存之道。全书语言生动，通俗易懂，既可供信息技术与军事人士研读，也是普通读者的必读佳作。